AF557888

अहिल्याबाई

वृंदावनलाल वर्मा ग्रंथमाला-१८

अहिल्याबाई

उदय किरण

वृंदावनलाल वर्मा

प्रकाशक • **प्रभात प्रकाशन प्रा. लि.**
4/19 आसफ अली रोड,
नई दिल्ली–110002
संस्करण • 2026

मूल्य • छह सौ रुपए
मुद्रक • नरुला प्रिंटर्स, दिल्ली

AHILYABAI & UDAYKIRAN
novels by Shri Vrindavan Lal Verma ₹ 600.00
Published by Prabhat Prakashan Pvt. Ltd., 4/19 Asaf Ali Road, New Delhi-2
e-mail: prabhatbooks@gmail.com ISBN 978-93-90366-84-2

अहिल्याबाई

ऐतिहासिक उपन्यास

परिचय

'अहिल्याबाई' के परिचय के लिए अहिल्याबाई नाम ही पर्याप्त होता; परंतु जब मुझे एक समाचार-पत्र में प्रकाशित बात की याद आई तब अहिल्याबाई का भी परिचय देना पड़ा। समाचार-पत्र में छपा था कि परीक्षक ने किसी विद्यार्थी से पूछा, 'कुलू, जहाँ से सेब इत्यादि बढ़िया फल आते हैं, कहाँ है?' तो विद्यार्थी ने उत्तर दिया, 'फ्रांस के दक्षिण में!' कई 'शिक्षितों' के उत्तर अपने ही देश के महान् व्यक्तियों और इतिहास-प्रसिद्ध स्थानों के संबंध में विलक्षण होते हैं, इसलिए सोचा कि इस उपन्यास में जो कुछ आया है, उसका थोड़ा-सा परिचय दे दूँ।

अहिल्याबाई इतिहास-प्रसिद्ध सूबेदार मल्हारराव होलकर के पुत्र खंडेराव की पत्नी थीं। जन्म इनका सन् १७२५ में हुआ था और देहांत १३-८-१७९५ को; तिथि उस दिन भाद्रपद कृष्णा चतुर्दशी थी।

अहिल्याबाई किसी बड़े भारी राज्य की रानी नहीं थीं। उनका कार्यक्षेत्र अपेक्षाकृत सीमित था। फिर भी उन्होंने जो कुछ किया, उससे आश्चर्य होता है।

चारों ओर गड़बड़ मची हुई थी। शासन और व्यवस्था के नाम पर घोर अत्याचार हो रहे थे। प्रजाजन—साधारण गृहस्थ, किसान मजदूर—अत्यंत हीन अवस्था में सिसक रहे थे। उनका एकमात्र सहारा—धर्म—अंधविश्वासों, भय-त्रासों और रूढ़ियों की जकड़ में कसा जा रहा था। न्याय में न शक्ति रही थी, न विश्वास। ऐसे काल की उन विकट परिस्थितियों में अहिल्याबाई ने जो कुछ किया—और बहुत किया!—वह चिरस्मरणीय है।

दस-बारह वर्ष की आयु में उनका विवाह हुआ। उनतीस वर्ष की अवस्था

में विधवा हो गईं। पति का स्वभाव चंचल और उग्र था। वह सब उन्होंने सहा। फिर जब बयालीस-तैंतालीस वर्ष की थीं, पुत्र मालेराव का देहांत हो गया। जब अहिल्याबाई की आयु बासठ वर्ष के लगभग थी, दौहित्र नत्थू चल बसा। चार वर्ष पीछे दामाद यशवंतराव फणसे न रहा और इनकी पुत्री मुक्ताबाई सती हो गई! दूर के संबंधी तुकोजीराव के पुत्र मल्हारराव पर उनका स्नेह था; सोचती थीं कि आगे चलकर यही शासन, व्यवस्था, न्याय और प्रजारंजन की डोर सँभालेगा; पर वह अंत-अंत तक उन्हें दुःख देता रहा; जिसका, अपेक्षाकृत थोड़ा-सा, वर्णन उपन्यास में आया है।

अहिल्याबाई ने अपने राज्य की सीमाओं के बाहर भारत-भर के प्रसिद्ध तीर्थों और स्थानों में मंदिर बनवाए, घाट बँधवाए, कुओं और बावड़ियों का निर्माण किया, मार्ग बनवाए-सुधरवाए, भूखों के लिए अन्नसत्र (अन्नक्षेत्र) खोले, प्यासों के लिए प्याऊ बिठलाईं, मंदिरों में विद्वानों की नियुक्ति शास्त्रों के मनन-चिंतन और प्रवचन हेतु की। और, आत्म-प्रतिष्ठा के झूठे मोह का त्याग करके सदा न्याय करने का प्रयत्न करतीं रहीं—मरते दम तक! ये उसी परंपरा में थीं जिसमें उनके समकालीन पूना के न्यायाधीश रामशास्त्री थे और उनके पीछे झाँसी की रानी लक्ष्मीबाई हुई।

अपने जीवनकाल में ही इन्हें जनता 'देवी' समझने और कहने लगी थी! इतना बड़ा व्यक्तित्व जनता ने अपनी आँखों देखा ही कहाँ था!!

इंदौर में प्रति वर्ष भाद्रपद कृष्णा चतुर्दशी के दिन अहिल्योत्सव होता चला आता है। १९५१ के उत्सव का उद्घाटन करने के लिए अहिल्योत्सव समिति ने कृपापूर्वक मुझे आमंत्रित किया। मैंने उस अवसर पर वचन दिया था कि अहिल्याबाई पर कुछ लिखूँगा।

ऐतिहासिक उपन्यास में तत्कालीन वातावरण की अवतारणा लेखक के लिए अनिवार्य है। दूसरी कठिनाई है—आज और आनेवाले कल के लिए भी तो उसमें कुछ हो। केवल ऐतिहासिक वर्णन या मनोरंजन मात्र अभीष्ट नहीं है। जीवन-चरित की प्रणाली से काम बनता न दिखा तो मैंने उपन्यास लिखने की सोची।

Grant Duff की 'History of the Marathas', श्री जी.एस. सरदेसाई की 'New History of the Marathas', डॉक्टर यदुनाथ सरकार की 'Fall of the Mughal Empire', Irvine की 'Later Moguls' इत्यादि अंग्रेजी पुस्तकों का अध्ययन किया; परंतु उनमें अहिल्याबाई की शासन-योग्यता और धर्मपरायणता की भूरि-भूरि प्रशंसा के अतिरिक्त और सामग्री कम मिली। मुझे विश्वास था कि मराठी में प्रचुर सामग्री अवश्य होगी। जब उस सामग्री के संग्रह में असफल हुआ

तब मैंने मध्यभारत के मुख्यमंत्री श्री मिश्रीलालजी गंगावाल को लिखा। उन्होंने शीघ्र ही सारी सामग्री इकट्ठी करके भिजवा दी। मैं उनका बहुत कृतज्ञ हूँ। उन पुस्तकों के लेखकों और संपादकों को अनेक धन्यवाद, जिनकी सामग्री के आधार पर इस उपन्यास की मैंने रचना की है।

अहिल्याबाई देवी से भी बढ़कर मानव थीं। कौन-सा देवता इतने कष्ट सहकर भी अपने देवत्व पर अटल रह सका होगा? किस देवता ने अपने आँसुओं में से इतनी किरणें फैलाई होंगी?

उन्होंने छुटपन में जितना पढ़ा, बड़ी होने पर जितना देखा और सुना, जिस वातावरण से वह घिरी हुई थीं, जिन पूर्वग्रहों में वह बँधी हुई थीं, उनके ऊपर बहुधा इतना उठती रहीं! यही एक बड़े विस्मय की बात है।

उनके मंदिर-निर्माण और अन्य धर्म-कार्यों के महत्त्व के विषय में मतभेद है। श्री सरदेसाई ने अपने ग्रंथ 'New History of the Marathas', vol. III, p.२११ पर लिखा है कि इन कार्यों में अहिल्याबाई ने अंधाधुंध खर्च किया, और सेना नए ढंग पर संगठित नहीं की। तुकोजी होलकर की सेना को उत्तरी अभियानों में अर्थसंकट सहना पड़ा, कहीं-कहीं यह आरोप भी है। श्री सरदेसाई ने अपनी नवीनतम पुस्तक 'The main Currents of Maratha History' में इन मंदिरों को Out-posts of Hindu religion (हिंदू धर्म की बाहरी चौकियाँ) बतलाया है! V.V. Thakur की 'Life & Life-work of Shri Devi Ahilya Bai Holkar', p.१५५ पर सप्रमाण लिखा है कि तुकोजीराव होलकर के पास बारह लाख रुपए थे जब वह अहिल्याबाई से रुपए की माँग पर माँग कर रहा था और संसार को दिखलाता था कि रुपए-पैसे से तंग हूँ! फिर इसमें अहिल्याबाई का दोष क्या था? इतिहास लेखकों का कहना है कि Religion has been the greatest motive power for the Hindus (हिंदुओं के लिए धर्म की भावना सबसे बड़ी प्रेरक शक्ति रही है); अहिल्याबाई ने उसी का उपयोग किया।

तत्कालीन अंधविश्वासों और रूढ़ियों का वर्णन उपन्यास में आया है। इनमें से एक विश्वास था मांधाता के निकट नर्मदा तीर स्थित खड़ी पहाड़ी से कूदकर मोक्ष-प्राप्ति के लिए प्राणत्याग—आत्महत्या कर डालना। देखिए पं. रामगोपाल मिश्र कृत 'तपोभूमि', पृष्ठ ३०६।

दूसरा था उज्जैन स्थित सिद्धवट पर मनोरथ की सिद्धि के लिए बलि चढ़ाना। देखिए मराठी पुस्तक 'श्री क्षेत्र अवंतिका', पृ. १७० और मुक्ताबाई का पत्र अहिल्याबाई को क्र. २३०, ता. १६-४-१७८९; जिसमें लिखा गया है कि आपके

आदेशानुसार अवंतिका जाकर सिद्धवट पर बलि चढ़ा दी—'इतिहासाचीं साधनें', भाग १।

अहिल्याबाई मोक्ष-प्राप्ति की उस प्रथा को बंद न कर सकीं। असंभव था। इसे तो अंग्रेजों ने कहीं १८२४ में बंद कर पाया! सिद्धवट पर बलि चढ़ाने की प्रथा का उपयोग आरोग्य-लाभ के लिए उनके दामाद और पुत्री ने किया था। जब वह किसी प्रकार भी बीमारी से छुटकारा न पा सका तब बलिदान का प्रयोग किया-कराया गया! उस घोर अंधकार के युग में भी अहिल्याबाई के भीतर उतना प्रकाशपुंज था, यही बहुत बड़ी बात है।

उपन्यास में जिन स्थानों का वर्णन किया गया है, वे आज भी हैं। अनेक घटनाएँ ऐतिहासिक हैं, कुछ काल्पनिक। सिंदूरी, आनंदी और भोपत के नाम-भर बदल दिए हैं, वैसे वास्तविक हैं। अन्य चरित्र ऐतिहासिक हैं, नाम भी उनके वे ही हैं।

अहिल्याबाई के नाम पर कुछ समय तक विवाद चला—सही नाम अहिल्याबाई है अथवा अहल्याबाई? इंदौर की अहिल्योत्सव समिति के मंत्री डॉक्टर उदयभानुजी से मैं सहमत हूँ कि सही नाम 'अहिल्याबाई' है। इसके लिए मैं कृतज्ञ हूँ।

'अहिल्याबाई' संबंधी स्थानों का भ्रमण करने में मेरे मित्र श्री श्यामलाल पांडवीय, मंत्री, जनकार्य विभाग ने मेरी बड़ी सहायता की। उन्हें उसके लिए अनेक धन्यवाद।

उपन्यास अहिल्याबाई के जीवन से संबंध रखनेवाली सच्ची घटनाओं पर आधारित है। संदर्भ नीचे दिए जाते हैं—

मल्हार (तुकोजी का पुत्र) विषयक घटनाओं के आधार—
'इतिहासाचीं साधनें' में, पत्र क्र. २६०, ता. ८-१२-१७८९
तुकोजी का पत्र अहिल्याबाई को, क्र. २६२, ता. १८-१२-१७८९
रुक्माबाई का पत्र अहिल्याबाई को, क्र. २६८, ता. ३-२-१७९०
अहिल्याबाई का पत्र तुकोजी को, क्र. २७३, ता. १-४-१७९०
[जिसमें उन्होंने मल्हार के अत्याचारों का वर्णन किया है।]
यशवंतराव गंगाधर का पत्र अहिल्याबाई को, ता. २-४-१७९०
रुक्माबाई का पत्र अहिल्याबाई को, क्र. २७७, ता. १६-४-१७९०

मल्हार का पत्र अहिल्याबाई को, क्र. २७९, ता. ५-५-१७९० तथा पत्र क्र. २९५, ३०१, ३०३, ३१५, ३१७, ३३२, ३३९, ३४७, ३९१, ३९९, ४०२, ४०३ इत्यादि और सरदेसाई की 'New History of the Marathas', vol. III का सातवाँ और आठवाँ परिच्छेद; जहाँ नाना फडनीस का महादजी सिंधिया के प्रति वैर

और मल्हार इत्यादि के चरित्रों का पूरा वर्णन है। मल्हार कहाँ और कैसे पकड़ा गया, इसका वर्णन यशवंतराव गंगाधर के पत्र में मिलेगा; जो होलकर सरकार पुस्तकमाला की १६वीं पुस्तक के पृ. १५८-१५९ पर छपा है। पत्र मराठी में है।

लखेरी का युद्ध १-६-१७९३ के दिन हुआ था। दूसरे दिन भोर, मल्हार एक तालाब किनारे शराब पिए अचेत पड़ा पाया गया!—सरदेसाई की 'New History of the Marathas', vol. III, p. २४८।

अहिल्याबाई का न्याय, शासन-व्यवस्था, दानशीलता और उनकी विनयशीलता इत्यादि का आधार है—'इतिहासाचीं साधनें', पहला भाग के पत्र; 'महेश्वर दरबारचीं वातमीं पत्रें'; इंदौर गजीटियर; 'होलकर शाहीचा इतिहास'; V.V. Thakur कृत 'Life and Life-work of Shri Devi Ahilya Bai'; डॉक्टर उदयभानु कृत 'देवी अहिल्याबाई', (हिंदी); 'देवी श्री अहिल्याबाई होलकर' (मराठी), 'पुण्यश्लोक देवी श्री अहिल्याबाई' (मराठी), 'होलकरांची कैफियत'; सरदेसाई कृत 'New History of the Marathas', vol. III और 'The Main currents of Maratha History'। अंतिम पुस्तक में रूढ़िगत विश्वासों की आलोचना भी मिलेगी।

गौतमापुर में अपराधियों को छोड़ छुट्टी—

इंदौर गजीटियर, पृ. २७५

गनपतराव और जामघाट पर भवन-निर्माण—इंदौर गजीटियर, पृ. २८५ तथा मराठी पुस्तक 'देवी श्री अहिल्याबाई होलकर' इत्यादि।

उस समय के अंधविश्वास, जैसे खरगोन के चबूतरे, खंबे और फरसे की पूजा, 'नव दुर्गामाता' के मंदिर में जीभ का बलिदान, राजा बल्लाल की 'ऊन' वाली कहानी इत्यादि—

इंदौर गजीटियर इत्यादि

अहिल्याबाई, तुकोजीराव होलकर—

ऊपर लिखी सभी पुस्तकों में वृत्तांत मिलेगा।

अहिल्याबाई और महादजी सिंधिया तथा उत्तरी क्षेत्र के प्रसंग—'New History of the Marathas', vol. III; इसी पुस्तक के पृ. २१३ पर अहिल्याबाई का क्षुब्ध होना और महादजी को शाप देना लिखा है।

भारमल दादा होलकर—

इसका जन्म १७३० में हुआ था और देहांत अठानवें वर्ष की आयु में। सर जॉन मालकम इत्यादि अंग्रेजों ने अहिल्याबाई पर जो कुछ लिखा है वह अधिकांश भारमल दादा का ही बतलाया हुआ था। देखिए V.V. Thakur कृत ऊपर बतलाई

हुई पुस्तक, 'होलकर शाहीचा इतिहास' (मराठी)।

रामपुरा-भानपुरा के राजपूतों का विद्रोह और विद्रोह का दमन—सरदेसाई की अंग्रेजी पुस्तक।

अंत में अहिल्याबाई को रामपुरा-भानपुरा के राजपूतों पर बहुत क्रोध आ गया था। उनका क्रोध एक पत्र में पूरी तरह प्रकट है—(देखिए होलकर कैफियत, पृ. सं. ६२)।

उस युग में एक प्रदेशवाला दूसरे प्रदेशवाले को हेय समझता था। देखिए पत्र क्र. ३५४, ता. ३०-१०-१७८९ और पत्र क्रम २५६, ता. १९-११-१७८९। तत्कालीन संस्कृत कवि खुशालीराम और मराठी भाषा के विख्यात कवि मोरोपंत ने अहिल्याबाई के संबंध में जो कविताएँ लिखी हैं वे तथ्यमूलक हैं। अनंतफंदी भी ऐतिहासिक व्यक्ति है, उसकी कविता डेढ़ सौ वर्ष पहले की 'खड़ीबोली' का विचित्र नमूना है। यशवंतराव होलकर पर उसने १८०५ के लगभग जो हिंदी कविता लिखी थी, वह पृ. १५३ पर 'होलकर शाहीचा इतिहास', भाग २ में प्रकाशित हुई है।

सर जॉन मालकम ने, जो अहिल्याबाई का समकालीन था, लिखा है—'It is an extraordinary picture, a female without vanity, a bigot without intolerance, a mind imbued with the deepest superstition yet receiving no impression except what promoted the happiness of those under its impression; a being excercising in the most active and able manner despotic power not merely with sincere humility but under the severest moral restraint that a strict conscience could impose on human action; and all this combined with the greatest indulgence for the weakness and faults of others.'

अहिल्याबाई के संबंध में दो प्रकार की विचारधाराएँ रही हैं। एक में उनको देवी के अवतार की पदवी दी गई है, दूसरी में उनके अति उत्कृष्ट गुणों के साथ अंधविश्वासों और रूढ़ियों के प्रति श्रद्धा को भी प्रकट किया है। मैं उन्हें उस अँधेरे की प्रकाश-किरण मानता हूँ, जिसे अँधेरा बार-बार ग्रसने की चेष्टा करता रहा। बाकी कहानी में, जिसका कलेवर जान-बूझकर बड़ा नहीं होने दिया।

झाँसी **—वृंदावनलाल वर्मा**

अहिल्याबाई

: १ :

महेश्वर से दूर, नर्मदा के दक्षिण में बहुत दूर अंबाड परगने के बाडलापुरा गाँव में दिनदहाड़े जो कुछ हो रहा था उसको इस कहावत में कह दिया जाय—'जिसकी लाठी उसकी भैंस'।

गाँव के पंचों की न चली और उसने भेड़-बकरी, चूल्हा-चक्की, नकदी-गहने, यहाँ तक कि तलवार भी अपने अधिकार में समेट ली। केवल कुछ कपड़े-लत्ते रह गए थे। यह सामान एक ऐसे का था जो मरने के पीछे कोई बाल-बच्चा नहीं छोड़ गया था। पंचों ने समझाया कि मरे का चचेरा भाई संसार में है। पर संसार है बहुत फैला हुआ। न जाने चचेरा भाई कहाँ हो, कभी गाँव में आवेगा भी या नहीं! इसलिए उस ज़बरदस्त ने मरे हुए का भी हड़प जाना ठीक समझा। मरे का एक संबंध इससे अवश्य था—वह इसका मित्र था! और उसने श्मशान में उसका दाह-कर्म किया था!!

तो कुछ दावेदार खड़े हो गए—क्योंकि कुछ कपड़े-लत्ते जहाँ के तहाँ रखे थे।

एक ने कहा, 'मैं उसे ताड़ी पिलाया करता था।'

दूसरा बोला, 'वाह! मेरा खेत उसके खेत से मिला हुआ है, रात में गपशप होती थी। मैं कभी-कभी उसके खेत की रखवाली किया करता था।'

'यह भी कोई बात हुई?' एक ने टोका।

एक बुढ़िया न मानी, 'वह मुझे काकी-काकी कहते न थकता था।'

'जिसकी लाठी उसकी भैंस' वाले ने बुढ़िया के दावे पर पानी फेर दिया, 'और जब वह कहते-कहते थक गया तब भगवान् के घर चला गया, दाह के समय न काम आया कोई!'

निदान मरे के कपड़े-लत्ते भी उसने हथिया लिये। यह अपहरणकर्ता अकेला न था, और उसकी पीठ पर उस इलाके का देशमुख जो था।

संध्या समय मृत व्यक्ति का चचेरा भाई आ गया। उसने उत्तराधिकारी होने का पूरा विवाद किया, परंतु वह जीत न सका।

पराजित चचेरे भाई ने देशमुख से फरियाद करना व्यर्थ समझा। वह अहिल्याबाई के पास उतनी दूर महेश्वर जा नहीं सकता था, इसलिए अंबाड के कमाविसदार के पास पहुँचा।

कमाविसदार ने पूछा, 'मरे का क्रिया-कर्म करने के समय क्यों नहीं पहुँचे तुम?'

उस दुखिया ने उत्तर दिया, 'भाई की बीमारी का समाचार सुनते ही गाँव से चल पड़ा था। गैल में रात हो गई। भीलों ने पकड़ लिया और तब छोड़ा जब घर से छुटौती के पैसे मँगवाकर उन्हें दिए। इसलिए भाई का क्रिया-कर्म नहीं कर पाया।'

कमाविसदार को देशमुख के पक्षपात का पता लग गया। भीलों की बटमारी के दमन का प्रयास जितना बनता था, करता ही रहता था; देशमुख का वैर कौन बिसाए, इसलिए फरियादी को टाल दिया।

अन्याय-पीड़ित व्यक्ति को भरोसा हो गया कि अहिल्याबाई के हाथों ही उसे न्याय मिलेगा—वहाँ लाठीवाले की नहीं चलेगी। वह महेश्वर चला गया और उसने अहिल्याबाई को अपनी फरियाद सुना दी।

: २ :

पंचमी का चंद्रमा पश्चिम के ऊँचे पहाड़ों के पीछे छिप जाने के लिए सरकता चला जा रहा था। एक व्यक्ति नर्मदा किनारे पर खड़ी पहाड़ी के ऊपर धीरे-धीरे चढ़ रहा था। पहाड़, जंगल, नदी के विस्तृत पाट और मांधाता टापू पर छाई हुई रात चारों दिशाओं से अँधेरे को समेटने में लगी हुई थी। जाते हुए चंद्रमा और आते हुए अँधेरे के बीच बड़े-बड़े तारे हँस उठे थे और छोटे-छोटे तारों की मुसकान फैलने-सिकुड़ने लगी थी। उस स्तब्ध खड़ी पहाड़ी से सटकर बहनेवाली नर्मदा वक्र चंद्रमा की उदासी, तारों की मुसकान और सिमट-सिमट आनेवाली अँधेरी को समान भाव से अपने अंचल में भरती चली जा रही थी।

वह खड़ी पहाड़ी पर हाँफ साधते हुए धीरे-धीरे चढ़ता चला जा रहा था। चढ़ाई लगभग सीधी थी। बड़े-बड़े ढोंके, छोटी-मोटी चट्टानें, बीच-बीच में छोटे-मझोले पेड़। मार्ग का ऊबड़-खाबड़पन रुक-रुककर चढ़नेवाले का एक सहारा भी था। पहाड़ी की चोटी थोड़ी-सी ही दूर रह गई थी, पर वहाँ पहुँचने में साँस साथ नहीं दे रही थी। वह एक चट्टान से टिककर खड़ा हो गया। साँस सध गई तो बड़बड़ाने लगा—

'यहाँ से गिरके नर्मदा में डूबकर मरनेवाले तर जाते हैं। अपने मन का कुछ भी नहीं कर पाता। बल-पौरुष में किसीसे कम नहीं। बड़ों-बड़ों के दाँत खट्टे कर दिए, फिर भी मेरा कोई मूल नहीं! मुझे कोई नहीं चाहता—न बाप, न माँ। तो चलूँ ऊपर की चोटी पर, और वहाँ से नीचे—'

उसने एक-दो डग रखे ही थे कि चट्टान के पीछे से किसीका स्वर सुनाई पड़ा—

'ठहरिए!'

चढ़नेवाला थम गया; पर सकपकाया नहीं।

चट्टान के पीछे से एक व्यक्ति निकलकर उसके पास जा खड़ा हुआ।

हाथ जोड़कर बोला, 'श्रीमंत! यह क्या कर रहे हैं? घर लौट चलिए।'

कुछ क्षण उपरांत उसने कहा, 'अरे! दादा हैं क्या?' ध्वनि में आश्चर्य था, परंतु ढलते हुए चंद्रमा के क्षीण प्रकाश में आगंतुक ने लक्ष्य नहीं कर पाया कि उसके चेहरे पर अचंभे का कोई चिह्न नहीं था।

'हाँ, मैं ही हूँ। चलिए घर। मातुश्री चिंतित हैं।'

'उनको कैसे मालूम कि मैं यहाँ इस काम के लिए आया हूँ।'

'यह काम है! मातुश्री बहुत पल्ले का सुनती हैं और बहुत दूर का देखती हैं। चलिए, नहीं तो हम सब घोर संकट में पड़ जावेंगे।'

'मेरे पीछे कुछ भी हो, मैं ऐसे नहीं जाने का; मरने के लिए आया हूँ।' उसने चोटी की ओर चढ़ने के लिए पैर उठाए। आगंतुक ने कंधा पकड़ लिया। वह रुक गया।

बोला, 'भारमल दादा, मातुश्री देवी न तो पिताजी को समझाती हैं और न बड़े भाई को। पिताजी उत्तर हिंदुस्थान फतेह करने गए और साथ के लिए काशीराव को बुला भेजा है। मैंने अपने लिए कहा तो आनाकानी कर दी!'

'कोई बात नहीं, कोई बात नहीं। किसी-न-किसी दिन बुलावेंगे। अब की बार मातुश्री कहेंगी।'

वह थोड़ी देर चुप रहा; जैसे कुछ सोच रहा हो।

जिसे भारमल दादा संबोधित किया गया था, उसने प्यार और विनय के साथ उसकी पीठ पर हाथ फेरा और कहा, 'मैं उनकी सेवा में सदा रहता हूँ, अवसर आने पर याद दिलाऊँगा। यहाँ से चलिए।'

'तो आप जानें, दादा। मैं किसीसे कम नहीं। सारे हिंदुस्थान को विजय करने का दम रखता हूँ।'

भारमल ने उसे कंधे से लगाकर धीरे से छोड़ दिया—उसके मुँह से शराब की बू आ रही थी।

'किनारे पर सवारी तैयार खड़ी है। महेश्वर चलिए,' भारमल का स्वर स्नेह-प्रचुर था।

'नीलगढ़ गाँव में मेरा घोड़ा है, नौकर-चाकर भी हैं। अभी महेश्वर नहीं जाऊँगा।'

वे दोनों धीरे-धीरे उतरकर नीचे आ गए।

चंद्रमा डूब चुका था। तारे झिलमिल करते हुए नर्मदा की जलराशि पर उतरा-से रहे थे। नर्मदा अपने दोनों ऊँचे किनारों को निर्द्वंद्व स्वर में आशीर्वाद देती चली जा रही थी। सिद्धेश्वर महादेव के मंदिर से शंख, झालर और घंटे की ध्वनि उस आशीर्वाद का साथ दे रही थी। मंदिर का शिखर जैसे तारों की झिलमिल को दूर से पुचकार रहा हो।

किनारे पर एक घोड़े को साईस थामे खड़ा था। उससे थोड़ी दूर कुछ घुड़सवार अपने-अपने घोड़े सँभाले थे। उन सबने भारमल के साथवाले को विनम्र प्रणाम किया।

स्नेह के साथ भारमल ने कहा, 'भैया मल्हारराव, महेश्वर ही चले चलो। नीलगढ़ बहुत छोटा-सा गाँव है, कष्ट होगा।'

मल्हारराव ने नाहीं की, 'नहीं, दादा, नीलगढ़ ही ठीक रहेगा। कल चोली पहुँच जाऊँगा और यदि मन में आ गया तो रात में ही चल पड़ूँगा।'

'रात में! चोली गाँव नीलगढ़ से ग्यारह-बारह कोस बैठेगा। तिस पर मार्ग बहुत बीहड़! ऐसा न करो, विनती करता हूँ।'

मल्हार ने पिघलने का लक्षण दिखलाया, 'चलकर देख लीजिए न, आराम का सब सामान है नीलगढ़ में।'

भारमल को उसके साथ जाना पड़ा। मल्हार को एक घोड़े पर बिठला दिया गया। गाँव निकट ही था। वे सब शीघ्र पहुँच गए।

गाँव छोटा था, परंतु गाँव बाहर एक बड़ा मंदिर था। घोड़ों की टापों की आहट पाकर मंदिर से कई लोग निकल आए।

मल्हार के एक मुँहलगे प्यादे ने पास आकर कहा, 'दादा साहब, मैंने तो कहा था कि श्रीमंत थोड़ी देर में लौटे आते हैं, व्यर्थ मत भटकिए।'

'कमबख्त कहीं का! जा यहाँ से!!' मल्हार ने डाँटा और घोड़े से उतरकर मारने को दौड़ा। नौकर भाग गया।

भारमल ने टोका, 'मातुश्री की आज्ञा थी—'

मल्हार रुक गया, 'क्या आज्ञा थी?' मल्हार के स्वर में थोड़ी-सी घबराहट थी।

'यही कि जहाँ तक हो सके, आपको साथ लेता आऊँ,' भारमल ने उत्तर दिया।

'इस समय किसीको कष्ट नहीं दूँगा। यहीं ठहरूँगा, चोली नहीं जाऊँगा। मातुश्री के दर्शन कल-परसों करूँगा।' मल्हार ने कहा।

भारमल ने अनुरोध किया, 'तो फिर बड़वाहा में जाकर विश्राम करिए। दूर नहीं है, लगभग दो कोस होगा। मंदिर उपयुक्त स्थान नहीं है, थोड़ी-सी ही जगह होगी उसमें।'

मंदिर में शराब पीकर नहीं जाना चाहिए, 'उपयुक्त स्थान नहीं है' का तात्पर्य मल्हार समझ गया। कुढ़कर बोला, 'बड़वाहा में विश्राम करूँगा! बड़वाहा महादजी सिंधिया का गाँव है, जहाँ से वह मंडलेश्वर के दो कोस पूर्व धरगाँव तक अपने राज्य में घुसा हुआ है। उसमें विश्राम की भीख माँगूँगा? जिस दिन महादजी का अधिकार इस परगने से निकाल बाहर करूँगा, उस दिन बड़वाहा के नागेश्वर कुंड में स्नान करके चैन की साँस लूँगा।'

भारमल ने कहा, 'पटेलबुवा से इन दिनों मैत्री है, उनके लिए अपने मुँह से ऐसी बात नहीं निकालनी चाहिए।'

'मेरे भीतर जो कुछ होता है, उसे कह डालता हूँ। आप लोग बनाए रखिए भीतर-बाहर का अंतर। मुझे क्या,' मल्हार न माना।

भारमल ने विवाद नहीं बढ़ाया। थोड़ी देर में अपने सवारों को लेकर महेश्वर चला गया।

: ३ :

रात का तीसरा पहर अपनी अंतिम घड़ियों पर था। महेश्वर के नीचे नर्मदा

कलकल करती हुई बहती चली जा रही थी। नगर में गश्त लगानेवाले चौकीदारों की 'जागते रहो! सावधान रहो!!' से स्तब्धता चौंक-चौंक-सी पड़ती थी। ठंडी पवन-झकोरें उसे सहला रही थीं।

घाट के अनेक विशाल मंदिर मौन-सा साधे हुए नर्मदा के कलरव को सुन रहे थे। मंदिरों के पीछे स्थित किले में ठौर-ठौर पर पहरेदार सजग थे।

किले के एक बड़े भाग में महारानी अहिल्याबाई इतनी गई रात भी कार्यव्यस्त थीं। उनको आवश्यक पत्र सुनाए जा रहे थे। वह अपने आदेश लिखवाती जाती थीं।

उनकी आयु इस समय लगभग तिरसठ बरस की थी। केशों का रंग तिलचाँवरी, माथा चौड़ा, भौंहें लंबी खिंची हुई, आँखें बड़ी-बड़ी, चेहरा गोल भरा हुआ। कुछ बारीक झुर्रियाँ आ गई थीं; परंतु साँवले रंग में छिपी-सी थीं, होंठ निश्चय और उदारता के द्योतक, शरीर सुडौल, कद मझोला, आँखों में ऐसी दीप्ति, ऐसा तेज जैसा योगियों में सुनते आए हैं।

निबटाने के लिए जो अंतिम पत्र रह गया था वह सुदूरवर्ती अंबाड के कमाविसदार का था। मामला एक मृत के चचेरे भाई का था, जो अपने को उसकी जायदाद का उत्तराधिकारी कहता था। शिकायत यह थी कि एक दूसरा व्यक्ति मृत की तलवार, नकदी, भेड़-बकरी इत्यादि परगने के देशमुख के षड्यंत्र-सहयोग से जबरदस्ती ले भागा। अहिल्याबाई ने तत्काल निर्णय किया, 'तुरंत अनुसंधान करो कि असली उत्तराधिकारी कौन है। यदि वादी ही मृत का चचेरा भाई है तो तुरंत उसे कौड़ी-कौड़ी दिलवाओ और जबरदस्ती करनेवाले अपराधी को कड़ा दंड भी दो। हमारे पास आगे कोई शिकायत न आने पावे।'

सचिव लिखते-लिखते थक गए थे, परंतु अहिल्याबाई को जमुहाई तक न आई थी। पहरेदारिनी ने विनय की, 'भारमल दादा होलकर आ गए हैं। दर्शन करना चाहते हैं।'

'अभी भेजो।' अहिल्याबाई ने कहा।

सचिव अपना बस्ता बाँधकर चले गए। भारमल ने आकर चरण स्पर्श किया।

भारमल दादा होलकर दासी-पुत्र था, अहिल्याबाई से आयु में पाँच वर्ष छोटा, परंतु वह अहिल्याबाई को मातुश्री कहता था। भारमल मझोले आकार से कुछ ऊँचा था, गठीला, बहुत स्वस्थ। आकृति दृढ़। अहिल्याबाई ने भारमल को आशीर्वाद दिया; जैसे गंगा ने हिमालय को असीसा हो। हिमालय गंगा से बहुत जेठा है, परंतु गंगा की ओजस्विनी पवित्रता के सामने मानो हाथ जोड़े खड़ा हो!

'मल्हार कहाँ है?' अहिल्याबाई ने धीमे स्वर में पूछा।

'मांधाता टापू के पासवाले गाँव नीलगढ़ में हैं। माता चिंता न करें। मल्हारराव का वह छल था, या धमकी थी। वह खड़ी पहाड़ी से गिरेंगे नहीं।' फिर भारमल ने संक्षेप में सब कथा सुना दी। अहिल्याबाई के होंठों पर मुसकान आई। उस मुसकान में वरदता थी। भारमल की थकावट चली गई।

'यहाँ कब तक आएगा वह?' अहिल्याबाई ने पूछा।

'कुछ ठीक नहीं, माता। कहते थे, कल-परसों आऊँगा।'

'अच्छा, मैं अब सोऊँगी। तुम भी जा सोओ। बहुत थक गए होगे।'

अंतिम वाक्य में इतनी सहानुभूति और मृदुता थी कि भारमल को अपनी नस-नस में स्फूर्ति प्रतीत हुई। भारमल के चले जाने पर अहिल्याबाई ने शयन किया।

पहरेदारों के सिवाय सब सो गए थे। रात के दूसरे पहर के उपरांत अहिल्याबाई अपने किसी सेवक या सेविका की सहायता की अपेक्षा नहीं करती थीं—अपने को भले ही कुछ कष्ट हो जाय, परंतु दिन-भर के थके-माँदे नौकर-चाकर क्यों अधिक थकाए जावें। अहिल्याबाई ने एक छोटा-सा स्वप्न देखा—

चारों ओर आग लगी हुई है—बीच-बीच में पोखरों, जलाशयों में पानी तो भरा है, परंतु आग बुझाने के लिए उसे काम में बहुत थोड़े लोग ला रहे हैं; एक वह स्वयं अथक परिश्रम कर रही हैं, मंदिरों के घंटे बज रहे हैं।

आँख खुल गई। प्रातःकाल हो गया था। पखेरू बोल उठे थे। वह थोड़ा-सा ही सो पाई थीं, परंतु अलसा नहीं रही थीं। मन में ओज था। उन्होंने संकल्प किया, 'तुकोजी के इन लड़कों को सुधारने-सँभालने में महादेव मेरी सहायता करेंगे।'

: ४ :

चोली महेश्वर के उत्तर-पूर्व में लगभग चार कोस की दूरी पर है। पुराना पुरवा है, आसपास बिखरे हुए मंदिर हैं—श्रद्धा और सौंदर्य के भग्नावशेष। गौरी सोमनाथ नाम का एक शिव मंदिर अहिल्याबाई के ससुर मल्हारराव (प्रथम) की पत्नी गौतमाबाई ने बनवाया था, जिसके सभामंडप का निर्माण अहिल्याबाई ने किया था।

गाँव के बाहर विस्तृत झील है। निकट ही जामघाट नाम का ऊँचा पहाड़ और पठार है। झील के निर्मल विस्तृत जल में सूर्यास्त के समय अचल जामघाट लहरों में मानो अपनी चंचल परछाहीं चुपचाप देखता हो। झील के समीप कालभैरव

का प्राचीन विशाल मंदिर था। इसके पास ही एक बड़ा भवन था, जिसमें तुकोजीराव होलकर के पुत्र काशीराव, मल्हारराव, यशवंतराव और विठोजी कभी-कभी प्रवास करते थे। बाग-बगीचे थे, छावनी थी, सब तरफ चहल-पहल; सबसे अधिक उस भवन में, जहाँ मल्हारराव नीलगढ़ से लगभग दोपहर के समय आकर सो गया था और संध्या के उपरांत उस घड़ी रात की अगवानी में लगा हुआ था।

उस विशाल भवन की एक बड़ी अटारी में दीपों का प्रकाश था। मसनद और तकिये लगे थे। छत से विविध रंगवाले झाड़-फानूस लटक रहे थे। मुगल सरदारों की जो नकल मालवा और दक्षिण में आई थी उसका यहाँ छोटा-सा नमूना था। मल्हारराव के सामने चौकी पर शराब की सुराहियाँ और सोने के प्याले छकछका रहे थे। पीने और पिलानेवाले साथ थे ही। मल्हारराव की आयु इस समय अट्ठारह से कुछ ऊपर थी। बड़ी-बड़ी आँखें, आकर्षक चेहरा। ओठ पर रेख खेलने लगी थी। सारी देह से शक्ति और लोच झलक रही थी। किसी महत्त्वपूर्ण योजना पर चर्चा गरम थी।

'छत्रपति शिवाजी महाराज ने जब अपना काम आरंभ किया,' मल्हार कह रहा था, 'तब उनके पास कितने मावली थे? मुश्किल से बीस-बाईस। हिला दिया उन्होंने दक्षिण के पहाड़ों, पूर्व-पश्चिम के समुद्रों और उत्तर के मैदानों को। अपने पुरोहित कहते हैं कि मेरी जन्मकुंडली में बहुत बड़ी-बड़ी बातें लिखी हैं।'

साथियों ने सकारा। एक ने दूसरी मोड़ पकड़ी, 'कहीं सूबेदारजी ने साथ लगा लिया होता तो बहुत बात बनती।'

मल्हार ने अपनी दिशा नहीं छोड़ी, 'पहले मैं भी यह सोचता था, इसलिए वह कलवाला ढोंग रचा था। उससे भी कुछ-न-कुछ लाभ होगा। पर अब तो आरंभ यहीं कहीं से करना है। नर्मदा का उत्तर और दक्षिण दोनों खुले पड़े हैं।'

इसके उपरांत कहाँ क्या करना है, इस प्रसंग पर छक्के-पंजे की उड़ती रही।

जब ये सब काफी पी चुके थे, एक व्यक्ति मुसकराता हुआ अटारी में आया। उसकी किसीने रोकटोक नहीं की। सिर पर बड़ी पगड़ी, माथे पर इतना चकचका त्रिपुंड कि लंबाई-चौड़ाई में पगड़ी से होड़-सी लगा रहा था। छोटी आँखें, लंबी नाक, खिचड़ी रंग की मूँछें, अवस्था अधेड़। आँखों की चमक में पाजीपन जैसे छिपने-लुकने का प्रयत्न करता हो।

आते ही उसने कहा, 'श्रीमंत काशीराव बुला रहे हैं। सूबेदारजी का समाचार आया है।'

'क्या समाचार भेजा है पिताजी ने? मुझे बुलवाया है उत्तर के लिए उन्होंने?'

मल्हार ने प्रश्न किया।

'बड़े भाई बतलाएँगे, वहीं चलिए', आगंतुक ने उत्तर दिया।

मल्हारराव उसके साथ चला गया। यह इन सबका संगी-साथी था। नाम भीकाजी उद्‌भव।

काशीराव दूसरी अटारी में था। यहाँ भी वैसी ही सजावट थी। सुराहियाँ या प्याले वहाँ न थे, परंतु शराब की महक छाई हुई थी। काशीराव पी चुका था और उसके साथी भी, जो मल्हार के साथियों की अपेक्षा कुछ अधिक थे; जिन्हें वह अपनी अटारी में छोड़ आया था।

मल्हार काशीराव के पास मसनद पर जा बैठा। भीकाजी पास के एक आसन पर बैठ गया। काशीराव मल्हार से जेठा था। मूँछें फर्राने लगी थीं। शरीर का गठीला और देखने में रोबीला था।

काशीराव ने कहा, 'दो दिन पीछे यहाँ से कूच करना है। तुम्हें माताजी के पास इंदौर रहना पड़ेगा।'

'पिताजी ने क्या यही संवाद भेजा है?'

'बिलकुल यही।' काशीराव ने संक्षेप में रूखा उत्तर दिया। मल्हारराव उत्तर से नहीं, उसके रूखेपन से तिलमिला गया। थोड़ी देर दोनों चुप रहे।

तुकोजी की पत्नी का नाम रुक्माबाई था। ये दोनों उसी से जन्मे थे। इनसे छोटे यशवंतराव और विठोजी थे, एक दूसरी स्त्री से। यशवंतराव की आयु इस समय आठ वर्ष की थी, विठोजी की और भी कम। ये दोनों चोली में नहीं थे। रुक्माबाई की मल्हार से नहीं पटती थी। इंदौर का निवास इसे बहुत अप्रिय था।

कुछ क्षण उपरांत मल्हारराव ने कहा, 'मलाई तुम चाटो, धूल हम फाँकें!' उसके स्वर में मद की मादकता नहीं थी।

'मालूम होता है बहुत पी आए हो, मुँह से बड़ी दुर्गंध आ रही है।'

'ओ हो हो! तुम्हारे मुँह से तो मानो चंदन-कपूर बह रहा है। फिरंगियों की जो बरंडी पिताजी पीते हैं, तुम पीते हो, उसको मैं भी—'

'चुप! निर्लज्ज मूर्ख!! कल आत्महत्या करने मांधाता की पहाड़ी पर गया था!!!'

'जरूर गया था, क्योंकि तुम लोगों के मारे जीना दूभर हो गया है। मातुश्री के भेजे भारमल दादा आ गए थे, नहीं तो—'

'मर जाता तो अच्छा होता।'

चिमनाजी ने तुरंत बीच-बचाव किया, क्योंकि दोनों ने अँगरखे की बाँहें

चढ़ा ली थीं, 'श्रीमंत! श्रीमंत!! क्या करते हैं? क्या करते हैं? सभी के लिए बहुत बड़े काम क़रने को पड़े हैं। बल-पौरुष का प्रयोग शत्रुओं पर करना है, न कि आपस में। शांत रहिए।'

मल्हार उठ खड़ा हुआ। काशीराव बैठा रहा। भर्राए स्वर में बोला, 'तो तुम इंदौर नहीं जाओगे?'

'इन दिनों तो कदापि नहीं।'

'यहाँ क्या करोगे?'

'जो अच्छा लगेगा।'

'कल मातुश्री के पास महेश्वर जाओ। उन्होंने बुलाया है।'

'जाऊँगा, पर तुम्हारे कहने से नहीं, और न तुम्हारे साथ।'

'अच्छा यहाँ से जाओ और सोओ। कल जब तुम्हारे सिर से भूत उतर जाएगा, तब बात करूँगा।'

मल्हार जाते-जाते कह गया, 'अपने सिर के भूत की चिंता करो।'

काशीराव के साथी चुप थे। भीकाजी बोला, 'श्रीमंत उन्हें क्षमा कर दें। अभी वह लड़के ही तो हैं।'

'लड़का क्या, साँप जैसा विषैला है। पिताजी ने लाड़-दुलार में बिगाड़ा है।'

कुछ क्षण स्तब्धता रही। काशीराव ने भीकाजी से कहा, 'आप उसे जाकर समझा दो। शायद आपकी कुछ सुन ले।'

भीकाजी वहाँ से मल्हार की अटारी में आया। वह अकेला टहल रहा था, साथी बिदा कर दिए गए थे।

भीका ने समझाया, 'आप शांत रहें। आपका भविष्य बहुत उज्ज्वल है। काशीरावजी बेसमझे इधर-उधर की कह उठते हैं। बिराजिए, आगे की बातों पर विचार करें।'

दोनों एक मसनद पर बैठ गए। 'आप कहते हैं मेरा भविष्य उजला है, पर मुझे तो उसपर न जाने कितनी अँधेरी दिखलाई पड़ती है,' मल्हार ने कहा। उसके स्वर में लड़खड़ाहट न थी।

'भविष्य के बनाने में अपना बाहुबल काम में लाना पड़ता है, फिर सारे विघ्न टल जाते हैं।'

'इस समय सबसे बड़े बाधक बड़े भाई दिख रहे हैं।'

'सूबेदार साहब ने, इन्हीं को अपना पद देने का विचार किया है।' इधर-

उधर देखकर कि कहीं कोई है तो नहीं, भीकाजी ने मल्हार को उकसाया।

'मुझे भी शंका है, आपको कैसे मालूम हुआ?'

'सब देखता-सुनता रहता हूँ। मुझे चारों भाइयों में आप ही सबसे अधिक प्यारे हैं। किसीको मालूम न हो पावे।'

'नहीं कहूँगा। इसीलिए पिताजी मुझे साथ नहीं लगाते। मातुश्री मेरे लिए कुछ करेंगी—'

'सो तो ठीक है, सो तो ठीक है। पर आपको भी कुछ तैयारी कर लेनी चाहिए। भगवान् सूबेदारजी को हजार वर्ष की आयु दें; परंतु किसने देखा है, कब क्या हो जाए। बीमार हो-हो जाते हैं। उनके ग्रह अच्छे नहीं हैं। भगवान् उन्हें जुग-जुग जीवित रक्खें।'

'आपने खूब कहा, मैं इन दिनों तैयारी की ही बात सोचता रहता हूँ।'

'कुछ सेना हाथ में हो, कुछ रुपया गाँठ में हो।'

'सिपाही इकट्ठे करूँगा, बहुत मिल जाएँगे। भील, भिल्लाल, मोघिये, सोंधिये, राजपूत, मराठे अनेक आ जुटेंगे। जैसे बनेगा, पिताजी से पैसा लूँगा और, और, न जाने कितने लोगों ने लाखों रुपए इकट्ठे कर रक्खे हैं। फिर इनपर झपट लगानी होगी। देखूँगा, देखूँगा।'

'पहले पिताजी से कुछ रुपया किसी बहाने लीजिए, फिर तो बड़ा खुला मैदान पड़ा है। नर्मदा का उत्तर, नर्मदा का दक्षिण, संपूर्ण हिंदुस्थान!'

'अहा हा हा!' मल्हार की आँखों में मस्ती और स्वर में यकायक पैनापन आ गया, 'भीकाजी, आप क्या अंतर्यामी हैं?'

भीकाजी मोदमग्न हुआ—

'नहीं तो। थोड़ा-बहुत ज्योतिष जानता हूँ, बस। ऐसी कौन-सी बात कही मैंने?'

'जो कुछ मेरे जी में था, जो कुछ मैंने थोड़ी ही देर पहले अपने साथियों से कहा था, वही तो आपके मुख से निकला, वही तो! आप बहुत दूर की देखते हैं। मैं पिताजी से रुपया अवश्य लूँगा, नहीं तो कुछ उपद्रव करूँगा।'

'मेरी सलाह मानिए। सूबेदार साहब से रुपया गाँठने की विधि बतलाता हूँ।'

'बतलाइए, बतलाइए।'

'देखिए, मन के भीतर की भीतर ही रखिए। बड़ों ने कहा है कि काम ऐसे करो की दाएँ हाथ का किया बायाँ न देख पाए। आप अभी चलकर काशीरावजी के पैर सहलाइए—'

'पैर सहलाऊँ!'

'हाँ, श्रीमंत, और खूब मीठा बोलिए। उनकी बुद्धि बहुत प्रखर नहीं है, सो आप जानते ही हैं। सूबेदार साहब से रुपया वही दिलवाएँगे और खुद भी देंगे।'

मल्हार के माथे में लहरें उठ-उठकर आपस में टकरा रही थीं। चुप रहा।

भीकाजी ने कहा, 'कपड़े में लपेट के दाँत से काट ले, तो जूठा नहीं होता।'

इस कहावत के अर्थ या अनर्थ की मल्हार को अपेक्षा नहीं हुई।

हँसकर बोला, 'करूँगा, करूँगा। चलिए।'

'वाह! ऐसे नहीं श्रीमंत। मैं जाकर ठीक-ठाक कर लूँ, फिर करिए वह नाटक।'

मल्हार मान गया। भीका चला गया। मल्हार को झपकी आ गई। जब भीका लौटा, वह तकिये के सहारे था। भीका ने जगाया—

'सो गए क्या?'

'नहीं तो। सोच रहा था कि जैसे ही रुपया गाँठ में आया कि जय श्रीगणेश किया।'

वह भीका के साथ काशीराव के पास गया। हाथ जोड़े, पाँव पलोटे। काशीराव पहले ही पिघल चुका था। प्यार-दुलार पर आ गया।

'तेरा दिमाग कभी-कभी गड़बड़ कर उठता है, वैसे तू बहुत बहादुर है।'

'मेरी बहादुरी आप काम में लावें तब जानूँ।'

'लाऊँगा, लाऊँगा, बहुत काम पड़ा है।'

'पिताजी को, आपको चंगे सिपाहियों की जब-तब अटक पड़ जाती है। मैं भरती करके तैयार रक्खूँगा। जब जहाँ बुलाया जाऊँगा, ले आऊँगा।'

'बहुत ठीक है।'

'भरती के लिए रुपया दिलवाओगे न दादा?'

'मातुश्री रुपया-पैसा देने में बहुत झक-झक करने लगती हैं।'

'उत्तर का इलाका उनके प्रबंध में है, दक्षिण का अपने में। इसमें से कुछ मिलना चाहिए। थोड़ा-सा मैं जोड़ लूँगा।'

'हाँ, तुम्हीं को जोड़ना पड़ेगा। फिर भी कुछ तो दिलवा ही दूँगा।'

'अभी कितना दोगे, दादा?'

थोड़े से सोच-विचार के बाद काशीराव ने बतलाया, 'लगभग एक हजार दे दूँगा।'

'बस! खैर, इतने से ही आरंभ कर दूँगा। कब देंगे रुपया?'

'कल दे दूँगा।'

थोड़ी देर की पाँव-पलोटी के बाद वे दोनों अलग हो गए। भीका मल्हार के पीछे-पीछे गया।

एकांत होने पर भीका ने प्रसन्न होकर कहा, 'आपका भविष्य शुभ है, मैंने कहा था न!'

'मैं मान गया। जैसे ही रुपया मिला, काम चालू कर दूँगा। अब तो कुछ समय तक उत्तर की चढ़ाई के लिए नहीं ललकना पड़ेगा।'

'यहीं काम बहुत है। कल मातुश्री से भी कुछ लीजिए।'

'प्रयत्न करूँगा। आपको दक्षिणा मिलेगी।'

: ५ :

भीका के साथ मल्हारराव महेश्वर आया। दूसरा पहर हो गया था। जाड़े की ऋतु लग चुकी थी। जामघाट इत्यादि पहाड़ों पर सर्दी की ठिठुरन थी, परंतु नर्मदा के कछारों में गरमी थी। घाट के ऊपर अहिल्याबाई के बनवाए हुए मंदिरों के चिलकते हुए शिखर और दमकते हुए कलश नर्मदा की फैली हुई जलराशि पर खेलती हुई रवि-रश्मियों को, मानो, अपनी नई-पुरानी गाथा झूम-झूमकर सुना रहे हों। महेश्वर—प्राचीन माहिष्मती—भारत के अत्यंत पुरातन और पुनीत स्थानों में से एक रहा है। अनेक बार क्षत-विक्षत हुआ, परंतु मरा कभी नहीं। सोया और पड़ा रहा, परंतु फिर जागा। उसके जगाने में अहिल्याबाई का पूरा हाथ था।

शिल्पियों, व्यापारियों, किसानों और मजदूरों की चहल-पहल से सारा नगर उमग रहा था। बाजारों की धूल सूर्य की किरणों को धुँधला-सा कर रही थी। घोड़े पर सवार मल्हारराव मार्गवालों का प्रणाम, आशीर्वाद लेता हुआ किले में चला गया। किले में पहुँचने के लिए बाहर-बाहर से भी मार्ग था, परंतु उसे प्रदर्शन प्यारा था, इसलिए घनी बस्ती में होकर आया। वह जानता था कि अहिल्याबाई के सामने इस समय नहीं पहुँच पाऊँगा; परंतु कुछ लोगों से बात करनी थी, इसलिए समय के पहले चला आया। अहिल्याबाई इस समय शयन कर रही थीं।

वह नित्य सूर्योदय के पहले उठ बैठती थीं। स्नानादि के उपरांत पूजन करतीं, फिर स्वाध्याय। फिर विद्वान् ब्राह्मणों से रामायण, महाभारत इत्यादि की कथा सुनने का क्रम आता। इसके बाद दीन-दरिद्रों को भिक्षा और भोजन देतीं, तब वह भोजन करके थोड़ी देर शयन करती थीं। दरबार इत्यादि का काम तीसरे पहर से संध्या तक चलता था।

मल्हार भारमल से मिला। इसका पूरा नाम था भारमल दादा होलकर। सुडौल गठीली देह, शांत विनयशील मुद्रा। आँखों से प्रतीत होता था जैसे कोई नम्र तपस्वी हो। अट्ठावन-साठ की आयु में भी लगता था जैसे बीस-पच्चीस के जवान से भी अधिक स्फूर्ति वाला हो।

'दादा, क्या मातुश्री ने मुझे क्षमा कर दिया?' मल्हारराव ने अनुनय के स्वर में पूछा—स्वर में मात्रा अनुनय की कम थी। भारमल जानता था कि उग्र प्रकृति का युवक है।

बोला, 'वह आपके लौट पड़ने से संतुष्ट हो गई हैं। चाहती हैं कि आगे आप कभी ऐसी कोई बात न सोचें।'

भीका साथ था। उसने अपनी बात जोड़ी, 'मुझे विश्वास है, दादा, भविष्य में कभी ऐसा नहीं करेंगे श्रीमंत। इनका भविष्य बहुत उज्ज्वल है।'

मल्हार को अच्छा लगा। 'मातुश्री मेरे सिर पर हाथ फेर दें तो मेरे उस बुरे संकल्प का पाप पुँछ जाएगा। उनके चरणों में माथा टेकने इसीलिए तो आया हूँ, दादा।' मल्हार ने कहा।

भारमल मुसकराया। उस मुसकराहट में मल्हार की बात का विश्वास व्यक्त नहीं हुआ, परंतु उसमें द्वेष या भर्त्सना भी न थी।

मल्हार के आने की सूचना अंतरंग में पहुँच गई। अहिल्याबाई ने बुला भेजा। भीका भी गया।

अहिल्याबाई के सामने पहुँचते ही मल्हार ने उनके पैरों में अपना माथा टेक दिया और कुछ क्षण टिकाए रहा। अहिल्याबाई ने उसके सिर पर हाथ फेरकर आशीर्वाद दिया। जब मल्हार ने सिर उठाया तो चेहरे को देखकर कोई भी अपरिचित यह नहीं कह सकता था कि यह शराब पीता है, अंडबंड बकता है और मरने-मारने पर भी उतारू हो जाता है। जान पड़ता था कि जैसे गंगाजल से मल्हार ने श्रद्धा के साथ मुँह धोया हो, जैसे लोहे को पारस छू गया हो!

अहिल्याबाई के होंठों पर मृदुल मुसकान आई—मानो निर्धूम अंगारों से उन्हीं के रंग की मंद थिरकती हुई लौ लहरा गई हो।

'आगे ऐसा कुछ मत करना रे मल्हार।' अहिल्याबाई ने कहा।

'कभी नहीं करूँगा, मातुश्री। वैसा पागलपन कभी मेरे सिर पर सवार न हो सकेगा,' मल्हार ने आश्वासन दिया। उसे यह नहीं मालूम था कि भारमल ने उसके छल की कहानी अहिल्याबाई को सुना दी थी।

'मूर्खता मत कर। काम कर, करने को यहीं बहुत-सा पड़ा है।'

'हाँ, मातुश्री, करूँगा; जो आज्ञा होगी, उसका पालन करूँगा।'

'काशीराव से लड़ा मत कर।'

'वह तो अब यहाँ से जा ही रहे हैं।'

अहिल्याबाई को मल्हार के भोलेपन पर हँसी आ गई—काशीराव यहाँ रहता तो भले ही लड़ता रहता!

'तू क्या काम करना चाहता है?'

'जो आदेश होगा, वही करूँगा। वैसे एक छोटे से दल का संगठन कर लूँ, फिर आप या पिताजी उसे जब या जहाँ चाहें, चाहे जिस काम पर भेज दें।'

'रुपया कहाँ से आएगा उस दल के लिए?'

'मातुश्री के चरणों की कृपा से। आप देंगी मुझे कुछ।'

उसी स्वर में, जो प्रखर नहीं था, अहिल्याबाई ने कहा, 'नहीं, यहाँ से रुपया नहीं मिलेगा। यह ढंग ठीक नहीं जान पड़ता। अपने खर्चे में से बचाओ।'

मल्हार के मुँह से निकला, 'जो आज्ञा,' परंतु उसमें आश्वासन की ध्वनि नहीं थी।

भीकाजी ने कुछ कहने की अनुमति लेकर निवेदन किया, 'मातुश्री महारानी ने उत्तर में बद्रीनाथ, केदारनाथ और कुरुक्षेत्र से लेकर दक्षिण में रामेश्वर तक, और पश्चिम में द्वारिका सोमनाथ से लेकर पूर्व में गया और जगन्नाथपुरी तक सैकड़ों मंदिर, धर्मशालाएँ, घाट, कुएँ इत्यादि बनवाए हैं, अन्नसत्र खोले हैं—ये सब अपनी खासगी जागीर की आय की बचत से। अपने निज पर कितना थोड़ा व्यय करती हैं—'

अहिल्याबाई ने आगे बोलने से रोक दिया, 'मेरा यह सब कुछ नहीं है। जिसका है, उसी के पास भेजती हूँ। जो कुछ लेती हूँ, वह मेरे ऊपर ऋण है। न जाने कैसे चुका पाऊँगी। भीका, भविष्य में ऐसी बात मेरे सामने न करना; अन्यथा ड्योढ़ी बंद करवा दूँगी—यहाँ कभी न आने पाओगे।'

भीका थर्रा गया। उसे अहिल्याबाई की ऊँचाई के साथ अपनी निचाई दर्पण में जैसी दिख गई। नीचा सिर करके रह गया।

मल्हार ने कुछ दृढ़ स्वर में अहिल्याबाई को विश्वास दिलाया, 'मातुश्री, मैं अपने उपाय से ही कुछ रुपया इकट्ठा करके काम चलाऊँगा।'

मल्हार को लेकर अहिल्याबाई दरबार करने चली गईं।

: ६ :

दरबार-भवन में अहिल्याबाई एक ऊँची चौकी पर बैठी थीं। रस या विलास

की वहाँ कोई सामग्री न थी। सरलता का आतंक छाया हुआ था। एक ओर नीचे मल्हार ने आसन ले लिया था। पास ही हिसाब लिखनेवाले कारिंदे और आदेशों के लिखने और जारी करनेवाले कारबारी कर्तव्यमग्न थे। मंत्री उन्होंने कोई नहीं रखा था। वैसे उनके अधिक विश्वासपात्र गोविंदपंत गानू, विसाजी शामराज और पाराशर दादाजी थे। एक और था जिसकी वह सबसे अधिक सुनती थीं, अंबादास पुराणिक। यह उनका गुरु था, परंतु उस समय वहाँ न था। वह दरबार में नहीं आया करता था, अंत:पुर में कथावार्त्ता सुनाया करता था।

अहिल्याबाई के सामने कागजों, फरियादों का ढेर लगा हुआ था। वह एक-एक करके निबटाने लगीं। गौतमापुर के बगीचे के लिए एक जोड़ी नए बैल खरीदे जाने थे। उन्होंने तुरंत स्वीकृति दी। चंबल नदी के समीप गौतमापुर इंदौर से उत्तर-पश्चिम में लगभग सोलह कोस की दूरी पर है, महेश्वर से लगभग छत्तीस कोस। इस पुर को उनकी सास गौतमाबाई ने बसाया था। पुर के बसाने के समय एक छूट दी गई थी—कोई भी हत्यारा, डाकू, बटमार गौतमापुर में परकोटे के भीतर पहुँच जाए, न तो वह पकड़ा जा सकता था और न उसे दंड दिया जा सकता था! ऐसी बस्ती के बगीचे के बैलों की खरीदारी का जोखिम कौन ले? अन्य स्थानों की भी छोटी-छोटी-सी बातों पर उन्हीं का आदेश लिया जाता था।

विसाजी शामराज ने अन्य पत्रों की समाप्ति पर एक कागज पेश करते हुए कहा, 'बुंदेलखंड में टीकमगढ़ एक नगर है—'

'जानती हूँ। वहाँ मैंने एक धर्मशाला बनवाई थी। पहले राजधानी ओरछा थी, जहाँ चतुर्भुजराय का मंदिर है।'

'हाँ, मातुश्री। फिर आपने चतुर्भुजराय नाम का वैसा ही मंदिर यहाँ नर्मदा के तीर पर बनवाया।'

'टीकमगढ़ की क्या बात कह रहे थे?'

'वहाँ की धर्मशाला में मरम्मत की जरूरत है।'

अहिल्याबाई ने मरम्मत के लिए कुछ रुपया स्वीकृत कर दिया।

फिर कहीं के मंदिर की दीया-बत्ती, भोग-व्यारी, गंगाजल पहुँचाने की विधि इत्यादि के खर्च का प्रबंध किया गया। भारत के सातों बड़े तीर्थों, अनेक उपतीर्थों, स्थान-स्थान पर जो बावड़ी-कुएँ खुदवाए थे, घाट और मार्ग बनवाए थे, उनके संबंध के पत्र पढ़े और निबटाए गए। खासगी जागीर और अन्य परगनों के आय-व्यय का लेखा-जोखा हुआ और हिसाब लिखा-पढ़ा गया। बीच-बीच में फरियादों का भी निर्णय होता जाता था। एक शिकायत कुछ सार्वजनिक थी :

दक्षिणी इलाके—नीमाड़, खानदेश—में कई जगह भीलों ने बटमारी की थी, उत्तर और पूर्व में मोघियों और सोंधियों ने ऊधम किया था, और बिलकुल निकट ही जामघाट के पठार पर गनपतराव मराठा नाम का एक डाकू टाँड़ों और यात्रियों की नाकों दम कर उठा था!

पाराशर दादाजी ने कहा, 'मातुश्री, यह गनपतराव मराठा मारता-काटता तो कम है, इसकी शिकायत हाथ-झुलाई कर लेने की बहुत है।'

'हाथ-झुलाई कर!'

'हाँ, मातुश्री, यात्रियों को जामघाटी से तब एक ओर से दूसरी ओर जाने के लिए हाथ झुलाता है जब पैसे रखा लेता है। इसको वह अपना हाथ-झुलाई कर कहता है।'

अहिल्याबाई के मन में बरसों पहले का एक संस्मरण बिजली की तरह कौंध गया : डाकुओं और बटमारों के मारे प्रजा बहुत त्रस्त हो गई थी; उन्होंने दरबार में घोषणा की कि जो कोई उपद्रवकारियों का दमन कर देगा, उसके साथ अपनी बेटी मुक्ताबाई का ब्याह कर दूँगी; यशवंतराव फणसे नाम के एक मराठा युवक ने बीड़ा उठाया और एक दिन आया जब फणसे ने सफलता प्राप्त की; मुक्ताबाई उसे ब्याह दी गई।

अहिल्याबाई ने मल्हारराव की ओर देखा। वह हाथ जोड़कर खड़ा हो गया।

'मल्हार बेटा, उपद्रवियों के दमन के लिए तुम भी कुछ करो। कुछ पैसा अपने हाथ खर्च से बचाओ, थोड़ा-सा मैं दूँगी। जनकल्याण के लिए आवश्यक है कि ऊधम करनेवालों का दमन किया जाए।'

मल्हार ने तुरंत उनके पैर छूकर स्वीकार किया। पहले से ही मन में लालसा सैन्यबल इकट्ठा करने की थी।

अहिल्याबाई ने कहा, 'शाबाश बेटा!' मल्हार का रोम-रोम फड़क गया।

पाराशर ने मल्हार पर आँख घुमाई और दूसरी ओर देखने लगा। उसको मन-ही-मन कुछ गड़ा। अहिल्याबाई का वह पुराना सेवक था। जानता था कि सुन तो वह सबकी लेती हैं, परंतु करतीं अपने मन का ही हैं, इसलिए कुछ नहीं बोला। मल्हार ने पाराशर की वह दृष्टि देख ली। मन में गड़ गई।

अहिल्याबाई ने मल्हार को स्नेह के साथ बिदा कर दिया। और तो सब चले गए, केवल विसाजी शामराज और गोविंदपंत गानू रह गए।

समस्या जो अहिल्याबाई को सबसे अधिक हैरान करती थी, वह उत्तर और दक्षिण के युद्धों की थी। दक्षिण में टीपू मराठों से हार चुका था। तुकोजी ने उत्तर की

ओर अभियान कर दिया था। अब जो उलझन उत्पन्न करनेवाली परिस्थिति थी वह उत्तर की थी। उलझन उन्हें उत्तराधिकार में अपने अग्रजों से मिली थी। उनके ससुर मल्हारराव का देहांत हुए बाईस वर्ष हो चुके थे। उन्होंने अपने निधन पर विस्तृत राज्य छोड़ा था : दक्षिण में लंबे-चौड़े भूमिखंड, खानदेश में बड़ी जागीर, नर्मदा की घाटी के नगर और जंगल, सतपुड़ा और विंध्याचल पर्वतों के किले, मालवा की उपजाऊ भूमि और पठार, अंतर्वेद के प्रदेश और राजस्थान के कई रजवाड़ों की चौथ। मल्हारराव महान् साहसी योद्धा थे, परंतु राजनीति में महादजी सिंधिया के समान चतुर और कुशल न थे। मल्हारराव के जीवनकाल में ही उनके पुत्र, अहिल्याबाई के पति, खंडेराव का देहांत हो गया था। खंडेराव से अहिल्याबाई को मालेराव पुत्र और मुक्ताबाई पुत्री हुई थी। मालेराव एक वर्ष राज्य करके मर गया। तुकोजीराव मल्हारराव के समय से ही सेना में काम करते थे। मालेराव के निधन पर अहिल्याबाई ने राज्य का कार्यभार अपने हाथ में लिया और सेना का काम तुकोजीराव के हाथ में दिया। तुकोजी सूरवीर योद्धा तो थे, परंतु राजनीतिज्ञ उतने भी न थे जितने मल्हारराव। महादजी सिंधिया का कोई मुकाबला न था।

महत्त्व की हर बात में तुकोजी अहिल्याबाई की सलाह लिया करते थे। राज्य का उत्तरी भाग अहिल्याबाई के माली शासन में था और सतपुड़ा के दक्षिण का तुकोजी के। हिसाब-किताब दोनों का अहिल्याबाई के हाथ में रहता था।

उधर तुकोजी उत्तर की ओर गए, इधर पूना दरबार ने, जिसका संचालन नाना फडनीस के हाथ में था, अलीबहादुर को उनके सहयोग के लिए भेजा। नाना फडनीस ने अलीबहादुर को महादजी की टाँग खींचने के लिए पीछे लगाया था। मल्हारराव के देहांत के बाद महादजी सिंधिया ने अपने पुरुषार्थ और कौशल से विस्तृत प्रदेश अर्जित किए थे। अलीबहादुर के उकसाने और नाना फडनीस की प्रेरणा से तुकोजी ने महादजी से उन प्रदेशों का आधा भाग होलकर राज्य के लिए चाहा। ज़ब महादजी ने गत युद्धों का खर्चा माँगा—उन्हें आर्थिक सहायता पूना से नहीं मिली थी, स्वयं ऋण ले-लेकर लड़ाइयाँ लड़ी थीं—तब तुकोजी ने असमर्थता प्रकट की। वे दोनों 'सोहबती'—साथी—कहलाते थे। 'सोहबतियों' में इतनी अनबन ठनी कि कभी न टूटी, बढ़ती ही गई। अहिल्याबाई देतीं भी तो कहाँ से देतीं उतना रुपया? और फिर वह तुकोजी से सहमत इस बात पर थीं कि महादजी को उन प्रदेशों का आधा भाग दे देना चाहिए! यह उनकी भूल थी। परंतु वह जानती न थीं। पूना दरबार और उत्तर के प्रपंचों की उन्हें जानकारी न थी।

विसाजी शामराज ने विनती की, 'उत्तर की चढ़ाई के लिए रुपए की माँग

अभी से होने लगी है।'

अहिल्याबाई ने कहा, 'जितना देते जाओ, उतना सब उत्तर में उड़ता चला जाएगा। हिसाब पर बंधेज रक्खूँगी।'

गोविंदपंत गानू बोला, 'जयपुर-जोधपुर की वसूली पड़ी हुई है। सिंधिया उसे अपना क्षेत्र बतलाने लगे हैं। लालसोता (लालसोट) की लड़ाई के बाद से उनका रुख ही कुछ और हो गया है।' गानू ईमानदार धर्मनिष्ठ सचिव था, परंतु परिस्थिति का उसे पूरा ज्ञान न था।

'तुकोजी होलकर और महादजी सिंधिया दो भाई-भाई-से हैं। एक भाई घर का प्रबंध करता रहे और दूसरा घर से बाहर निकलकर कमाई करे तो उस कमाई में दोनों का आधा-आधा हक होता है। सिंधिया को इस सिद्धांत के अनुसार बरताव करना पड़ेगा।'

सचिव इसपर कहते ही क्या?

संध्या होने लगी। अहिल्याबाई ने दरबार समाप्त किया। महल चली गईं। विसाजी और गानू एक ही मत पर पहुँचे—'होलकर घराना सदा से पूना दरबार की नीति का अक्षरशः पालन करता आया है। महादजी सिंधिया की नीति दूसरी है। उसको दबाना पड़ेगा। नहीं तो बहुत झंझट खड़ा होगा।'

निराधार आधार पर जो विश्वास बनाए-बिगाड़े जाते हैं उनसे भ्रम ही बढ़ता है, इसको वहाँ कोई नहीं कहता था। अहिल्याबाई ने चार घड़ी पूजन-उपासना की—उनका नियम था। भोजन किया और फिर दरबार का काम करने पर जुट पड़ीं। दरबारियों के लिए माथापच्ची का विषय सिंधिया द्वारा रामपुरा-भानपुरा पर दखल कर लेना था। रामपुरा-भानपुरा की रियासत युगों से उदयपुर वंश के चंद्रावत सीसौदियों की बपौती थी। मल्हारराव के जमाने में जयपुर राज्य के उत्तराधिकार के प्रश्न पर झगड़ा हो गया। छोटा भाई उदयपुर की राजकुमारी से जन्मा था। उदयपुर के राना और इस छोटे भाई ने मल्हारराव की सहायता ली। बड़ा भाई विष खाकर मर गया, छोटे भाई ने जयपुर की गद्दी पाई और रामपुरा-भानपुरा का इलाका तथा चौंसठ लाख रुपए होलकर को दिए। चंद्रावतों को यह सदा अखरता रहा। लालसोत(लालसोट) की लड़ाई में जैसे ही महादजी हारे, चंद्रावतों ने रामपुरा-भानपुरा को अपने हाथ में कर लिया। दूसरे साल, सहायता के लिए बुलावे के सिलसिले में, महादजी ने उनसे छीन लिया। एक कहावत चल पड़ी थी—'विष ने माधवसिंह को गद्दी दी, होलकर को रिश्वत दिलाई और मराठों को राजस्थान में मनमानी करने की पूरी सुविधा।' राजस्थान में पाया प्रबल महादजी का था। महेश्वर

के अधिकारियों को यह काँटे जैसा सालता था। और राजस्थान के राजपूत राजाओं और सरदारों में परस्पर वैमनस्य बहुत था। जैसे बाढ़ आने पर पानी का प्रवाह फैलता है, मराठे स्वभावतः चारों ओर फैल रहे थे। जनशक्ति और जन-धर्म के पुनर्जागरण का युग था, जिसका नायक महाराष्ट्र था। राजपूतों का शौर्य और परस्पर का वैमनस्य बढ़ती हुई प्रचंड मराठा लहर से टकराता और दबता रहा। यह लहर सिंधिया की शक्ति थी।

रामपुरा-भानपुरा ठीक उत्तर में महेश्वर से लगभग नब्बे कोस और इंदौर से सत्तर कोस हैं। बीस-बाईस वर्ष पहले अहिल्याबाई ने यहाँ के चंद्रावतों का दमन करने के लिए स्वयं सैन्य संचालन किया था, उसी इलाके में जाकर लड़ी थीं, और चंद्रावतों को हराया था। इसलिए उस प्रांत पर वह अपना अधिकार और भी अधिक नीतिसम्मत समझती थीं।

'उनको लिखो,' अहिल्याबाई ने आदेश दिया, 'कि रामपुरा का दखल छोड़ दें।'

'और यह भी लिख दूँ कि अन्यथा परिणाम बुरा होगा?' एक सचिव ने पूछा।

'नहीं, इस प्रकार की भाषा का प्रयोग नहीं किया जाना चाहिए।'

: ७ :

काशीराव अहिल्याबाई से बिदा लेकर उत्तर की ओर तुकोजीराव के पास पहुँचने के लिए चल पड़ा और मल्हारराव अपनी योजना को कार्यान्वित करने में लग गया। अपने पिता या बड़े भाई के साथ वह होलकर राज्य का बहुत-सा भाग घूम-फिर चुका था। उत्तर में हिंगलाजगढ़ के किले से लेकर नर्मदा के दक्षिण सतपुड़ा की पहाड़ियों में खड़े सेंध्वा और सीलू के दुर्गम गढ़ तथा पूर्व और पश्चिम के मैदानों और पठारों में फैले हुए छोटे-बड़े किले सब उसके मन में बसे हुए थे। सतपुड़ा, भानपुरा, नेमावर इत्यादि के जंगलों को भी जानता था। न मालूम कब कहाँ किसकी जरूरत पड़ जावे। घुड़सवार अच्छा था ही, यात्रा और पराक्रम के लिए मन उमड़ा करता था।

एक किला चाहिए था। इंदौर के कुछ निकट हो और महेश्वर से अपेक्षाकृत दूर। ऐसे अभीष्ट किले बहुत थोड़े थे, और वे अहिल्याबाई के सरंजामी सरदारों के अधिकार में थे। एक किला सिमरोल में था, जो इंदौर के दक्षिण में सात कोस की दूरी पर जंगल, पठार, चोरल नदी की घाटी और भरकों से घिरा हुआ था। महेश्वर

से कम-से-कम बीस कोस दूर। सिमरोल गाँव चोरल नदी के किनारे था। यहाँ से इंदौर को जो मार्ग गया था, वह अत्यंत रमणीक पहाड़ियों और हरी-भरी वनकुंजों में बल खाता कतराता-इतराता-सा गया था। किले में कोई सरंजामी सरदार नहीं रहता था। केवल थोड़े से चौकीदार रहते थे। सिमरोल में अपना अड्डा बनाने में मल्हार को कोई कठिनाई नहीं हुई। यहाँ से उत्तर-पूर्व और पश्चिम के क्षेत्र तो सुगम थे ही, नीलगढ़ गाँव के पास से, जिसकी निकटवर्ती खड़ी पहाड़ी पर से उसे भारमल उतार लाया था, नर्मदा पार करके दक्षिण में जा सकता था, जहाँ भील-भिल्लाल इत्यादि बड़ी संख्या में बसते थे।

सिमरोल के किले को कजलीगढ़ कहते थे। किले में अड्डा जमाते ही मल्हार को सिमरोल निवासियों और आसपास के गाँववालों की जयजयकार मिल उठी। इस जयकार की प्रतिध्वनि भारत के कोने-कोने से सुनने की आकांक्षा उसके मन में दृढ़ हो गई। दल की भरती शुरू कर दी; परंतु पैसे गाँठ में थे थोड़े, इसलिए छाँट-छाँटकर व्यक्ति चुने। इनमें अधिकांश भील और मोघिये थे। इनकी संख्या उस क्षेत्र में कम थी, परंतु दक्षिण में भील और उत्तर में मोघिये काफी थे। दल के इन दो वर्गों में वह दक्षिण और उत्तर की दो प्रबल कड़ियाँ बनने का स्वप्न देखने लगा। भीका साथ था। उसने पुष्टि की—

'श्रीमंत, छोटे आरंभ से ही बड़े-बड़े फल सिद्ध होते हैं।'

'मुझे मालूम है,' मल्हार को अच्छा लगा।

'मोघिये बहादुर तो होते ही हैं, इतने चतुर, इतने चालाक और तीव्रगामी भी होते हैं कि बात की बात में पचास कोस का संदेसा ले-दे आवें।'

'छत्रपति शिवाजी ने भी कुछ ऐसे ही लोगों से प्रारंभ किया था; पर हमें आगे बढ़ने के लिए रुपए-पैसे की कमी पड़ रही है—'

'वह पूरी हो जाएगी। बड़े-बड़े साहूकार और जिमींदार इधर-उधर के गाँवों में फैले हुए हैं। सिंधिया, पवार, निजाम, भोंसले, राजपूत इत्यादि के इलाके हैं; जहाँ आपकी आँधी ने सपाटे भरे कि रुपया छप्पड़ फाड़कर आवेगा। अर्जुन और भीम की तरह यश प्राप्त होगा आपको।'

'सगुन मना लूँ तो उसके बाद दिग्विजय का श्रीगणेश कर दूँ,' मल्हार अपनी युक्ति पर हँसा।

कहता गया, 'दल में तीस-बत्तीस आदमी हैं। सगुन में एकाध शेर हाथ लग गया तो ये सब मेरे अंग के उपांग बन जाएँगे।'

भीका ने आँख मूँदकर एक क्षण उँगली नथुनों पर फेरी और बोला, 'शेर

अवश्य श्रीमंत के पैरों के सामने गिरेगा।'

भीका जानता था कि सिमरोल से कोस-दो कोस पर ही घने जंगल में शेर हैं और मल्हार अच्छा निशानेबाज है।

मुहूर्त्त तीन-चार दिन बाद का निकला। काल भैरव की पूजा करके मल्हार उन तीस-बत्तीस आदमियों और अपने अन्य साथियों को लेकर शिकार खेलने गया। भीका सिमरोल में रहा।

चोरल नदी से पठार की ओर चढ़ाई है। फिर कहीं जंगल, कहीं मैदान, कहीं बड़े-बड़े भरके और खड्ड। इनकी एक ओर चोरल नदी है। हाँके पर हाँके हुए, तीसरा पहर अपनी अंतिम घड़ी पर आ गया; तब कहीं एक शेर मल्हार की अनी पर चढ़ा। शेर के कंधों पर बंदूक की गोली पड़ी। वह गिरा और उठकर घिसटता हुआ एक खड्ड की ओर चला गया। उसके साथी और दल के लोग सावधानी के साथ शेर की खोज करने में फैल गए। मल्हार को जोर की प्यास लगी। चोरल नदी थोड़ी दूर दूसरी दिशा में थी। उसे विश्वास था कि शेर मिल जाएगा। वह अपने ठौर से उठकर पानी पीने के लिए नदी किनारे चला गया। हाथ-मुँह धोकर पानी पिया और एक सुथरी चट्टान पर बैठकर सुस्ताने लगा। बगल के भरके में से अधेड़ अवस्था से कुछ ऊपर का एक व्यक्ति यकायक आया और हाथ जोड़कर खड़ा हो गया। कमर में तलवार और पीठ पर छोटी-सी ढाल बाँधे था। चेहरे की झुर्रियाँ अधभूरे घने बालों से ढकी थीं। देह छरहरी, आँखें छोटी और चमकती-सी। साफा, छोटी बंडी, काँछेदार घुटन्नू धोती और लंबी नोकवाले जूते पहने था।

'कौन हो?' मल्हार ने कुछ चकित, परंतु निर्भीक स्वर में पूछा।

'सोंधिया हूँ।' उसने नम्रता के साथ उत्तर दिया।

'जानते हो मैं कौन हूँ?' मल्हार का दंभ और दर्प जागा।

'दर्शन तो पहले कभी नहीं किए; पर सुना है—श्रीमंत…'

'हाँ, सूबेदार सुत मल्हारराव होलकर। क्यों आए? क्या चाहते हो?'

'दर्शन करने के लिए आया हूँ। प्रार्थना है कि थोड़ा-सा जलपान कर लें। मेरा डेरा निकट ही है।'

'कहाँ के रहनेवाले हो?'

'अब तो कहीं का भी नहीं कह सकता अपने को। सोंधियों को सिंधिया ने उजाड़ दिया है। हम लोग खंगजीवी हैं। सरकार की सेवा करना चाहता हूँ।'

'तुम्हारी आयु तो भरती के योग्य नहीं है।'

'अनेक प्रकार से सेवा कर सकूँगा और करूँगा।'

'कैसे?'

'मुझ अकेले को चाहे जहाँ, चाहे जिस काम के लिए भेज दीजिए, करके दिखला दूँगा।'

'वेतन क्या लोगे?'

'कुछ भी नहीं।'

'कुछ भी नहीं! क्यों?'

'मैं सिंधिया के राज्य में या कहीं अंत लूट या बटमारी करूँ तो वह मेरा। इस राज्य में आपके कहने से जो कुछ करूँ, उसमें से पैसा-दो पैसा श्रीमंत जो कुछ भी खुशी के साथ देंगे, ले लूँगा। सरकार की केवल रक्षा चाहता हूँ।'

मल्हारराव को निश्चय करने में विलंब नहीं लगता था। उसने स्वीकार कर लिया।

'तुम्हारा नाम?' मल्हार ने पूछा।

'नाम बट्टूसिंह है, सरकार! चलकर थोड़ा-सा जलपान कर लें तो कृतार्थ हो जाऊँगा।'

मल्हार उसके साथ हो लिया। दो-तीन टेढ़े-तिरछे खड्ड पार करके एक ऐसे तिकोने में पहुँचा, जिसके ऊपर खड्ड के पेड़ों की घनी शाखें छिपाव और छाया का काम कर रही थीं। खोह-सी थी। जब मल्हार इस छाया के नीचे गया तो उसे यह नहीं जान पड़ा कि बट्टू सिंह यहाँ बहुत समय से रहता है।

'यहाँ क्यों रुपे पड़े हो? गाँव में क्यों नहीं आ बसते? मैं तुम्हें रहने के लिए स्थान दूँगा।' मल्हार ने कहा।

'मेरी किसी बस्ती में नहीं पटती, इसलिए जहाँ तक बनता है, जंगल-पहाड़ों में रहना चाहता हूँ। फिर भी जब आज्ञा होगी, सेवा में आता-जाता बना रहूँगा।'

बट्टू ने मल्हार को एक मोटा-झोटा आसन दिया। जब वह छाया में पहुँचा था तब उसे स्पष्ट नहीं दिखलाई पड़ रहा था। अब कुछ-कुछ दिखा। एक ओर कई बंदूकें और तलवारें रखी थीं। एक अँधेरे कोने से मंद खाँसी की आवाज आई।

बट्टू ने धीमे स्वर में कहा, 'आनंदी, जलपान तो ले आओ, बेटी।'

एक लड़की पलाश के पत्तों पर कुछ भोजन और लोटे में जल ले आई। मल्हार को लगा जैसे अँधेरे में से उजेले की किरण फूट पड़ी हो। रंग गोरा, साँवलेपन की ओर भटकता हुआ-सा। माथा सँकरा, आँखें बड़ी और भूरी, काली सघन भौंहों के बीच में गहरी सीधी रेखा, जो उस धुँधली खोह में कजली भरी

मालूम होती थी। आनंदी गहरे लाल रंग का सिलवटोंदार लहँगा, जो पैरों में जकड़े हुए से कड़ों के कुछ ऊपर था और जिसपर काले रंग के छोटे-छोटे घने बुँदके थे, पहने थी। सिर ओढ़नी से आधा ढका था। ओढ़नी कंधों पर से पीछे छहर रही थी। कंचुली के ऊपर बसंती रंग का कुरता पहने थी। कुरते पर छोटे-छोटे रंग-बिरंगे कपड़े के चौकोर टुकड़े सिले हुए थे। गले में नीले काँच के गुरियों की माला डाले थी। आयु सत्तरह-अट्ठारह साल की होगी। देह पुष्ट। आनंदी में रूप का आकर्षण और शक्ति का आतंक समन्वित था।

मल्हार भोजन करता जाता था और आँख बचाकर उसे देखता भी जाता था। जब देखता तब उसे अपनी ओर निहारता पाता। मल्हार का मन कभी उमगता और कभी सिकुड़ता था।

'नगरों, पुरवों में भी तो कभी-कभी जाते होगे, बट्टूसिंह?'

'हाँ जी, जाम, देपालपुर—आपने तो देखे होंगे?'

'हाँ—जाम जामघाटी के निकट है, देपालपुर यहाँ से पश्चिम में पंद्रह-बीस कोस। देपालपुर कम गया हूँ, खोटा कस्बा कहलाता है। वहाँ जो कुछ है बड़ी झील ही अच्छी है।'

मल्हार ने देखा, आनंदी के ओठों पर मंद मुसकान है। भोजन का ग्रास मुँह में डालकर पूछा, 'बहुधा कहाँ जाया करते हो?'

'सो तो पहले ही कह चुका हूँ कि बस्तियों से दूर रहता हूँ। कभी-कभी इंदौर चला जाता हूँ। वैसे गौतमापुर कई बार। इंदौर से उत्तर-पश्चिम में सोलह-सत्तरह कोस है, बाग-बगीचे हैं, गौतमाबाईजी का बनवाया अचलेश्वर महादेव का मंदिर है। रोजगार-धंधा है।' बट्टू ने कहा।

'और गौतमापुर रक्षा के लिए पूरा शरण-स्थान भी है,' मल्हार हँसकर बोला, 'जो चाहो कर डालो और गौतमापुर में खिसक जाओ, फिर कोई कुछ नहीं कर सकता।'

आनंदी की मुसकान अधिक विकसित हुई। वह अँधेरे की ओर देखने लगी।

'हाँ, श्रीमंत, यह तो है; पर गौतमापुर में कोई किसीकी चोरी नहीं करता।' बट्टू भी हँसा। उसने तुरंत खोह से बाहर जाकर कुछ आहट ली। मल्हार को कोई भय नहीं लगा।

धीरे से आनंदी से पूछा, 'तुम सदा इनके साथ रहती हो?'

'हाँ··आँ,' सिर नीचा करके वह उँगली से जमीन कुरेदने लगी।

'ऐसे बीहड़ में!'

'मेरा भाग्य।' आनंदी की उँगली ने और अधिक मिट्टी कुरेदी।

'तब तो कभी-कभी दिखलाई पड़ोगी।'

आनंदी चुप रही। माथे पर दूसरे हाथ की उँगलियाँ फेरने लगी, मानो वहाँ कुछ ढूँढ़ रही हो। मल्हार ने उसकी ओर देखा। भौंहों के बीच की रेखा और गहरी, और भी काली मालूम पड़ी।

आनंदी ने नीचा सिर किए हुए ही कहा, 'थोड़ा-सा भोजन ले आऊँ,' और वह खड़ी हो गई।

मल्हार ने नाहीं की, 'और कुछ नहीं खाऊँगा।'

बट्टू सिंह लौट पड़ा। बोला, 'आपका मारा शेर मिल गया।'

'कुछ हल्ला तो मेरे भी कान में पड़ा; तुम्हें कैसे मालूम कि मिल गया?'

'मैं जंगलों में रहता हूँ, इसलिए बहुत दूर का सुन लेता हूँ, शेर मिल गया।'

मल्हार हाथ-मुँह धोकर बाहर आ खड़ा हुआ। आनंदी खोह के एक किनारे थी।

'यहाँ से शोर कुछ अधिक साफ सुनाई दे रहा है। मैं अब चलूँ। कब और कहाँ मिलोगे?' मल्हार ने कहा।

'सिमरोल के कजलीगढ़ में, कल रात आऊँगा, श्रीमंत।'

बट्टू खोह के भीतर से एक बंदूक लेकर आ गया। आनंदी उसके पीछे खड़ी थी। आनंदी की भूरी आँखें मल्हार के भीतर से मानो कुछ खींच रही हों।

'मैं श्रीमंत को पहुँचा आऊँगा,' बट्टू ने कहा।

'शोर सुनाई पड़ रहा है, चला जाऊँगा।'

'ये लोग आधे कोस से कम दूरी पर नहीं हैं। मार्ग बहुत बेतुका और आपका अनजाना है। साँझ आ रही है।'

'यहाँ आनंदी अकेली रह जाएगी!'

'मैं नहीं डरती,' आनंदी पैने स्वर में बोली।

बट्टू ने हँसकर कहा, 'सोंधियों के नर-नारी कैसे भी अकेले पड़ जावें, कभी नहीं डरते।'

यानी मुझसे भी अधिक निडर है! मुझसे!!

मल्हार को अच्छा नहीं लगा। बट्टू आगे हो गया, मल्हार उसके पीछे-पीछे। मल्हार ने लौटकर नहीं देखा कि आनंदी उसके पीछे टकटकी लगाए है। कुछ क्षण उपरांत वह एक भरके की ओझल हो गया। चला जा रहा था और रह-रहकर

आनंदी के नख-शिख की कल्पना करता जा रहा था। नाक लंबी सीधी है, जैसी राजपूतों की होती है; वैसा ही रंग। आँखें बड़ी, पर उनका रंग! बिल्ली सरीखी घूर रही थी। अदम्य जान पड़ती है। तो ये सोंधिये इतने निडर होते हैं? देखूँगा कभी। साथी बनाने लायक है। बट्टू के साथ यह भी रहेगी। तो क्या कर लेगी? क्या मुझे दबा लेगी? अरे हिश! 'हिश' उसके मुँह से कुछ जोर के साथ निकल गया। बट्टू मुड़कर तुरंत खड़ा हो गया।

'क्या हुआ, श्रीमंत?'

'कुछ नहीं—पाँव एक छोटे से गड्ढे में पड़ गया था। कुछ नहीं, कुछ नहीं। बढ़े चलो।'

बट्टू चल पड़ा। मल्हार फिर सोचने लगा। वह मुझे कभी नहीं दबा सकेगी। इस जंगली लुटेरे की छोकरी मुझे दबावे! कभी नहीं।...है सुंदर, बहुत रूपवाली। आँख की पुतली काली होती तो बहुत अच्छा होता। और भौंहों के बीच की वह रेखा न होती तो...तो...हाँ, ठीक था। कपड़े तो यहाँ ये सब ऐसे पहनती ही हैं। खैर, वह कोई बात नहीं। सूबेदार दादा मल्हारराव ने एक सिर्वी कन्या से ब्याह किया ही था। खैर—

उसे अपने साथियों की भीड़ दिखलाई पड़ी। जब उनके पास पहुँचा तो देखा, शेर बड़ी कायावाला है। गोली ठिकाने से पड़ी थी, फिर भी इतनी दूर निकलकर मरा! जयजयकार हो उठी। मल्हार को लगा जैसे उसने कोई राज्य जीत लिया हो। बट्टू वहाँ से लौट गया। जब खोह पर पहुँचा तब उसके कई साथी इकट्ठे हो चुके थे।

मल्हार कई घड़ी रात गए सिमरोल आ पाया। कजलीगढ़ किले में हर्ष का तूफान आ गया। एक कवि भी आ गया। उसने कविता बनाकर सुनाई; जिसका तात्पर्य यह था कि इंद्र उसके पौरुष का समाचार पाकर जल उठा है, अप्सराएँ इंद्रलोक को छोड़कर उस सदृश वीर की सेवा करने के लिए आना चाहती हैं, विंध्याचल और सतपुड़े के हाथियों ने जंगल में सुना तो अपने बाल-बच्चों के साथ मोदमग्न हो गए हैं, इत्यादि। यह सब यशोगान सुनकर मल्हार की छाती और भी फूल गई, परंतु वह कवि को पुरस्कार बहुत थोड़ा दे सका—दो रुपए।

: ८ :

बहुत गई रात सोने पर भी मल्हार जल्दी उठ बैठा। नित्य कर्म से निवृत्त हुआ था कि किले में जहाँ ठहरा था, भीड़ आ गई। भीड़ में कुछ भिखारी भी थे

और अधिकतर उसके दल में भरती होने के आकांक्षी। थोड़ा-थोड़ा दान करके भिखारियों को टाला—पुण्य जितना किया था भगवान् उससे अधिक कहीं से भी लौटावेंगे। फिर छाँटकर भरती की। अंत में एक सामने आया। माथे पर सिंदूर का आड़ा तिलक लगाए था।

'मेरा नाम भोपत है, सरकार, मोघिया हूँ। सेवा करना चाहता हूँ,' उसने विनती की।

इसके पीछे कुछ दूरी पर एक लड़की थी। नीची निगाह किए खड़ी थी।

भीकाजी ने मल्हार की बगल में आकर कहा, 'भरती कर लें, सरकार।'

'इसे जानते हो क्या?'

'कुछ सुना है इसके बारे में। जंत्र-मंत्र जाननेवाला आदमी है, सूरवीर है। काम का निकलेगा।'

'कहाँ के हो जी? अभी तक क्या-क्या किया?' मल्हार ने भोपत से पूछा।

'आँत्री का रहनेवाला हूँ, सरकार, जो रामपुरा-भानपुरा इलाके का नामी गाँव है,' उसने उत्तर दिया, 'आँत्री, जहाँ श्री नवदुर्गा माता का प्रसिद्ध मंदिर है।'

'उसी इलाके में बहुत प्रसिद्ध मंदिर तो हिंगलाज माता का है, जो हिंगलाजगढ़ में है।' मल्हार ने कहा।

'वह देवी दूसरी हैं। आँत्री गाँव बेतम नदी के किनारे है। यहाँ की नवदुर्गा माता वह हैं जिन्हें लोग पूस की पूनो के मेले में पूजा करके अपनी जीभ काट के चढ़ाते हैं तो चार-पाँच दिन में ही फिर ज्यों-की-त्यों हो जाती है! बड़ी शक्तिवाली देवी हैं!! हिंगलाज माता के भी पहले की। इसी गाँव की बेतम नदी में वह रानियाँ दह हैं जिसमें से ठाकुरों ने दिल्ली की बेगम को डूबने से बचाकर राज्य जागीर में पाया और नवदुर्गा माता की सहायता से भीलों को हराकर रामपुरा-भानपुरा का राज्य हाथ में किया था। मैं इसी गाँव का हूँ, सरकार।' भोपत ने अपना महत्त्व प्रकट किया।

भीकाजी ने समर्थन किया, 'बात सही है, श्रीमंत। वहाँ अपना थाना है, परंतु झंडा फहराया नहीं जाता, देवी का ही झंडा फहराया करता है।'

'अभी तक क्या-क्या किया है, यह भी तो बतलाओ,' मल्हार ने उत्सुकता प्रकट की।

भोपत ने अपने अनेक पराक्रम गिनाए—पचास कोस की दूरी का संदेशा तीन दिन में, हजारों सिपाहियों की छावनी में से खजाना भरे संदूक का खाली कर देना और खजाना उड़ा लाना, अच्छे घुड़सवार के साथ घोड़ा डालकर पिछोरी के

फंदे से गला घोंटकर उसे नीचे डाल देना, कहाँ कौन कितने रुपएवाला है, इसका ठीक-ठीक पता देना, और जिसकी सेवा करे उसके निमक की पूरी-पूरी निभाना।

मल्हार ने तुरंत कहा, 'मैं तुम्हें अपने दल में भरती करूँगा'

वेतन तय हो गया।

लड़की चुपचाप खड़ी थी।

भीकाजी बोला, 'बड़वाहा में क्या करते थे, वह भी तो बतलाओ।'

भोपत ने काँइएपन के साथ कहा, 'यह अकेले में।'

'यह तुम्हारी कौन है? क्या करती है?' मल्हार ने पूछा।

'भीतर चलिए, बतलाऊँगा।' भोपत ने एक बड़े कमरे की ओर संकेत किया और उस लड़की को अपने निकट बुला लिया। मल्हार तब तक उस कमरे की ओर बढ़ गया था। मल्हार और भीकाजी साथ-साथ कमरे में चले गए। भोपत उस लड़की के साथ कुछ क्षण पीछे पहुँचा। मल्हार एक चौकी पर बैठ गया था। भीका उसके पास था। भोपत सामने आ खड़ा हुआ। लड़की जरा पीछे थी।

भोपत ने कहा, 'मैं बड़वाहे में कई महीने हुए आ गया था। नागेश्वर कुंड के पास जयंती देवी के मंदिर में रहता था। वहीं से अपना सब काम करता रहता था। सिंधिया के सरदार से खटपट हो गई तो आपका नाम सुनकर चला आया। मैं सेवा करूँगा और यह लड़की अनहोने काम करेगी।'

लड़की ने सिर उठाया। माथे पर सिंदूर की एक बड़ी-सी टिपकी लगाए थी। रंग साँवला, जिसमें अरुणता और गोरेपन की भी कुछ झलक थी। आँखें मझोले आकार की, जिनकी पुतलियाँ भँवर काली। आयु उसकी अठारह साल के लगभग होगी। चेहरा कुछ लंबा था। चौड़ी ठोड़ी में जरा-सा गड्ढा। उसके ऊपर सटे हुए ओठ व्यक्त कर रहे थे कि दृढ़ संकल्पवाली है। पर्तदार लहँगा, कंचुली के ऊपर रंग-बिरंगी कुर्ती और ओढ़नी उसके पहनावे में थीं। ओढ़नी के एक सिरे से शरीर ढके थी। मल्हार को अवगत हुआ जैसे सौंदर्य हठीले ओठों पर से फिसल-फिसलकर ठोड़ी के गढ़े में रमता चला जा रहा हो।

'तुम्हारा नाम क्या है?' मल्हार ने लड़की से पूछा।

लड़की ने सिर उठाया, आँखें ऊपर की तरफ पसारीं। मल्हार को उसकी आँखें बहुत बड़ी जान पड़ीं। लड़की बोली नहीं। सिर झुका लिया।

भोपत ने उत्तर दिया, 'नाम इसका सिंदूरी है, गूँगी है, सरकार।'

'गूँगी! और बहरी भी?' कितनी सलोनी और कैसी अभागिन! मल्हार के मन में कौंध गया।

'विलक्षण है श्रीमंत हमारी सिंदूरी। पढ़ी-लिखी है। बहरी होने पर भी बहुत दूर का, कोसों दूर का सुन लेती है। दो वर्ष हुए जब इसने अपनी जीभ काटकर आँत्री की नवदुर्गा माता को चढ़ा दी थी। चार दिन में दुर्गामाता की कृपा से जीभ तो ज्यों-की-त्यों हो गई, परंतु यह गूँगी हो गई। दुर्गा माता ने इसे रात में दर्शन देकर कहा कि स्त्रियों को जीभ काटकर नहीं चढ़ानी चाहिए, जीभ को केवल काबू में रखना चाहिए और इसे वरदान दिया कि जब कभी मेरा ध्यान लगाएगी, कोसों दूर का सुन लेगी और साल में एक बार—क्वार के महीने में—मेरी उपासना करके एक दिन मनमाना बोल भी सकेगी। मुझे आँत्री छोड़नी पड़ी, क्योंकि भूख से मेरे हाथों एक मोर मर गया; मैं बिरादरी को डाँड़ खाना और ब्राह्मणों को भोजन दान-दक्षिणा नहीं दे पाया तो वहाँ से निकल आना पड़ा। फिर हम दोनों दातोड़—जिसे डाकन भी कहते हैं—मडू से दो कोस है श्रीमंत—चले आए। वहाँ हम दोनों ने भूत-प्रेत सिद्ध किए! काम पड़ने पर दिखलाऊँगा।'

'तो क्या इसका गूँगा-बहरापन ऐसा ही चलता रहेगा?' मल्हार ने आश्चर्य के स्वर में पूछा।

'नहीं, श्रीमंत, मियाद सात बरस की है। जिसमें दो निकल गए हैं, पाँच और बाकी हैं।'

'तुम्हारी कौन है?'

'धरम की बहिन। माँ-बाप इसके छुटपन में ही एक लड़ाई में मारे गए थे। तब से मेरे पास है। ब्याह नहीं हुआ है। मोर मारने का पाप जो मुझे लगाया गया, उससे यह बिचारी भी न बची। इसका मन काम में लगता है, ब्याह की तरफ रुझान भी नहीं है।'

मल्हार ने सिंदूरी पर फिर अपनी दृष्टि जमायी। भोपत की बात का उसके चेहरे पर कोई भी प्रभाव अंकित न पाया।

'यहाँ कहाँ ठहरे हो?' मल्हार ने पूछा।

'अभी तो ऊकाल बावड़ी पर डेरा डाले हूँ, जो बस्ती में ही है। लोग बहुत हैरान करते हैं—सिंदूरी से अपने-अपने भाग्य के लिखे की बात पूछते हैं। यह किसीसे कुछ कहती नहीं। मैं रोकते-रोकते थक जाता हूँ।' भोपत ने उत्तर दिया।

'किले में आ जाओ।' मल्हार ने कहा और सिंदूरी की ओर देखा; वह कुछ नहीं सुन रही थी।

वे दोनों चले गए। जब तक सिंदूरी दिखलाई पड़ी, मल्हार देखता रहा। सिंदूरी ने उसकी ओर सिर नहीं मोड़ा।

भीकाजी बोला, 'श्रीमंत, लक्षण सब शुभ दिखलाई पड़ रहे हैं। ये दोनों बहुत अच्छे मिले। बड़ा काम बनेगा। पिताजी सूबेदार कहाँ क्या कर रहे हैं, बड़े भाई काशीराव ने कौन-सा प्रपंच रचा, महेश्वर में मातुश्री का कौन कैसा कान भरता है और उनका अपनी तरफ रुख किस प्रकार का है, सिंदूरी से मालूम हो जाया करेगा।'

'हाँ जी, बड़ा अच्छा रहा। सुंदर भी बहुत है—'

'किसी दिन श्रीमंत के चरण सेवेगी।'

'ओहो! जैसे तुम्हें भी कोई देवी-देवता सिद्ध हो!' मल्हार हँसा।

'मैं इन दोनों के लिए किले में कोई अच्छी-सी जगह ढूँढ़ लूँ।' भीकाजी ने मल्हार को और भी प्रमुदित किया।

भीकाजी चला गया।

: ९ :

रात का पहला पहर बीतने को था। मल्हार सिमरोल के कजलीगढ़ किले की एक कोठी में भीकाजी के साथ बैठा हुआ था। पी चुका था, बातें तेजी पर थीं। कोठी के बाहर के सिपाही और आवुर्दे भी बची-खुची पीकर मस्त थे।

'मातुश्री भी इस सिद्धांत में विश्वास करती हैं कि बड़ी सेना ही स्थायी अधिकार का आधार है, फिर भी मंदिरों और मंगतों पर बेभाव खर्च करती रहती हैं,' मल्हार ने कहा, 'जेजूरी के श्री मार्तंड मंदिर के आँगन में ही मोटे-मुस्टंडों को खिलाने-पिलाने और उत्सव-समारोह पर एक लाख रुपया फूँक दिया। मंदिर पूना के निकट है, पेशवा उतनी खबर नहीं लेते इस मंदिर की जितनी के लिए मातुश्री चिंतित रहती हैं!'

भीकाजी ने और भी उकसाया, 'कोई संकल्प किया था उन्होंने—'

'कम में भी तो काम चल सकता था।'

'हाँ, यह तो बिलकुल ठीक है, श्रीमंत। आधे से अधिक नकदी तो मोटे धनवानों के घर में पहुँची, जो अपने को भिक्षुक कहते रहते हैं। सूबेदारजी को अपनी चढ़ाइयों के लिए जरूरत पड़ती है तो सरंजामी सरदारों से वसूल करने का आदेश दे देती हैं।'

'कभी मैं जेजूरी पहुँच पाऊँ तो एक-एक को समझूँ।'

'वह स्त्री जो भोपत मोधिया के साथ आई है—'

'सिंदूरी है नाम उसका—'

'हाँ, श्रीमंत, वह सब बतलाया करेगी।'

'बड़ी सुंदर-सलोनी है, भीका।'

'रनवास में रहने योग्य।'

'पर उसे दुर्गा देवी सिद्ध हैं, जरा सावधानी से काम लेना होगा,' मल्हार ने नशे के गिराव के स्वर में कहा।

'सो तो है ही, सो तो है ही। पर स्त्री है, कुछ ठीक नहीं कब उसका मन उमग पड़े। किले के भीतर आ ही गई है, कोई उतावली नहीं।'

बाहर शोर कुछ तो था ही, जब ज्यादा बढ़ गया तब मल्हार ने हँसकर कहा, 'क्या हमारे सूरमाओं ने आज ज्यादा ढाल ली है?'

शोर और बढ़ा। दोनों ने कान लगाया। कोठी के द्वार पर एक पहरुआ आया और बैठे स्वर में बोला, 'श्रीमंत, वह आना चाहता है वह—और उसके साथ एक वह भी!'

'भेज दो,' मल्हार ने कहा। पहरुआ चला गया।

भीका की दृष्टि में प्रश्न था।

मल्हार ने बतलाया, 'वह सोंधिया होगा जो कल मुझे शिकार में मिला था। तुम्हें सुनाया था न!' मल्हार यह न भाँप सका कि सोंधिये के साथ दूसरा कौन आया है।

कुछ क्षण उपरांत बट्टू सिंह आ गया। उसके पीछे आनंदी थी। दोनों को चौकी के कुछ निकट नीचे दरी पर बिठला दिया गया। आनंदी मुसकराकर उसकी ओर देखने लगी। मल्हार को कुछ झिझक अवगत हुई।

जब बट्टूसिंह को आश्वासन मिल गया कि रहस्य की बातें कर सकता है तब उसने कार्यसूची सुझाई, 'पवार और सिंधिया के इलाके होलकर राज्य में धब्बों की तरह यहाँ-वहाँ पड़े हुए हैं। पवार उतना सबल नहीं है जितना सिंधिया। पवार-इलाके के सेठ-साहूकारों के नाम बतलाता हूँ। एक-एक दो-दो करके इन्हें समझा जाए, फिर भोपाल और सिंधिया के खेतों को हाथ में लिया जाए।' उसने बहुत से साहूकारों के नाम और गाँव बतलाए।

मल्हार के मुँह से निकल पड़ा, 'हमारे महेश्वर और इंदौर के इलाकों में ही लखपतियों की कमी नहीं है। बदमाशों ने पीढ़ियों से लोगों को चूस-चूसकर सोना-चाँदी और जवाहर इकट्ठे कर रक्खे हैं। वैसे रुपया देंगे नहीं—'

'शायद दे भी दें तो रुपया सैकड़ा माहवारी ब्याज से कम पर न देंगे,' भीकाजी बोला।

'तो इन्हीं की क्यों न पहले नंगाझोरी की जाए?'

बट्टू ने समझाया, 'बिलकुल आरंभ में इन्हें नहीं। जब अपना दल बढ़ जावे तब इन्हें क्या नर्मदा के जितने बड़े-बड़े घाट हैं; जैसे बाईघाट, गाड़ाघाट, भेरूघाट और पहाड़ों के दर्रे जैसे नेमावर से इंदौर के मार्गवाला धनतलाओ, यहाँ भी बहुत माल हाथ लगेगा। बड़े-बड़े टाँड़े उत्तर से दक्षिण और दक्षिण से उत्तर तो इन्हीं घाटों पर होकर आते-जाते हैं।'

'और जामघाट,' भीका ने सहसा कहा।

जामघाट के नाम पर आनंदी जरा चौंकी। बट्टूसिंह अपेक्षाकृत धीमे स्वर में बोला, 'हाँ···आँ···वहाँ कभी-कभी गनपतराव आ जमता है।'

मल्हार के सामने एक चित्र घूम गया—अहिल्याबाई के चरणों में वह सिर टेके हुए है और वह हाथ फेर रही हैं—उस दिन का चित्र, जब वह उनके सामने गया था। अपनी माँ रुक्माबाई से उसने अहिल्याबाई की तुलना की। माँ के कुव्यवहार के कई चित्र एक साथ एक-दूसरे पर चढ़े हुए-से फिर गए। अहिल्याबाईवाला चित्र धुँधला पड़ गया। बट्टूसिंह के पीछे बैठी हुई आनंदी भीका की आँख बचाकर उसकी ओर देख रही थी। भ्रू-मध्य की सीधी गहरी रेखा और भूरी आँखें कुछ डरावनी-सी लगीं। मल्हार ने तुरंत अपने पुरुषार्थ को उत्तेजित किया—मैं क्या इससे भय खाऊँगा?

'गनपतराव को जानते हो?' मल्हार ने बट्टूसिंह से पूछा।

उसने उत्तर दिया, 'कभी-कभी देखा है। गौतमापुर में मिला है।'

'हाँ, वह है ही ऐसा नगर,' मल्हार हँसा, 'मैं भी देखूँगा उसे। सुना है उसने बहुत रुपया जमा कर रक्खा है।'

बट्टूसिंह बोला, 'मैंने सुना है। वह है कितनी बिसात का, श्रीमंत के पास लाखों-करोड़ों जमा हो जावेंगे।'

मल्हार ने कहा, 'मिले तो अपने दल में उसे भी भरती करूँ। बहुत नाम सुना है। यह जरूर है कि बड़ी सावधानी बरतनी पड़ेगी। मातुश्री उससे रुष्ट हैं।'

भीका ने अनुरोध किया, 'रुष्ट हो जाएँगी तो आप उन्हें मना भी लेंगे। आप पर उनका बहुत दुलार है। बड़ी नेक हैं। एक दिन जब देखेंगी कि ऐसे ही ऐसे लोगों की सहायता से आपने इतना रुपया इकट्ठा करके वैसी बड़ी सेना खड़ी कर ली और होलकर वंश के शत्रुओं का नाश करके कितना बड़ा राज्य बना लिया, तब फूली न समावेंगी। जेजूरी के श्री मार्तंड महादेव, उज्जैन के महाकालेश्वर और काशी के विश्वनाथ बाबा के आँगनों में लाखों का दान-पुण्य करेंगी। काम करिए

और डटकर करिए, अंत भला तो सब भला।'

मल्हार की आँखों में जो चित्र बना-बिगड़ा वह जेजूरी के धनवानों के लूटने और बड़ी सेना खड़ी करके राज्य-विस्तार का था।

बट्टूसिंह ने भरोसा दिलाया, 'गनपतराव सरीखे जितने बड़े-बड़े पराक्रमी हैं, जैसे जाखू भील इत्यादि-इत्यादि, सबको, अवसर आने पर धीरे-धीरे मिलाऊँगा।'

मल्हार ने तपाक से कहा, 'मैं धीरे-धीरे में विश्वास नहीं करता। ताबड़तोड़ काम बढ़ाना चाहता हूँ। पहले यहीं कहीं दस-पाँच कोस की दूरी पर हाथ डाला जाए।'

'बहुत अच्छा, श्रीमंत,' बट्टूसिंह ने आश्वासन दिया।

उसी समय अगले सप्ताह के लिए कार्यक्रम निश्चित किया गया। पहला हल्ला सूलगाँव पर बोला जाए; उन दिनों वहाँ एक सेठ के यहाँ ब्याह था, धनराशि मिलने की आशा थी।

'हमारी आनंदी नाचना-गाना जानती है। मेरे कुछ साथियों को लेकर पहले पहुँच जाएगी। ठीक अवसर का समाचार देगी। फिर हम टूट पड़ेंगे।' बट्टू ने कहा।

मल्हार ने स्वीकार किया, फिर हर्ष के साथ बोला, 'आनंदी, मैं तुम्हें इनाम दूँगा।'

आनंदी ने जरा-सा सिर नवाकर तिरछी चितवन की और मुसकराकर कहा, 'आप जो कुछ कहेंगे, सब करूँगी।' फिर उसने सिर उठाकर आँखें चढ़ाईं। मल्हार की पुतलियों में दर्प अब भी था। आनंदी ने दूसरी तरफ मुँह फेर लिया। मल्हार को उसकी भ्रू-मध्य रेखा और भी गहरी जान पड़ी।

बट्टू ने प्रार्थना की, 'मुझे तो नहीं, पर आनंदी के लिए थोड़ी-सी जगह किले में मिल जाए तो श्रीमंत की बड़ी कृपा होगी। गौतमापुर या कहीं और रहने में आनंदी के काम में बहुत बाधा पड़ेगी।'

कोई क्या कहेगा, पाव क्षण के लिए मल्हार के मन में आया। परंतु उसने तुरंत दबा दिया—किसीके भी कहने की परवाह नहीं करूँगा, मैं कायर थोड़े ही हूँ। किले के भीतर एक घर आनंदी के लिए निश्चित हो गया।

भीका ने कहा, 'सूलगाँव यहाँ से आठ-दस कोस ही है। घोड़ों पर चलेंगे सब। रास्ता खराब है, फिर भी जल्दी पहुँच जावेंगे।'

बट्टू ने पक्का किया, 'मेरा देखा हुआ है, मेरे साथी भी जानते हैं। सरकार दल का संचालन कुछ दूर रहकर करेंगे, कुछ दिन पहचान में न आवें तो सुभीता रहेगा।'

'पहचान भी लिया जाऊँ तो कोई चिंता नहीं,' मल्हार बोला। परंतु उसने बट्टू की बात को मान लिया।

सूलगाँव के अभियान का दिन तय करने के उपरांत उस सप्ताह के लिए आसपास के और कई गाँव कार्यसूची में समाए गए। इनमें से भी एक-दो में आनंदी का सहयोग तय हुआ। फिर मल्हार ने भीका से कहा, 'इन्हें ठहरने का स्थान बतलाकर उन दोनों को ले आओ।'

जाते-जाते बट्टू ने आनंदी से कहा, पर संबोधन कर रहा था वह मल्हार को, 'मोती-जवाहरों और सोने से लद जाएगी थोड़े दिनों में, देखती तो जा।'

आनंदी ने अपनी गरदन को मुरकी दी, कुछ गूढ़ता के साथ मल्हार की ओर देखा और बट्टू के साथ चली गई। भीका आगे था।

इन सबके चले जाने पर मल्हार कुछ क्षण के लिए लेटा और तुरंत उछलकर खड़ा हो गया। बात कुछ नहीं थी, उसके मन में यकायक आया कि कुछ मिल जाए तो उसे तोड़ूँ-मरोड़ूँ। वहाँ ऐसा कुछ नहीं था। हथियार रखे थे। इन्हें तोड़-मरोड़ नहीं सकता था, उठा-उठाकर देखने-धरने लगा। इतने में भीकाजी भोपत को लिये आ गया। मल्हार ने ताका कि उनके पीछे भी कोई और है या नहीं। केवल वे दोनों ही थे।

मल्हार ने बिना किसी संकोच के पूछा, 'सिंदूरी कहाँ है ? क्या कर रही है ?'

भोपत ने विनय की, 'अन्नदाता, वह ध्यान कर रही है—'

भीकाजी ने बतलाया, 'भोपत ने चलने के लिए संकेत किया, थोड़ा-सा हठ भी किया; पर उसने नाहीं कर दी।'

'अच्छा, अच्छा, कल देखा जाएगा। तुम्हें यह बतलाने के लिए बुलाया है, भोपत, कि हमने कहाँ क्या करने का विचार किया है। तुम तो साथ रहोगे ही, सिंदूरी से ध्यान लगवाकर मन भरना है कि कहाँ से क्या और कितना मिलेगा। और भी कुछ बातें हैं।'

'श्रीमंत, सब ठीक-ठीक रहेगा,' भोपत ने सकारा। फिर भीका और मल्हार ने सारा कार्यक्रम ब्योरेवार सुना दिया।

अंत में मल्हार ने कहा, 'सिंदूरी की शक्ति की परीक्षा हो जाएगी। मैं उसे निहाल कर दूँगा।'

भोपत कृतज्ञता प्रकट करते हुए बोला, 'बट्टूसिंह का नाम मैंने भी सुना है, देखा उसे कभी नहीं है। उसने जिन गाँवों और धनियों के नाम बतलाए हैं, उन्हें निबटाने के बाद मेरे और सिंदूरी के सुझाए हुओं पर वार करके देखिए।'

मल्हार को जल्दी पड़ी, 'तुम अपनी सूची अभी प्रकट करो।'

भोपत ने अपनी सूची बतलाई। नाम तो बहुत नहीं थे, परंतु सिमरोल से वे गाँव काफी दूर पड़ते थे। दूरी ने मल्हार को हतोत्साह नहीं किया। बोला, 'मेरा दल बहुत बड़ा न भी हो पाए तो भी लंबे दौरों में कसर नहीं लगने पावेगी। निजाम का इलाका दूर नहीं है; फौजें उसकी रहती हैं हैदराबाद में—बहुत दूर। वहाँ भी बहुत शीघ्र चढ़ाई करूँगा।'

'बीच में रोक-टोक करनेवाला कोई नहीं। सरंजामी सरदार यों ही सिर झुकाए फिरेंगे, बल्कि कुछ मदद भी कर देंगे,' भीका ने समर्थन किया।

मल्हार ने दूसरे ही दिन से सबकुछ करने की ठानी।

: १० :

सूलगाँव में एक सेठ के यहाँ बारात आई हुई थी। ब्याह धूमधड़ाके के साथ हो रहा था। सेठ ने दूर-पड़ोस के बहुत से लोग निमंत्रित किए थे। इनमें निकटवर्ती काटकूट और बलवाड़ा के राजपूत भी थे—अधिकांश राठौर। काटकूट में पचास-साठ भट्ठियाँ लोहा पिघलाने-बनाने की चलती थीं। इनमें से कई उस सेठ के व्यवसाय में थीं। इन भट्ठियों के मजदूर और कार्य संचालक भी न्योते में बुलाए गए थे।

रिवाज के अनुसार बारात में कई नर्तकियों के डेरे आए थे। सेठ की ओर से भी नाच-गान का आयोजन था। इसमें आनंदी का समूह था। बारातियों में अनेक ने भाँग पी। दोनों ओर के आमंत्रित राजपूतों ने अफीम—कसूमा—चढ़ाई। रात के समय जब हास-विलास जोरों पर चहक रहा था, यकायक आक्रमण हुआ। दूल्हा भागा, बाराती तीन तेरह हुए—भगदड़ मच गई। आनंदी पहले ही हल्ले पर निकल गई थी। बंदूकों की बाढ़ों पर बाढ़ें दगीं। कुछ मरे, बहुत से घायल हुए। राजपूतों ने सामना किया।

सेठ ने अपने बड़े भवन के मजबूत फाटक बंद कर लिये। राजपूत उसके घर-द्वार की रक्षा करने के लिए आ डटे। दूल्हा और बारात के डेरे की रक्षा करने के लिए बहुत से उधर मोर्चाबंद हो गए। आक्रमणकारियों के हाथ थोड़ा-सा ही माल लगा। लुटेरों में मरा तो कोई नहीं, थोड़े से घायल हो गए। इन्हें राजपूतों ने पकड़ लिया। भोर तक दोनों ओर से धाँय-धाँय होती रही। सूर्योदय होने पर लुटेरे चले गए। राजपूतों ने घायलों की मरहमपट्टी की।

उन सबको लुटेरे घायलों से मालूम हो गया कि आक्रमणकारियों का नायक

सूबेदार—तुकोजीराव का पुत्र मल्हारराव था! अब क्या हो? प्रश्न यह था।

समाचार पाकर इलाके के मामलतदार और देशमुख आ गए। उन लोगों ने बतलाया कि राजकुमार मल्हारराव, सूबेदार तुकोजीराव का लाड़ला और मातुश्री देवी अहिल्याबाई का दुलारा है! लुटेरे घायल छोड़ ही नहीं दिए गए, बल्कि उन्हें सिमरोल पहुँचा दिया गया।

इस डकैती में मल्हार के हाथ बहुत माल नहीं लगा। बरतन-कपड़े मिले, नकदी कम। कपड़ों में एक चमकीली चोली थी। जो कुछ प्राप्त हुआ उसका अधिकांश मल्हार ने रख लिया। थोड़ा-सा साथियों में बाँट दिया। चोली उसने आनंदी को दे दी। वह पाकर हर्षमग्न हो गई। सँभालकर रख ली।

दुर्घटना का समाचार अहिल्याबाई के कान में तो कुछ जल्दी पहुँच गया, तुकोजी के पास काफी समय के बाद पहुँचा।

अहिल्याबाई ने भारमल से कहा, 'यह काम मल्हार का नहीं हो सकता, बहुत भोलाभाला लड़का है। उसके नाम से सोंधियों-मोघियों ने लूट की होगी। फिर भी जाँच तो होनी ही चाहिए।'

भारमल अपनी कल्पना को साफ-स्वच्छ रखने का अभ्यासी था, मन को खीजने नहीं देता था।

बोला, 'जाँच की जाएगी, मातुश्री।' उसने मल्हार के संबंध में कुछ नहीं कहा।

'तुम करोगे?'

'नहीं, माता, पाराशर दादा करें।'

पाराशर दादा के पास उन दिनों अधिक महत्त्व के कई कार्य थे, इसलिए जाँच कुछ समय के लिए स्थगित हो गई।

उधर मल्हार के 'पराक्रम' अखंड रूप से चलते रहे।

मल्हार का दल तो बढ़ गया, परंतु 'धनराशि' उपलब्ध न हुई। तब उसने तुकोजी के पास रुपए के लिए तकाजा भेजा—

'आपकी सहायता के लिए दल बढ़ा रहा हूँ। पैसे की बहुत कमी है। मेरा निजी खर्चा ही नहीं चलता। मातुश्री देतीं नहीं। भूखों मरने की नौबत आ रही है।'

तुकोजी जो रुपया अहिल्याबाई से मँगाता था, वह उसकी महत्त्वाकांक्षा का साथ देने के लिए पर्याप्त न था। हिसाब-किताब और प्रबंध उसके योग्य दीवान नारोगणेश के हाथ में था, जो प्राप्त रकमों का काफी भाग अपनी जेबों के हवाले करता रहता था!

मल्हार का दुस्साहस बढ़ता चला गया। बट्टूसिंह और आनंदी के सहयोग के साथ ही भोपत की सेवा प्राप्त थी। वह बतलाता था कि सिंदूरी ध्यान लगाकर, रात के समय भूत-प्रेतों को जगा-जगाकर भविष्य की बातें लिख-लिखकर देती है—बोलती कभी नहीं। तदनुसार मल्हार अपने पराक्रम की योजनाएँ कार्यान्वित करता था। किसी भी लूट-चढ़ाई में वह घायल नहीं हुआ, उसके लगभग सभी साथी अक्षत रहे; परंतु धन-संपत्ति इतनी कहीं से हाथ न लगी, जिससे वह दिग्विजय की अपनी कामना के स्वप्न को पूरा कर पाता—कम-से-कम उतने महीनों में तो कोई लक्षण दृष्टिगोचर नहीं हुए। उसके कई उत्पातों के समाचार तुकोजी के पास पहुँचे और अहिल्याबाई के पास भी। मल्हारराव को मालूम हुआ कि महेश्वर दरबार में उसके विरुद्ध कुछ हो रहा है। वह अपने पिता तुकोजी से नहीं डरता था, परंतु अहिल्याबाई का भय उसके भीतर छाया रहता था—इस भय की रूप-रेखा वह निश्चित नहीं कर पाता था। पैसे की कमी, यह भय और वह उद्दंड महत्त्वाकांक्षा! बट्टूसिंह मिला, उसने कुछ उपाय बतलाए।

: ११ :

दिन चढ़ आया था। सिंदूरी अपने रहने के छायावान में रोटी बना रही थी। बट्टूसिंह के रहने का घर इससे सीध में लगा हुआ था। छायावान दोनों का एक ही था। दूसरी ओर बट्टू खाना खा रहा था, आनंदी परोस रही थी। दोनों में बातें हो रही थीं।

'इस गूँगी-बहरी को सिद्ध-विद्ध तो कुछ नहीं है, यों ही एक ढकोसला पाल रक्खा है राजकुमार ने। इसकी बहुत-सी बातें खाली गईं,' बट्टू कह रहा था।

'मोघिये भोपत को उन्होंने चढ़ा जो रक्खा है इतना सिर पर,' आनंदी ने कारण बतलाया।

'गूँगी पर से राजकुमार का मन उचटाने की जरूरत है।'

आनंदी चूल्हे की राख उखेड़ने-बिखेरने लगी।

'इसे यहाँ से टलवा देना चाहिए,' बट्टू ने कहा।

आनंदी बोली, 'किसी दिन इससे मेरी हो पड़ेगी, बुरी तरह देखा करती है।'

'तुम्हें मल्हार पर काबू कर लेना चाहिए। इसकी चिंता न करो, कहीं भी खपा दूँगा।'

बट्टू की पत्तल का मिर्चा चुक गया था। आनंदी ने कहा, 'और लाऊँ?'

'नहीं। रोटी ठंडी हो गई है। आग हो तो जरा सेंक दो।'

'आग तो बुझ गई है। गूँगी से लिये आती हूँ।'

आनंदी उसके पास गई। आग लेनी चाही। सिंदूरी ने झटकार दिया और कुछ आँय-बाँय करने लगी। बट्टू मुँह में कौर चबाता हुआ आया, गाली देकर आग पाने का इशारा करने लगा। उसकी आकृति पर प्रचंडता थी। सिंदूरी ने इनकार कर दिया। आनंदी की भूरी आँखें लाल हो गईं। बट्टू कुछ बका-झका। बकने के साथ ही मुँह के कौर के एक-दो टुकड़े सिंदूरी के गुँदे हुए आटे पर जा गिरे। एक-दो लोइयों का ही होगा, सिंदूरी ने फेंक दिया। आनंदी और बट्टू झखकर अपने स्थान पर आ गए।

'यह चुड़ैल अपने को दुर्गा का अवतार समझती है शायद,' बट्टू ने कहा।

आनंदी बोली—'एक दिन जब मैं काली बनकर चिपटूँगी तब लगेगी अकल ठिकाने।'

बट्टू ने धीरे से कहा, 'नहीं, चतुराई के साथ काम करना है। इसको यहाँ से खिसकाना होगा।'

: १२ :

मल्हार को उस दिन परेशान देखकर भोपत ने बातचीत की।

'सरकार, मुझे और सिंदूरी को महेश्वर जाने दें,' भोपत ने कहा,'भीतर-बाहर के सब समाचार आपको मिलते रहेंगे। सिंदूरी श्री देवी अहिल्याबाई के महल में पहुँच जाएगी। मैं बाहर रहूँगा। देवीजी सिंदूरी की दुर्गा-उपासना से प्रसन्न हो जाएँगी। वहाँ के सब भेद वह मुझे लिख देगी। मैं आपके पास या तो भरोसे का कोई अपना साथी भेजा करूँगा या कभी-कभी स्वयं आ जाया करूँगा।'

मल्हार बोला, 'लगातार महेश्वर में रहोगे या कहीं घूमो-फिरोगे भी?'

'महेश्वर में ही बहुत-सा काम मिलता रहेगा। कई लखपती हैं। बाहर के आने-जानेवाले भी बहुत से। हाथ लगाऊँगा,' भोपत हँसा।

'कहीं पकड़े न जाना,' मल्हार ने सावधान किया।

'नहीं, सरकार, जतन से काम करूँगा। आज तक भोपत को कोई नहीं जान पाया कि क्या और कैसा है,' भोपत ने विश्वास दिलाया, 'बट्टूसिंह मुझे जानता है।'

मल्हार ने कहा, 'बट्टूसिंह ने सुझाया था कि महेश्वर में अपनी खातिरी का कोई भेदिया रहना चाहिए।'

फिर एक क्षण इधर से उधर सिर हिलाकर मल्हार बोला, 'सिंदूरी कई दिन से नहीं दिखलाई पड़ी।'

'घर पर है, भेज दूँ?'

'हाँ, महेश्वर-महल का कुछ भीतरी हाल समझा दूँगा। इससे वहाँ की बहुत-सी बातें जान लेगी, उसे सुभीता रहेगा। अपना काम सहज हो जाएगा।'

भोपत चला गया। थोड़ी देर में सिंदूरी आ गई। कमरे में उस समय कोई और न था। मल्हार ने उसे एक चौकी पर बैठने का संकेत किया। संकेत में सौहार्द का भाव था। सिंदूरी चौकी पर नहीं बैठी। मल्हार चौकी पर बैठ गया, वह नीचे। मल्हार ने उँगलियाँ घुमाकर पूछा कि इतने दिन कहाँ थी? क्यों नहीं मिली? उसने अपनी कनपटी पर छिंगुली रिपटाई और एक क्षण आँख मूँदकर उत्तर दिया कि ध्यान-पूजा में लगी रहने के कारण अवकाश नहीं मिला। फिर उसने सिर उठाकर आँखों द्वारा प्रश्न किया कि किसलिए बुलाया है? मल्हार ने एक क्षण उसके चेहरे पर दृष्टि गड़ाई। वह नहीं सहमी। मल्हार ने मुसकराकर महेश्वर की दूरी, अहिल्याबाई की महत्ता, और वहाँ अपने कार्य के महत्त्व को व्यक्त करने का प्रयास किया। वह कुछ समझी, कुछ नहीं समझी। मल्हार ने अपने को असफल बतलाने की चेष्टा की और सिंदूरी को हँसाने के लिए हँसा, वह उसके उजले दाँतों की आभा निरखना चाहता था; परंतु वह नहीं हँसी। उसके दृढ़ ओठों पर मुसकान की एक रेखा तक नहीं आई। कुढ़ी भी नहीं। मल्हार ने संकेत में बतलाया कि कागज-कलम-दवात लाता हूँ, फिर बातें हो सकेंगी। मल्हार को अवगत हुआ कि वाचाल होने पर भी संकेत की अचूक व्यापक भाषा में वह बहुत दुर्बल है। लिखने की सामग्री लेने के लिए भीतर चला गया। सिंदूरी कुछ सोचने लगी। जब मल्हार लौटा, उसे लगा कि ध्यान में है।

मल्हार ने कागज के एक टुकड़े पर कुछ लिखा। पढ़ा और पलटकर एक तरफ रख दिया। जब वह लिख रहा था तब भी सिंदूरी की दृष्टि उसकी ओर नहीं थी।

फिर मल्हार कागज के दूसरे टुकड़े पर देर तक लिखता रहा। सिंदूरी वैसी ही बैठी रही। जब लिख चुका, सिंदूरी को पढ़ने के लिए दिया। लेख में महेश्वर की विशालता, अहिल्याबाई के नित्य-नियम, मुख्य कर्मचारियों के नाम और काम, निजी सेवक-सेविकाओं का विवरण, अहिल्याबाई के दरबार का कार्यक्रम इत्यादि का संक्षिप्त वर्णन था। अहिल्याबाई की बहुत सराहना लेख में थी, उन्हें देवी का अवतार बतलाया गया था; परंतु अंत में इतना जोड़ दिया गया था कि कुछ सनकी स्वभाव की हैं। लेख में यह भी था कि उनके बड़े-छोटे नौकर सब मिलाकर तीन सौ हैं। और अंत में यह अनुरोध था कि जैसे बने तैसे उनका विश्वास अर्जित करके

मेरे हित की साधना करे और महत्त्व के समाचार भेजती रहे, मेरे विरुद्ध कोई कुछ कहे या करे, उसे विशेष तौर पर।

सिंदूरी ने स्वीकृति का सिर हिलाया। मल्हार ने लिखने की सामग्री उसके सामने रख दी—कुछ कहना चाहे तो जी खोलकर कहे। सिंदूरी ने नाहीं कर दी।

मल्हार ने एक कागज पर लिखकर दिया, 'मैं तुमको ऐसा इनाम दूँगा कि जैसा कोई नहीं दे सकेगा। मौका पाने पर कुछ हीरे-जवाहर उड़ाकर भेज देना।'

सिंदूरी ने बड़े कागज की पर्तों में इस टुकड़े को रख लिया। 'और कोई काम मेरे लिए' का प्रश्नसूचक संकेत करके सिंदूरी ने कागज के उस टुकड़े पर आँख जमाई, जिसे मल्हार ने पलटकर रख दिया था। दृष्टि में कुछ उत्सुकता थी। मल्हार ने पर्चा उठाकर उसके हाथ में दे दिया। सिंदूरी पढ़कर मुसकराई—वह मुसकान, जिसकी प्रतीक्षा में मल्हार था। फिर सिंदूरी ने जरा-सी भौंहें सिकोड़ीं और चलने को हुई। मल्हार ने उसका हाथ पकड़ना चाहा, सिंदूरी ने हलका-सा झटका देकर छुड़ा लिया और उचटकर दूर खड़ी हो गई। साहसी मल्हार की फिर हिम्मत नहीं पड़ी।

सिंदूरी ने मार्ग-व्यय इत्यादि देने का संकेत किया। मल्हार ने ठहरे-रहने का हाथ हिलाया। सिंदूरी ने इंगित से बतलाया कि उसके बड़े—भोपत—को दे देना और वह धीरे से चली गई।

मल्हार के सिर में तूफान-सा आ गया। क्या उसने मेरा अपमान किया? मेरा अपमान! फिर मुसकराई क्यों थी? मुसकान बहुत सुंदर थी। तो क्या चिढ़ गई? नहीं, चिढ़ी नहीं थी। यहाँ से धीरे-धीरे गई। डरी भी नहीं! मल्हार थोड़ी देर तक विचलित अवस्था में टहलता रहा। जब तूफान शांत हुआ, स्मृति पर उस मुसकान की छाप थी।

उसी समय बट्टूसिंह आया। पीछे-पीछे आनंदी। दल के सूरमा वेतन माँग रहे थे! यहाँ अपने खर्चे ही का टोटा था। तत्काल कई गाँवों के नाम तय हुए। टोलियाँ बाँटी गईं। कहाँ से कितना मिलेगा, क्या कैसा रहेगा, इन प्रश्नों का उत्तर सिंदूरी से प्राप्त करने की बात बट्टू ने उठाई।

मल्हार ने कहा, 'सिंदूरी महेश्वर भेजी जा रही है। अबकी बार थोड़ा-सा बतला भी दे तो कुछ दिनों तो बार-बार बतलाने आवेगी नहीं। अब तो अपने भरोसे काम करो। भीकाजी ज्योतिष के जानकार हैं। उनसे पूछेंगे। मैं दूर का धावा मारूँगा। जब लौटकर आऊँ तब मेरे देखने में काफी रुपया आवे। मैं भी बहुत-सा लाऊँगा।'

बट्टू ने भाग्य की बात कही, आनंदी ने मुसकराकर आश्वासन दिया,

'रुपया बहकर आवेगा, अवश्य आवेगा। देखूँगी कैसे नहीं आता।'

मल्हार ने इस और उस मुसकान की तुलना की। आनंदी की मुसकान में वह मोहिनी नहीं पाई, परंतु उसे निरुत्साह नहीं किया। बट्टू से कहा, 'तुम्हारे पास बहुत रुपया होगा। काम चलाने के लिए कुछ दे दो। जल्दी वापस हो जाएगा।'

बट्टू ने तुरंत उत्तर दिया, 'मैंने उस सारी कमाई पर आनंदी के नाम का बेलपत्र चढ़ा दिया है। उसे तो छू भी नहीं सकता, श्रीमंत।'

मल्हार ने अनुरोध करने में अपने मान की ग्लानि समझी। आगे बात नहीं बढ़ाई।

आनंदी प्रसन्न थी। उसकी आँखों से प्रकट हो रहा था कि रुपए-पैसे के विषय में वह दीन-हीन नहीं है।

उसने बट्टू से कहा, 'तुम्हारे कहने से मान जाएँगे, समझा न दो दलवालों को।'

बट्टू ने हामी भरी, 'मान जाएँगे, बहुत कड़े पड़ भी नहीं रहे थे। मैं अभी जाता हूँ। सरकार तुम्हें कोई काम बतलावें तो सुन लो।'

बट्टू चला गया। वे दोनों अकेले रह गए। मल्हार के मन में कुछ झिझक उठी। उसने वहाँ की वहीं दबा दी।

'तुम एक काम कर सकोगी?' मल्हार ने कहा।

'एक नहीं दो, सरकार,' आनंदी ने उत्तर दिया और मुसकराई। उसकी चितवन में मादकता अधिक थी, लाज कम।

'काम दूर का है और कुछ कठिन।'

'कसर नहीं लगाऊँगी, साथ में भी तो कोई रहेगा।'

'महीदपुर इलाके में कोठी पिड़ावा एक गाँव है। वहाँ के जागीरदार भगवंतसिंह को उसका चचेरा भाई मनीराम बहुत हैरान कर रहा है। मनीराम को मिटाना है। मनीराम के पास जो कुछ हो, वह सब ले लिया जावे। भगवंतसिंह से इस काम के लिए अलग मिलेगा। झगड़ा विरासत का है। बरसों से चला आ रहा है। भगवंतसिंह के पास दिल्ली के बादशाह मुहम्मदशाह की सनद है और स्वर्गवासी सूबेदार मल्हारराव की भी। तो भी मनीराम नहीं मानता। अब ऐसे ठीक किया जाएगा।'

'सरकार कहीं भी ले चलें, चलूँगी; काम में न आज तक कसर लगाई है और न लगाऊँगी।'

'मैं कुछ पीछे आऊँगा।'

'सरकार कहाँ रहेंगे?' आनंदी ने अपना स्वर भोलेपन के साँचे में ढालकर

पूछा और भौंहें ऊपर उठाईं, भ्रू-मध्य रेखा भी चढ़ी।

'महेश्वर, पूना, दिल्ली, हैदराबाद इत्यादि से समाचार पाने के लिए यहीं।'

'यहीं सेवा करने के लिए बनी रहूँ तो? इस काम के लिए तो और बहुत से मिल जाएँगे।'

आनंदी ने आँखें नीची करके प्रश्न किया।

मल्हारराव सोचने लगा—तत्काल उत्तर न दे सका।

कुछ क्षण उपरांत बोला, 'नहीं, तुम्हें उत्तर के इलाके में, जहाँ कोठी पिड़ावा है, जाना ही चाहिए। तुम वहाँ ज्यादा काम आओगी। वह बिचारी गूँगी सिंदूरी तुरंत महेश्वर जाने के लिए तैयार हो गई है; कोई आनाकानी नहीं की।' मल्हार के स्वर में मृदुता थी।

आनंदी एक-दो पल चुप खड़ी रही। फिर उसने तिरछी दृष्टि करके कहा, 'और कोई आज्ञा?'

थोड़े से संकोच के साथ मल्हार ने उत्तर दिया, 'अभी तो कुछ नहीं।'

आनंदी कुछ नहीं बोली। एक गहरी साँस लेती-छोड़ती जिस तरह मल्हार की ओर देखती गई, उसने बहुत कुछ कह दिया। मल्हार को अच्छा नहीं लगा।

: १३ :

भोपत के साथ सिंदूरी महेश्वर आ गई, परंतु उसे महल में नौकरी नहीं मिली। अहिल्याबाई आवश्यकता से अधिक नौकर-चाकर नहीं रखती थीं। अंधों, गूँगों-बहरों, लँगड़े-लूलों और अन्य निस्सहायों के लिए उनकी ओर से अन्नसत्र था; जहाँ से उन्हें भोजन और वस्त्र भी मिलते थे। संख्या इनकी इतनी अधिक हो गई थी कि जुलाहों का व्यवसाय उत्कर्ष पर पहुँच गया था। मंदिरों और मूर्तियों के बनानेवाले, राज-कारीगर इत्यादि, बारीक और मोटे कपड़े बुननेवाले दूर-दूर से आकर महेश्वर में बस गए थे। तभी से महेश्वर की साड़ी विख्यात हुई। परंतु महेश्वर की बहुत प्रसिद्धि वहाँ के मंदिरों और कारीगर-मजदूरों के कारण हुई। उनपर अहिल्याबाई को बहुत स्नेह था। जब कारीगरों-मजदूरों के पास रहने के मकानों का अभाव हो गया तब उन्होंने उनके लिए मकान बनवा दिए। किसीको भी घर की कमी न रही।

परंतु सिंदूरी कारीगर-मजदूर न थी और थी गूँगी। मजदूरी के नाम से भोपत कुछ कर लेता था, परंतु चोरी-चपाटी के अपने धंधे से अधिक समेट लेता था। आँख और हाथ की सफाई ऐसी कि कभी पकड़ा न जा सका। चौकी-पहरे करते

भी क्या, घर-घर में इतना माल था कि थोड़ा-सा चला जाए तो ढूँढ़-खोज के लिए उतना समय किसके पास? सिंदूरी प्रयत्न करके अहिल्याबाई के सामने कई बार पहुँची, परंतु दया और भिक्षा से अधिक कुछ और न पा सकी।

उन दिनों एक चहल-पहल ने जोर पकड़ा—रामपुरा-भानपुरा के चंद्रावत राजपूतों ने विद्रोह खड़ा कर दिया था। पहले तो अहिल्याबाई ने शांति के साधनों का उपचार किया, परंतु चंद्रावत अपने हठ पर थे। न माने, तब उन्होंने दमन हेतु एक छोटी-सी सेना भेजी। विकट लड़ाई हुई। होलकर सेना के दो सेना-नायकों में से एक मारा गया। राजपूतों ने निंबाहेड़ा का किला छीन लिया। होलकर सेना हार गई। तुकोजी दिल्ली की ओर जाते-जाते भी अटक गया था। उसके लिए कई अन्य झगड़े थे। वह थोड़ी-सी ही सहायता कर सका।

महेश्वर में खलबली मच गई। सुंदर मालव-वसुंधरा को शताब्दियों से आक्रमणों और गृहयुद्धों से जब-तब ही चैन मिला था। इस समाचार से महेश्वर का जन-जन हड़बड़ा उठा। उसकी प्रतिक्रिया अहिल्याबाई पर भी हुई।

उनकी पुत्री मुक्ताबाई का पति यशवंतराव फणसे प्राय: बीमार रहा करता था। उसपर मल्हार की शिकायतें आईं। इन सब बातों पर से ध्यान हटाकर उन्होंने सबसे पहले चंद्रावत विद्रोह की समस्या का हल करना अत्यंत महत्त्वपूर्ण समझा, और वह खीज उठीं। उन्होंने तुकोजी को एक पत्र लिखा—

'हिम्मत न छोड़ना। दुष्टों का सर्वनाश करना अत्यंत आवश्यक है। खर्च और फौज के पुल बाँध दूँगी। तुम्हारे बस का न हो तो लिख भेजो, मैं रणक्षेत्र में पहुँचूँगी।'

और उन्होंने रणक्षेत्र में पहुँचने की तैयारी कर दी। सोलह-सत्तरह वर्ष पहले जब पूना का द्रोही राघोबा महेश्वर पर आक्रमण करने आया था तब अहिल्याबाई ने स्त्रियों की एक सेना बनाई थी और राघोबा से कहला भेजा था कि मैं अबला हूँ, स्त्रियाँ आपका सामना रणक्षेत्र में करेंगी। यदि मैं हार गई तो कोई भी मेरी निंदा नहीं करेगा, और यदि आप हार गए तो आप कहीं भी मुँह दिखलाने योग्य नहीं रहेंगे। अहिल्याबाई के इस बुद्धि-कौशल से मात खाकर राघोबा कुंठित हो गया था। उनको उस घटना का स्मरण हुआ; परंतु उन्होंने इस बार स्त्रियों की सेना का बनाना अनुपयोगी समझा। अहिल्याबाई में अभिमान नहीं था—दूसरे से तुलना करके अपने को बड़ा समझने की उनकी प्रकृति न थी। उनमें स्वाभिमान—अपनी शक्ति का पक्षपातरहित मूल्यांकन करना—था। उन्होंने अपने गुरु अंबादास से कालिदास की एक बात सुनी थी कि जब तपस्वी के पास त्राण का कोई और उपाय नहीं रहता तब

वह अपना तप खर्च करता है।

महेश्वर से रामपुरा-भानपुरा का इलाका बहुत दूर था, परंतु उन्होंने एक सूक्ति सुन रखी थी कि कोई यदि कुछ करने की ठान ले तो उसके लिए बड़ी-बड़ी दूरियाँ घर का आँगन बन जाती हैं!

वह सेना लेकर चल पड़ीं। भारमल को साथ ले लिया। उत्तर से कुमुक तुकोजी ने भी भेजी। सिपाहियों में उत्साह था। अपना जौहर दिखलाने की कामना सिपाहियों में स्वाभाविक ही है। साथ में जो चारण थे, वे उत्तेजना की साँकल से आकाश और पृथ्वी के कुलावे मिलाने लगे। लूटमार करने की प्रवृत्ति अहिल्याबाई के साथ रहते भी बढ़ने लगी। उनके लाव-लश्कर के साथ ठग और लुटेरे भी थे। ये जीतें या वे जीतें, इनके दोनों हाथ लड्डू! चारा-दाना इकट्ठा करने में ये लोग सहायता करते थे, लूटमार उनकी मजूरी थी; जिसे वे लड़ाइयों के अंत में वसूलते थे! प्रथा चल गई थी। अहिल्याबाई को यह अच्छा नहीं लग रहा था, परंतु कर क्या सकती थीं? प्रत्येक मराठी सेना के वे अपरिहार्य अंग बन गए थे। इसके साथ ही भिक्षुक-भिखारियों की भीड़ भी महेश्वर से ही साथ लग गई थी, जो मार्ग में कुछ और बढ़ गई; क्योंकि अहिल्याबाई का दानधर्म उस अभियान में भी न छूटा था। भिखारियों में सिंदूरी और भोपत भी थे।

कई दिन बाद वह अपनी सेना के एक दस्ते के साथ धमनार पहुँचीं, जो रामपुरा के दक्षिण में लगभग ग्यारह कोस की दूरी पर है। मंदसोर यहाँ से पश्चिम में लगभग दस-बारह कोस की दूरी पर होगा।

धमनार के आसपास छोटी-बड़ी पहाड़ियाँ, जंगल, बीच-बीच में मैदान और वृक्षों से ढके नाले थे। उन्होंने यहीं एक मैदान में पड़ाव डाल दिया। मंदसोर युद्ध का समाचार मिला। सेनानायक ने संक्षेप में बतलाया कि राजपूत हार गए, उनका प्रधान संचालक खेत रहा और कई बड़े सरदार बुरी तरह घायल हुए, राजपूतों का भारी कत्ल हुआ, अपने हाथ पूरी विजय आई। चारण ने उसे अपने ढंग पर प्रस्तुत किया—

राजपूत घमंड कर रहे थे कि हम धनगरों—गड़रियों—के सामने सिर नहीं झुकाएँगे। होलकर—गड़रिये—ने इन चंद्रावत भेड़ों के अहंकार के बाल काट उतारे। मंदसोर में जहाँ बड़े-बड़े कीर्तिस्तंभ खड़े हैं, खंडित मूर्तियों और भवनों के खंडहलों पर खंडहल बिखरे पड़े हैं, मराठी सेना ने रक्त की नदियाँ बहा दीं और उन स्तंभों तथा खंडित मूर्तियों का शत्रु के रक्त से स्नान करा दिया! राजपूती सेना के खंडहलों का उन खंडहलों से एकाकार हो गया!!

चारण का मुँह बंद करना बहुत दुष्कर कार्य था। कुछ दे-दिवाकर पीछा छुड़ाया और ध्यान को दूसरी दिशा में मोड़ने के लिए धमनार की गुफाएँ देखने के लिए चली गईं। साथ में कुछ सेविकाएँ थीं, उनके पीछे-पीछे वह गूँगी—सिंदूरी!

आसपास के हरे-भरे वृक्ष धमनार के पड़ोस की पहाड़ियों, ढोंकों, ऊँची-नीची भूमि की अव्यवस्था को ढकने का प्रयास-सा कर रहे थे; परंतु जब वह गुफाओं के सामने पहुँचीं तो ऐसा जान पड़ा जैसे व्यवस्था और एकांत शांति ने अपना डेरा यहाँ डाला हो।

धमनार की पहाड़ी, जहाँ गुफाएँ हैं, बड़ी नहीं है। गुफाएँ अनेक हैं, परंतु दक्षिण दिशावाली अधिक आकर्षक हैं। गुफाएँ खड़ी पहाड़ी में हैं। बारह सौ वर्ष हो गए होंगे जब पहाड़ी को काट-कोलकर बनाई गई थीं। उनमें से दो बहुत ही भव्य हैं। एक चैत्य है, दूसरी विहार और चैत्य। उनपर लगाए गए परिश्रम, श्रद्धाभाव, अनुराग और शिल्पचातुर्य को देखकर अहिल्याबाई को आश्चर्य हुआ। लगभग सभी गुफाओं में बुद्ध की मूर्तियाँ थीं। एक उन्होंने विशेष ध्यान के साथ देखी—बुद्ध ध्यानमग्न नहीं थे, लेटे हुए थे, मरणासन्न। मूर्ति कुछ अंधकार में थी, इसलिए अधिक समीप जाकर देखने लगीं। मूर्ति के पार्श्व से मैला कौपीन पहने एक क्षीणकाय वृद्ध उठ खड़ा हुआ। अहिल्याबाई ने नमस्कार किया। उसने अभयमुद्रा की गदेली उठाई।

वृद्ध ने अपना परिचय दिया, 'महारानीजी, मैं बौद्ध भिक्षु हूँ।'

'बौद्ध अब भी हैं!' अहिल्याबाई के स्वर में अचंभा था।

'हाँ जी, हैं—एक मैं हूँ और एक मेरा साथी, बस दो। बाहर चलिए, कुछ कहूँगा।'

अहिल्याबाई उसके साथ बाहर निकल आईं।

वृद्ध बोला, 'लगभग एक सहस्र वर्ष हुए जब शंकराचार्य ने बौद्धों को मिटाया था। बौद्धों के अनेक परंपरागत दुर्गुण भी उनके विनाश के कारण बने। उस ह्रास-काल में कुछ लोग यहाँ ध्यान और प्रवचन के लिए आ गए। मरणासन्न बुद्ध की मूर्ति हमारे विराग और तत्कालीन विनाश की द्योतक है।'

अहिल्याबाई ने वृद्ध की सहायता के लिए अपने थैलीबरदार से कुछ कहा। वृद्ध समझ गया और बोला, 'मैं नहीं लूँगा। भिक्षा के हमारे नियम बँधे हुए हैं।'

'फिर तुम और क्या कहना चाहते थे?'

'युद्ध बंद कर दीजिए।'

'समाप्त हो गया है। जिन दुष्टों ने सिर उठाए थे, कुचल दिए गए।'

'रक्त की नदियों को पार करके विजयी को सफलता मिलती है; पर वह किस काम की? मनुष्य के रक्त और पैसे से लड़ाई का आटा गूँदा जाता है, अनाथों की आहों-कराहों की धधकती आग पर उस आटे की रोटी सेंकी-पकाई जाती है—जो वादी-विवादी लड़ाई कराते हैं, वे इस रोटी से अपना पेट भरते हैं।'

'दूसरों का अपहरण करने के लिए जो लोग आक्रमण करते हैं, उनके लिए यह बात लागू है; पर जिनपर आक्रमण किया जाय, उनके लिए तो लागू है नहीं।'

'और कुछ नहीं कहना है। जब तक राग, द्वेष और भय संसार में रहेंगे, मारकाट और खूनखराबी बनी रहेगी—भगवान् बुद्ध ने इन्हीं के परिहार का उपदेश दिया है—' वृद्ध बड़बड़ाता हुआ धीरे-धीरे फिर गुफा में पहुँच गया।

अहिल्याबाई को चारण की बात याद आ गई, जो उसने मंदसोर-युद्ध पर बनाई थी। उनके मन में उस चित्र पर ग्लानि हुई और इन गुफाओं के उत्तर की ओर के मंदिर देखने के लिए चल दीं। सोच रही थीं कि महेश्वर के निकटवर्ती किसी पहाड़ को काट-कोलकर इसी प्रकार की बढ़िया गुफाएँ बनवाऊँगी और उनमें शंकर की मूर्तियों की स्थापना कराऊँगी। वह गूँगी पीछे-पीछे आ रही थी।

यहाँ के मंदिर और भी अधिक विलक्षण थे। वहाँ खड़ी पहाड़ी को छेदकर भीतर चैत्य और विहार बनाए गए थे; यहाँ समतल पहाड़ी भूमि को काटकर गड्ढे में मंदिर काट-तराशकर निर्माण किए गए थे। गड्ढा बीस हाथ गहरा, सत्तर हाथ लंबा और बीस हाथ चौड़ा होगा। बीचोबीच एक बड़ा मंदिर और उसके चारों ओर सात छोटे-छोटे। मंदिर का नाम था चतुर्भुज धर्म राजेश्वर। मंदिर के भीतर पूर्व की दिशा में विष्णु की चतुर्भुज मूर्ति थी और गर्भगृह में ही विष्णु की मूर्ति के सामने महादेव की प्रतिमा, मानो वैष्णव और शैवमतों का सामंजस्य किया गया हो। मंदिर का शिखर ऊपर की भूमि के समतल था। गड्ढे में पहुँचने के लिए पूर्व दिशा से मार्ग गया था, जो पहाड़ी को काटकर बनाया गया था। अहिल्याबाई इसी मार्ग से मंदिर की ओर चलीं। गूँगी को साथ आने से सेविकाओं ने रोका। वह न मानी। अब अहिल्याबाई का ध्यान उसपर केंद्रित हुआ।

'इसको तो मैंने महेश्वर में देखा है!' अहिल्याबाई ने कहा।

गूँगी का चेहरा प्रसन्न था।

'यहाँ आ गई री!' उन्होंने कहा।

सिंदूरी ने हाँ के इंगित का सिर हिलाया और जीभ निकालकर दिखलाई, जिसका अग्रभाग कुछ कटा-सा या मुड़ा-सा जान पड़ता था।

एक सेविका ने बतलाया, 'सरकार, गूँगी-बहरी है यह। कुछ भिखारिनों के

साथ लश्कर के पीछे-पीछे चली आई है। मानती ही नहीं।'

'क्या चाहती है?' अहिल्याबाई ने सदयता के साथ प्रश्न किया और उँगलियों द्वारा भी प्रश्न को व्यक्त किया।

सिंदूरी ने सिर उठाकर और आँखें चढ़ाकर बतलाया कि उस बड़े मंदिर के दर्शन करूँगी।

अहिल्याबाई ने सेविकाओं से कहा, 'चली भी आने दो।' मार्ग कुछ लंबा था। मंदिर के पास पहुँचने में एक घड़ी लग गई।

अहिल्याबाई जैसे ही मूर्ति को नमस्कार करने के लिए मंदिर के द्वार पर पहुँचीं कि भीतर से एक वृद्ध निकलकर बाहर आ खड़ा हुआ। यह त्रिपुंड लगाये था। दाढ़ी थी, पर सिर पर जटा न थीं। उसने प्रणाम करके जयजयकार की।

'तुम कौन हो?'

'तरोली गाँव का रहनेवाला हूँ, जो चित्तौड़गढ़ से थोड़ी दूर है। थोड़े ही दिन हुए वहाँ पानी का भारी अकाल पड़ा तो एक ब्राह्मण ने अपनी गायों को पानी पिलाने के लिए जंगल में ऊमर के पेड़ के नीचे गंगा माता को पुकारा। तुरंत पेड़ की जड़ से पानी बह पड़ा और आज तक बहता है। नाले का नाम गंगा पड़ गया, जिसमें होकर यह पानी बहता है। सरकार उस जल का आचमन करें।' इतना कहकर वह रुक गया।

अहिल्याबाई ने उस स्थान की गंगा का स्मरण करके नमस्कार किया। बोलीं, 'मैंने भी सुना है। किसी दिन उस पवित्र भूमि के दर्शन करूँगी।'

फिर वह भीतर जाकर मूर्तियों को देखने लगीं। नमस्कार करके बाहर हुईं। त्रिपुंडवाला मूर्तियों की ओर मुँह किए खड़ा था। अहिल्याबाई चलने को हुईं, वह हाथ जोड़े कुछ कहने के लिए उत्सुक हुआ।

'एक विनती है, श्रीमंत—'

'क्या?'

उनकी सेविकाएँ जरा पास सिमट आईं। सिंदूरी भी आगे बढ़ी।

त्रिपुंडवाले ने कहा, 'कोठड़ी पिड़ावा, जिसे कोठी पड़ाव भी कहते हैं, सरकार के राज्य में है। यहाँ से पूर्व में दस-बारह कोस की दूरी पर है। वहाँ के दो चचेरे भाइयों में जागीर का झगड़ा है—'

'तुम उनके कौन हो? दरबार में आकर बात करो।'

'श्रीमंत सरकार तत्काल न्याय करने के लिए प्रसिद्ध हैं। थोड़े में सुनाए देता हूँ। भगवंतसिंह जागीरदार हैं। उनका चचेरा भाई मनीराम बरसों से जागीर के लिए

झगड़ा उठाए है और उत्पात करता है। भगवंतसिंह के पास दिल्ली के बादशाह की सनद है और स्वर्गवासी सूबेदार पूज्य मल्हारराव की भी। तिसपर भी नहीं मानता मनीराम।'

'कहाँ है मनीराम?'

'श्रीमंत सरकार, वह घर पर है। बात कान में ढाल देने के लिए आया हूँ। सरकार की जब आज्ञा होगी, भगवंतसिंह सब कागज-पत्र लेकर आवेंगे। हुकुम हो तो उन्हें बुला लाऊँ?'

सिंदूरी कुछ और निकट आ गई। त्रिपुंडवाले की पीठ उसकी तरफ थी।

अहिल्याबाई ने कहा, 'अकेले एक की नहीं, दोनों की सुनूँगी। महेश्वर आवें।'

'जय हो! सरकार की जय हो!! भगवंतसिंह को न्याय मिलेगा,' दोनों ओर सिर घुमाकर ऊँचे स्वर में बोला।

सिंदूरी चौंक पड़ी और उसके मुँह से विकृत स्वर में निकला—'बु···उ···र्रा···आ···है।'

अहिल्याबाई ने सिंदूरी की ओर देखा और त्रिपुंडवाले ने भी। कुछ कहना चाहता था, ओठों के नीचे दबोच डाला।

'बुरा क्या है?' अहिल्याबाई ने पूछा। उसने धीमे से नाहीं का सिर हिलाया और चुप खड़ी हो गई।

'तुम इसे जानते हो, तरोलीवाले?'

उसने निश्चय के स्वर में कहा, 'नहीं तो।'

अहिल्याबाई ने सिंदूरी से कई प्रश्न किए, परंतु वह बिलकुल चुप रही। तरोलीवाले से अनभिज्ञता प्रकट की।

उन्होंने अपनी सेविकाओं को आज्ञा दी, 'यह हमारे यहाँ नौकरी करना चाहती थी—मुझे याद आ गया। इसको संग में ले लो। यह उतनी गूँगी नहीं जितनी गूढ़ जान पड़ती है।'

एक सेविका बोली, 'लोग कहते हैं, इसे देवी-देवता सिद्ध हैं। आंत्री की दुर्गा माता को इसने कई बरस हुए अपनी जीभ भेंट की थी।'

'ओह!' अहिल्याबाई ने कहा, 'तब तो यह और भी अधिक संरक्षण पाने की पात्र है।'

सेविकाओं ने सिंदूरी को अहिल्याबाई की कृपा का भाव संकेतों में समझाया। सिंदूरी हर्षमग्न हो गई। अहिल्याबाई ने सोचा, गूँगी को उन दो भाइयों के विवाद का

कुछ आभास हुआ है, मैं पूरी समीक्षा के बाद ही न्याय करूँगी।

उस इलाके में उन्हें कुछ दिन और ठहरना था, इसलिए महत्त्व के दो-एक स्थान देखने का संकल्प किया।

: १४ :

चंद्रावतों को जगह-जगह से पीछे हटना पड़ा। रामपुरा अब भी उनके हाथ में था। भानपुरा होलकर राज्य के लिए अवश्य सुरक्षित था। चंद्रावतों के नायक उदयपुर की दिशा में हटते चले गए। उनका पीछा किया गया। अहिल्याबाई की 'ज्वाला' नाम की एक तोप विख्यात थी। वह चंद्रावतों के गढ़-गढ़ियों का संहार कर रही थी। अहिल्याबाई निश्चिंत होकर यात्रा करने लगीं। वह पहले नवाली गईं। साथ में भारमल था। उसे रणक्षेत्र के प्रबंध-बंधन से छुट्टी मिल गई थी।

नवाली भानपुरा से उत्तर-पूर्व में लगभग पाँच कोस है। नवाली से कोस-भर पूर्व में मंदिर थे। उन्हें वहाँ जाना था। मार्ग ऊँचे पठार पर होकर गया था। जंगल घना था। तीसरा पहर लग गया था, परंतु अहिल्याबाई कुऋतु और थकान की परवाह कभी नहीं करती थीं।

उस जंगल में मंदिरों का कोई चिह्न न था। यकायक एक ऐसे विस्तृत शिखर पर पहुँचीं जहाँ खड़े होकर नीचे देखो तो आँखें पथरा जाएँ। लगभग डेढ़ सौ हाथ की सीधी निचाईवाला लंबा-चौड़ा विशाल खड्ड। खड्ड के दोनों पार्श्व ढालू थे, बड़े-बड़े सघन वृक्षों से लदे हुए। खड्ड सामने खोह-सी बनाता चला गया था। नीचे भी वृक्षों की अखंड झुरमुटें थीं। उनके तले की भूमि नहीं दिखलाई पड़ती थी। चोटियाँ आपस में मिलकर कलोलें-सी कर रही थीं। लगता था जैसे हरे और धानी रंग के मखमली फर्श आड़े-तिरछे और सपाट बिछे हों। सूर्य की किरणें इन्हें अपनी सेज-सी बनाए थीं। वायु से हिलते हुए पत्तों पर अनगिनत झिलमिलें खेल रही थीं। प्रकृति अठखेलियाँ कर रही थी। उसका साथ मोर इधर-से-उधर उड़कर किलकारी मारते हुए दे रहे थे। इन किलकारियों को जल का एक बड़ा प्रपात पुचकार-सा रहा था। यह प्रपात साठ-सत्तर हाथ की खड़ी ऊँचाई से एक बड़े गहरे कुंड में गिर रहा था, जिसका घेरा तीन सौ हाथ से कम न होगा। सूर्य की किरणें प्रपात की मोटी धारा को, और प्रपात की धारा किरणों को मानो अपनी अँकवार में भरे ले रही हो; जैसे सोने-चाँदी का मेल हो रहा हो। यह सब अचानक देखकर अहिल्याबाई स्तंभित रह गईं, भारमल पुलकित हो गया और सिंदूरी नाच उठी। खड्ड में उतरने के लिए एक ओर से ढोकों पर होकर जाना पड़ता था। अहिल्याबाई और उनके साथ के सब जन

इन ढोकों पर से उतरे। आधी दूर पहुँचने पर चौरस चट्टान का एक छोटा-सा चबूतरा मिला। इसपर दो मंदिर थे। एक तक्षकेश्वर—सर्पराज—का, दूसरा देवताओं के वैद्य धन्वंतरि का। इन्हीं के दर्शन के लिए अहिल्याबाई गई थीं। कोई उस चबूतरे पर जा रुके, कोई ढोंकों के सहारे रह गए। कुंड स्वच्छ गहरे हरे रंग के पानी से भरा था। सूर्य की किरणें कह रही थीं कि कुंड अथाह है। कुंड से निकलकर एक नाला पश्चिम की ओर बहता बल खाता चला गया था।

और उसी के ढंग पर सिंदूरी एक ढोंके के सहारे खड़ी हुई मुसकरा-मुसकराकर ऐंड़ी-बेंड़ी हिलती हुई कुछ गुनगुना रही थी—गा रही थी। वृक्षों के स्नेह से ढकी हुई वहाँ की चट्टानें, बड़े-बड़े घने पेड़ों के हरे-भरे पल्लव और नवोदित किसलय, निकट से ही सरककर जानेवाली जलधारा, ऊपर की किरणें और नीचे का कुंड, और, दूर बहता हुआ चला जानेवाला वह नाला उसके गीत की भाषा को सुन रहे थे—समझ भी रहे होंगे, नहीं तो अकेले में ऐसे स्थान पर जन-मन क्यों गा उठता है ? अहिल्याबाई सोच रही थीं, इस घाटी में देवता का निवास अवश्य है, तभी तो यहाँ मंदिर बने, और तभी यह गूँगी गा उठी—इस पवित्र स्थान में इसने यहाँ कुछ सुना होगा। वह ध्यानमग्न हो गईं—तक्षक संसार के दंशों का संकेत करते हैं और धन्वंतरि उनके उपचार का—आत्मसंयम द्वारा अपने भीतर के दंशों की चिकित्सा का—इनके तो दर्शनमात्र से ही यह पुण्य सुलभ हो सकता है। जो यहाँ दर्शन कर जाते होंगे, उन्हें साँप काटता ही न होगा। उनकी सेविकाओं पर भी प्रभाव पड़ा—समझ में नहीं आ रहा था कि यहाँ क्या मिल रहा है, पर उन्हें मिल जरूर रहा था कुछ। उन्होंने भी आँखें मूँदीं और अपने-अपने लिए कुछ-न-कुछ माँगने लगीं।

भारमल का रोम-रोम उमग रहा था। मन पर अचंभे की चकाचौंध छा गई। मोरों की किलकारियों और छोटी-छोटी रंग-बिरंगी चिड़ियों की चहक को वह मन-ही-मन कुछ सुना रहा था। उसे लग रहा था—इस घाटी में सौंदर्य, उत्साह और साहस भरा हुआ है, उस अलख निरंजन ने जैसे अमरता देने के लिए इस छोटे से स्थान में इन्हें बसा दिया हो—मैं इनके अखंड भांडार में से अवश्य कुछ लेकर जाऊँगा, अपने को संतुलित, पुरुषार्थी—

'भाई भारमल,' अहिल्याबाई ने पुकारा।

'आया मातुश्री,' भारमल ने पूरे भरे स्वर में उत्तर दिया और वह उस ढोंके पर से धीरे-धीरे उनके पास आया, जहाँ प्रकृति के खजाने में से कुछ समेट ले जाने की बात सोच रहा था।

'स्थान छोड़ने को जी तो नहीं चाहता, परंतु अतिकाल होने वाला है, चलना

चाहिए,' अहिल्याबाई ने कहा।

'हाँ, माता,' भारमल बोला और उसने मंदिरों, मूर्तियों, जलधारा और वृक्षों पर खेलती हुई किरणों को नमस्कार किया। सबने किया। सिंदूरी ने मंदिरों की ओर अल्प-सा और पेड़ों की शिखाओं पर नाचनेवाले मोरों के प्रति प्रचुर मात्रा में प्रणाम किया। मोर उसकी जाति में अत्यंत पवित्र पक्षी माना जाता था।

ऊपर की ओर चढ़ते-चढ़ते पार्श्वों पर कुछ गुफाएँ दिखलाई पड़ीं। 'इनमें भी मूर्तियाँ हैं क्या?' अहिल्याबाई ने पूछा।

'नहीं तो, इनमें ऋषि लोग तपस्या किया करते थे, और सुनते हैं कि अब भी कुछ योगी इनमें रहते हैं; परंतु दिखलाई किसीको भी नहीं पड़ते।'

अहिल्याबाई ने श्रद्धापूर्वक प्रणाम किया और ऊपर की ओर चढ़ती गईं। दिन डूबने पर था। जब पठार पर पहुँचीं, सूर्यास्त नहीं हुआ था। पश्चिम-उत्तर की पहाड़ियों में से हिंगलाजगढ़ का किला सूर्य की लाल-पीली किरणों में होकर झाँकता हुआ प्रतीत हुआ।

'इस गढ़ में हिंगलाज देवी का विख्यात मंदिर है। पहाड़ बहुत ऊँचा है, जिसपर यह किला है। इसके नीचे तीन ओर भारी-भारी खड्ड और भरके हैं, उत्तर की ओर पहाड़ की सीधी खड़ी दीवार है। किला दुर्भेद है। चढ़ाई बहुत ही दुष्कर; परंतु ऊपर पहुँचने पर देखें तो सारी धरा बड़ी सुहावनी लगती है। आप जिस चक्करदार नाले को अभी-अभी देख आई हैं, हिंगलाजगढ़ की पूर्वी बगल को धोता हुआ जाता है, दर्शनीय है, परंतु—' भारमल कहते-कहते रुक गया।

अहिल्याबाई समझ गईं। बोलीं, 'हाँ, इन दिनों हिंगलाजगढ़ चंद्रावतों ने दबा रक्खा है। वह हमारा है। देखूँगी।' और उन्होंने ओठ कसे। पठार पर सवारी थी और अंगरक्षक घुड़सवार भी। नवाली गाँव पहुँचने में देर नहीं लगी।

दूसरे दिन वह नवाली के मंदिरों में गईं। इनकी पूजा-पत्री, भोग-ब्यारी इत्यादि के लिए राज्य के खजाने से बंधान बँधे थे। मंदिरों में नंदिकेश्वर, बैजनाथेश्वर इत्यादि नाम के बहुत प्राचीन थे, परंतु इनके दर्शन से अहिल्याबाई को वह स्फुरण और आनंद न मिल सका, जो उस घाटी में प्राप्त हुआ था। फिर एक निकटवर्ती प्राचीन किले को देखकर मन सहसा कुढ़ गया—यहाँ हाल ही में चंद्रावतों ने उपद्रव किए थे। रणक्षेत्र के अंतिम समाचार पाने के लिए वह धमनार के लिए चल पड़ीं। मार्ग से जरा-सा हटकर, भानपुरा के दक्षिण में दूधाखेड़ी नाम का गाँव पड़ता था। दूधाखेड़ी में देवी का एक प्रसिद्ध मंदिर था। हिंगलाज माता के दर्शन नहीं कर पाए तो इनके तो करने ही चाहिए। वह मंदिर में गईं। यहाँ दर्शनों के लिए सदा भीड़ लगी

रहती थी। जनता का दृढ़ विश्वास था कि किसी भी कामना की मन्नत-मनौती इन देवी का नाम लेकर करने पर सफल हो जाती है। सफल होने पर कृतज्ञता-ज्ञापन के लिए, और नई मनौतियों के लिए भी, भीड़ यहाँ आया करती थी। अपनी बेटी मुक्ताबाई, दामाद यशवंतराव फणसे, और धेवता नत्थू के स्वास्थ्य के लिए मनौती मनाई। चंद्रावतों पर पूर्ण विजय पाने के लिए भी।

सिंदूरी भी देवी की मूर्ति के सामने पहुँची। थिरक-थिरककर नाची और चिल्ला-चिल्लाकर कुछ गाई। किसीने समझा हो या न समझा हो, परंतु वह अपने भीतर की आँधी पर बहुत मोदमग्न थी। फिर यकायक गंभीर होकर ध्यान में डूब-सी गई और थोड़ी देर के लिए अचेत हो गई। लोगों ने कल्पना की कि देवी माता उसपर छा गई हैं। जब चेत आया तो उसने अपने को अहिल्याबाई की गोदी में पाया। अहिल्याबाई की ओर देखकर बोली, 'माँ···माँ!' अहिल्याबाई ने दुलार किया और कुछ प्रश्न किए, परंतु वह चुप रही। बहुत प्रसन्न थी। इसपर अभी देवी माता का भाव है, फिर कभी देखूँगी, उन्होंने सोचा।

उस दिन से सिंदूरी को अहिल्याबाई का स्नेह अधिक, और अधिक मिलता गया।

धमनार पहुँचने पर उन्हें सूचना मिली—

'रामपुरा चंद्रावतों से छीन लिया गया। चंद्रावत भागे। 'ज्वाला' नाम की होलकर तोप ने उनका पीछा किया। चंद्रावत आमद के किले में जा रुपे। वहाँ उन दोनों भाइयों—सुभागसिंह और भवानीसिंह—ने, जो चंद्रावतों के अगुआ और राज्य के विद्रोही दावेदार हैं, होलकर सेना के मिटाने के लिए बारूद का जाल बिछाया। उसमें आग का परा पड़ जाने से धड़ाका हुआ। पचास चंद्रावत जल मरे, सुभागसिंह भुनकर अधमरा हो गया है। भवानीसिंह भाग गया। आज्ञा की प्रतीक्षा है।'

अहिल्याबाई के मुँह से निकला, 'अच्छा हुआ। दुष्टों ने अपने किए का फल पाया। सुभागसिंह को तोप के मुँह से बाँधकर उड़ा दो।'

और सुभागसिंह तोप के मुँह से बाँधकर उड़ा दिया गया। जब वह तोप के मुँह के पास लाया गया, मुसकरा रहा था। जब बाँधा गया तब भी उसके सटे हुए ओठों पर फड़कती मुसकान थी। जब उसकी हड्डियाँ तोप के धुएँ में से मुसकराती हुई दूर-दूर तक उड़कर गईं तब चंद्रावतों के कलेजे में ज्वाला धधक गई। दब जाने पर भी वह ज्वाला बुझी कभी नहीं—सदा होलकर वंश को त्रास देती रही। परंतु उस समय अहिल्याबाई निश्चिंत होकर महेश्वर लौट आईं। सिंदूरी तो उनके अनुचर वर्ग में धमनार में ही ले ली गई थी, उसके धर्मभाई भोपत के लिए महेश्वर पहुँचकर उस

वर्ग में प्रवेश पाना सहज हो गया।

जब चंद्रावतों के दमन का समाचार पूना पहुँचा, नाना फडनीस ने बड़ी खुशियाँ मनाईं, उत्सव किया और अहिल्याबाई के नाम पर तोपें छुड़वाकर कहा, 'अभी तक सुनते आए थे कि अहिल्याबाई धर्म और दान में ही लगी रहती हैं; परंतु आज उनकी वीरता का भी पता लगा! महेश्वर का नर्मदा तट महाराष्ट्र का पुण्यद्वार है!!'

: १५ :

सूर्यास्त हो रहा था। महेश्वर स्थित तीन प्राचीन मस्जिदों से मुल्लाओं ने नमाज के नारे लगाए। कुछ मंदिरों से शंख फूँके गए और घंटे बजाए गए; जैसे दोनों मिलकर दिन-भर के थके जनमन को चेता रहे हों। अहिल्याबाई ने सबको अपने-अपने मत पर चलने का अधिकार दे रखा था।

उन्होंने दरबार उस घड़ी तक न छोड़ा था—सरंजामी सरदारों के नियंत्रण की आवश्यकता पड़ गई थी। इन सरदारों को एक-एक जिले की लगान वसूली इसलिए सौंपी गई थी कि वे प्रबंध करें और युद्धों के हेतु नियुक्त संख्या में घुड़सवार रखें। कई सरदार अपने को सामंत समझने लगे थे। किसान से बँधे लगान से अधिक ले नहीं सकते थे, क्योंकि अहिल्याबाई ने कड़े नियम बना रखे थे, जिनका वे अनुसरण कराती थीं। इसलिए उन्होंने एक पोल बना रखी थी—रखने चाहिए दो सौ सवार; रखे थे चालीस-पचास। खर्च दिखलाते थे दो सौ का, बचत डालते थे अपनी जेब में। यह हिंदुस्थान का शताब्दियों से चला आया रोग था। तन-मन से इस रोग का उपचार करते-करते उस दिन उन्हें अतिकाल हो गया।

संध्या के भजन-पूजन के उपरांत भोजन करने जा रही थीं कि उन्हें महल के एक निकटवर्ती भाग से आह-कराह सुनाई पड़ी। वह भोजन करने नहीं गईं; जहाँ से कराह आई थी, वहाँ द्रुतगति से पहुँचीं। देखें तो सिंदूरी अपनी कोठरी में लोट-पीट रही है। कुछ सेविकाएँ पास खड़ी थीं, परंतु उनकी समझ में नहीं आ रहा था। अहिल्याबाई के पूछने पर उसने पेट पर हाथ फेरकर बतलाया कि शूल पीड़ा दे रहा है। अहिल्याबाई तुरंत दवा लाईं और उसे खिलाकर पास बैठी रहीं। सेविकाओं ने भोजन करने के समय की याद दिलाई तो उन्होंने सिर हिला दिया। जब सिंदूरी की पीड़ा शांत हो गई तब उठीं। सिंदूरी बैठ गई थी। चेहरा कुम्हलाया हुआ था। सिंदूरी ने हाथ जोड़े।

सिंदूरी बोली, 'देवी! देवी!— ' और उसने हाथ से किसी बाहर की देवी

का संकेत किया और अपने सामने खड़ी दूसरी देवी—अहिल्या का।

'अरे! यह तो बोल सकती है!!' ऊँचे स्वर में अहिल्याबाई ने आश्चर्य प्रकट किया।

सेविकाएँ आँखें फैला-फैलाकर अपना अचंभा और भय प्रकट कर रही थीं। सिंदूरी ने नाहीं का सिर हिलाया—मैं बोल नहीं सकती।

'ऐं! यह तो कुछ सुनने भी लगी है!! कुछ खाएगी?'

रोगी जरा भी स्वस्थ दिखलाई पड़े तो खाने की बात पूछने की परंपरा युगों से चली आ रही थी।

सिंदूरी बिलकुल चुप रही, मानो कुछ सुना ही न हो। अहिल्याबाई को आंत्री की श्री नवदुर्गा माता और दूधाखेड़ी की देवी का स्मरण हो आया—वहाँ इसका विचित्र हाल हो गया था! ध्यानमग्न हो गई थी और अचेत!! इसका दुर्गा देवी से कुछ संसर्ग है!!!

भोजन करने के उपरांत अहिल्याबाई ने आवश्यक कार्य निबटाने के लिए फिर दरबार किया। एक परगने के अफसर ने छोटी जाति की किसी स्त्री के कराव—विधवा विवाह—की कर वसूली में नया रिवाज चलाना चाहा था। उन्होंने उसके पास अपना कठोर निषेध भेजा। फिर मल्हार की शिकायत की बारी आई। अबकी बार उन्होंने जाँच-पड़ताल भारमल के सिपुर्द की।

बोलीं, 'लड़का है, छुटपन से ही इसे मैंने बहुत प्यार-दुलार में पाला-पोसा है। उसका कोई अपराध साबित हो तो समझा-बुझा देना, डाँट-फटकार भी दे सकते हो।'

भारमल के अंगीकार किया।

उत्तर में दूर स्थित महीदपुर इलाके के तराना गाँव से, जो उनके दामाद यशवंतराव की जागीर का गाँव था, समाचार आया कि वह बहुत बीमार हो गया था, तो उजैन के सिद्धवट पर नागनारायण को बलि चढ़ाने का संकल्प किया, अब अच्छा हो रहा है। अहिल्याबाई ने लिखवा भेजा कि बलि चढ़ा देना।

: १६ :

कोठी पड़ाव या पिड़ावा के मनीराम पर डाका पड़ा। परंतु उसने और गाँववालों ने मुकाबला किया। मरा-गिरा कोई नहीं। मनीराम का कुछ नहीं गया। गाँववालों का कुछ माल लुटेरों के हाथ पड़ा, जिससे मल्हार का बहुत थोड़ा काम चला। भीका का नाम ऊपर आया।

गौतमापुर चोर-लुटेरों का आश्रय-स्थान था, परंतु सेठ-साहूकार भी वहाँ बहुत से पहुँच गए थे। इनमें से कुछ डाकों का माल गला-गलाकर बहुत रुपएवाले हो गए थे। कोठी पड़ाव की घटना के बाद मल्हार ने गौतमापुर में पड़ाव डाला। वहीं कुछ हो, और वहाँ से चंबल पार हुए कि सिंधिया, पवार, होलकर इत्यादि मराठे राज्य एक-दूसरे से उलझे-गुँथे होने के कारण मल्हार के लिए बहुत आकर्षक हुए।

भीका के सुझाव पर गौतमापुर के एक लखपती का घर निर्दिष्ट किया गया। बट्टू साथ में था, आनंदी भी। बट्टू ने विरोध किया—

'यहाँ के जो गुंडे-आवारे हैं, वे सेठ का बचाव करेंगे। इस नगर में कुछ नहीं करना चाहिए। दूसरे ठिकाने देखे-परखे जाएँ।'

मल्हार हठ पर था, 'नहीं, उस सेठ का सोना-चाँदी तो हाथ में करना ही होगा। जैसे बने तैसे करो। महीदपुर के इलाके में तो कुछ मिला नहीं।'

आनंदी बट्टूसिंह के साथ थी। धीरे से बोली, 'हो तो सकता है, दादा,' और उसने मुद्रा आकर्षक बनाई। मुद्रा मल्हार को जैसी भी रुची हो, बात अच्छी लगी।

'हाँ, देखो, आनंदी तुमसे अधिक चतुर और हिम्मतवाली भी है। कैसे होगा आनंदी, बतला तो दो?' मल्हार ने कहा।

'दादा जानते हैं,' आनंदी ने अपनी जानकारी, बट्टू का बड़प्पन; गरदन की मुरकी और आँख के मदीलेपन के संग एक साथ प्रस्तुत किया।

बट्टू की दृष्टि में पैनापन आ गया, परंतु बोला विनीत स्वर में, 'रीति-रिवाज से बिलकुल उलटा पड़ेगा। गौतमापुर, जहाँ आकर हम लोग पकड़े नहीं जा सकते और न दंडित किए जा सकते हैं, हम पापियों तक के लिए पवित्र है। यहाँ भी लूटमार कर दी तो फिर कहीं के न रहे।'

मल्हार ने आनंदी की ओर देखा। उसने मुसकान के साथ आँख नीची कर ली। धीमे स्वर में उसने अनुरोध किया, 'दादा, यह तो राजकुमार हैं। इन्हें पाप क्यों लगने चला?'

और यह बट्टुआ मुझे पापियों में गिन डालने पर है। मल्हार ने सोचा।

'बिना धनियों की धन-संपत्ति पकड़े हमारा काम आगे नहीं चल सकता, फिर चाहे वे कहीं के हों। जेजूरी तीर्थस्थान से बढ़कर तो गौतमापुर पवित्र है नहीं। मैंने उसके निचोड़ने तक का निश्चय कर लिया है। अपने आदमी इकट्ठे करो, मेरे पास सिपाही हैं ही। यहाँ जो थोड़ी-सी सेना है वह मेरे रहते कुछ नहीं कर सकेगी,' मल्हार ने उत्तेजित स्वर में कहा।

बट्टू अपने प्रतिवाद पर अटल था, 'नहीं हो सकता, श्रीमंत। जेजूरी के

लूटने में आपका साथ दूँगा, परंतु गौतमापुर में कुछ नहीं कर सकूँगा, और न कुछ करने की सलाह ही दूँगा।'

अर्थात् कुछ नहीं करने दूँगा—न खाऊँगा, न खाने दूँगा। मल्हार अधीर हो गया।

बोला, 'पहले सोचा था कि यहाँ डेरा डालकर आसपास और चंबल पार के इलाके की वसूली करूँगा; पर अब निश्चय कर लिया है कि पहले वसूली यहाँ की और वह भी जी भर के, फिर दूसरे स्थानों की।'

'मातुश्री देवी अहिल्याबाई क्या कहेंगी? आपके पिताजी सूबेदार तुकोजीराव होलकर क्या कहेंगे?' बट्टू भी किंचित् उत्तेजित हो गया।

मल्हार ने तीखे स्वर में समाधान किया, 'तुरंत एक मंदिर बना दूँगा, मातुश्री के चरण पकड़ लूँगा तो उनका रोष शांत हो जावेगा। रही बात पिताजी की, सो वह कुछ नहीं कह सकते। आज से कुछ वर्ष पहले दक्षिण की चढ़ाई के रास्ते में उन्होंने महाराष्ट्र को ही लूट डाला था, किसीकी नहीं मानी थी। क्यों दुम दबाते हो?'

बट्टूसिंह चुप। आनंदी ने मल्हार की तरफ आँखें ऊँची कीं।

मल्हार बोला, 'तुम्हारा वह गनपतराव कहाँ है? उसको लिवा लाओ।'

'आते ही खोजा था उसे,' बट्टू ने कहा, 'कहीं बाहर गया है।'

'तो तुम्हारे बूते का कुछ नहीं? मैं अपने निजी सिपाहियों की सहायता से ही सबकुछ कर लूँगा। तुमको आगे अपने दल में रक्खूँ या न रक्खूँ, इसपर विचार करूँगा।'

'जैसी श्रीमंत की मर्जी।'

'भीका को भेज दो, कहीं भी हो, कुछ भी कर रहा हो, यहाँ भेजो।'

बट्टू जाने लगा। आनंदी ने उसे थामने का प्रयत्न किया।

'मूर्ख कहीं की!' बट्टू भिंचे हुए दाँतों में से बहुत धीमे स्वर में बोला। आनंदी सहमकर उसके साथ चली गई।

जब भीका आया, मल्हार कमरे का सामान उलट-पलटकर इधर-उधर रख रहा था। समझ गया कि माथे के भीतर कोई तूफान है।

'सरकार,' बड़ी नम्रता के साथ भीका ने कहा, 'क्या आज्ञा है?'

मल्हार ने उस सेठ का नाम बतलाया, जिसे लूटना था और बट्टूसिंह की 'हरामखोरी, निमक हरामी' की बात कही, 'एन समय पर बदल गया!'

'अपने दल में उतने सिपाही नहीं जितने यहाँ की सेना में हैं। सेठ के पास पहरुए भी काफी हैं। कमाविसदार कड़ा आदमी है। फिर भी यहाँ बहुत ऐसे मिल

जाएँगे जिनको संग लेकर हम लोग सेठ को दबोच डालेंगे,' भीका ने कठिनाई प्रकट की और साथ ही उसका हल—सहजीकरण भी!

'करो, दिन-भर सामने पड़ा है,' मल्हार ने आज्ञा दी।

भीकाजी सोचता गया—इनका तूफान शांत होने के लिए सचमुच दिन-भर पड़ा है।

□

जैसे ही बट्टू अपने स्थान पर पहुँचा, उसने आनंदी को आड़े हाथों लिया—

'क्यों री, पाल-पोसकर इतना बड़ा इसलिए किया कि हमारा चौपट कर दे? कहती थी—हो तो सकता है दादा! दादा जानते हैं!! तेरे कहने से मैं अपने सारे साथियों को बिगाड़ लूँ? जिस छाया तले शरण पाऊँ उसी में आग लगवा दूँ?'

आनंदी ने बहुत दीन भाव से कहा, 'दादा, मुझसे भूल हो गई। हाथ जोड़ती हूँ।'

'इतने दिन हो गए, मिला तुझे कोई आसरा इनसे? है कोई आशा? जा उसके पास और समझा दे कि गौतमापुर के लूटने का विचार बिलकुल छोड़ दें। बतला आ अपनी भूल।'

आनंदी थोड़ी देर सोचती रही। बोली, 'जाऊँगी और अवश्य कह दूँगी।' वह काँप रही थी।

□

'दादा कुछ नहीं कर सकते। उनके किए कुछ न होगा,' आनंदी ने तीसरे पहर एकांत पाकर मल्हार से कहा।

वह उस चोली को पहन आई थी जिसे सूलगाँव के डाके के बाद मल्हार ने उसे उपहार में दिया था। आनंदी की आँखें गीली हो गई थीं।

'फिर तुमने किस बिरते कहा था?' मल्हार का स्वर रूखा था।

'मैं क्या कहूँ—मुझसे भूल-चूक हो गई,' आनंदी के कंठ में दबी हुई फफक थी।

'तो जाओ, मुझे जो कुछ दिखलाई पड़ेगा, करूँगा,' मल्हार के स्वर में रुखाई और बढ़ी।

'मैं अब कहाँ जाऊँ?' आनंदी ने कहा, 'कहीं की न रही,' और उसके गालों पर आँसू ढलककर कपड़े पर गिर पड़े।

'क्या मतलब?'

'क्या आपके साथ रह सकती हूँ? सब कुछ करूँगी। जीवन-भर सेवा—'

एक सिसकी में से टूटकर ये शब्द आनंदी के मुँह से निकले। फिर सँभलकर बोली, 'आप सेठ पर धावा करेंगे तो आपका सामना होगा। वे लोग इसपर उतारू हैं।'

मल्हार ने या तो उसके आँसू और सिसकी को समझा नहीं, या परवाह नहीं की।

'कौन लोग उतारू हो गए हैं?' मल्हार ने पूछा।

नीचा सिर किए आनंदी ने उत्तर दिया, 'क्या बतलाऊँ?'

'हूँ!' मल्हार ने जोर की हुंकार की, 'अच्छा!! और तुमको भेज दिया मुझे उल्लू बनाने के लिए!!! बहुत पाजी है बट्टू।'

'मेरा तो कोई अपराध नहीं।' आनंदी ने कहा। आँखों के आँसू वहीं सूख गए। पुतलियों के भूरेपन पर लालिमा छा गई।

मल्हार अपनी छाती पर हाथ कसकर टहलने लगा।

कुछ क्षण उपरांत यकायक आनंदी के सम्मुख खड़े होकर बोला, 'कुछ और कहना है?'

आँखें वैसे ही नीची किए आनंदी ने निर्बल स्वर में कहा, 'नहीं तो—मैं चली जाऊँ?'

'हाँ, जाओ।'

'क्या कभी न आऊँ?'

'जैसा अच्छा लगे—जरूरत पड़ी तो बुला लूँगा। काम के बदले में बहुत पा चुकी हो। वह एक कपड़ा ही, जो तुम पहने हो, काफी कीमती है।'

मल्हार के उत्तर में किसी प्रकार का भी निमंत्रण नहीं था। आनंदी ने आँखें ऊपर कीं, करारेपन के साथ मल्हार को देखा और गरदन मोड़कर जरा ऊँची आवाज में कहती हुई चली गई—'अच्छा!'

इसको इतना घमंड! आखिर सोंधिया जो ठहरी!! मल्हार के मन में उमड़ा।

भीका को बुलाकर आज्ञा दी, 'आधे घंटे के भीतर सारे दल को तैयार करो! सेठ की हवेली पर तुरंत धावा बोलो। मैं साथ रहूँगा। राज्य की सेना आई तो मेरे सामने हथियार नहीं उठा सकेगी। जो कुछ मिले, यहाँ से लेकर चंबल पार कहीं डेरा डालो। फिर मैं दूर नासिक प्रांत में बवंडर उठाऊँगा। देरी न हो।'

भीका को अवगत हो गया कि मल्हार के दिमाग का तूफान ठंडा नहीं हुआ, बढ़ गया है। उसने सोचा, रात में डाका डालने और तलवार-गोली का वार खाने की अपेक्षा दिन का काम अच्छा—मल्हार के सामने कमाविसदार नहीं टिक सकेगा और न राज्य की सेना हथियार उठावेगी, ज्यादा मुकाबला होगा ही नहीं।

हामीं भरकर चला गया।

□

मल्हार ने कालीमाई के मंदिर पर बलि चढ़ाई। फिर अचलेश्वर महादेव के मंदिर में जाकर घोर भाव के साथ वरदान माँगा—मैं अपने उद्देश्य में सफल होऊँ!

भीका ने आधे घंटे पीछे का शकुन निकाल लिया। जहाँ ठहरा था उसके सामने मैदान में मल्हार का फौजफाँटा तैयार हो गया। भीका नाक के दाएँ स्वर की अनुकूलता जाँच रहा था कि एक दिशा से राज्य के कुछ घुड़सवार आते दिखलाई पड़े। टापों की आहट पाकर मल्हार शस्त्र लेकर निवास-स्थान के बाहर निकल आया। उन सवारों के आगे जो था, उसे मल्हार पहचानता था। सन्न रह गया। हथियार नीचे हो गए।

सवारों के आगे भारमल दादा था।

भारमल ने घोड़े से उतरकर अभिवादन किया। गाँव में वह कुछ सुनता आया था। यात्रा की धूल से छाए चेहरे पर मुसकान थी।

बोला, 'कहाँ की तैयारी है, बाबा?'

'शिकार की,' मल्हार से और कुछ बनाते न बना।

'इस समय! कहाँ?'

'जहाँ मन चाहे।'

'चलिए, भीतर चलिए। मातुश्री ने भेजा है।'

मल्हार को भारमल के देखते ही संदेह हो गया था।

भीका को कुछ संकेत करके भारमल के साथ भीतर चला गया।

भीका ने उस फौजफाँटे को तितर-बितर होकर अपने-अपने डेरे में चले जाने की बात समझा दी। उन लोगों को अच्छा नहीं लगा, पर मान गए।

□

हाथ-मुँह धो लेने पर भारमल और मल्हार की बैठक हुई। और कोई न था।

'अच्छा नहीं कर रहे हो, बाबा। इन बातों से भविष्य बिगड़ेगा,' भारमल ने आरंभ किया।

भविष्य बिगड़ेगा! भीकाजी ज्योतिषी है, उसने कहा था कि भविष्य उज्ज्वल है!! मल्हार के मन में एकदम कौंधा।

बोला, 'पिटी-पिटाई लीकों पर चलनेवालों का भाग्य खोटा होता होगा। कवि, शेर और सपूत तो उन लीकों को छोड़कर ही अपना भाग्य बनाते हैं।'

भारमल को हँसी आ गई—क्या बढ़िया उपयोग किया कहावत का!

'लूटमार बंद कर दो, बाबा। यह मार्ग सपूतों का नहीं है।'

'पुरखों ने जो कुछ किया, वही तो कर रहा हूँ। वे एक मार्ग से गए, मैं दूसरे मार्ग से जा रहा हूँ। पहुँचूँगा वहीं।'

'इस मार्ग से चलनेवाला साधारण जन नरक में जाता है, मैंने यही सुना है।'

मल्हार बौखला गया। चेहरा लाल हो गया। कुछ क्षण चुप रहा। फिर एक फुसकारी-सी मारकर बोला, 'तुम बुद्धू हो! मूर्ख!!'

भारमल की त्यौरी चढ़ गई—और तुरंत उतर गई। ओठों पर मुसकान लाकर बोला, 'मैं यहाँ डाका नहीं पड़ने दूँगा।' और उसे नवाली-यात्रा के उस दिन का स्मरण हो आया जब वह वृक्षों की हरियाली, जल की धारा, सूर्य की किरणों, चिड़ियों की चहक और तक्षकेश्वर तथा धन्वंतरि के स्तब्ध मंदिरों से कुछ सँजो लाया था।

मल्हार भीतर-भीतर भड़भड़ा रहा था, बोला कुछ नहीं।

भारमल ने हँसकर कहा, 'मूर्खों की भी कभी-कभी सुन लिया करो। मैं तो रोक ही रहा हूँ, मातुश्री को बुरा लगेगा। वह तुम्हें—आपको—कितना चाहती हैं।'

तुम की जगह आप के प्रयोग ने अथवा अहिल्याबाई के हवाले ने कुछ प्रभाव डाला।

मल्हार धीमे स्वर में बोला, 'मैं कुछ नहीं करूँगा। आप वहाँ का काम देखें।'

'यहीं काम है, अभी नहीं जाऊँगा।'

'मेरे ऊपर पहरा लगाने आए हैं?'

'नहीं तो; कुछ ढूँढ़-खोज करने, आपको समझाने-बुझाने के लिए आया हूँ। मातुश्री ने महेश्वर बुलाया है, चलिए न।'

'आऊँगा, अवश्य आऊँगा; पर नासिक, जेजूरी इत्यादि क्षेत्रों की यात्रा करके। मातुश्री से विनती कर देना।'

भारमल को सहमत होना पड़ा। दूसरे दिन मल्हार चंबल पार करके पश्चिम-दक्षिण की ओर दूर निकल गया। फिर तीन-चार दिन पीछे भारमल महेश्वर गया।

□

बट्टूसिंह और आनंदी को मल्हार साथ नहीं ले गया। बट्टू को तभी मालूम हो गया था कि मल्हार के दल में अब मेरा कोई काम नहीं, और आनंदी के लिए उसके हृदय में कोई स्थान नहीं। वह काफी समय के लिए बाहर जाना चाहता था। उसके गिरोही उकता उठे थे। आनंदी का मन बहुत गिरा हुआ था। रुग्ण जान पड़ती

थी। उसे न तो साथ ले सकता था और न गौतमापुर में छोड़ ही सकता था। उसने एक सोंधिये के साथ आनंदी के विवाह का निश्चय किया। सोंधिया पहले लूट-खसोट करता था। फिर कुछ बटोर लेने पर गल्ले का व्यवसाय करने लगा था। बट्टू इसे अपना अनुयायी बनाना चाहता था। बट्टू की संपत्ति में से कुछ पाने की आशा और आनंदी के रूप-सरूप पर रीझकर फिर से पुराना धंधा पकड़ने के लालच के कारण राजी हो गया, क्योंकि गल्ले की दूकान से उतना हाथ नहीं लगता था।

आनंदी से पूछने की जरूरत ही न थी, क्योंकि प्रथा न थी। बहुत गिरे मन से ब्याह की रीतियों में भाग लेने लगी। ब्याह के पहले एक रीति होती थी—हलदी से गदेली रँगकर पुरखों की पूजा में दीवार पर स्त्रियों द्वारा चित्रित साँतियों (स्वस्तिकों) पर 'हाथा' लगाने की। वर पक्ष की स्त्रियों ने शुभ अवसर का गीत गाया—

सरग फिरंती वो गिरधन्नी मक नीवता लई जाय,
धनसिंह नीवता होजे लेजो, अई जावो मंडवा की रात।
तमने मेल्या रे नाना बाबुड़ा रे जे घर पगरण होय;
ज्यों के सारो तम सारजो हमारो तो आवणुँ नी होय।*

गीत की समाप्ति पर 'हाथा' लगाने की परंपरागत पुनीत प्रणाली की बात आई। वरपक्ष की स्त्रियों ने आनंदी की दाईं गदेली रँगनी चाही। आनंदी की कोई भी नातेदारिन वहाँ न थी; परंतु जिस कुल की वह थी उस कुल की कुछ स्त्रियाँ सहयोग दे रही थीं। आनंदी के कुल की प्रथा थी बाईं गदेली की छाप लगाने की। आनंदी ने हाथ खींच लिया। वाद-विवाद चल पड़ा। आनंदी के कुल की स्त्रियों ने अपने रिवाज का हठ किया, वरपक्ष की स्त्रियों ने अपने का। जब किसीने किसीकी नहीं मानी तब झगड़ा हो पड़ा। इतना खिंचाव बढ़ा कि ब्याह रुक गया! वरपक्ष ने मामले का निर्णय करने के लिए फरियाद अहिल्याबाई के पास भेजी!! ब्याह का मुहूर्त निकल गया। बरसात लगने को थी। विवाह अगले वर्ष के लिए रुक गया।

बट्टू बाहर न निकल सका। इस पचड़े में मेरा सारा समय नष्ट हो गया, बरसात-भर यहीं पड़ा रहना पड़ेगा, इस डाकिनी ने सब मटिया-मेट कर दिया! बट्टू झींख-झींखकर कुढ़ रहा था।

---

* अर्थ—हे स्वर्ग की अप्सरा, मेरा यह नेवता पहुँचा देना। धनसिंह (आनंदी का कोई पूर्व-पुरुष) को नेवता देती आना कि वह मंडवे की रात अवश्य आ जावें। कहना कि तुमने जिस घर में नन्हा-सा बालक छोड़ा था, उस घर में विवाह का मंगलोत्सव है। (अप्सरा से पूर्व-पुरुष कहता है कि) सँदेशा भेज देना—तुमसे जैसे बने, काम बना लेना, मेरा आना तो न हो सकेगा।

आनंदी का गिरा मन फिर ऊपर उठने लगा। बट्टू से उसकी खटकती तो कभी न थी, परंतु वह इस बात को पहचान गई कि बट्टू का उसपर स्नेह नहीं रहा। मैं बट्टू के बिना भी कुछ कर सकती हूँ, पर इसका वह सोना-चाँदी? क्या मुझे नहीं मिलेगा? और मल्हारराव? उफ! उसने मल्हारराव की दी हुई वह चोली एक गठरी में बाँधकर रख दी।

: १७ :

वर्षा समाप्त हो गई। मालवा के पठारों पर सुहावनी शरद् छा गई। धूप नरम पड़ी और रात भीगने लगी। अहिल्याबाई रात के दूसरे पहर का दरबार कर रही थीं, उस समय वहाँ थोड़े से कारकुनों के अतिरिक्त पाराशर दादा और था। उत्तर-दक्षिण की कुछ समस्याओं पर विचार करना था।

अहिल्याबाई कह रही थीं, 'महादजी सिंधिया का यह भ्रम है कि तुकोजी ने टोटका करवाया था, जिसके कारण वह इतने बीमार पड़े। टोटका हुआ अवश्य। वृंदावन की जो जादूगरनी पकड़ी गई है, उसने स्वीकार किया है कि हिम्मतबहादुर गुसाईं और उसके भाई ने मूठ चलाने का सामान अपने दो सेवकों द्वारा उसके पास पहुँचाया था।'

पाराशर भी टोनों-टोटकों में विश्वास करता था। बोला, 'उत्तर में हमारे दक्षिण से भी अधिक बुरे लोग बसते हैं। मथुरा-वृंदावन में रहकर उस स्त्री ने मूठ चलाई! श्रीमंत शायद न जानती हों कि मूठ चलाना कितनी भयंकर क्रिया है।'

'थोड़ा-सा ही सुना है उसके संबंध में, क्या है यह?'

पाराशर उत्तर में रह चुका था। उसने जो कुछ बतलाया, उसका सार यह है—

'जिसको बिना हथियार या विष के मारना होता है उसके ऊपर यह टोटका किया जाता है। किसी निकट के श्मशान में रात के समय टोटका करनेवाला व्यक्ति मिट्टी की कोरी हाँड़ी ले जाता है। कई पहर तक मारक मंत्र पढ़े जाते हैं। फिर उस हाँड़ी में मदिरा और किसी पशु के रक्त से अभिमंत्रित छुरी रख दी जाती है। यह हाँड़ी उड़कर शत्रु के ऊपर पहुँचती है। हाँड़ी की छुरी उसके पेट के भीतर चली जाती है और हाँड़ी वापस चली आती है। वह छुरी किसी-न-किसी असाध्य रोग को उत्पन्न कर देती है और शत्रु मर जाता है।'

अहिल्याबाई ने कहा, 'इसी कारण महादजी इतने बीमार पड़े। अपने यशवंतराव फणसे पर भी शायद किसीने कुछ किया हो। वैसे हमारा वैर तो किसीसे भी नहीं।

संभव यही है कि कोई रोग हो गया था। उज्जैन क्षेत्र के सिद्धवट पर जब मुक्ताबाई और उन्होंने नागनारायण को बलि चढ़ाई तब कहीं रोग से पीछा छूटा।'

'फणसे बाबा का कोई शत्रु नहीं, परंतु महादजी ने तो बहुत से बना लिये हैं। गुसाइयों से ही उनका बहुत वैर है। संभव है, मूठ उन्होंने चलवाई हो।'

'सो महादजी ने हिम्मतबहादुर को पकड़कर कैद कर लिया। कैद से निकल भागा और अलीबहादुर की शरण ले ली। अलीबहादुर से इसपर तनातनी हो गई और महादजी ने उसपर धावा बोल दिया। तुकोजी ने अलीबहादुर का साथ दिया! चिट्ठियों का सार यही है न?'

'हाँ, श्रीमंत।'

'इसमें तो तुकोजी का कोई दोष नहीं। तुकोजी को लिख दो पत्र,' अहिल्याबाई ने आदेश दिया, 'महादजी ने उत्तर में जितना राज्य बनाया है, उसमें आधा राज्य हमारा है। तुकोजी वहीं सेना व्यय के लिए साधन जुटावें और हम सबके विरुद्ध राजस्थान के राजा जो गुट्ट बना रहे हैं, उसको तोड़ दें। इसमें तुकोजी महादजी की सहायता करें।'

फिर समस्या आई दक्षिण की। इसका संबंध मल्हार के उपद्रवों से था। नासिक प्रांत के कई गाँवों को लूटा-पीटा था। एक समाचार यह भी था कि नागपुर के पड़ोस तक की गश्त कर आया है।

अहिल्याबाई ने कहा, 'इतना सब इस छोकरे ने कैसे किया होगा, विश्वास नहीं होता।'

पाराशर ने बतलाया, 'मल्हार ने उस प्रांत के दो मामलतदारों को तलवार के वारों से घायल कर दिया है। अब कोई सरदार उसके सामने जाने का साहस नहीं करता। बहुत बिगड़ता चला जा रहा है। गौतमापुर तक में उपद्रव कर बैठता। अच्छा हुआ, भारमल समय पर पहुँच गया था। मल्हार का नियंत्रण बहुत आवश्यक हो गया है।'

अहिल्याबाई ने कहा, 'सुधर जाएगा, अभी है ही कितनी आयु उसकी! यहाँ बुला भेजो। महेश्वर में कुछ दिन रहने पर ठीक हो जाएगा।'

पत्र लिख दिया गया। तीन फुटकर मामले और थे। एक था आनंदी के ब्याह संबंधी रिवाज का—बाईं गदेली की छाप लगे साँतियों पर या दाईं की?

पाराशर ने सुझाव दिया, 'नारी को नर का वामांग कहा गया है। जिस कन्या का ब्याह होना है, वह वर की अर्द्धांगिनी होने जा रही है। इसीलिए बाएँ हाथ की छाप का रिवाज वधू के कुल में चला आया होगा। ऐसा ही रहे तो?'

अहिल्याबाई ने वरपक्ष के रिवाज का ही समर्थन किया। पंचायत की राय भी यही आई थी। उस पंचायत में वरपक्ष के लोगों का बहुमत था।

दूसरा था कोल्हापुर स्थित महालक्ष्मी मंदिर के नैवेद्य और ब्राह्मण भोजन इत्यादि का। इसके लिए उन्होंने पौने तीन सौ रुपए लिखाए और उनके खर्च की सब कलमें, पूरा ब्यौरा!

तीसरा था—निजाम हैदराबाद के राज्य के कुछ मुसलमान हैदराबाद छोड़कर महेश्वर में बसने के प्रार्थी थे। अहिल्याबाई ने अनुमति तो दी ही, उनके निवास का भी प्रबंध कर दिया।

'मस्जिदें हमारे यहाँ निमाज पढ़ने हेतु इनके लिए हैं ही,' अहिल्याबाई ने कहा।

पाराशर ने स्वस्ति की, 'हाँ, मातुश्री।'

दिन-भर काम करते-करते उनका शरीर थक गया था, परंतु मन ज्यों-का-त्यों सबल था।

दरबार समाप्त करके अहिल्याबाई शयन करने महल चली गईं। लेटते ही उन्होंने कुछ दूरी पर किसीको गाते सुना—

तुलसी अपने राम कों रीझ भजो कै खीज।
उल्टो सूधो ऊग है खेत परे को बीज॥

गायन में सुरीलापन नहीं था। शब्दों के उच्चारण का ढंग मालवीय था। अहिल्याबाई को गीत बहुत अच्छा लगा। वह तुरंत सो गईं।

रात तीसरे पहर के अंत पर थी। महल के नीचे मंदिर सपने से देख रहे थे। नर्मदा जाग रही थी—कलकल करती हुई बहती चली जा रही थी। तारे उसकी कलोल पर नाच रहे थे। महल के बाहरी फाटकों के पहरुए जाग रहे थे, भीतर के सो गए थे। ठंडी वायु की थपकियाँ नींद गहरी कर रही थीं।

एक व्यक्ति कपड़ा ओढ़े चुपचाप महल के एक भाग से दूसरे भाग की ओर जा रहा था। दीवार के किनारे-किनारे रुक-रुककर सरकता जाता था। सिंदूरी की कोठरी की बगल में आकर आहट लेने लगा, क्योंकि द्वार खुला था। कोई खुटका न देखकर आगे बढ़ गया और एक कोठरी के द्वार पर लगे ताले को टटोलने लगा। खीसे में से कुछ औजार निकाले और ताला खोलकर भीतर घुस गया। झुके-झुके टटोल-टटोलकर उसने सामान इकट्ठा किया। द्वार की ओर पीठ किए वह सामान बाँध रहा था कि पीछे से यकायक आकर किसीने उसे दबोच लिया। देह उस व्यक्ति की पुष्ट थी, परंतु जिन हाथों ने उसे कसकर धकेला था, वे पतले होने पर

भी लोहे की रस्सियों जैसे कड़े थे। व्यक्ति नीचे गिर पड़ा। छूट भागने का प्रयास करने में कसर नहीं लगा रहा था, परंतु जिसने ऊपर से जकड़ रखा था, उसके मुँह से पुकार निकल रही थी—'चोर'''! चोर'''!!'

जकड़े हुए व्यक्ति की हाँफ पर शब्द आए—'कौन? सिंदूरी! मैं—मैं हूँ—'

'चोर'''! चोर'''!!'

मशालों और पहरेदारों के आने में विलंब नहीं हुआ। कोठरी में से 'चोर'''चोर' की तीव्र ध्वनि आ रही थी।

जैसे ही मशालवाले और पहरेदार कोठरी में पहुँचे, उन्होंने देखा कि सिंदूरी भोपत से चिपटी हुई है और लहूलुहान है। सिंदूरी ने हाथ ढीले कर दिए। भोपत पकड़ लिया गया।

एक पहरुए ने कठोर स्वर में कहा, 'क्यों रे भोपता! तुझे चोरी करने के लिए मातुश्री देवी का वस्त्र-भंडार ही मिला!'

भोपत ने सिंदूरी पर दृष्टि उठाई। उसकी आँखों से चिनगारी-सी छूटी। धीरे से बोला, 'पिशाचिनी!' सिंदूरी आँखें मूँदे दीवार से टिकी हुई थी।

कुछ सिपाही भोपत को बाँधकर घसीट ले गए। दो मशालवाले साथ गए।

जो थोड़े से वहाँ रह गए थे, उनमें से एक ने सिंदूरी से कहा, 'बेटी, क्या बहुत चोट आई है? कहाँ लगी है तुम्हें?'

'पानि, पानि,' सिंदूरी प्यासी थी। एक सिपाही चटपट पानी लाया। सिंदूरी के हाथों और ओठों में चोट लगी थी। उसने मुँह धोकर पानी पिया। अहिल्याबाई की कुछ सेविकाएँ जाग पड़ी थीं। दौड़ी आईं। सिंदूरी को उसकी कोठरी में ले गईं और भोर तक शुश्रूषा करती रहीं।

जैसे ही अहिल्याबाई नित्यकर्म से निवृत हुईं, उनको सूचना दी गई। उन्होंने तुरंत आकर सिंदूरी की अपने हाथ से मरहम-पट्टी और दवा-दारू की।

दो-तीन दिन इसी प्रकार सिंदूरी की देखभाल होती रही। जब चंगी हो गई, अहिल्याबाई ने महल में ही भोपत का मुकदमा किया।

'तू जानता था, भोपत,' अहिल्याबाई ने कहा, 'कि वस्त्र-भंडार के कपड़े दीन-दरिद्रों को बाँटने के लिए रक्खे हैं, मेरा निज का उनपर कोई अधिकार नहीं है। क्यों चोरी करने गया?'

भोपत ने घिघियाने-पतियाने का पूरा रूपक किया। सिंदूरी चुपचाप खड़ी देख रही थी।

अहिल्याबाई ने पूछा, 'तुम कैसे पहुँचीं इसके ऊपर?' और संकेत द्वारा प्रश्न को व्यक्त किया।

वह भरसक प्रयत्न करके बोली, 'हल्ला, हुवा, बस।' शेष कथा उसके हाथों ने कह दी।

भोपत से प्रश्न किया, 'तुम्हें इसने पहचान लिया था न?'

'हाँ, श्रीमंत सरकार,' मरे से स्वर में भोपत बोला।

'तुम्हारी यह धर्म की बहिन सचमुच धर्म का रूप है, और तुम पाप के।'

अहिल्याबाई ने भोपत को लंबी कैद का दंड दिया। वह फूट-फूटकर रोने लगा। सिंदूरी की आँखों में भी आँसू आ गए।

अहिल्याबाई बोलीं, 'तुम स्वभाव से ही चोर हो। छोड़ दूँगी तो फिर यही करोगे। तुम्हारे साथ कठोरता नहीं की जाएगी। पूरा भोजन मिलेगा। कैद में जितना आराम मिल सकता है, पाओगे; परंतु बाहर नहीं निकल सकोगे।'

'श्रीमंत सरकार, मल्हारराव ने…'

'चुप!' अहिल्याबाई ने भोपत को आगे नहीं बोलने दिया। सिपाही उसे ले गए।

: १८ :

दिन का तीसरा पहर लगने को था। जामघाट के ऊपर शरद् का शीतल पवन बड़ी-बड़ी वृक्ष-कुंजों के शिखा पुंजों के साथ मानो हँस-खेल रहा हो। सूर्य की किरणें कण-कण को चमकाती हुई भी प्रखर नहीं थीं। कोसों-कोसों दूरी के ऊँचे-ऊँचे पर्वतों के अंचल से कुहरा छँटकर कभी का विलीन हो चुका था। नर्मदा से उत्तर में, इंदौर की ओर, सात-आठ कोस तक विंध्याचल ढालू होते-होते भी खड़ा-सा चला गया था। उसका सबसे ऊँचा शिखर जामघाट पर है, जहाँ होकर घाटी में से मार्ग महेश्वर को गया है। मालव-विभूति यहाँ सिर उठाकर जो कुछ देख रही थी वे अचंभों की गाँठें-सी थीं। नर्मदा की उपत्यका लगभग चौदह सौ-पंद्रह सौ हाथ नीचे होगी। विशाल नर्मदा वहाँ से चाँदी की फड़कती-सी टेढ़ी-तिरछी लंबी लहरीली लट जान पड़ती थी। जामघाटी के नीचे नर्मदा के उत्तर में चोली और मंडलेश्वर की झीलें बड़े-बड़े हीरे और दूर-दूर बिखरे तालाब हरी-भरी कुंजों में नगीने से जड़े मालूम होते थे। बीच-बीच में ज्वार-बाजरा के अधपके खेत सोने के टुकड़ों जैसे प्रतीत हो रहे थे। आम, इमली, पीपल और बरगद के समूहों के बीच छोटे-छोटे गाँव एक-दूसरे से भेंट करते

हुए-से लग रहे थे। गाँवों के अधिकांश घरों पर फूँस छाया हुआ था, कुछ पर लाल पके खपरैल—जैसे रोली की बुँदकियाँ हों। कोई गाँव किसी नदी-नाले की तराई में और कोई किसी पहाड़-पहाड़ी की गोद में बसा हुआ मालूम पड़ता था। मालव विभूति को इस सुहावनेपन के अंक में उन फूँसवाले घरों पर एक आह-सी आती होगी। नर्मदा के दक्षिण में पंद्रह-बीस कोस की दूरी पर सतपुड़ा पर्वत की खैरे-मटीले रंग की ऊँची श्रेणियाँ मालवा के इस उद्यान की रखवाली-सी कर रही थीं।

मार्ग शिखर के जरा नीचे से गया था। घाटी यहाँ गहरी हो गई थी, जिसमें होकर मार्ग गया था। शिखर के पीछे से एक सशस्त्र व्यक्ति उतरकर निकटवर्ती चट्टान के पीछे आकर खड़ा हो गया और इंदौर की दिशा में देखने लगा। चेहरा कपड़े से ढका हुआ था, केवल आँखों की जगह खुली हुई थी। दूरी पर उसने धूल उड़ती देखी और घाटी के मुहाने पर थोड़ी देर में पहुँच गया। मुहाने के दोनों ओर ऊँची-नीची चट्टानें बिखरी पड़ी थीं। इनके पीछे पहाड़ी ऊँची चली गई थी, जो कुछ दूर जाकर नीची पड़ गई थी। वहाँ छोटी-सी पहाड़ी झील ऊँची कगारों से ढकी हुई थी। इस झील से पठार के नीचे पानी झरता चला जाता था।

वह धूल छँटी। गाड़ियों और भैंसों का लंबा टाँड़ा इस व्यक्ति को दिखलाई पड़ा। उसने सीटी बजाई। इधर-उधर से कई सीटियों की आवाज आई। फिर सिवाय वृक्ष-पल्लवों की खरखराहट के और कुछ न सुनाई पड़ा।

थोड़ी देर में गाड़ियों की खड़खड़, गाड़ी हाँकनेवालों और पैदलों की टिटकार, भैंसों के खुरों की खटपट सुनाई पड़ी। टाँड़ा घाटी के मार्ग पर चढ़ आया था।

जैसे ही इस व्यक्ति की बराबरी पर टाँड़ा आया, उसने ललकारा, 'खड़े रहो!'

टाँड़े में खुद-बुद हुई। आधी घड़ी में जहाँ का तहाँ रुक गया। भैंसे एक-दूसरे को रगड़ने लगे। हाँकनेवाले सँभालने लगे। टाँड़ेवालों के साथ कुछ हथियारबंद सिपाही भी थे।

वह व्यक्ति चिल्लाकर बोला, 'हथियार नीचे करो, नहीं तो—'

सिपाहियों ने घाटी के ऊपरवाली चट्टानों के पीछे अनेक बंदूकों की मुहारें चमकती हुई देखीं। सिपाहियों ने अपने हथियार नीचे कर दिए।

'मेरी हाथ झुलाई! रक्खो हाथ झुलाई!! मैं गनपतराव हूँ।' उसने कहा।

टाँड़ेवाले जानते थे।

'बहुत अच्छा, रावसाहब,' टाँड़े के मुखिया ने हाथ जोड़कर उत्तर दिया।

कई आदमी गाड़ियों पर से उतरे और उन्होंने उस ढोंके के नीचे, जिसके पीछे वह व्यक्ति खड़ा था, चाँदी के सिक्कों का ढेर लगा दिया। टाँड़े के मुखिया ने सारे माल का ब्योरा बतलाया और कहा, 'रावसाहब, आपकी हाथ झुलाई कौड़ी-कौड़ी चुका दी। कहें तो धर्मादायवाले माल पर भी दूँ?'

गनपतराव ने नाहीं कर दी।

'हथियार गाड़ी में रखकर जाओ, लौटकर मत देखना,' गनपतराव ने कहा।

जब टाँड़ा चलने को हुआ, गनपतराव ने एक चेतावनी दी, 'अब हमारे साथ सूबेदार तुकोजीराव होलकर के पुत्र मल्हारराव होलकर भी हो गए हैं। हथियार, सिपाही कुछ काम नहीं दे सकेंगे।'

मुखिया ने हाथ जोड़कर विनती की, 'आप ही हमारे लिए क्या कम हैं। जो हुकुम होगा, करेंगे। क्या हाथ झुलाई का कर कुछ और बढ़ेगा?'

'नहीं, हम अपना धरम बरतते हैं, तुम अपना बरतो,' गनपतराव ने कहा और हाथ झुला दिया—अर्थात् अब बेखटके जा सकते हो।

जब टाँड़ा निकल गया, गनपतराव ने धनराशि उठा ली। उसके साथी छिपाव के स्थान से निकल आए। पच्चीस-तीस थे। सब वैसे ही नकाबपोश। गनपतराव ने आधी धनराशि ले ली और आधी अपने साथियों को बाँट दी।

संध्या होने में डेढ़-दो घंटे की देर थी। यकायक इन लोगों को इंदौर की दिशा से आनेवाली किसी गाड़ी की भड़भड़ सुनाई पड़ी। हिसाब करने में उन लोगों ने नहीं देख-समझ पाया था कि अब कौन आ रहा है। सबके सब इधर-उधर जा छिपे। गनपतराव उसी चट्टान की आड़ में लुक गया। वहीं से उसने देखा कि एक गाड़ी है और साथ में दो सशस्त्र सवार। उहँ! यह तो बहुत आसान शिकार है, उसने सोचा।

जैसे ही गाड़ी और सवार उस चट्टान की सीध में आए, गनपतराव ने ललकारा, 'खड़े रहो!'

गाड़ी खड़ी हो गई। गाड़ीवान उतरकर थरथराने लगा। गनपतराव की दूसरी ललकार पर सवारों ने चट्टानों के पीछे बंदूकों की मुहारें देखीं और हथियार रखकर अलग खड़े हो गए।

गनपतराव सामने आ गया। बंदूक ताने था, कमर में तमंचे थे।

'हमारी हाथ झुलाई?' गनपतराव ने कहा।

गाड़ीवान ने काँपते स्वर में उत्तर दिया, 'हमारे पास तो सिवाय खाने के

सामान के और कुछ नहीं।'

'गाड़ी का सामान दिखलाओ,' गनपतराव चिल्लाया।

गाड़ीवान ने सामान दिखलाया। बहीखाता था, संगमरमर की एक सुंदर जयपुरी मूर्ति, थोड़े से चावल और एक जोड़ी रँगी हुई धोती; जिसकी गंगा-जमनी किनारी थी—बस। गनपतराव ने सिपाहियों को हाथ के संकेत से अपने पास बुलाकर पूछा, 'तुम्हारे पास?'

एक सिपाही ने अपने बटुए में से दो चिट्ठियाँ निकालकर दीं। उनपर मुहर लगी थी। गनपतराव ने खोलकर पढ़ीं। एक कमाविसदार की थी, जिसका सार था—मातुश्री के लिए आदेश के अनुसार चावल भेजे जाते हैं और साथ में श्री यशवंतराव फणसे का पत्र, और एक जोड़ा धोती का; पिछले दिनों लगातार पानी बरसते रहने के कारण देर से सामान भेज पाने के लिए क्षमा-प्रार्थना। फणसेवाले पत्र में उसने पढ़ा कि मातुश्री अहिल्याबाई के लिए चंदेरी का धोती-जोड़ा भेजा जा रहा है।

गनपतराव ने शंकर की मूर्ति देखी-परखी, चावलों और धोती-जोड़ा भी देखा। इतनी बड़ी अहिल्याबाई के लिए इतने थोड़े से चावल! और केवल एक धोती-जोड़ा!! शंकर की यह सुंदर मूर्ति उन्हीं के लिए है। मैं ले लूँ? नहीं, कुछ भी न लूँगा।

धीमे स्वर में उसने कहा, 'जाओ।' हाथ नहीं झुलाया। गाड़ी और सवार चले गए।

: १९ :

अहिल्याबाई भोजनोपरांत शयन कर चुकी थीं। दरबार में जाने के लिए तैयार थीं कि एक सेविका चंदेरीवाला धोती-जोड़ा और पत्र हाथ में लिये आई। सिंदूरी उसके पीछे थी। पत्र उनके दामाद यशवंतराव फणसे का था, जिसके साथ धोती-जोड़ा आया था। चंदेरी बुंदेलखंड में है। यहाँ की धोती-साड़ी सदा से विख्यात रही हैं। अहिल्याबाई ने पत्र पढ़ा, धोती-जोड़ा उलटा-पलटा, बहुत पसंद आया। सिंदूरी टकटकी लगाए धोती जोड़े को देख रही थी। पत्र की मुहर टूटने का हाल पहले ही मालूम हो गया था।

अहिल्याबाई ने ऊँचे स्वर में कहा, 'क्यों री, कैसा है?'

आँखें पसारकर सिंदूरी ने उमंग के साथ उत्तर दिया, 'बौथ-बौथ अच्छा!'

'क्या तेरा मन है इसके ऊपर?' उन्होंने मुसकराकर पूछा।

सिंदूरी के ओठ जरा से फैले, ठोड़ी का गड्ढा थोड़ा-सा हिला, और उसने सिर नीचा कर लिया।

'ले, ले, ले लेजा,' अहिल्याबाई ने धोती-जोड़ा उसकी तरफ बढ़ा दिया। सेविका चकित रह गई।

सिंदूरी ने 'ऊँ···ऊँ···' की। अहिल्याबाई ने धोती-जोड़ा उसके कंधे पर रख दिया। क्या वह उस समय भूल गई थीं कि उनके दामाद ने यह धोती-जोड़ा पूजा में काम लाने के लिए भेजा था? और कितना श्रम न किया गया होगा चंदेरी से उस धोती-जोड़े के लाने में।

सेविका ने धीरे से कहा, 'श्रीमंत, यह जोड़ा पूजन में उपयोग करने के लिए आया है।'

'मेरे पास जो कुछ है, वह बहुत है,' उन्होंने कहा।

सिंदूरी उनके पैरों में गिर पड़ी। अहिल्याबाई ने उसे तुरंत उठा लिया। थोड़ी देर उसके सिर पर हाथ फेरती रहीं।

उधर वह दरबार में चली गईं, इधर सिंदूरी ने जोड़े में से एक धोती निकालकर पहन ली। पहनकर अपनी कोठरी में गुनगुनाती गाती रही। नाची भी। उसे लग रहा था जैसे देवी ने—आंत्री की नवदुर्गा माता ने!—कोई नई शक्ति दी हो! वह आँखें मूँदे उत्तर-पश्चिम की दिशा में हाथ जोड़ लेती थी।

इस धोती-दान की कथा तुरंत फैली और चारों ओर बिना विलंब के फैलती चली गई।

: २० :

कई दिन बाद जब अहिल्याबाई दोपहर के भोजन के उपरांत शयन कर रही थीं, एक सेविका ने आकर सूचना दी, 'श्रीमंत, एक आदमी महल के फाटक पर अड़ा खड़ा है। कहता है कि निवेदन करना है।'

सिंदूरी उनकी सेवा में थी।

अहिल्याबाई ने सेविका से कहा, 'एक घड़ी पीछे दरबार में आती हूँ। वहीं अपनी बात कह ले।'

'मानता ही नहीं। कहता है कि यहाँ महल में ही निवेदन करूँगा, यदि आज्ञा न मिली तो महल के द्वार पर सिर फोड़कर मर जाऊँगा। बैलगाड़ी से आया है, बीमार जान पड़ता है,' सेविका ने बतलाया।

अहिल्याबाई बोलीं, 'अच्छा, भेज दो, दे दूँगी कोई औषध।'

सेविका चली गई।

फरियादी आकर कमरे के द्वार के बाहर खड़ा हो गया। उसके साथ पहरुए आए थे। अहिल्याबाई द्वार पर पहुँच गईं। सिंदूरी पीछे हटकर खड़ी थी।

जैसे ही अहिल्याबाई सामने हुईं, आगंतुक उनके पैरों पर गिर पड़ा। अहिल्याबाई जरा पीछे हठ गईं। उन्हें यह सब अच्छा नहीं लगता था। वह खड़ा हो गया। छोटी पैनी आँखों से आँसू झरकर उसकी तिलचाँवरी दाढ़ी पर फैल गए थे। वह झुक गया। हिलकियों में होकर बोला, 'मातुश्री देवी, यह पापी गनपतराव सामने खड़ा है!'

'गनपतराव! गनपतराव!! कौन-सा गनपतराव?'

'डाकू गनपतराव, जामघाट पर हाथ झुलाई कर लेनेवाला दुष्ट गनपतराव।'

'हूँ...ऊँ...तुमने हमारी गाड़ी तक से हाथ झुलाई लेनी चाही थी!'

'उसी ने आज चरणों में पहुँचाया है।'

'जानते हो तुम्हें कौन-सा दंड दिया जाएगा?'

'जानता हूँ, श्रीमंत। उसी दंड को पाने के लिए आया हूँ। और अधिक पाप का जीवन बिताना ही नहीं चाहता। कठोर दंड का अधिकारी हूँ, दीजिए; परंतु मरने के पहले एक प्रार्थना करनी है, जो स्वीकार की जावे।'

'क्या? कहो जल्दी, मुझे दरबार में जाना है। बहुत से आवश्यक कार्य पड़े हैं।'

'श्रीमंत, मैंने अपने इस बुरे लंबे जीवन में एक लाख रुपया कमाया है। उसे चरणों में अर्पित करने आया हूँ। कल के खाने को मैंने कुछ भी नहीं रक्खा है। जो कुछ था, सब ले आया हूँ। इसे ग्रहण कीजिए और मुझे दंड दे दीजिए। आनंद के साथ प्राण छोड़ूँगा।'

'यह नहीं हो सकता। पाप से पुते इस पैसे को मैं छू भी नहीं सकती।'

गनपतराव ने सिर उठाया।

बोला, 'सूरज की किरणें मैले नाबदान तक को स्वच्छ कर देती हैं। आज जब श्रीमंत के दर्शन कर लिये तो मेरे मन की ग्लानि चली गई। उस रुपए को छू देंगी तो वह धुल जाएगा।'

अहिल्याबाई कुछ सोचने लगीं।

'श्रीमंत न भी लें उस रुपए को तो मैं अब छूने का नहीं। मुझे दंड दे दें—और क्या कहूँ?'

सिंदूरी ने बगल से हटकर गनपतराव को देखा और चिल्ला पड़ी, 'बाटू

सींघ! बाटू सींघ!!'

'क्या तुम इसे पहचानती हो? यह तो अपना नाम गनपतराव बतलाता है!' अहिल्याबाई ने कहा

'ओ धम—धम ना आर्र में मिला!' सिंदूरी उसी आश्चर्य के साथ बोली।

अहिल्याबाई ने दृष्टि गड़ाकर देखा, परंतु स्मरण नहीं आया।

'मैंने कहीं-कहीं अपना नाम बट्टूसिंह भी फैलाया है। वह लड़की ठीक कहती है; पर सचमुच मैं वही पापी गनपतराव हूँ, श्रीमंत,' गनपतराव ने कहा। फिर सिंदूरी को संबोधन किया, 'तुम धन्य हो, बेटी सिंदूरी! तुम्हारा भाग्य बड़ा प्रबल है जो तुम्हें ऐसी छाया तले ले आया!!'

'मैं नहीं छूना चाहती उस रुपए को,' अहिल्याबाई ने अपना निश्चय प्रकट किया।

'और मैं तो, श्रीमंत, अब उसकी ओर देखूँगा तक नहीं। दंड दीजिए, तैयार हूँ।'

अहिल्याबाई सोचने लगीं। सिंदूरी अचरज में थी।

'हमारा मल्हारराव होलकर तुम्हारे साथ कहीं था?'

'नहीं तो, श्रीमंत, मैंने झूठ कहा था टाँड़ेवालों से।'

सिंदूरी ने माथा सिकोड़ा और मुँह बिदराया। अहिल्याबाई ने नहीं देखा। एक क्षण चुप रहीं।

'तुम्हें छोड़ दूँ तो क्या करोगे?' उन्होंने प्रश्न किया।

'ऐसे नहीं छूटना चाहता, श्रीमंत,' उसने विनय के साथ उत्तर दिया।

'यदि छोड़ दूँ तो क्या करोगे?'

'तो श्रीमंत, यहीं नर्मदा के तट पर व्रत, उपासना और भजन करूँगा, माँगकर खाऊँगा, क्योंकि काम कुछ बनेगा नहीं। परंतु है यह मातुश्री, कि उस रुपए को ग्रहण कर लें, नहीं तो मुझे दंड दें।'

गनपतराव के हठ के सामने अहिल्याबाई का हठ हार गया!

बोलीं, 'यह रुपया राज्य के या मेरे निजी कोष में जमा न होकर अलग रख दिया जाएगा। जामघाट पर, जहाँ तुम वह सब किया करते थे, एक ऐसा भवन बनाया जाएगा जिससे यात्रियों को सुभीता मिलता रहे। काम तुरंत आरंभ कर दिया जाएगा और जल्दी-से-जल्दी पूरा कराने के प्रयत्न किए जाएँगे। तुम महेश्वर में नर्मदा तट पर रहकर व्रत-उपासना करो। यहाँ से कहीं बाहर मत जाना। कुछ दिनों तुम्हारी देखरेख की जाएगी।'

गनपतराव की कृतज्ञता का पार नहीं था। सिंदूरी के मन में उथल-पुथल थी।

: २१ :

गनपतराव अपना रुपया-पैसा गौतमापुर से चुपचाप लाया था। न तो आनंदी को मालूम हो पाया और न उसके साथियों को ही। जब उन लोगों को विदित हुआ, गौतमापुर में आनंदी के पास आए। वे उसके महत्त्व को जानते थे।

'इतना बड़ा दगा किया इसने! जिस माल पर तुम्हारे नाम का बेलपत्र चढ़ा दिया था उसे उठा ले भागा!! कितना पाजी निकला!!!' गनपतराव के नायब ने आनंदी से कहा।

आनंदी के क्षोभ का ठिकाना न था—वह बोली, 'दुष्ट! कैसा निर्दयी!!'

नायब को चिंता हुई, 'अब हम लोगों को पकड़वाएगा, संत-महात्मा हो गया है न; नौ सौ चूहे मारकर नर्मदा तीर्थ पर जा बैठा है।'

आगे क्या हो, इस प्रसंग पर बात चली।

'कुछ समय के लिए यहाँ से दूर टल जाना चाहिए। यहाँ से तीस कोस दूर पश्चिम में पेटलावाड का इलाका कैसा रहेगा?'

'वहाँ मोघियों के गिरोह काम कर रहे हैं। उनसे पटना दूभर है। धार का पवार सरदार अपने साथ लगा ले तो पेटलावाड ठीक रहेगा। पहले के मराठों ने उजाड़ दिया था।'

'अहिल्याबाई ने फिर से गुलजार कर दिया है।'

'लेकिन वहाँ अहिल्याबाई की फौज जो रहती है।'

'धार के पवार के पास भी काफी है। वे दोनों निबट लेंगे। मल्हारराव होलकर को संग में ले लो तो कोई कुछ न कर सकेगा।'

आनंदी तिनक उठी—

'मल्हार नीच है, बहुत ओछा है।'

गनपतराव के नायब ने सफाई दी, 'गनपतराव को उसने अपने दल में से निकाल दिया था—निकालने योग्य ही था—इसलिए तुम्हारे मन में कुछ बुराई होगी; लेकिन है मल्हारराव बहुत काम का।'

आनंदी को अपना क्षोभ पी जाना पड़ा।

बोली, 'मैं उसके सामने नहीं जाऊँगी।'

नायब ने कहा, 'इसकी हमने जानी। तुम्हें उसके सामने कभी नहीं करेंगे!

शायद गनपतराव की याद करके भभक पड़े।'

मल्हार से साँठ-गाँठ मिलाने का काम नायब को सौंपा गया।

फिर भीलों की बात आई। उस युग में जगह-जगह बटमारों-लुटेरों के दल खड़े हो गए थे। कहीं बड़े, कहीं छोटे। नीमाड़ के दक्षिणी काँठे में भील फिर उपद्रव कर उठे। इनको प्रोत्साहन और आश्रय इधर-उधर के छोटे-छोटे सामंत-सरदारों से मिलता था। बदले में लूट का एक बँधा हुआ भाग पाते थे। अहिल्याबाई के सतत प्रयत्नों से मैदानों में रहनेवाले भील तो खेती-किसानी करने लगे थे, परंतु पहाड़ी क्षेत्र के अदम्य रहे। लगभग चालीस वर्ष पहले, सूबेदार मल्हारराव के राज्यकाल में, इस इलाके में इतनी लूटामारी बढ़ गई थी कि परगने के तत्कालीन पदाधिकारी ने—रामचंद्र भुसकुट्टे उसका नाम था—बहुत से भील पकड़ बुलाए। जो अच्छे चलन की जमानत दे, उसे एक प्रकार का पट्टा गले में डाले रहना पड़ता था। जो न डाले, उसे इलाके के मुख्य स्थान खरगोन के अथाई चबूतरे पर गड़े खंबे से बाँधकर शिरोच्छेद का दंड दिया जाता था। जिस फरसे से सिर काटे जाते थे उसकी और खंबे-चबूतरे की दशहरे के दिन पूजा हो उठी थी!

अहिल्याबाई के प्रारंभिक राज्यकाल में भीलों ने जब उत्पात किए, उन्होंने धरपकड़ की, कैद में डाला और नायक को प्राणदंड दिया, परंतु और किसीको नहीं सताया। जब तक कैद में रखा, भरपूर खाना-कपड़ा दिया और जब छोड़ा, उनसे शपथ ले ली कि लूटामारी छोड़कर खेती का काम करेंगे। यात्रियों, टाँड़ों इत्यादि की रक्षा का भार उनके जिम्मे रहा। इसके लिए उन्हें जो कुछ दिया जाता था, वह भील कौड़ी कहलाती थी। फिर भी बहुत से ऐसे थे जिन्होंने अपना वह धंधा नहीं छोड़ा।

नायब बोला, 'पवार सरदार के साथ हो जाने से भीलों के दल अपने मित्र हो जाएँगे। यहाँ से बहुत दूर होने पर भी आते-जाते बने रह सकते हैं; रक्षा का बढ़िया साधन रहेगा।'

दूर-दूर और आसपास के भिन्न-भिन्न दलों में सहयोग—संपर्क सहज ही स्थापित हो जाता था।

उनमें से एक ने कहा, 'भीलों से मल्हारराव की नहीं पटती; है वह अपने बहुत मतलब का। कैसे निभाव होगा?'

'सब हो जाएगा,' नायब ने समझाया, 'भीलवाड़े में हम धार के पवार सरदार के साथ रहेंगे। उससे तो मल्हार की पटती है। जहाँ जैसा ठीक समझा, तानाबाना बुन लिया। आखिर राजपूताने में मराठे क्या कर रहे हैं? कहीं सिंधिया चढ़ बैठता है, कहीं

होलकर दौड़ जाता है और कहीं दोनों मिलकर चढ़ाई कर देते हैं—'

एक ने हँसकर जोड़ा, 'और कहीं-कहीं आपस में लड़ भी बैठते हैं।'

'अपने को क्या? पवार और मल्हार कभी आपस में भिड़ गए तो हम लोग दूर!'

भीलों से मेल-जोल करना तय हो गया। ये और इस प्रकार के अन्य गिरोह कुछ ही वर्ष आगे आनेवाले कुख्यात पिंडारियों के नजदीकी पूर्वज थे।

उन लोगों ने अपनी योजना की कड़ियाँ बनाईं। अंत में गिरोह के मुखिया ने कहा, 'भीलों से मिलने के सिलसिले में खरगौन चलेंगे। उस चबूतरे, खंबे और फरसे की पूजा करेंगे, जिससे आगे अपने काम में बाधा न पड़े।'

चबूतरा, खंबा और खूनी फरसा कानून और व्यवस्था के प्रतीक तो थे ही, इनके ध्वंस करनेवालों की भी श्रद्धा के निमित्त बन गए!

साथियों ने समर्थन किया।

एक ने सुझाया, 'रास्ते में महाकालेश्वर महादेव का मंदिर पड़ेगा, जो सनकी नदी और नर्मदा माता के संगम पर है। नर्मदा में स्नान करके मंदिर में दर्शन कर लेने से पीछे का अंटसंट सब धुल जाएगा और आगे का उजला बन जाएगा।'

सभी ने उत्साह के साथ इस सुझाव का स्वागत किया। उस तीर्थ पर स्नान-दर्शन करके कोई साधुपन की ओर जाता था और कोई भयानक निपुणता के मँजाव पर।

इसके दो-तीन दिन पीछे महेश्वर से आनंदी के विवाह संबंधी रिवाज का निर्णय आ गया—कन्या के बाएँ हाथ की नहीं, दाएँ हाथ की छाप लगेगी! विवाह बट्टूसिंह—गनपतराव—के अदृष्ट हो जाने और निर्णय की प्रतीक्षा में रुक गया था। गनपतराव और उसके धन के सदा के लिए चले जाने से वर का मन गिर गया। ब्याह का मुहूर्त अगले साल के लिए गया। गिरोह के मुखिया ने सोचा, आनंदी को परिताप हुआ होगा। जब उसके पास आया तो देखा, बहुत क्षुब्ध है।

बोला, 'गनपत का किया भुगतना पड़ रहा है हम सबको। यह लड़का नट गया, बेटी, तो अगले जाड़ों तक कोई और अच्छा ढूँढ़ लेंगे। अपना काम चलता रहना चाहिए।'

मुखिया आनंदी की उपयोगिता को अपनी गाँठ में बाँधे रहना चाहता था।

आनंदी ने फुँफकार छोड़ी, 'उहँ!'

मुखिया को लगा—आनंदी में देवी, काली, दुर्गा या किसीका कुछ अंश अवश्य है।

'तब तक अपने पास काफी पैसा हो जाएगा,' मुखिया ने छाती फुलाकर कहा।

आनंदी बिना किसी संकोच के प्रखर स्वर में बोली, 'मैं मूर्ख या कायर के संग अपना जनम और मान नहीं गँवाऊँगी। भवानी की कृपा से रुपया इकट्ठा करूँगी और बेईमानों को मजा चखाऊँगी।'

मन में उसके उठा था—जो मेरे हाथ जोड़े फिरे उसके साथ ब्याह करूँगी।

'गौतमापुर में नहीं, बेटी, यह स्थान पवित्र है,' मुखिया ने जरा डरते-डरते कहा।

'यहाँ नहीं, दादा, यहाँ नहीं, बाहर,' आनंदी की भूरी आँखें चमक गईं और माथे की रेखा और भी सिकुड़ गई।

: २२ :

जाड़ा तीखा हो उठा था। अहिल्याबाई को ठंड लग गई। ज्वर भी हो आया, परंतु उन्होंने अपना नित्य-नियम—स्नान, पूजा-पाठ इत्यादि नहीं छोड़ा। भोजन पर रुचि न थी। किले में दरबार करना छोड़ना पड़ा। राजकाज महल में ही करने लगीं।

सिर में दर्द था। तकिया से टिकी सिंदूरी से सिर में तेल मलवा रही थीं। सिंदूरी का हाथ काँप-काँप जाता था, परंतु उनको मालूम नहीं पड़ा।

अंबादास पुराणिक, उनका गुरु, कथा इत्यादि सुना रहा था। धर्मग्रंथों की बातें सुनने में उस दिन उनका मन बहुत लग रहा था। भारमल और कुछ कारबारी एक ओर बैठे थे।

गुरु वयोवृद्ध था। पुराण, शास्त्र और वेदसूक्तियों का अर्थ सुनाते-सुनाते उसका भी विवेक जाग चुका था। शायद अहिल्याबाई के व्यक्तित्व से ही उसका व्यक्तित्व उतना ऊँचे उठ गया हो।

एक प्रसंग की बात करते-करते वह कह रहा था—'संसार की सारी जंगम रचना एक शाश्वत नियम पर काम कर रही है, उसी का नाम ऋत है, और, धर्म वह है जिससे भौतिक सुख और अध्यात्म की सिद्धि हो। श्रद्धा और निष्ठा साधन हैं। इस साधन के द्वारा ही सिद्धि होती है—'

अहिल्याबाई ने ठहर जाने के लिए हाथ का संकेत किया। वह रुक गया। भारमल और कारबारियों ने समझा कि कथा-वार्त्ता समाप्त हो गई। उन्होंने दरबारी कागज सँभाले। अहिल्याबाई ने उन्हें भी रोक दिया। कुछ क्षण सोचने के बाद बोलीं, 'श्रद्धा, निष्ठा जब विवेक और बुद्धि का साथ पा जाती हैं तब चमत्कारपूर्ण

होती हैं। बिना इस संग के श्रद्धा का मूल्य ही कितना है?'

गुरु ने गंभीरता के साथ हामी का सिर हिलाया। अहिल्याबाई को यकायक सिंदूरी की साँस जल्दी-जल्दी चलती सुनाई पड़ी।

उन्होंने तुरंत उसकी ओर मुड़कर पूछा, 'क्या बात है?'

सिंदूरी पहले की अपेक्षा अधिक अच्छा सुनने और बोलने लगी थी।

उसने उत्तर दिया, 'कुछ नहीं।' वह मालिश करती रही।

'और तुम्हारा हाथ भी काँप रहा है! देखूँ, तुम्हारी नाड़ी,' अहिल्याबाई ने कहा और उसकी नाड़ी टटोली।

'अरे! तुझे तो ज्वर है, सिंदूरी! कब से है?'

'कभी से नईं,' सिंदूरी ने उत्तर दिया।

'झूठ बोलती है!' अहिल्याबाई की आँख में आँसू आ गए।

बोलीं, 'मेरी देह में अभी इतना बल है कि तुझे हरा दूँगी। लेट जा उधर। तुझे कपड़ा उढ़ाए देती हूँ। ठंड लग रही है न? सिर में भी पीड़ा है?'

'हूँ—'

अहिल्याबाई ने जबरदस्ती उसके सिर में तेल डाल दिया। अपनी उँगलियाँ उसके बालों में फेरने लगीं। सेविकाएँ दौड़ पड़ीं और सिंदूरी को ले गईं।

सिंदूरी का चेहरा दमक गया। ठंड छूट गई और मन में प्रतीत हुआ कि एक तो क्या, दस रोगों से लड़ जाऊँगी।

अहिल्याबाई ने कहा, 'सिंदूरी के भीतर श्रद्धा के साथ विवेक आ मिला है। दुर्गामाता की कृपा भी उसपर हो गई है। जब से उसने भोपत की चोरी पकड़ी, अद्भुत परिवर्तन होता चला आ रहा है।'

एक कारबारी बोला, 'मातुश्री, उसे एक दिन देवी सिद्ध होंगी; क्योंकि साक्षात् देवी की छाया में दिन-रात रहती है।'

उन्होंने निषेध किया, 'मैं देवी नहीं हूँ, साधारण मानव हूँ। सिंदूरी ने आंत्री की श्री नवदुर्गा माता को अपनी जीभ भेंट की थी। अब उसका पुण्य इसे प्राप्त हो रहा है।' वह कुछ सोचने लगीं।

गुरु के विचार में आया, 'यह बात श्रद्धा की तो अवश्य है, परंतु विवेक इसमें कहाँ है? मनुष्य भी कैसा विलक्षण प्राणी है—'

अहिल्याबाई ने कहा, 'मैं अपनी जीभ तो भेंट नहीं कर सकती, परंतु अपनी प्रतिमा मोम की बनवाकर उसकी जीभ काटकर चढ़ा दूँगी और प्रतिमा नर्मदा में विसर्जित कर दूँगी।'

गुरु ने हामी भरी, परंतु सोचा कुछ और—'मनुष्य भी कैसा विलक्षण प्राणी है! वही मनुष्य एक घड़ी घोर नास्तिक और दूसरी घड़ी अंधश्रद्धावाला! परंतु हो सकता है देवी अहिल्याबाई का कहना तांत्रिक सिद्धांत के अनुसार हो।'

अहिल्याबाई का पुस्तकालय बड़ा था। उसमें और गुरु के घर तंत्र-ग्रंथ भी थे। गुरु ने उनका अध्ययन किया था, और वह स्वयं एक घड़ी 'घोर नास्तिक और दूसरी घड़ी अंधश्रद्धावाला' व्यक्ति हो जाता था!

कुछ समय उपरांत कथा-वार्त्ता बंद हो गई। गुरु पुस्तकें ठिकाने से रखकर चला गया। दरबार का कार्य आरंभ कर दिया गया।

युद्धों के लिए रुपया चाहिए था। कर बढ़ाने की चर्चा उठाई गई। अनाज, कपड़ा, भैंस, बैल, भेड़-बकरी इत्यादि की बिक्री पर कर बढ़ा दिया जाए, यह सुझाव एक सचिव ने दिया।

भारमल ने धीरे से प्रतिवाद किया, 'इस कर का भार गरीबों पर अधिक पड़ेगा। साहूकारों पर लगा नहीं सकते; क्योंकि लड़ाइयों के लिए कर्जा उन्हीं से मिलता है। अब क्या किया जाए?'

उस युग के सामंत सरदार यदि किसीसे दबते-झुकते थे तो साहूकार से।

अहिल्याबाई तुरंत बोलीं, 'अभी इनपर कितना कर लगता है?'

कारबारी ने बही से पढ़कर सुनाया।

उन्होंने आदेश दिया, 'जितना कर अभी है, वही बहुत है। उसे कम करो।'

अहिल्याबाई जितना-जितना बतलाती गईं, उनकी बिक्री पर से उतना-उतना कम कर दिया गया।

उत्तर से तुकोजीराव के कई पत्र रुपए की कमी के प्रसंग पर आ चुके थे। कई में महादजी सिंधिया की शिकायतें भी थीं।

अहिल्याबाई ने आज्ञा दी, 'तुकोजी को लिखो कि उत्तर में महादजी सिंधिया ने जो राज्य जीते हैं, उनका आधा सिंधिया से बाँट लें और इस बाँट में जो इलाके मिलें, उनकी वसूली से काम चलावें।'

वहाँ किसीने भी यह न सोचा, और न सुझाया कि सिंधिया ने कितना राज्य तो अकेले अपने बाहुबल से अर्जित किया है और कितना तुकोजी के सहयोग से।

गंगातीर के किसी तीर्थ से एक अंधे का पत्र सहायता के लिए आया था। यह महेश्वर से जाकर गंगातीर पर रहने लगा था। अहिल्याबाई ने उसकी सहायता का तुरंत प्रबंध किया।

कुछ मिसिलें और थीं। इनकी ओर अहिल्याबाई का ध्यान आकृष्ट करते

हुए कारबारी छिपाने की भी चेष्टा कर रहा था। मानो कह रहा हो कुछ कष्टदायक सामग्री और है, परंतु आप बीमार हैं और थक गई होंगी, इसलिए फिर कभी—

परंतु उनका मन नहीं चूका। रूखे ओठों पर मुसकान आई—जैसे भस्म के त्रिपुंड में रोली बिखर गई हो।

बोलीं, 'आज का सारा काम निबटाए बिना मेरे सिर की पीड़ा दूर न होगी। सिंदूरी को देखा?—वह मुझसे बड़ी है; कैसी तो उसकी हालत थी और क्या कर रही थी! सुनाओ, उन पत्रों में क्या है।'

सिंदूरी इनसे बड़ी! कितनी विनम्र हैं यह!! सुननेवालों को रोमांच हो आया।

दो पत्र पढ़े गए। एक बुंदेलखंड से आया था। इसमें बुंदेलखंडियों की बुराई थी—इनका कोई भरोसा नहीं! दूसरा राजस्थान से आया था—ये रांगड़े हैं—जंगली—इनका कोई एतबार नहीं!!

'और हम?' अहिल्याबाई ने चुटकी काटी, परंतु उनके स्वर में डूबे व्यंग्य को किसीने नहीं पकड़ पाया।

एक दरबारी ने दर्प के साथ कहा, 'एक पत्र में लिखा आया है कि बहुत से राजपूत राजा दक्खिनियों के विरुद्ध हो गए हैं। हमारी निंदा करते हैं, लुटेरा कहते हैं! जिन मराठों ने हिंदुस्थान के चारों कोनों तक धर्म की ध्वजा फहराई; जिन मराठों की देवी ने उत्तर में बदरीनाथ, केदारनाथ, कुरुक्षेत्र से लेकर मथुरा-वृंदावन, काशी, निजाम और टीपू राज्य, रामेश्वर तक एवं द्वारिका और सोमनाथ से लेकर जगन्नाथपुरी तक मंदिर, घाट, सड़कें और धर्मशालाएँ बनवाईं और प्यासों के लिए प्याऊ रखवाईं, जिन देवी ने तीर्थ क्षेत्रों के मंदिरों में गंगाजल भिजवाने का प्रबंध किया; जिन देवी ने—'

आगे अहिल्याबाई से न सहा गया। चेहरे पर रुद्रता फैल गई।

'बस, बस!' उन्होंने फटकारा—'मना कर दिया है कि मुझे देवी कभी मत कहो। मेरी चाटुकारी मत कर, भगवान् को भजो।'

फिर कुछ क्षण चुप रहीं। सन्नाटा छा गया।

धीरे से बोलीं, 'सारे भारत की जनता एक है। द्वेष तो राजाओं और नवाबों में है। ये एक-दूसरे की निंदा की आड़ में एक-दूसरे के प्रदेश को बुरा बतलाते हैं। वह प्रदेश छोटा और बुरा है, हमारा प्रदेश बड़ा और अच्छा है; वे जंगली हैं, हम श्रेष्ठ हैं, इस भेदभाव का विष हम सबको किसी दिन नरक में धकेलेगा। मराठी जनता, बुंदेलखंडी और राजस्थानी जनता कभी एक-दूसरे की निंदा करती सुनी गई

है? एक प्रदेश के रहनेवाले दूसरे दूर प्रदेश के तीर्थों में श्रद्धा के साथ जाते हैं। गंगाजी अपनी बहिन नर्मदा के जल में स्नान करने आती हैं, गंगा महादेव शंकर की जटाओं से निकली और नर्मदा उनकी देह से। दोनों में कोई अंतर नहीं। रामायण और महाभारत में पढ़ो; वायुपुराण के रेवाखंड में पढ़ो—'

आगे अहिल्याबाई से न बोला गया। अपने ही उद्वेग के कारण थक गई थीं, तकिये से सिर टिकाकर आँखें मूँद लीं। दरबारियों ने सोचा, ध्यानमग्न हो गई हैं। थोड़ा-सा काम और था। क्या करें, क्या न करें, वे इस संशय में थे कि अहिल्याबाई फिर बैठ गईं।

उन्होंने मुसकराकर कहा, 'इन सबको लिख दो कि अपना-अपना काम देखें, दूसरों की निंदा न करें। कोई और कागज-पत्र? टालो मत, अभी निबटाओ।'

ये कागज डरते-डरते पेश किए गए—

एक था—'चिरंजीव' मल्हारराव होलकर ने धार के पवार सरदार से मिलकर पेटलावाड पर डाका डलवाया, डाकुओं में एक स्त्री भी थी।

अहिल्याबाई ने माथा टटोलकर कहा, 'पवार ने डलवाया होगा। मल्हार को यों ही बदनाम किया है। स्त्री चोरी तो कर सकती है, डाका नहीं डाल सकती। होगी किसी डाकू की बहिन-बेटी।'

एक दरबारी बोला, 'पवार का साथ हो ही नहीं सकता। कुछ समय हुआ जब मंडलेश्वर में ही उसने इस राज्य के एक अधिकारी पर दगा से हमला किया था, बिचारे की उँगली कट गई, ज्यों-त्यों करके प्राण बचे—'

'क्योंकि इस अधिकारी के पूर्वज रामचंद्र बल्लाल भुसकुट्टे ने भीलों का दमन करके भूमि की जोत बहाली कराई थी। कुछ भील बुरा माने हैं। पवार इन भीलों को मिलाए है बटमारी कराने के लिए,' अहिल्याबाई ने बतलाया।

भारमल बहुत देर से चुप बैठा था—वह बोलता ही कम था।

'मातुश्री, मल्हार ने पश्चिम में देपालपुर और पेटलावाड के कमाविसदार और दक्षिण में नीमाड़ के खरगोन—पदाधिकारी—से जबरदस्ती रुपए वसूल किए हैं; जहाँ वह चबूतरा, खंबा और फरसा की पूजा के बहाने कुछ मोघियों के साथ गए थे,' भारमल ने कहा।

'अन्य लोग उन चीजों की पूजा करें, मैं मना नहीं करती; परंतु हमारा मल्हार यह करे! और फिर हमारे ही पदाधिकारियों को त्रास दे!! मल्हार को यहाँ बुला भेजो। अपने पास महेश्वर में रक्खूँगी। अभी बच्चा है, सुधर जाएगा। इंदौर से उसकी माँ रुक्माबाई भी आ रही है। ठीक रहेगा,' अहिल्याबाई ने आदेश दिया।

सब काम निबट चुका था। वह विश्राम करना चाहती थीं कि एक प्रार्थी आ गया।

'क्या बात है?' अहिल्याबाई का स्वर कुछ क्षीण था।

'मैं कवि हूँ, मातुश्री,' इतना परिचय देने के बाद उसने तुरंत बगल में से एक पोथी निकाली और ऊँचे स्वर में पढ़ना आरंभ कर दिया। जितना पढ़ा, उसका सार यह था—

देवी अहिल्याबाई सीता, सावित्री, गौरी, पार्वती, अहल्या से भी बढ़ गई हैं—!

अहिल्याबाई ने तुरंत टोका; परंतु उनके स्वर में तीखापन न था, 'इस पोथी में यही सब है या और कुछ?'

कवि जानता था कि बहुत से लोगों की अफीम उनकी प्रशंसा होती है। और अहिल्याबाई जानती थीं कि विनय के बड़प्पन से स्खलित होकर केवल कीर्ति की गोद में जा बैठना बड़ों के लिए एक बड़ी दुर्घटना है।

बोला, 'हाँ, देवी, आपने जितने बड़े-बड़े काम आज तक किए हैं, वे सब इसमें हैं।' वह आगे पाठ करना चाहता था।

उन्होंने रोका, 'मुझे दो पोथी।'

मिश्रित भावों के साथ उसने पोथी अहिल्याबाई के हाथ में दे दी।

अहिल्याबाई ने कहा, 'तुम्हें कुछ नहीं मिलेगा, जाओ। भगवान् की स्तुति में कुछ लिखा होता तो तुम्हारा परिश्रम सार्थक होता। यह पोथी नर्मदाजी की धार को सौंप दी जाएगी।'

कवि मुँह बिगाड़कर चला गया। अहिल्याबाई ने पोथी नर्मदा में फिंकवा दी।

: २३ :

अहिल्याबाई के पास रुक्माबाई पहले आ गई, मल्हार पीछे आया। रुक्मा की आयु पचास से ऊपर होगी। विकृत चेहरा, चिड़चिड़े और लालची स्वभाव की। अहिल्याबाई इससे बहुत जेठी थीं, परंतु काया से यह उनकी अपेक्षा कहीं अधिक बूढ़ी लगती थी।

अहिल्याबाई का महल बहुत बड़ा था। महल के एक भाग में रुक्माबाई को ठहरा लिया गया। उसने आते ही मल्हारराव की शिकायत की—

'देपालपुर परगने के उस भाग की वसूली मातुश्री ने मेरा खर्चा चलाने के

लिए छोड़ दी थी। मल्हार ने सब लगान मेरे कारकुन से छीन लिया!'

'प्रजा को तंग किया मल्हार ने?' अहिल्याबाई ने पूछा।

'जरूर किया होगा; प्रजा अपने आप रोए-चिल्लाएगी,' रुक्मा ने कहा।

अपने आप! मल्हार ने प्रजा को नहीं सताया होगा; अहिल्याबाई ने सोचा। बोलीं, 'आगे कुछ और प्रबंध करूँगी, जिससे तुम्हें खर्चे की अटक न पड़े।'

रुक्मा को कुछ और भी कहना था—

'बहुत बिगड़ गया है मल्हार। जब छोटा था, उसे ठोक-पीटकर ठीक करती रहती थी। जब से बड़ा हो गया, मेरे हाथ का नहीं रहा। आपको बहुत मानता है। आप डाँटें-फटकारें, धौल-धप्प भी कर दें, तो सुधर जाएगा।'

'मैंने अपने ही बच्चों को कभी नहीं मारा-पीटा तो मल्हार पर कैसे हाथ उठाऊँगी?'

उन्होंने साँस भरी और कुछ क्षण मौन रहीं। आँखों के सामने कुछ चित्र घूम गए। बाईस-तेईस वर्ष पहले उनके पुत्र मालेराव का देहांत हो गया था। उत्पाती था। मरने के पहले पागल हो गया था। उसको कभी मारापीटा नहीं, सदा उद्‌बोधन करती रहीं तो भी सुपथ पर न चला। दो वर्ष पहले उनका दौहित्र नत्थू क्षय रोग से मर गया था। उसपर भी कभी हाथ नहीं उठाया। कुछ जन्मजात होता है, मारपीट करने से लाभ ही क्या? अपना हाथ क्यों व्यर्थ खराब किया जाय। वह सोच रही थीं।

'तो माता, फिर क्या हो?' रुक्माबाई ने नथुने फुलाकर कहा।

'यहाँ आ रहा है, सुधारने का प्रयत्न करूँगी। प्यार से जो काम बनता है त्रास देने से नहीं हो सकता।'

'बहुत नीच हो गया है—उसका चाल-चलन भी गिर गया है।'

अहिल्याबाई को अपने पति खंडेराव के रहन-सहन और चाल-चलन की घटनाओं का स्मरण हो आया। उन्होंने बहुत सहा था। दुःखदायक स्मृति दबाकर बोलीं, 'न जाने कब से यह सब होता आया है और कब तक चलता रहेगा; फिर भी देखूँगी।'

मल्हार पर उनका प्यार था। नत्थू को वह अपना उत्तराधिकारी बनाना चाहती थीं; उसके मरने के बाद से मल्हार को अपना राज्य सौंप जाने की बात सोचती रहती थीं।

□

एक दिन मल्हार आ गया। अहिल्याबाई ने महल के एक अन्य भाग में उसे

ठहरा दिया। वह ऐसा स्थान था जहाँ उसके साथी आ-जा सकते थे। इनमें एक भीकाजी था।

मल्हार ने अहिल्याबाई की चरण वंदना की। उन्होंने उसके सिर पर हाथ फेरा। मल्हार नतमस्तक बैठ गया। अहिल्याबाई ने भर्त्सना करने या उपदेश देने के लिए वह समय अनुपयुक्त समझा। मल्हार पर छुटपन में बिखेरा स्नेह, उसकी उगी बड़ी मूँछें, उद्दंड प्रकृति, वीर और क्रूर कर्म, हाल में किए उपद्रव उनकी कल्पना में एक-दूसरे पर छा गए। उन्होंने निश्चय किया कि जब उचित अवसर मिलेगा तब कुछ कहूँगी।

मल्हार ने अपने पराक्रम और भ्रमण की झूठी-सच्ची कहानियाँ घटा-बढ़ाकर सुनाईं। अहिल्याबाई के पास बहुत-सा काम करने को पड़ा था, परंतु वह धीरज के साथ सुनती गईं। जब मल्हार ने सोचा कि उकता न गई हों तब उनके मनोरंजन के लिए एक लोककथा छेड़ी—

'मातुश्री, मैं क्या कहूँ, नीमाड़ का सारा क्षेत्र विचित्र है। बड़े-बड़े जंगल और पहाड़, जहाँ कभी हाथी रहते थे, मैंने घूम डाले। जब तक मैं वहाँ रहा, भील उत्पात नहीं कर सके। खरगोन से पाँच-छः कोस की दूरी पर ऊन नाम का बड़ा पुराना गाँव है। वहाँ से थोड़ी दूर गरम उबलते पानी के झरने हैं। ऊनबदेव के नाम से उनकी पूजा होती है। आपने सुना, ऊन नाम कैसे पड़ा इस गाँव का? मैं बतलाता हूँ। सैकड़ों बरस हो गए, वहाँ बल्लाल प्रमार नाम का राजा था। उसने गलती से एक छोटी-सी नागिन खा ली।'

'नागिन खा ली!' अहिल्याबाई को आश्चर्य हुआ। आगे सुनने के लिए कुछ उत्सुक हुईं।

मल्हार कहता गया, 'हाँ, मातुश्री, उसने नागिन निगल ली! वह धीरे-धीरे उसके पेट में बढ़ गई और बहुत कष्ट देने लगी। जीवन से निराश होकर राजा बल्लाल गंगाजी में जलमग्न हो जाने के लिए काशी की ओर चल पड़ा। रानी साथ गई। मार्ग में एक रात जब राजा सो गया और रानी जाग रही थी, एक साँप आया और राजा की पेटवाली नागिन से बातचीत करने लगा। साँप ने नागिन से कहा कि यदि राजा को मालूम हो जाए कि बुझा चूना खा लूँ तो तू तुरंत मर जाय, और राजा का कष्ट दूर हो जाय। नागिन बोली कि यदि राजा तेरे बिल में गरम तेल छोड़ दे तो तू उसी क्षण मर जाएगा और तू जिस बड़े भारी खजाने पर पहरा लगाए बैठा रहता है वह सब राजा के हाथ पड़ जाएगा! भोर होते ही रानी ने राजा को नाग-नागिन का वार्त्तालाप सुना दिया। राजा ने थोड़ा-सा चूना खा लिया तो नागिन मर गई और साँप

के बिल में गरम तेल उँड़ेल दिया सो साँप तत्काल समाप्त हो गया और बड़ा भारी खजाना हाथ लग गया! राजा ने प्रण किया कि इस खजाने से सौ मंदिर बनवाऊँगा, सौ तालाब बँधताऊँगा और सौ कुएँ खुदवाऊँगा।'

'प्रण तो राजा ने अच्छा किया था, फिर?'

'फिर, मातुश्री, उसने निन्नानवें-निन्नानवें ही बनवा पाए। एक-एक की कमी रह गई, इसलिए गाँव का नाम ऊन पड़ा। ऊन के निकटवर्ती पहाड़ों में बड़ी-बड़ी गुफाएँ काटकर बनाई गई हैं! जैसी आपने धमनार में देखी होंगी। पुराने ठौर-ठिकानों में बड़े-बड़े खजाने दबे पड़े हैं!! उन्हीं की खोज में घूमता फिरा कि मिल जाए तो पिताजी की सहायता कर दूँ और आपका भी बोझ हलका हो जाए। कहीं-कहीं मंदिर और घाट भी बनवाऊँ। पर चुगलखोरों ने न जाने क्या का क्या भिड़ा दिया।'

अहिल्याबाई के मन में आ गया कि कुछ तो अभी कह दूँ—

'तुमने देपालपुर में रुक्माबाई के कारकुन से रुपए छीने? पेटलावाड के कमाविसदार से जबरदस्ती वसूली की? और—' उन्होंने आगे कुछ नहीं कहा, क्योंकि मल्हार की आँखें प्रतिवाद—या विद्रोह—के लिए घूम गई थीं।

'मेरी माता न जाने किस दिन के लिए उतना जोड़-जोड़कर रखती जाती हैं! घुड़सवार और पैदल भरती के लिए रुपए की अटक पड़ी तो मैंने कारकुन से माँग लिये, छीने बिलकुल नहीं। पेटलावाड का कमाविसदार बहुत-सा सरकारी रुपया अपने पेट में पचा चुका है। मैंने जितना रुपया उससे लिया है, उतने से अधिक उसपर राज्य का निकलता है। अब भरना पड़ेगा बच्चू को अपनी गाँठ से। आवे मेरे सामने तो उसका कच्चा चिट्ठा खोल दूँ।'

अहिल्याबाई ने चर्चा दूसरे समय के लिए स्थगित कर दी। मल्हार उनके पास से चला आया।

लौटते में सिंदूरी मिल गई। अपनी कोठरी से निकलकर कुछ ही डग बढ़ी थी।

'अरे! सिंदूरी!!' उसके मुँह से यकायक निकला और वह झिझककर खड़ा हो गया। सिंदूरी भी ठिठक गई।

बोली, 'हाँ।'

मल्हारराव ने पहले ही सुन लिया था कि भोपत चोरी करते पकड़ा गया था और उसे लंबी कैद का दंड मिला; परंतु उसे यह नहीं मालूम था कि सिंदूरी सुनने और बोलने लगी है। मल्हार को अचंभा हुआ और हर्ष भी। दुर्गामाता ने कृपा कर दी, उसने सोचा।

'तुम्हारे तो कान खुल गए हैं और जीभ भी! बड़ा अच्छा हुआ।'

'जी।'

'शिष्टाचार भी सीख लिया! मुझे बहुत-बहुत अच्छा लग रहा है। तुमसे कुछ बात करूँगा।'

'मुझे कोई बात नहीं करनी।'

'जीभ अभी थोड़ी-सी लड़खड़ाती है। ठीक हो जाएगी। अच्छी तरह हो न?'

'हाँ।' अबकी बार उसने जी का प्रयोग नहीं किया। मल्हार को इसमें सामीप्य जान पड़ा।

मल्हार अड़ा-सा खड़ा था। नौकर-नौकरानी थोड़ी दूरी पर इधर-उधर आ-जा रहे थे।

'मेरे कागज—वे कागज रक्खे हो न?'

'हाँ, तो क्या?'

किसी नौकर-नौकरानी ने सुना हो या न सुना हो, पर ध्यान उनका जरूर आकृष्ट हुआ। थमा कोई नहीं। अपने-अपने काम पर थे।

सिंदूरी ने देखा, कुछ निकट-सा आ रहा है। तुरंत अपनी कोठरी में चली गई और किवाड़ बंद करने लगी। मल्हार ने चौखट के पास जाकर कहा, 'उस कागज को फिर पढ़ना, बार-बार पढ़ना, जिसमें मैंने अपनी बात लिखी थी।'

सिंदूरी ने आँखें उठाईं, आधे क्षण उसकी ओर देखा और किवाड़ बंद कर लिये।

मल्हार चला गया।

इसका रूप-सरूप तो अब और भी निखर गया है! कैसे देख रही थी!! उसके मन में अवश्य कुछ है, बहुत कुछ है। मैं तो अपनी अड़चनों में भूल गया था, पर यह नहीं भूली। यहाँ बात करने के बहुत अवसर मिलेंगे। कुछ दूर भी नहीं ठहरा हूँ। किसी बहाने कहीं बुलवाकर बात करूँगा। मेरा लेख कभी-कभी पढ़ती रही होगी। अब अवश्य पढ़ेगी, बार-बार पढ़ेगी। मैंने अपनी तरफ से उसमें सारी बात खोल दी है। दिन अच्छे आ रहे हैं। मातुश्री ने कोई डाँट-डपट नहीं की। रह गई मेरी माँ, सो उससे निबटने में कोई कठिनाई नहीं पड़ेगी। मल्हार सोच रहा था।

: २४ :

संध्या हो चुकी थी। चंद्रमा का प्रकाश महेश्वर महल के आँगन में पसरा

हुआ था। पश्चिम का पवन ठंड के तीखेपन को लहरा रहा था। भीका ने मल्हार के कोठे में प्रवेश किया और किवाड़ बंद कर लिये। कोनों में हिलते जलते हुए दीपक अधिक स्थिर हो गए। भीका बहुत से फूल लिये था। एक चौकी पर रखकर मल्हार के सामने खड़ा हो गया।

मल्हार ने तुरंत प्रश्न किया, 'और वह?' आँखों का इंगित भी किया।

भीका ने चोचले के साथ सिर हिलाया, बगल पर हाथ घुमाया और अपने लबादे के नीचे से बोतल निकालकर मल्हार के सामने रख दी।

'वह यह रही,' भीका ने कहा, 'बड़ी मुश्किल से मिली। आज एकादशी का दिन है। कलारीवाले ने पहले तो नाहीं कर दी, पर जब मैंने बतलाया कि श्रीमंत को शक्ति की पूजा करनी है, तब एक बोतल दी। पैसे नहीं लिये। बोला कि शक्तिपूजा का कुछ पुण्य मुझे भी मिल जाएगा। वहीं ये सब फूल मिल गए। लेता आया। जिन्होंने देखा होगा, उन्हें विश्वास हो गया होगा कि सरकार पिएँगे नहीं, पूजा को पिला देंगे।' भीका हँसा।

मल्हार को भी हँसी आई—

'अरे भाई भीका, ऐसे कितने दिनों काम चलेगा? महेश्वर के इस सँकरोंदे से न मालूम कब पीछा छूटेगा।'

मल्हार ने फूलों से बोतल की पूजा का ढोंग किया और एक प्याले में उँडेलकर पीने लगा। बोतल भीका ने छिपाकर रख दी। उसमें अभी काफी थी। मल्हार लग रहा था जैसे राम के मंदिर में रावण आ बैठा हो।

'मातुश्री के उपदेश सुनता रहता हूँ, अंबाराम शास्त्री की पुराणकथा इत्यादि, लेकिन—' मल्हार ने कहा।

'वह अपने को अंबादास कहता है—'

'एक ही बात। मैं तो इस कैदखाने में पड़े-पड़े सड़ने लगा हूँ। रुपया माँ समेट ले गईं।'

'ऐं! कब? कब?'

'आज तीसरे पहर जब मैं सो रहा था।'

'सबका सब! अब क्या होगा?'

'सबका सब तो नहीं। एक पेटी में थोड़ा-सा था, उसे उठा ले गईं। बहुत-सा तो ऐसे ठौर पर है जहाँ उन्हें भास ही नहीं सकता। पर उतना चले जाने से ही हमें कुछ कठिनाई तो झेलनी पड़ेगी।'

'एकादशी के दिन ऐसा श्रीगणेश होना तो अशुभ हुआ।'

'एकादशी का गया द्वादशी के दिन ब्याज-त्याज समेत लौटेगा, नहीं तो मूँछ मुँड़वा दूँगा।' मल्हार ने अपनी छोटी नुकीली मूँछों पर हाथ फेरा।

भीका ने संतोष की साँस ली।

'सिंदूरी फिर मिली या नहीं?' मल्हार को उसकी रुचि के प्रसंग पर लाने के लिए भीका ने प्रश्न किया।

'दिखलाई तो पड़ी, परंतु उसे मिलना नहीं कह सकते। अधिकतर मातुश्री के पास रहती है। माँ के पास भी आने-जाने लगी है। मातुश्री के सामने तो भाई सिंदूरी से बात करने की हिम्मत नहीं पड़ी। माँ के सामने मैंने कुछ कहा तो हाँ-हूँ-ना के सिवाय और कुछ बोली ही नहीं। बहुत सलोनी हो गई है अब तो।'

'दूर से मैंने भी देखा है। यहाँ से आपके साथ लग जाए तो बाहर की दौड़ा-झपटी में आपके मन को बड़ा सहारा मिलता रहे।'

'महेश्वर के इस घोर रेगिस्तान में सिंदूरी ही तो एक बड़ी आकर्षक हरियाली है।'

'आपको वह…वह…आनंदी…नाम याद आ गया—चाहती थी।'

'अजी बड़ी अकड़ थी उसमें। अकड़ मैं किसीकी सहता नहीं। चली गई होगी कहीं, बोझ-सी लगने लगी थी। सिंदूरी की और बात है। लिख-पढ़ लेती है, विनयशील है और कितनी सुंदर! उसे कोई सिद्धि है, इसलिए उसकी तरफ सँभल-सँभलकर कदम बढ़ा रहा हूँ। कोई और होती तो मैं मैदान में कूद पड़ता, फिर चाहे कोई कुछ कहता। रंग-ढंग उसके अच्छे हैं।'

मल्हार सरूर पर आ गया।

□

रुक्माबाई अपने प्रवास-स्थान पर सिंदूरी से सहानुभूति की बातें कर रही थी। उसमें किसी देवी-देवता का अंश या छाया समझकर रुक्मा जब-तब अपने पास बुलाकर बिठला लेती थी। प्रसंग कुतूहल-शांति के अधिक होते थे।

'कभी देवी के दर्शन हुए?'

'सपने में।'

'कितनी बार?'

'कई बार।'

'रोज विनती करती हो?'

'हाँ।'

'हमारे लिए भी करना।'

'हाँ।'

सिंदूरी के भोलेपन पर रुक्माबाई मोदमग्न हो-हो जा रही थी। दिन का तीसरा पहर था। भोजन के उपरांत शयन कर चुकी थी। अहिल्याबाई दरबार करने चली गई थीं। रुक्मा का मन बातों में लग रहा था। कुछ स्त्रियाँ और बैठी थीं। चुहल हो रही थी। यकायक मल्हार आया। अन्य स्त्रियाँ कमरे के बाहर चली गईं। सिंदूरी वहीं बनी रही। मल्हार के चेहरे पर तनाव था। सिंदूरी ने देखा और आँखें नीची कर लीं। रुक्मा ने मल्हार को बिठला लिया। भाव में सशंकता थी।

पूछा, 'तुम्हारे पिताजी के लश्कर से कोई पत्र आया?'

'हाँ, उन्होंने लिखा है कि तुम मेरी चोरी मत किया करो।'

सिंदूरी बाहर जाने को हुई।

मल्हार ने रोका, 'इनकी कारिस्तानी सुन लो न।'

सिंदूरी दरवाजे के पास चली गई और पीठ फेरकर खड़ी हो गई। बाहर दीवार से चिपकी हुई कुछ सेविकाएँ पहले थीं।

'क्या बकता है रे! नौकरानियों के सामने अपमान करता है!!'—रुक्मा भभक पड़ी।

'बकता मैं हूँ या तुम? शरम नहीं आई मेरी पेटी उठा लाईं! वापस करो मेरे रुपए, जो उसमें रक्खे थे।'

'तुम्हारे रुपए! कहाँ से हो गए तेरे रुपए? कबसे?'

'दे दो, नहीं तो तुमको रोना पड़ेगा।'

'रुपए मेरे हैं, तेरी एक कौड़ी भी नहीं। देपालपुर में मेरे कारकुन से छीन लिये थे वे रुपए।'

'मुझे फौज भरती के लिए चाहिए हैं, दे दो, नहीं तो देखता हूँ।'

'चाहिए तो हैं भरती के लिए। जहाँ देखो तहाँ डाके डालता फिरता है! चाहे जिसको सताता है!! यह है तेरी फौज भरती!!! तेरा चलन बहुत खराब हो गया है।'

सिंदूरी ने मुड़कर देखा। रुक्मा के ओठों पर क्रोध के मारे फेन आ गया था। मल्हार की आँखें लाल हो रही थीं। देह थरथरा रही थी। सिंदूरी फिर जैसी-की-तैसी खड़ी हो गई। कुछ सेविकाएँ बाहर की दिशा में दौड़ती चली गईं। मल्हार ने यह कुछ नहीं देखा।

'सीधी तरह देती हो या नहीं?'

'कर-ले जो दिखलाई पड़े।'

'अच्छा! अच्छा—' मल्हार ने दाँत पीसे और सामान इधर का उधर करने पर चिपट गया। रुक्मा रोकती जा रही थी। पर कहाँ बूढ़ी रुक्मा, कहाँ मल्हार?

अंत में मल्हार एक पेटी पर जा टूटा। रुक्मा उससे लिपट गई। वह अपने को छुड़ाने का प्रयास करने लगा। झटका खाकर रुक्मा एक ओर जा गिरी। तेंदुनी की तरह सँभलकर फिर मल्हार पर झपटी। सिंदूरी बीच-बचाव के लिए उन दोनों की ओर बढ़ी और उन दोनों की प्रचंड आकृतियों को देखकर थोड़ा-सा ठिठकी; परंतु डरी नहीं। मल्हारराव की मुट्ठी ने रुक्मा का अंचल जकड़ लिया। खींचातानी हुई। रुक्मा बेआबरू होने ही को थी कि सिंदूरी उससे जा लिपटी। सेविकाएँ भीतर आ गई थीं, चिल्लाईं। मल्हार की दृष्टि यकायक द्वार की ओर गई।

अहिल्याबाई उसी की ओर आ रही थीं!

मल्हार के हाथ से रुक्मा का अंचल छूट गया। वह एक कोने में जाकर अपने वस्त्र सँभालने लगी और फफककर रोने लगी।

'क्यों रे, यह क्या कर रहा है? हमारे स्थान में यह सब!'

मल्हार का गला सूख गया। क्रोधांध हो ही चुका था; अपने दुस्साहस को उबारने में उसने छाती फुलाई और सिर ऊपर की ओर ऐंठा-उमेठा।

भर्राए स्वर में बोला, 'मातुश्री न्याय करें। इन्होंने मेरी चोरी की है।'

अहिल्याबाई की मुट्ठियाँ तनी थीं, सिर ऊँचा था।

'क्या? कैसी चोरी?'

'यह कल मेरी एक पेटी चुरा लाईं, जब मैं सो रहा था।'

'बेटे की चोरी माँ ने! माँ चोर!!'

'हाँ।'

'ऊपर से हाँ कहता है!'

अहिल्याबाई की मुट्ठियाँ उठ गई थीं, मल्हार की भी तनीं।

'दुष्ट!' अहिल्याबाई ने ललकारा, 'एक़ घूँसे में धूल चटा दूँगी!'

अहिल्याबाई के शब्दों ने वह काम न किया होगा जो उनकी आँखों ने किया। मल्हार की मुट्ठियाँ शिथिल पड़ गईं और छाती ढीली—जैसे किसी विशालकाय बर्बर पशु के सिर पर गोली पड़ गई हो।

बहुत मरे स्वर में मल्हार बोला, 'मातुश्री, वह रुपया देपालपुर की वसूली का था, जो मैंने—'

'चुप! देपालपुर या कहीं की भी वसूली का अधिकार सिवाय मेरे और किसीको नहीं है।'

अहिल्याबाई काँप रही थीं; जैसे किसी अदृष्ट ज्वालामुखी के कारण भूकंप आया हो।

मल्हार ने सिर नीचा कर लिया।

अहिल्याबाई ने आत्म-नियंत्रण का प्रयास करते हुए कहा, 'तुमने अनेक स्थानों में उपद्रव किए। जहाँ गए वहीं आग बरसाई।' अहिल्याबाई ने कुछ स्थानों के नाम लिये और बोलीं, 'तुकोजी ने लिखा है कि तुमने सूलगाँव में डाका डाला, नासिक इत्यादि प्रांतों में लूटमार की! वहाँ की गरीब जनता ने अब कहीं फरियाद कर पाई है!!'

'पिताजी भी मेरे सिर के गाहक हो गए हैं!'

'उन्हीं के हुकुम से खजानों की फिकिर में घूम रहा है न! ऊन गाँव में इसलिए पहुँचा जिसकी कहानी घड़कर मुझे सुनाई थी!!'

'कहानी वहीं के लोगों से सुनी थी, मातुश्री।' मल्हार के स्वर में ढिठाई थी।

अहिल्याबाई बोलीं, 'यदि फिर कभी इस तरह का बरताव किया तो तेरी दुर्गति होगी।'

'अभी-अभी क्या कम हुई मेरी दुर्गति?'

अहिल्याबाई किसी राजा-रानी की लड़की न थीं, जो पलने में ही पल-पलकर सुकुमारता की गोदी में खेली हों—वह थीं ग्राम चौंडी के साधारण गृहस्थ मानिकोजी शिंदे की पुत्री; जिनमें कुछ देखकर ही सूबेदार मल्हारराव ने अपने लड़के खंडेराव का विवाह संबंध किया था, और जो जीवन-भर कठोर परिस्थितियों से लड़ते-लड़ते इतनी बड़ी हुई थीं।

मल्हार ने आँख उठाकर उनकी आँखों में जो कुछ देखा, उसे कभी न भूला होगा—दहकते से अंगारे; जैसे हिमखंड में जड़ दिए गए हों, रुद्र का-सा त्रिशूल; जैसे फूल डाले तन गया हो। मल्हार नतमस्तक हो गया।

अहिल्याबाई के पीछे से भारमल आ गया। बोला, 'मातुश्री, आप इन्हें क्षमा करें। दरबार में पधारें। हम इतने तो हैं यहाँ। जब तक हमारी देह में प्राण हैं, यहाँ पर यह कोई उपद्रव न कर सकेंगे, बाहर चाहे जो कुछ करते रहें।'

अहिल्याबाई ने अपेक्षाकृत शांत स्वर में मल्हार से कहा, 'सँभलकर चलो। बहुत सिर उठाकर चलना अच्छा नहीं है, नहीं तो कुचल दिया जाएगा।'

मल्हार पर जो आतंक छा गया था, उसे उसके अहंकार ने हटा दिया।

बोला, 'जिसने मेरी चोरी की, उससे कुछ न कहा आपने!'

रुक्माबाई ने फफक में से फुंकार छोड़ी, 'अभागे! नीच!! मैं हूँ चोर या तू?'

मल्हार की मुट्ठियाँ तनीं, सिकुड़ीं और आगे फिकीं। आँखों पर पागलपन-सा सवार हो गया। सारी आकृति भयावनी।

'मैं हूँ नीच या या—' उसके मुँह से छूटा!

अहिल्याबाई ने तुरंत टोका, 'बकबक बंद कर! नहीं तो—नहीं तो अभी!'

सिंदूरी अहिल्याबाई की बगल में आ गई, मानो आक्रमण की ढाल बन जाना चाहती हो। भारमल भी बढ़ा।

मल्हार ने किसीका क्षोभ किसी पर निकाला, 'आप बड़ी हैं, मेरे प्राण ले लें तो परवाह नहीं। मेरी माँ मेरी शत्रु है। इसके हाथों मेरा प्राणांत न करावें। आपके मन में मेरे मरवा डालने की हो तो कुत्ते की मौत न मारें, सरेआम मार दें। आपकी कृपा का हाथ सदा मेरे सिर पर रहा। अब न रखना चाहें तो मैं यह चला।'

'कहाँ चला?'

'जहाँ मेरे सींग समाएँगे।'

'जा अपने कोठे में, जा, चला जा इसी समय।'

मल्हार चुनौती-सी देता हुआ बाहर निकल गया। अहिल्याबाई ने रुक्मा को समझाया-बुझाया। फिर दरबार करने चली गईं।

□

दरबार के काम से मन उचट-उचटकर थोड़ी देर पहले की घटना पर पहुँच-पहुँच जाता था। मुझे आपे से बाहर नहीं होना चाहिए था। क्यों इतना क्रोध उसपर उमड़ पड़ा? रुक्माबाई का उसने अपमान किया। माता का अपमान! क्यों न क्षोभ उफन पड़े? परंतु क्रोध तो क्रोध ही है। संयत रहकर भी वही सब कर सकती थी। लेकिन वैसे वह दबता नहीं। तो क्या वह दब गया? वहाँ से अकड़ता हुआ गया था। नहीं, उसकी चाल ही वैसी है। मेरी समझ का फेर है। क्रोध में भर जाने के कारण मेरे विवेक ने स्थिति साफ-साफ नहीं देख पाई। रुक्माबाई ने क्यों उसकी पेटी उठा ली? माँ जो ठहरी। माँ को सब अधिकार पुत्र पर होता है। पर अब वह बड़ा हो गया है। अरे वही मल्हार तो है, जिसको गोदी में खिलाया करती थी, जिसकी तोतली बानी की मैं नकल उतारा करती थी। रुक्मा ने इसे छुटपन में बहुत मारा-पीटा। उसी का डंक मल्हार के भीतर बना हुआ है। वही काट-काट खाता है। लड़ाकू है, बहादुर है। क्या उसका बहुत दोष है? डाँट-फटकार वह नहीं सह सकता। मानव-प्रकृति होती ही ऐसी है। मेरे पति, मेरा पुत्र—कुछ-कुछ ऐसे ही तो थे, ओफ! मैं व्यर्थ ही उतनी क्रुद्ध हो गई!! दरबार का काम निबटाकर उसके सिर पर हाथ फेरूँगी और समझाऊँगी। वह सीधा चलने लगेगा।

'श्रीमंत,' विसाजी शामराज कारबारी ने उनका ध्यान आकृष्ट किया, 'कोठी पिड़ावा के मनीराम का मामला तय होना है।'

'लाओ सब कागज-पत्र,' उन्होंने कहा।

जब तक वह कागज लावे, उनका ध्यान फिर उचटा--मुझे उतना क्रोध नहीं करना चाहिए था। क्रोध को पाप का मूल कहा है।

कागज सामने आ गए। उन्होंने पूरा विचार किया। जिसने दावा किया था उसका नाम मनीराम था। उसके पितामह दो भाई थे। मनीराम का पितामह जेठा था। कुटुंब में जागीर का प्रबंध, आय इत्यादि जेठे के हाथ रहने की रीति चली आई थी। लुहरे ने दिल्ली के बादशाह मुहम्मदशाह का फरमान धोखे से अपने हक में करा लिया, फिर सूबेदार मल्हारराव से सनद प्राप्त कर ली। उसका उत्तराधिकारी अपने हक को मजबूत किले में जैसा सुरक्षित समझता था—अहिल्याबाई अपने पूज्य स्वर्गवासी ससुर की सनद की उपेक्षा नहीं कर सकेंगी।

अहिल्याबाई ने निर्णय किया, 'चाहे किसीकी भी मुहर या सनद कागजों पर लगी हो, धोखा तो धोखा ही है। छल-कपट द्वारा प्राप्त किया हुआ अधिकार कभी भी मान्य नहीं हो सकता।'

मनीराम तो न्याय पाकर हर्षमग्न हुआ ही, इस निर्णय की चर्चा चारों ओर फैली, जनता के भी मन में आनंद की लहर-सी दौड़ गई।

□

अहिल्याबाई को चैन नहीं था। थोड़ा-सा भोजन करके सिंदूरी को बुला भेजा।

'आज दरबार नहीं करूँगी। मल्हार से कुछ कहना है। तू भी सुनना। बुला ला उसे।'

सिंदूरी ने भोलेपन से नाहीं का सिर हिलाया—'नईं ही जाऊँगी।'

अहिल्याबाई एक क्षण के लिए विचारमग्न हो गईं—यह उससे डरती है, नहीं तो मेरे आदेश की अवज्ञा न करती। उसके भोलेपन में ममत्व निरखकर दूसरी सेविका द्वारा मल्हार को बुला लिया।

वह आकर हाथ जोड़े नतमस्तक खड़ा हो गया। आकृति भुनभुनेपन में समाई हुई थी। कुछ कह डालने का निश्चय करके आया था।

अहिल्याबाई उठीं और उसके सिर पर हाथ फेरती हुई बोलीं, 'तुम बुरे नहीं थे, बड़े अच्छे रहे हो, अच्छे बनोगे। बुरी संगति छोड़ दो।'

मल्हार ने उनके पैरों पर माथा टेक दिया। ऐं! यह क्या!! सोचा था यह मेरा

अपमान करेंगी तो मैं भी कुछ कर बैठूँगा।

अहिल्याबाई ने दुलार के साथ उसे उठाया। मल्हार का चेहरा खिल गया था।

'अरे तू इतना बड़ा हो गया तो क्या हुआ। अब भी चाँटे लगा सकती हूँ,' अहिल्याबाई ने हँसकर कहा।

उनकी आँखों में छलकते वात्सल्य को देखकर मल्हार उमंग में भर गया। सिंदूरी एक ओर खड़ी देख रही थी।

अहिल्याबाई चौकी पर बैठ गईं। मल्हार उनके सम्मुख नीचे। सिंदूरी उसके पीछे कुछ दूर खड़ी थी।

अहिल्याबाई बोलीं, 'बेटा, हम लोग मराठे हैं। तड़क-भड़क, शान-शौकत, दिखावट और व्यर्थ की बकझक से दूर। तुम वीर और पुरुषार्थी हो। सनातन धर्म दलित हो गया था। लोग अपना धर्मपालन करने से हिचकने-डरने लगे थे। धर्म की पुनः संस्थापना के लिए दूर-पास, देश-देशांतर में मंदिर सुधरवाए-बनवाए और धर्मशालाएँ खड़ी कीं, अपने यश या नाम के लिए नहीं।'

'संसार-भर जानता है।'

'मंदिरों में शास्त्रियों और कथावाचकों को इसलिए नियुक्त किया कि फिर से जागी हुई जनता अपने धर्म की बातों को सुनती, सोचती और उनपर आचरण करती रहे, फिर से न सो जावे।'

'मैं नित्य मंदिर में जाया करूँगा, जब तक यहाँ हूँ, नर्मदा में स्नान किया करूँगा।'

'हाँ बेटा, तुम सूरमा हो। शत्रुओं से लड़ो, प्रजा का पालन करो और धर्म का विस्तार करो।'

'यह सब करूँगा, नहीं भूलूँगा, मातुश्री।'

मल्हारराव के भीतर ओज जैसे फड़क उठा हो।

अहिल्याबाई सोच रही थीं, मैंने जितना क्रोध किया था उसका प्रायश्चित्त हो गया।

'मैं तुम्हें महेश्वर के महल में कैद नहीं रखना चाहती,' अहिल्याबाई ने विनोद के साथ कहा, 'घूमो-फिरो, परंतु इन बातों का ध्यान रक्खो।'

मल्हार मौज पर आ गया, 'हाँ, मातुश्री, पूरा ध्यान दूँगा। बिलकुल नहीं भूलने का।'

सिंदूरी को खाँसी आई। मल्हार ने लौटकर देखा, सिंदूरी को प्रसन्न पाया,

वह तुरंत फिर अहिल्याबाई के सम्मुख हो गया। उसका आह्लाद और भी बढ़ गया।

अहिल्याबाई कहती रहीं, 'विचार का स्मरण दिलाने के लिए आचार बनाए गए हैं; जैसे—देवशास्त्राचार, देशाचार, कुलाचार और जात्याचार—'

'और इन सबका सामूहिक अत्याचार, मातुश्री?'

मल्हार कहते तो कह गया, परंतु अहिल्याबाई के चेहरे के उतार-चढ़ाव को देखकर थोड़ा-सा सहम गया। वह चौंक पड़ी थीं। उनके सामने मल्हार के आततायीपने के कई चित्र घूम गए। कितना मूर्ख है! और कैसा असंयमी!! इसपर क्रोध करना ठीक ही था, नहीं; यह चाहे जैसा हो, मैं क्यों क्रोध करूँ? और इसपर क्रोध करने से लाभ ही क्या? नहीं करूँगी।

धीरे से बोलीं, 'थक गई हूँ। लेटूँगी। अब तुम जाओ।'

मल्हार ने फिर हाथ जोड़े, 'मातुश्री, मैं आपका बच्चा हूँ। कभी कुछ मुँह से निकल जाय तो क्षमा करें। गोद पड़ा बच्चा रोता-चिल्लाता है, हाथ-पैर फेंकता है, कभी-कभी नोच भी लेता है तो क्या माता बुरा मानती है?'

अहिल्याबाई के ओठों पर क्षीण मुसकान आई। 'मैं सचमुच थक गई हूँ। शयन करूँगी। तुम भी जा सोओ,' उन्होंने कहा।

मल्हार ने उनके पैर छुए और 'और मैं प्रायश्चित्त करूँगा' कहता हुआ चला गया। चाल में ठसक थी।

□

कोठी में पहुँचा तो भीका को उदास पाया।

'मैं सब ठीक कर आया हूँ, मत घबराओ, मातुश्री रुष्ट नहीं हैं,' मल्हार ने कहा।

'बैठिए, थोड़ी-सी पीते जाइए, बात होती रहेगी।'

'अब नहीं पीऊँगा।'

'तो मैं दोनों दीन से गया!' भीका की आँखों में आँसू आ गए।

'अरे क्यों? रो क्यों पड़े भाई?'

'बात ही ऐसी है। उत्तर से सूबेदार साहब की चिट्ठी आई है मेरे नाम। चली पहले थी, मुझे देर में मिली। लिखते हैं कि मैं आपका साथ छोड़ दूँ, नहीं तो पकड़कर हाथ-पाँव तोड़ देंगे और बाल-बच्चों को घानी में पिसवा देंगे! इधर आप माता अहिल्याबाई के उपदेशों पर चलने को तैयार हो गए! दैया रे, मैं कहीं का न रहा!!'

'अरे भीका, जितना बन पड़ेगा उतना ही तो करूँगा। पिताजी की धमकी

की परवाह मत करो। उन्होंने फिरंगी बरंडी पीकर लिखी होगी चिट्ठी।'

'उन्होंने पीकर लिखी होगी सो तो मेरी यह गति हो रही है, आप पीना छोड़कर जो कुछ करने पर उतारू मालूम होते हैं उससे तो अब मेरे प्राण ही न बचेंगे।'

मल्हार कुछ सोचने के बाद बोला, 'मेरा प्रण'—उसका स्वर बहुत निर्बल था।

भीका के चेहरे पर आशा की रेखा दौड़ गई। 'आपका प्रण देसी छोड़ देने का होगा— ?'

'हाँ—आँ, कल की कुछ यों हीथी।'

'मैं बरंडी ले आया हूँ और बराबर पेश करता रहूँगा।' भीका ने लबादे के नीचे से बोतल निकालकर चौकी पर रख दी।

'पीऊँगा, भाई पीऊँगा; लेकिन प्रण करो कि कभी रोओगे नहीं। मैं जो प्रायश्चित्त करूँगा वह तुम्हें रुलाएगा नहीं, प्रसन्न कर देगा। मुझे भी आनंद प्राप्त होगा। वह कोरा ढोंग भी न होगा। मातुश्री का क्षोभ बिलकुल बह जाएगा।' मल्हार ने बोतल हाथ में लेकर कहा।

'क्या है वह? वह क्या है, श्रीमंत?'

'बतलाऊँगा थोड़ी देर में—'

: २५ :

उस दिन पूर्णिमा थी। महेश्वर के घाटों पर एक बड़ा मेला लग रहा था। विविध संप्रदायों के हिंदू नर्मदा स्नान के लिए भीड़ की भीड़ में आ रहे थे। महेश्वर के दूर तक फैले हुए लंबे-चौड़े ऊँचे घाट और घाटों पर मंदिर लगते थे जैसे नर्मदा ने गले में जड़ाऊ गहना पहन रखा हो। नर्मदा और सूर्य की किरणें एक दूसरे को मुसकानें भेंट कर रही थीं। 'नर्मदेश्वर हर!' और 'हर हर महादेव!' की पुकारें लगाकर जनता स्नान कर रही थी। देश के भिन्न-भिन्न प्रदेशों के बीच में अलगाव उत्पन्न करनेवाली दूरी न जाने कहाँ-कहाँ से आकर तीर्थ में डूब रही थी।

एक बहुत बड़े घाट पर, जिसका महत्त्व भी सबसे बड़ा समझा जाता था, अहिल्याबाई छाया में कंबल का आसन बिछाए बैठी थीं। मंगतों-भिखारियों को दान देती जा रही थीं।

कुछ कारकुन व्यवस्था स्थापित करने के लिए भिन्न-भिन्न शब्दों में कह रहे थे, 'देवी अहिल्याबाई धर्म की रक्षा कर रही हैं, धर्म पर चलो।' उनकी बारीक

खुशामद का अहिल्याबाई प्रतिवाद नहीं कर पा रही थीं।

उसी समय भीड़ में एक झगड़ा हो पड़ा।

गोसाइयों में गिरी-पुरी इत्यादि, शैवों में निहंग-नागे, भैरव-पंथी इत्यादि पहले कौन स्नान करें, इसपर लड़ बैठे। उसी घाट की दूसरी ओर कुछ शैवों और वैष्णवों में स्थान का ही विवाद चल पड़ा था, पहले कौन स्नान करे पीछे कौन, यह तो दूर की बात थी। मतों का विरोध चला आता था। फिर अत्यधिक विरोध ने दोनों पक्षों को एक-दूसरे के दुर्गुणी अनुयायियों जैसा बना दिया।

अहिल्याबाई ने रोकथाम लगाई तो थोड़ी देर के लिए व्यवस्था जमती दिखलाई पड़ी, परंतु जैसे बरसाती नाले की धार आड़-ओट पाने पर थोड़े समय के लिए तो स्थिर हो जाती है, परंतु फिर वेग के साथ टूट पड़ती है, वैसे ही ये साधु-संन्यासी एक-दूसरे पर झपट पड़े। अंधविश्वास और विवेक का युद्ध नहीं था; मतांधता की मतांधता से कुश्ती हो गई। बहुतेरों के अंगों से रक्त बह उठा। कारकुनों और सिपाहियों ने शासन करना चाहा तो कई पिट गए। शासन, शासक, राजरानी क्या साधु-संन्यासियों के भी ऊपर हैं? झगड़ालुओं का अहंकार लाठी-सोटों की टक्करों में होकर प्रश्न कर रहा था।

अहिल्याबाई को उत्तर देना पड़ा—उन्होंने तुरंत अपने अंगरक्षक सिपाही बुलाए और शांति स्थापित की। फिर उन्होंने पुराने लोगों को बुलाकर पूछा कि कौन कब और कहाँ नहाए, और उसके अनुसार भीड़ को अपना कार्यक्रम चलाने की आज्ञा दी।

अहिल्याबाई का विश्वास था कि जिस जाति में पुनर्जागरण की प्रवृत्ति रहती है वह बाहर के आक्रमणकारियों के प्रहारों और अपने ही दोषों के मारे अधमरी भले ही हो जाए, परंतु मरती कभी नहीं। उन्होंने इस पुनर्जागरण को अपने भीतर मूर्त किया और उसके प्रतिबिंब भिन्न-भिन्न क्षेत्रों में बिठला दिए, परंतु चारों ओर फैले हुए अंधमतों और मूढ़ विश्वासों का परिहार वे कैसे करतीं? और, जनता का पुनर्जागरण एकात्मक नहीं हुआ, विभाजक हुआ था। वह एकात्मक के फैलाव की चेष्टा कर रही थीं।

इस घाट का प्रबंध करने के बाद अहिल्याबाई दूसरे घाटों का निरीक्षण करने के लिए गईं।

□

एक घाट पर बड़ी भीड़ लग रही थी, परंतु झगड़ा कोई नहीं हो रहा था। कई लोग चिल्ला रहे थे—'राजश्री संत हो गए!' 'राजश्री महात्मा हो गए!!'

मल्हार नर्मदा की धार के पासवाली सीढ़ी पर केवल लँगोटी लगाए शेर की छाल पर बैठा था, धार की ओर मुँह किए कोई जाप कर रहा था और रुद्राक्ष की माला फेर रहा था। यही लोगों के कुतूहल और श्रद्धा-भेंट का कारण था।

मल्हार जहाँ बैठा था उससे कुछ ही दूर उसी सीढ़ी पर स्नान करने एक व्यक्ति आया। उसने मल्हार को एक-दो पल टकटकी लगाकर देखा। मल्हार का ध्यान तुरंत आकृष्ट हुआ। पहचानने में देर नहीं लगी।

तपाक से बोला, 'बट्टूसिंह! नहीं—गनपतराव!'

गनपतराव ने विनम्र नमस्कार किया।

मल्हार ने सिर जरा-सा हिलाकर कहा, 'कौन-सा जाल बिछा रहा है यहाँ?'

'कोई-सा भी नहीं। अपने किए को धो-भर रहा हूँ।'

'छोटी घातें छोड़कर किसी बड़ी घात पर आया है!'

'साँप के नाम पर लकीर मत पीटिए।'

'ओहो! उपदेश देने लगा है!!'

मल्हार बातें करता जाता था और माला के गुरिए भी फेरता जाता था। गनपतराव का इतिहास वहाँ की अधिकांश जनता जानती थी और उसका आदर करने लगी थी। गनपतराव क्षुब्ध हो गया।

'मैं उपदेश देने लायक नहीं हूँ। मातुश्री से अभयदान मिल गया, वही मेरे लिए बहुत है। आप अपनी सोचिए कि कितने दिन यह स्वाँग चलाएँगे,' गनपतराव ने कहा, 'मेरा आचार चला गया, विचार उसकी जगह ले रहा है; आपका विचार चला गया, आचार—और वह भी यह! उसका स्थान ले रहा है।'

मल्हार को क्रुद्ध होने में देर नहीं लगती थी। बगल में डंडा रखे था, लेकर खड़ा हो गया। माला छाल पर रख दी।

भीड़ में सन्नाटा छा गया। लोग सिमट आए। मल्हार झपटा।

गनपतराव ने कहा, 'मार दो। नर्मदा किनारे अमर हो जाऊँगा।'

मल्हार उसकी स्थिरता देखकर सिर पर डंडा न ठोक सका, परंतु उसने पीठ पर प्रहार कर दिया। भीड़ ने विनयपूर्वक निवारण किया। गनपत चोट के कारण झुक गया। हाथ से पीठ की चोट को दबाने लगा।

भीड़ ने यकायक पीछे की तरफ देखा। अहिल्याबाई थोड़े से सिपाहियों के साथ आ रही थीं। उन दोनों को भीड़ घेरे थी, इसलिए उन्होंने परिस्थिति नहीं समझ पाई। आते ही भीड़ के कुछ लोगों से, जो ऊपर की ओर चढ़ आए थे, कहा, 'जहाँ

कथा-वार्त्ता हो रही है, वहाँ तो बहुत थोड़े से लोग हैं और यहाँ कोई तमाशा देखने के लिए इतने इकट्ठे हो गए!'

एक हाथ जोड़कर धीरे से बोला, 'मातुश्री, नीचे लड़ाई हो रही है; बीच-बचाव कर रहे थे।'

'लड़ाई! यहाँ भी लड़ाई!! कौन-सी जमातवाले लड़ रहे हैं?'

'जमातवाले नहीं हैं, माता, वह—वह राज्यमान राजश्री मल्हारराव और दूसरा गनपतराव—'

'देखती हूँ।'

अहिल्याबाई नीचे की ओर उतरीं। मल्हार डंडा नदी में फेंककर फिर आसन पर जा बैठा था और माला फेरने लगा था। अब की बार आँखें मूँदकर। गनपतराव चोट पर हाथ फेर रहा था।

'क्या है?' अहिल्याबाई ने पूछा।

'कुछ नहीं, मातुश्री। मेरे पापों का फल,' गनपतराव ने मल्हार की ओर देखकर कराहते हुए कहा। आँखों में आँसू आ गए।

'क्यों रे मल्हार?' उन्होंने मल्हार को संबोधन किया।

जैसे कुछ जानता ही न हो, मानो इतना एकाग्र था कि किसीकी कुछ सुनी ही न हो, चौंककर खड़ा हो गया। माला हाथ में लिये था।

'क्यों मार दिया इसे?'

'नहीं तो मातुश्री, मैंने नहीं मारा। मैं तो जप कर रहा था, पैर फिसलने से गिर पड़ा होगा। पूछ लीजिए इन लोगों से। क्यों भाइयो, मैंने तो नहीं मारा?'

वहाँ किसकी हिम्मत थी जो मल्हार के विरुद्ध साक्षी देता? किसीने कुछ नहीं कहा। सब चुप रहे। जो जरा दूर खड़े थे, खिसकने लगे। अहिल्याबाई समझ गईं। फिर भी उन्होंने गनपत से प्रश्न किया, 'क्या तुमने मल्हार से कोई कुवचन कहा था?'

'नहीं तो, माता। यही बुरे बोले। मैंने मना किया तो मुझे डंडा मार दिया,' गनपत ने उत्तर दिया।

अहिल्याबाई ने उसकी पीठ देखी। सूज उठी थी। निशान लाल था।

उन्होंने सहानुभूति के स्वर में कहा, 'तुम महेश्वर छोड़कर काशी, प्रयाग, मथुरा, वृंदावन, कहीं भी, चले जाओ। वहाँ तुम्हारे भोजन का प्रबंध हो जाएगा। अपने अन्नसत्र हैं।'

गनपतराव ने उनके पैर छुए और चला गया। उसने किसीकी भी ओर

दृष्टिपात नहीं किया। मल्हार सन्न-सा खड़ा था। अहिल्याबाई ने सोचा, क्रोध करना व्यर्थ है, क्रोध न करने का निश्चय कर चुकी हूँ। बोलीं, 'यह है तुम्हारा प्रायश्चित्त! छोड़ो इस ढोंग को और घर जाकर अकेले में भजन-पूजन करो। तमाशा मत दिखलाओ।'

मल्हार की आँखों में क्रोध छा गया—सबके सामने इन्होंने मेरा मान-मर्दन किया!

'जो आज्ञा,' मल्हार ने बिना किसी संकोच के कहा, दूसरी सीढ़ी पर रखे हुए अपने कपड़े पहने और छाल, माला वहीं छोड़कर चला गया। उसके एक सेवक ने यह सामान उठा लिया। भीड़ छँट गई। अहिल्याबाई धार की ओर मुँह करके खड़ी रहीं। वह सोच रही थीं—अधिकतर यह दिखलाई पड़ रहा है कि विचार गूढ़ हो गया है और आचार रूढ़। हे भगवन्! आचार पर विचार कब आएगा?

नर्मदा में मछलियाँ कलोलें कर रही थीं, किरणों में चमक-चमक जाती थीं; जैसे प्रकृति की गरिमा उछल-उछलकर नाच रही हो। और अहिल्याबाई की आँखों से झलक रहा था—जैसे प्रकृति की सचाई, शक्ति, शांति और विनय चित्त की अनुपातहीन, कट्टरपंथी मान्यताओं से अनंतकाल तक लड़ती रहेगी।

: २६ :

रात हो गई थी। किवाड़ बंद कर लेने पर भी कोठी में ठंड थी। दो चौकियों के बीच में अँगीठी रखे मल्हार और भीकाजी ताप रहे थे। मल्हार के सामने बोतल और प्याले थे। चुस्की लगा रहा था।

'मातुश्री अच्छी तरह मिलतीं ही नहीं। आँखें नहीं दिखलातीं, पर बोलती थोड़ा हैं और रूखा-रूखा-सा। सिंदूरी अकेले में दिखलाई नहीं पड़ती। जब भेंट हुई तब मातुश्री के पास! आँख तक अच्छी तरह नहीं उठा सका,' मल्हार कह रहा था।

'अब यहाँ से चल देना चाहिए। मुझे अपने सिर पर विपद् का पहाड़ टूटता दिखलाई पड़ रहा है। आपका सारा पराक्रम महेश्वर के बोझ से दबा सिसक रहा है। बाहर का बड़ा भारी क्षेत्र चिनौती दे उठा है। पिताजी आपको तो लिख भेजते हैं—चले आओ, जल्दी आओ—उधर मातुश्री को लिख देते हैं—अपनी निगरानी में रखना! असल में वह श्रीमंत काशीराव को आपकी बलि देकर ऊँचे उठाना चाहते हैं,' भीका ने उकसाया।

'देंगे तो मेरी बलि! यहाँ से खिसकेंगे किसी दिन; परंतु मातुश्री की सहानुभूति

लेकर। बस, इतने ही के लिए ठहरा हूँ।'

'कह दीजिए कि नीमाड़ में भील उपद्रव कर रहे हैं, शांति स्थापित करने के लिए चला जाने दें। सूबेदार साहब को भी यही लिख भेजिए। जहाँ इस कैदखाने से निकल पाए कि पवन की तरह स्वच्छंद।'

'शाबाश रे भीका! अच्छा सुझाया। नीमाड़ से निजाम का राज्य और इधर-उधर का बहुत-सा इलाका मनमानी करने के लिए जैसे हमें बुला रहा हो। मातुश्री जामघाट पर बने फाटक को देखने जा रही हैं। साथ नहीं जाऊँगा, रक्खा ही क्या है वहाँ?'

'मातुश्री आपको अब भी बालक समझती हैं। यह भी जानती हैं कि बालक खेलते-खेलते अपने खिलौने फोड़ उठता है, बाग-बगीचे के फूल-पौधे उखाड़कर तोड़ डालता है। वह कुछ नहीं कहेंगी। फिर आगे वंश की आशा आप ही तो हैं। श्रीमंत काशीराव नहीं हैं।'

'उस दिन का घाटवाला खेल कमबख्त गनपतराव ने बिगाड़ दिया। मैं सचमुच कुछ तो प्रायश्चित्त की भावना लेकर गया था। वह न आता, मातुश्री तो आती हीं, तो ऐसा काम बनता, इतना रुपया उनसे पाता कि पौ बारह हो जाती!'

□

अहिल्याबाई की तैयारी जामघाट जाने की हो गई। मल्हार को अपने साथ ले जाने की इच्छा न थी। मल्हार ने नर्मदा के दक्षिणी क्षेत्र की ओर जाने की अनुमति चाही।

'मातुश्री, भील बड़ा उपद्रव कर उठे हैं। मैं उन्हें शांत कर देना चाहता हूँ। आज्ञा मिल जाए तो जाऊँ,' मल्हार ने प्रार्थना की।

'जाओ बेटा, वंश की लाज रखना। सुखी रहो,' अहिल्याबाई ने मल्हार के सिर पर हाथ फेरते हुए कहा। उनके जाते ही मल्हार ने अपने दल सहित नर्मदा पार कर ली। भूचाल की तरह आया था और आँधी की तरह चला गया!

□

महेश्वर के दक्षिण में लगभग दस कोस की दूरी पर कुंडी नदी के बाएँ किनारे खरगोन नाम का एक छोटा-सा नगर है। उस समय आल के व्यापार का बड़ा केंद्र था। मल्हार भीका के साथ उसी दिन दोपहर के बाद वहाँ पहुँच गया। जैसे मनचाही साँस-उसाँस लेने का स्थान मिल गया हो। जो कुछ उसने पहले नहीं देख पाया था तुरंत देखना आरंभ किया। बाजारों में सनसनी फैल गई, परंतु उसने आश्वासन दिया—सब लोग अपना-अपना काम देखो, मैं गड़े खजाने देखने और

बटमारों का दमन करने आया हूँ।

खरगोन में किला था, महल था, मस्जिदें और कब्रें थीं; पर गड़ा खजाना वहाँ कोई नहीं जानता था। कुछ लोगों ने बतलाया कि पाँच कोस पश्चिम ऊन में दबे खजाने सुने गए हैं, पत्थरों पर कुछ लेख खुदे हुए हैं, जो पढ़े नहीं जाते।

मल्हार को खरगोन में कुछ भील ऐसे बतलाए गए जिनके संबंध में कहा जाता था कि मंत्र सिद्ध किया हुआ एक प्रकार का काजल अपनी आँख में आँज लेने पर गहरे भी गड़ा हुआ खजाना भाँप लेते हैं!

विश्वास तो उसे था ही, तुरंत कुछ भीलों को बुलाया। भील उसे जानते थे।

एक उनमें चालाक था। बोला, 'हमको मिट्टी के नीचे गड़ा हुआ खजाना तो दिखलाई पड़ जाता है, लेकिन पत्थरों के नीचे का नहीं दिखता। यहाँ आसपास मैदान में कोई खजाना नहीं गड़ा है। ऊन में है।'

'कहाँ पर?' मल्हार ने पूछा।

भील ने अपनी बला टाली, 'पहाड़ों में हमारा एक सरदार रहता है। इस विद्या का पूरा जानकार है। वह बतलावेगा।'

'बुला लाओ, देर न लगाओ।'

भील चला गया। मल्हार महल में ठहर गया।

दो-तीन दिन पीछे, खरगोन के भील अपने उस पहाड़ी भील सरदार को ले आए। साथ में उसके कुछ सहवर्गी भी आए। ये सब मझोले कद के साँवले हृष्टपुष्टकाय थे। पट्टेदार बाल, जिनमें तेल पड़ा हुआ था। चमचमाता शरीर। बड़ी आँखें, नाक फैली हुई।

सरदार से मल्हार ने गड़े खजानों के बारे में पूछा। उसने राजा बल्लाल की नागिनवाली कहानी सुनाई, जिसे वह पहले ही सुन चुका था, और कहा, 'श्रीमंत, मैं सब बतलाऊँगा, चलिए ऊन।'

ऊन कुछ दूर न था, दूसरे दिन के पहले ही पहर में पहुँच गए। एक सहस्र वर्ष पहले ऊन बहुत समृद्ध नगर था। नगर के भीतर और बाहर अनेक मंदिर थे। सड़क के निकट ही नगर था। वह उन दिनों छोटा-सा गाँव ही रह गया था और मंदिरों के खंडहल हो गए थे। गाँव के बीच में चौबारा डेरा नाम का एक विशाल खंडहल था, जिसके नक्काशीदार ऊँचे स्तंभ अपने पुराने शालीन युग का क्षुब्ध मौन स्वर स्मरण दिला रहे थे, मानो कह रहे हों कि अदृष्ट ऊँचाई पर पहुँचना चाहो तो हमारे सहारे जा सकते हो। तोरण, अर्धभग्न गर्भगृह और सभामंडप की बची-खुची शिल्प-महिमा और निर्माणकर्ताओं के कला-पराक्रम को देखकर मल्हार का पराक्रम

मुरझाने-सा लगा। कितनी संपत्ति और कितनी समर्थता होगी उनके पास, जिन्होंने ये मंदिर बनवाए!

वह भीलों के साथ भग्न मंदिर के एक शिलालेख के पास पहुँचा।

'पहले मैंने यह नहीं देखा था! यह क्या है, भीका?'

'कह नहीं सकता,' भीका ने शिलालेख पढ़ने का नाटक करते हुए उत्तर दिया।

मल्हार ने भीलों के मुखिया से प्रश्न किया।

उसने आँखें ऊँची-नीची कीं, मूँदीं-खोलीं और कहा, 'श्रीमंत, पहले देवता को जगाने के लिए मद मिलनी चाहिए।'

देशी शराब की कमी न थी; भील पीने के लिए विख्यात थे, कई मटके मँगाई गई। भील उसी के सामने पीना चाहते थे—वे छिपे-लुके न चोरी करते थे, न भलमनसाहत! मल्हार अपने सामने नहीं पीने देना चाहता था—राजकुमार का अपमान होता। पर भील अपने प्रिय पेय को उजागर लेना चाहते थे—किसी विशेष देवता की पूजा करके। मल्हार को खल गया, परंतु मानना पड़ा। जब भीलों ने डटकर पी ली तब मौज पर आ गए। मुखिया ने आँखों में कजली लगाई, फिर उसने मन-ही-मन शिलालेख पढ़ा—या पढ़ने का बहाना किया। शिलालेख धार के एक प्रमार राजा का था, परंतु उन दिनों उसे पढ़ कोई नहीं सकता था।

मुखिया बोला, 'कई करोड़ का खजाना इसी खंडहल के नीचे है।'

'कई करोड़ का!' मल्हार और भीका को आश्चर्य के साथ हर्ष हुआ।

'हाँ, श्रीमंत, खुदवा डालिए,' मुखिया ने झूम-झूमकर आग्रह किया।

धीरे से भीका ने मल्हार से कहा, 'पर श्रीमंत, यह मंदिर है। इसमें कुछ जैन मूर्तियाँ भी हैं। कई जैन सेठ अपने साहूकार हैं।'

मल्हार सोचने लगा।

भील मुखिया बहुत चतुर था—जानता था कि मंदिर खोदा नहीं जा सकता, भले ही वह खंडहल हो। बोला, 'मैंने बतला दिया, अब आप जानें। वैसे है तो यह टूटा-फूटा खंडहल, खोद डालने से बिगड़ेगा ही क्या?'

मल्हार ने देखा कि मुखिया के पीछे खड़े एक भील के ओठों पर काइँयेपन की हँसी है। मल्हार उबल उठा।

'क्यों रे मुखिया,' मल्हार ने कहा, 'यहाँ और कहीं भी है गड़ा खजाना?'

'हाँ, है! जहाँ-जहाँ इस तरह की लिखावट होगी, वहाँ-वहाँ सब जगह,' उसने ढिठाई के साथ उत्तर दिया।

मल्हार ने खरगोन की पुरानी मस्जिदों पर भी कुछ शिलालेख देखे थे। उनके संबंध में पूछा।

मुखिया ने तुरंत उत्तर बनाया, 'मस्जिदों से हमारा देवता दूर रहता है।'

मल्हार की समझ में आया कि भील फरेब रच रहे हैं।

'हाँ-हाँ! कमबख्तो, इधर लूटमार करते हो, इधर हमें छलते हो? मटकों शराब यों ही न पचा पाओगे,' मल्हार चिल्लाया और कुछ बुरी गालियाँ बक गया।

पचास वर्ष पहले खरगोन के चबूतरे पर जिस तरह उनके पुरखों के सिर काटे गए थे, भील भूले न थे। पिए थे ही, मल्हार की फटकार उन्हें बहुत कसकी।

'हम किसीकी भी गाली नहीं सह सकते,' मुखिया खलबलाया।

'हूँ ऊँ! यह हिम्मत!! लगाओ कोड़े, फोड़ दो पीठ इन बेईमानों की!!!' मल्हार काबू से बाहर हो गया और उसने अपने साथियों को आदेश दिया। भील बेईमानी की गाली न ओड़ सके।

साथी उसके बहुत न थे, भील भी उतने ही थे। ये तलवारें बाँधे थे, वे अपने तीर-कमठे कसे थे। इन्होंने तलवारें म्यान से बाहर कीं, उन्होंने तीर-कमान सँभाले। खरगोन निवासी भीलों ने बीच-बचाव करने का प्रयत्न किया। लड़ाई होते-होते बची। मल्हार ने पहाड़ी भीलों की पकड़-धकड़ का प्रयास किया। वे निकल भागे। पहाड़ पास ही थे, उनमें वे जा समाए। मल्हार ने उसी समय से भीलों के मार मिटाने की ठानी। दूसरे ही दिन पहाड़ों, जंगलों में दलबल सहित प्रवेश किया। बंदूक और गोली का मुकाबला तीर और कमान न कर सके। मल्हार ने बड़ी संख्या में भीलों को मारा। उनकी झोंपड़ियों में आग लगा दी। उन झोंपड़ियों का धुआँ और भीलों की आहों-कराहों की राख बाँधकर मल्हार खानदेश की ओर चला गया—खजाने के नाम से एक कौड़ी भी साथ न ले जा सका।

□

अहिल्याबाई भारमल को साथ लेकर जामघाट देखने गईं। अन्य सेवक-सेविकाओं के साथ सिंदूरी भी थी।

घाटी से जहाँ मार्ग का आरंभ होता था, एक बड़ा भारी फाटक बन गया था और उसपर शिलालेख भी लग गया था। उसमें लिखा था कि ब्राह्मण धर्म तत्पर मल्हारराव की पुत्रवधू खंडेराव की पत्नी अहिल्याबाई ने यह मार्ग विक्रम संवत् १८४७ में बनवाया। गनपतराव का नाम आ ही कैसे सकता था? फाटक लगभग पचास हाथ लंबा, चालीस हाथ चौड़ा, तीस हाथ ऊँचा होगा! फाटक के दोनों पार्श्वों पर बड़े-बड़े खंबे और दालानें। फाटक दोमंजिला था। यात्रियों के ठहरने के

लिए स्थान और साथ ही चौकी-पहरेवालों के निवास के लिए सुभीता। हवा के लिए ऊपर की मंजिल में खिड़कियाँ थीं। पहरेवाले वहाँ से अपना कर्तव्यपालन भी कर सकते थे। नर्मदा वहाँ से आठ-नौ कोस की दूरी पर होगी। दिखलाई पड़ती थी।

अहिल्याबाई शिखर पर गईं। उनके परिजन भी साथ थे। वहाँ से उन्होंने जो कुछ देखा, पुलकित हो गईं। भारमल ने कहा, 'ऐसा लग रहा है कि जामघाट की ऊँचाई हमारे धर्म के ऊँचे विचार का प्रतीक है और नीचे का मनोहर धरातल हमारे सुंदर आचार का प्रतिबिंब।'

भारमल नवाली के दृश्यों से जो कुछ संचय कर लाया था, कभी न भूला। जामघाट के उस दृश्य ने उसकी संपदा को और बढ़ा दिया।

बोला, 'मातुश्री, उत्तर में हिमालय से लेकर दक्षिण के समुद्र तक और पूर्व में समुद्र से लेकर पश्चिम के समुद्र तक, दूर-दूर फैले हुए मंदिर सनातन संस्कृति की चौकियाँ हैं; परंतु यह कुछ भुला-सा दिया गया है। आचार प्रधान हो गया है, विचार गौण। कहीं आचार भी उसी ऊँचाई पर आ जाए जिसपर अपने धर्म का विचार है तो क्या कहना!'

अहिल्याबाई को उस पूर्णिमा के दिन महेश्वर घाट पर घटी घटना का स्मरण हो आया। मल्हार को वह न सुधार सकीं, यह भी याद था।

'ठीक कहते हो, भारमल,' उन्होंने कहा।

वह जानती थीं कि धर्म ही भारत के जनमन की सबसे बड़ी प्रेरक शक्ति है और उन्हें विश्वास था कि अधिकांश जन अच्छेपन की ओर जा रहे हैं।

यकायक उनका ध्यान सिंदूरी पर गया। वह पीछे एक तरफ खड़ी मोदमग्न होकर कुछ गुनगुना रही थी। हाथ की उँगलियाँ भी फिरा रही थी, मानो किसीका आवाहन कर रही हो। उनके मुड़ते ही सिंदूरी की उँगलियाँ स्थिर हो गईं, परंतु आनंदमग्नता में कमी नहीं हुई।

'क्या है, सिंदूरी?' उन्होंने प्रसन्नता के साथ पूछा।

'अच्छा लग रहा है, महाराज, देवी की माया है,' सिंदूरी उल्लासपूर्वक बोली।

तवर्ग के अक्षरों और र, ल का उच्चारण वह ठीक नहीं कर पाती थी।

यदि इसने अपनी जीभ न काटी होती तो कितना अच्छा होता—उनके मन में उठा और बिखर गया।

जामघाट से महेश्वर लौटने पर अहिल्याबाई को मल्हार के उत्पातों की सूचना मिली—भीलों के साथ किस क्रूरता का बरताव किया और वहाँ से खानदेश

प्रांत में जाकर लोगों को कितने त्रास दिए। खजानों की खोज में फिरता रहा, यह भी मालूम हुआ। भील उपद्रव करते थे, उनके दबाने के लिए अहिल्याबाई ने मल्हार को हामी भी भर दी थी; परंतु निरपराधों के सताने, उनके गाँव के गाँव जला डालने के लिए तो वह स्वप्न में भी सहमत नहीं हा सकती थीं। ये समाचार पाकर उन्हें बड़ी वेदना हुई—यह होगा हमारा उत्तराधिकारी! यह करेगा प्रजापालन!! फिर और कौन है? संभव है आगे चलकर सुधर जाय। उनके चित्त में आता-जाता रहा।

उन्होंने उत्तर में अपने अनुभवी सरदार पाराशर दादाजी और रामराव आपा पहले ही भेज दिए थे। इनकी और तुकोजी की शिकायतें आती रहीं कि सिंधिया सब हड़पे जा रहा है, हम सब एक होकर चलें तो राजस्थान से बड़ी कमाई प्राप्त हो सकती है, सिख और रुहेले बगावत कर गए हैं आदमी भेजो, रुपए भेजो! अहिल्याबाई कौड़ी-कौड़ी का हिसाब रखती थीं और हिसाब के संबंध में तुकोजी इत्यादि से भी यही आशा करती थीं। तुकोजी के पास कई लाख रुपए थे, परंतु लिखता रहता था यह कि रुपए-पैसे की बहुत तंगी है, साहूकार ऋण नहीं देते!

मल्हार की शिकायतें तुकोजी के पास भी पहुँचीं। उसने अहिल्याबाई को लिख भेजा कि उसे सुधारिए, नहीं तो आपका उपहास होगा! मल्हार खानदेश से पूना की ओर गया। अहिल्याबाई ने नाना फडनीस को लिखा कि आप मल्हार को समझा दें। नाना ने उत्तर दिया, 'आप जानें आपका काम जाने, हम इस झंझट में नहीं पड़ेंगे?'

अहिल्याबाई की चिंता बढ़ती गई। अंत में उन्हें तुकोजी को सब बातें खोलकर लिखनी पड़ीं—रुक्माबाई को उसने बेआबरू किया, भीलों को मारा और उनके गाँव जलाए, फिर खानदेश में उपद्रव किए, अब छोटा नहीं है जो उसपर हाथ उठाया जावे, मैं कोई डाँट-फटकार नहीं दे सकती! रुक्माबाई ने आग्रह किया कि महेश्वर बुला लिया जाए।

अहिल्याबाई ने उसे बुलाया तो नहीं, परंतु शिकायतों का हवाला देकर उससे सफाई माँगी। मल्हार ने सफाई दे दी, 'मैंने ऐसे कोई उपद्रव नहीं किए!'

भीलों के संबंध में कह दिया कि उनके दमन का वचन देकर महेश्वर से चला था, उन्होंने मेरे ऊपर तीर-कमान चढ़ाए तो मुझे वह सब करना पड़ा! अहिल्याबाई भ्रम में पड़ गईं।

मल्हार के अनुशासन से बढ़कर वह प्रजापालन, राजकीय प्रबंध और राजस्थान इत्यादि उत्तरी क्षेत्रों को अधिकृत करने और अधिकार बनाए रखने पर अधिक ध्यान देती थीं। ये उत्तरी क्षेत्र महेश्वर और इंदौर से बहुत दूर पड़ते थे, इसलिए सही

परिस्थितियों का बोध नहीं हो पाता था। अतः उन्हें इस विषय में भी भ्रांति होर्त रही। उसपर वहाँ से उनके एक निजी सचिव ने लिख भेजा कि तुकोजी से खूब बातें हुईं—यहाँ ठीक-ठिकाने से प्रबंध करनेवाला कोई नहीं, रुपए की कमी बतलाई जाती है! गृहविभाग के छोटे-से-छोटे काम उन्होंने अपने कंधों पर ले रखे थे। एक दूर परगने में दो-तीन गाँवों की थानेदारी की नियुक्ति के लिए तुकोजी ने उन्हें सैकड़ों कोस की दूरी से लिख भेजा! निपट दक्षिण में टीपू ने फिर सिर उठाया। वहाँ सेना भेजने का प्रबंध करना पड़ा। जिस क्षेत्र में होकर इस सेना को जाना था, वहाँ से त्राहि-त्राहि आई—जब आपकी फौज यहाँ होकर गुजरे तब हम लोगों को न लूट डाले! उनकी रक्षा का साधन जुटाया। राजस्थान में मारवाड़ की विजय-वसूली पर सिंधिया और होलकर में गहरा मतभेद हो गया। क्या करें, तुकोजी ने पूछा! उन्होंने सुझाया—समझौता कर लो। तुकोजी और उसके कारबारी के बीच झगड़ा हो गया। मामला पूना पहुँचा। नाना फडनीस ने अहिल्याबाई से अनुरोध किया कि समझौता करा दीजिए! क्या-क्या सँभालतीं?

मानो ये सब कम न हों, उन्हें सूचना मिली मल्हार के नए-नए उत्पातों की! वह होलकर-सेना के एक नायक से ही रामपुरा-भानपुरा के इलाके में भिड़ गया! लड़ने से मतलब, चाहे कोई हो और कारण कितना भी क्षुद्र। जब अहिल्याबाई के पास शिकायत आई, मल्हार ने लिख भेजा—मैं तो आपके चरणों का भक्त हूँ, ये सब यों ही बौखला जाते हैं!

परंतु वह स्थितप्रज्ञ थीं। अपने मँजे हुए विवेक के अनुसार यथाशक्ति ठीक निष्कर्ष पर पहुँचने की चेष्टा करती रहती थीं। परगना पदाधिकारियों ने गाँव-पंचायतों के कार्य में हस्तक्षेप करना चाहा। उन्होंने दृढ़ता के साथ निषेध कर दिया—गाँवों के पटेलों से सदा मिलकर चलो।

मल्हार इधर-उधर हाथ-पाँव फेंकता हुआ पूना पहुँच गया। तुकोजी ने नाना फडनीस से आग्रह किया कि अपनी देखभाल में रखें, और उसे कोई चाकरी दे दें।

अहिल्याबाई को कुछ चैन मिला—शायद अब सुधर जाय। उन्होंने पूना स्थित अपने सचिव को निर्देश भेजा कि नाना फडनीस से कहकर मल्हार के बदमाश संगियों को हटवा दें; परंतु हमारा पत्र कोई पढ़ने न पावे, फाड़कर फेंक देना! वह नहीं चाहती थीं कि मल्हार की श्रद्धा उनपर से हट जावे।

उधर सिंधिया-होलकर झमेला पेशवा के आदेश से टूट गया—या स्थगित हो गया। इसके अनुसार सिंधिया की बात सिरे रही। नाना फडनीस ने अहिल्याबाई को उत्तेजित किया—उत्तर के क्षेत्रों में आपका हक सिंधिया के दावों के ऊपर है।

तुकोजी ने सूचना भेजी कि सिंधिया मेरी झूठी बदनामी फैला रहा है। वह सिंधिया से रुष्ट हो गईं।

राजपूत राजाओं से फिर लड़ाई हो पड़ी। तुकोजी ने अहिल्याबाई से गोला-गोली माँगे—न हों तो तीर भिजवा दो। उन्होंने तुरंत कारखानों को सक्रिय किया और गोली-गोले भेजे।

मल्हार पूना में थोड़े ही दिन टिका। निजाम राज्य में घुसकर लूटमार कर रहा था कि उसे समाचार मिला—उसकी माँ रुक्माबाई देपालपुर की वसूली कर रही है। सपाटे भरता हुआ इंदौर पहुँचा। वह स्वयं वसूली करना चाहता था। अहिल्याबाई ने दोनों को वसूली करने से रोक दिया। मल्हार किसी घात में इंदौर रुक गया। अहिल्याबाई को हैदराबाद से सूचना मिली कि निजाम ने मल्हार को क्षमा कर दिया है, और साथ ही यह भी कि निजाम ने स्वयं बतलाया है कि सिंधिया काबुल से दुर्रानी बादशाह की फौज अपनी मदद के लिए बुला रहा है! होलकर-सिंधिया संबंध बहुत कड़वे हो गए हैं। निजाम यह बात जानता था। अहिल्याबाई का रोष सिंधिया पर और भी बढ़ गया।

: २७ :

इंदौर के बाजार में दिन के तीसरे पहर एक दूकानदार के पास एक स्त्री और एक पुरुष दो गठरियाँ लिये आए। वेशभूषा से दोनों किसी जंगली जाति के जान पड़ते थे। दूकानदार थोक और खुदरा माल खरीदने-बेचने का व्यापार करता था। उन दोनों ने दूकानदार को माल एकांत पाकर बेचा। दूकानदार निगाह बचा रहा था और वे दोनों भी आँख चुरा रहे थे—माल चोरी का था। इन्हें जल्दी बेचने की पड़ रही थी, दूकानदार तो सावधान था ही। गठरियों में बारीक और मोटी धोतियाँ, साड़ियाँ और ओढ़नियाँ थीं। दूकानदार ने माल लौटा-पलटा, मोल तय किया, और एक मुश्त दाम सामने रख दिए। फिर एक गठरी के नीचे एक चमकते हुए कपड़े को टटोलने लगा। पुरुष ने दाम उठाकर गाँठ में बाँध लिये। स्त्री की दृष्टि उस कपड़े पर पहुँची।

'इसे नहीं बेचूँगी, दाम काट लो,' उसने कहा।

'थोक में खरीदा है। दाम चुका दिए। यह नहीं हो सकता,' दूकानदार ने प्रतिवाद किया।

स्त्री हठ करने लगी।

पुरुष बोला, 'जाने भी दो—'

'कैसे जाने दो? यह ठगना चाहता है। वह कपड़ा नहीं बेचूँगी, मेरा है। बहुत कीमती है।'

'अब हमारा हो गया,' दूकानदार ने गठरी बाँधते हुए कहा। स्त्री ने गठरी पकड़ ली। बोली, 'हमारे साथ छल-कपट!'

'ओ हो! अपना भाग्य तो सराहती नहीं कि थाने में पकड़ा नहीं दिया और इतने दाम दे दिए,' दूकानदार ने एहसान जमाया।

स्त्री को पुरुष एक ओर ले गया, कुछ क्षण उसने बातचीत की।

'हाँ भाई,' स्त्री ने लौटकर कहा, 'सचमुच भाग्य की बात है। ले लो।'

पुरुष चला गया। स्त्री रह गई।

दूकानदार से बोली, 'आज तो साँझ हो गई है, कल कुछ सौदा लेकर घर चली जाऊँगी। रात बिताने के लिए हाथ भर जगह दे दोगे, सेठजी?'

दूकानदार ने स्वीकार कर लिया।

□

आधी रात के समय जब सन्नाटा छा गया और पहरुए कहीं घूमते-घूमते और कहीं लेटे-लेटे ही 'होशियार रहो! जागते रहो!!' पुकार रहे थे, उस स्त्री ने धीरे-धीरे दूकान के पटे हटाए और उन दो गठरियों में से न केवल उस चमकते हुए कपड़े को निकाल लिया, बल्कि कुछ और बाँध लिये। उसी समय एक पहरुआ वहाँ होकर निकला, आहट ली और स्त्री को पकड़ लिया। हल्ला-गुल्ला होने पर कई लोग इकट्ठे हो गए। दूकानदार भी आ गया। भोरे होने वाला था।

सूर्योदय पर थानेदार ने आकर उस स्त्री से प्रश्न किए। वह गूँगी-बहरी बन गई—मानो कुछ जानती ही न हो। थानेदार ने उसे पीटा—उस युग में अपराधिनी स्त्री का पीटा जाना कोई असाधारण घटना न थी।

पिटते-पिटते उस स्त्री ने स्वीकार किया, 'हाँ, माल चोरी का है। सेठ को बतला दिया था।' कपड़े फैलाकर रखे गए।

सेठ ने इनकार किया। दूकानदारों को राज्य की रक्षा प्राप्त थी, इसलिए वह खटाई में नहीं पड़ सका।

कहाँ की चोरी का माल है, कब चोरी हुई, किस-किसने चोरी की, इत्यादि बातें थानेदार जानना चाहता था; क्योंकि वह चमकता हुआ वस्त्र बहुमूल्य मालूम होता था। घोड़े पर सवार मल्हार आ निकला। तमाशा देखने के लिए पास आकर खड़ा हो गया। उन सबने प्रणाम-नमस्कार किया। स्त्री ने सिर नीचा कर लिया। मल्हार की दृष्टि चमकते हुए वस्त्र पर पहुँची। उसने हाथ में लेकर देखा-परखा।

थानेदार और दूकानदार ने भी लख लिया कि कपड़े के एक कोने पर कुछ अक्षर सिले हैं, परंतु जल्दी में पढ़े न जा सके। मल्हार ने पढ़ लिया और कपड़ा अपने हाथ में ले लिया।

'यह मेरा है, मेरी चोरी की गई है!' मल्हार बोला।

स्त्री ने उसकी ओर देखा। रंग गहरा साँवला था, परंतु आँखें उसकी भूरी थीं।

'आनंदी!' सहसा मल्हार के मुँह से निकला।

'नहीं,' उस स्त्री ने कहा। मल्हार भ्रम में पड़ गया।

'यह कपड़ा हमारे महल का है,' मल्हार कपड़ा लेकर कहता हुआ चला गया, 'काला रंग तो इस स्त्री का है ही, और भी कालोंच पोतकर गधे पर बिठला के नगर-भर में घुमाओ, फिर नाक-कान काट डालो, तब सारी चोरियों का और अपने साथियों का हाल खोलेगी।'

पदाधिकारी ने उस स्त्री की और भी मारपीट की, परंतु उसने न तो किसीका नाम लिया और न कोई हाल बतलाया। नाक-कान काटना और गधे पर बिठलाकर नगर की गश्त कराना पदाधिकारी के अधिकार के बाहर की बात थी, इसलिए अहिल्याबाई को अनुमति के लिए लिखा गया।

: २८ :

अहिल्याबाई मांधाता ओंकारनाथ इत्यादि की तीर्थयात्रा के लिए गईं। साथ में सिंदूरी और भारमल थे। अंबादास पुराणिक भी। नीलगढ़ के निकट से नर्मदा पार की। नर्मदा किनारे की खड़ी पहाड़ी को देखा। यह वही स्थान था जहाँ से अपने को पापी समझनेवाले लोग यह समझकर नर्मदा में गिरते थे कि मरते ही सब पाप धुल जाएँगे और सीधे स्वर्ग पहुँच जाएँगे। बात चल पड़ी।

अहिल्याबाई ने कहा, 'सच्ची भावना से मंदिरों में दर्शन करनेवाले और भक्ति के साथ भगवान् का नाम लेनेवाले तो तर जाते हैं; परंतु यह अच्छा नहीं जान पड़ता।'

'यह तो आत्मघात है,' अंबादास ने स्पष्ट किया।

'फिर भी जिसका जो विश्वास परंपरा से चला आया है उसे तो नहीं रोक सकती।'

'आपने उस अंधश्रद्धा से जन-मन को मंदिरों की ओर लौटाया। यह बहुत बड़ी बात है!'

'मैंने तो कुछ भी नहीं किया। उन संत-महात्माओं को नमस्कार है जो युगों से जन-मन को सही मार्ग पर लाने के प्रयत्न करते रहे हैं।'

सिंदूरी भी सुन रही थी।

जिस प्रकार कुछ अक्षरों का उच्चारण कर पाती थी उसी प्रकार बोली, 'मैं पहले से जानती होती तो अपनी जीभ न काटती।'

'अच्छा! बड़ी ज्ञानवान् हो गई है!!' अहिल्याबाई ने कहा और हँसी।

सिंदूरी को उनका विनोद अच्छा लगा।

'क्यों किया था ऐसा?' उन्होंने पूछा।

'कभी लिखकर बतलाऊँगी पूरी बात,' सिंदूरी ने उत्तर दिया।

मांधाता नर्मदा के उत्तरी किनारे के निकट टापू है। नर्मदा टापू की परिक्रमा-सी देती हुई तेजी के साथ बढ़ गई है। ओंकारनाथ का मंदिर टापू के दक्षिण बगल पर ओंकारपुरी में है। आसपास बहुत से मंदिर हैं। टूटी खंडित मूर्तियों का जंगल-सा फैला पड़ा था। इसे अहिल्याबाई पहले भी कई बार देख चुकी थीं। अबकी बार देखने पर फिर वे सब बातें उमड़ पड़ीं—सनातन श्रद्धा के ये प्रतीक तो तोड़ दिए गए, परंतु श्रद्धा अखंडनीय है, नहीं तोड़ी जा सकी, मात्रा में वह और भी बढ़ गई; उसी श्रद्धा के माथे का सिंदूर चमकाने के लिए हम लोगों ने फिर से इतने मंदिर और घाट बनवाए।

समीप ही विष्णुपुरी नामक तीर्थ है। इससे थोड़ी-सी दूर पश्चिम में मार्कंडेय शिला नाम की चट्टान है, जिसपर यम यातना से छुटकारा पाने के लिए यात्री लोटते-पोटते थे! अहिल्याबाई यहाँ भी गईं।

निकट जाकर उन्होंने चट्टान पर उँगलियाँ फेरीं और माथे से छुलाईं। उसी समय एक व्यक्ति को अपने पास ही लोटते-कराहते पाया। उसपर दया आई। पहचानने में देर नहीं लगी।

बोलीं, 'गनपतराव, तुम यहाँ! गंगा किनारे नहीं गए!!'

कराहते हुए गनपतराव ने कहा, 'नहीं, माता, नर्मदा गंगा से बड़ी हैं। अपने पापों से पीछा छुड़ाकर आज जा रहा हूँ। देवी के दर्शन पा लिये। बस—अब—' आगे वह नहीं बोल सका।

'यह तो मर रहा है!' भारमल के मुँह से निकला। उसके कुछ क्षण और शेष थे।

'इसके जीवन से भी बढ़कर इसकी मृत्यु महान् है!' भारमल ने कहा।

अहिल्याबाई ने साँस भरी और बोलीं, 'ठीक कहते हो।'

अंबादास और सिंदूरी ने कहा तो कुछ नहीं, परंतु उनकी आकृतियों से झलक रहा था—उहँ, यह तो होता ही चला आया है!

अन्य स्थानों को देखती हुई अहिल्याबाई अपने परिजनों सहित मर्दाना आईं, जो नर्मदा के तट पर है। इंदौर और महेश्वर को राजधानी बनाने के पहले वह इसी को राजधानी बनाना चाहती थीं, परंतु ज्योतिषियों ने निषिद्ध बतलाया तो रह जाना पड़ा। मर्दाना में मयूरध्वज महादेव का मंदिर है। दर्शन किए और कसरवाड गाँव होकर महेश्वर पहुँच गईं।

महेश्वर की तरह कसरवाड स्मरणातीत युगों—सहस्रों वर्ष पहले—की संस्कृति और शिल्पकला का अवशेष है। तरह-तरह की कल्पनाओं को जगाने-सुलानेवाला।

भारमल ने सोचा—नर्मदा घाटी के प्राकृतिक सौंदर्य ने मानव का मन मुग्ध कर लिया। भीतर भरी हुई श्रद्धा उमड़ पड़ी और सुरूप मूर्तियों तथा मंदिरों में जा उतरी। और तक्षकेश्वर-धन्वंतरि इत्यादि के मंदिर? उसी सुंदर प्रकृति की गोद में बड़े-बड़े साँप और उनके औषधोपचार भी हैं। भयभीत मन को आश्वासन देने के लिए ये मंदिर बनाए गए होंगे! साधारण जन के परंपरागत अंधविश्वास तर्क से नहीं हटाए जा सकते। मंदिरों की ओर श्रद्धा और विश्वास का लगाना ही साधन ठीक समझा गया होगा। पूर्वकाल में न जाने कितने लोगों ने उस खड़ी पहाड़ी से नर्मदा में कूदकर और मार्कंडेय शिला पर लोट-पीटकर प्राण दिए होंगे—अब कम हो गया है। मंदिरों में दर्शन करने और कथा-वार्त्ता सुनने बहुत लोग जाने लगे हैं। मातुश्री के सामने प्रकट करूँ अपना विचार? अरे नहीं। दंभी समझा जाऊँगा। उनके नित्य नियम की सेवा करता रहूँ, मेरे लिए यही बहुत है।

महेश्वर लौटने पर अहिल्याबाई के सामने इंदौर की उस 'चोर' जंगली स्त्री का मामला आया—इंदौर के अधिकारी ने नाक-कान काटने और गधे पर बिठलाकर नगर में उसका जुलूस निकालने की आज्ञा चाही थी। अहिल्याबाई ने बिलकुल मना कर दिया और तुरंत छोड़ देने का आदेश दिया।

जब यह आदेश इंदौर पहुँचा, उस स्त्री के मुँह और शरीर का काला रंग बहुत हलका पड़ गया था—उजला-गोरा रंग दिखलाई देने लगा था—वह आनंदी थी।

कैदखाने से छूटते ही आनंदी ने भलीभाँति स्नान करके काला रंग बिलकुल छुड़ा लिया और काली के मंदिर में गई। उसने पूजा के उपरांत मन-ही-मन वरदान माँगा, 'इतना जीवन और इतना बल दो कि मैं दुष्ट मल्हार के चिथड़े उड़ा सकूँ!'

वरदान माँगकर वह दक्षिणी पहाड़ों की दिशा में चली गई।

: २९ :

अहिल्याबाई को कई ओर से चिंताएँ घेरने के लिए बढ़ती आ रही थीं; परंतु उनका सामना करने के हेतु मानो वह दिन-प्रतिदिन अपना संतुलन अधिक-अधिक स्थिर करती चली जा रही हों।

उनका दामाद—यशवंतराव फणसे—बीमार पड़ा। ज्योतिषियों ने ग्रह बुरे बतलाए और कुग्रहों की शांति के साधन सुझाए। वह व्यवहार करने के लिए बाध्य हुईं।

होलकर सेना की कमजोरी और सिंधिया सेना की सर्वमान्य सबलता का अंतर उनके अवलोकन में आया—सिंधिया सेना के एक बड़े भाग का निर्माण और संयमन डिबौयँ नाम का फ्रांसीसी जनरल कर रहा था। उन्होंने ददुरनेक नाम के एक फ्रांसीसी विशेषज्ञ को यूरोपीय ढंग पर पलटनें बनाने का काम सौंपा। वेतन उसका दो हजार रुपया महीना तय हुआ। सिपाही को छः रुपया मासिक दिए जाते थे! हरकारों और डाकियों को पाँच रुपया महीना ही!! आर्थिक विषमता उस काल में इतनी गहरी जड़ें पकड़े हुए थी कि कोई नहीं मिटा सकता था। उत्तर में तुकोजी की सैन्यस्थिति बहुत खराब थी। दावा था सिंधिया की बराबरी का। ये पलटनें खड़ी करनी पड़ीं और उनके लिए यथोचित सामान भी जुटाना पड़ा। वेतन की जो दर प्रचलित थी, उसी को अहिल्याबाई ने अपना लिया।

□

रामपुरा-भानपुरा के राजपूतों ने फिर सिर उठाया। किसानों ने उनका साथ दिया—देते रहते थे, क्योंकि इनके साथ राजपूत जमींदारों का बरताव दूसरों की अपेक्षा कहीं अधिक अच्छा था। वे फिर दबा दिए गए।

मुकदमे भी करती ही थीं, कई तो बड़े महत्त्व के थे; उनके न्याय से प्रभावित होकर प्रजा कहने लगी कि अहिल्याबाई के राज्य में बकरी और बाघ एक घाट पर पानी पीते हैं—पूर्वकाल में प्रजा प्रायः न्याय से वंचित रही थी।

उनके ससुर सूबेदार मल्हारराव ने घोड़े खरीदने के लिए बहुत-सा रुपया लगभग चालीस वर्ष पहले उधार लिया था। वह न दे पाए और न साहूकार ले पाया। दोनों का देहांत हो गया। साहूकार के पौत्र ने अहिल्याबाई के सामने दावा पेश किया। उन्होंने हिसाब-किताब देखकर तुरंत पूरा रुपया चुका दिया।

□

एक राजपूत का देहांत हुआ। पुत्र अल्पवयस्क था। राजपूत का रसोइया प्रबंध करने लगा। रसोइया निस्संतान मर गया। चार सौ रुपए से कुछ ऊपर नकदी छोड़ी। परगना अफसर ने बेवारिस जायदाद समझकर सरकारी खजाने में रुपए जमा कर दिए। अहिल्याबाई के सामने मामला पहुँचा। रुपया मृत राजपूत का पाया गया। उन्होंने राज्य के दस्तूर के अनुसार चौथाई काटकर आने-पाई से बाकी का मृत राजपूत के पुत्र को लौटा दिया।

□

दो भाई थे। दोनों बहुत दिनों से अलग-अलग रहते थे। एक बाहर चला गया। बरसों बाद लौटा। उसे चोरी के अपराध में पकड़ लिया गया। चुराए माल का मूल्य केवल आठ आना था। इस अपराध में दूसरे भाई का एक हजार रुपया से ऊपर सरकारी पदाधिकारी ने जब्त कर लिया। अहिल्याबाई ने सरकारी पावना काटकर रुपया लौटा दिया।

□

एक का बारह सौ रुपए से ऊपर इसलिए सरकारी खजाने में जमा करा लिया गया था कि वह बेवारिस मरा है। मृत व्यक्ति का एक भाई दावेदार हुआ। अहिल्याबाई प्रमाण से संतुष्ट हो गईं। सरकारी चौथ काटकर उन्होंने वारिस को आने-पाई से कुल रुपया लौटा दिया।

□

खानदेश से शिकायत आई कि लुटेरों ने बड़ा ऊधम मचा रखा है। भारमल दमन के लिए भेजा गया। उसे संदेह हुआ कि खानदेश स्थित अपने ही रिसाले के एक पदाधिकारी ने लुटेरों का साथ दिया है। भारमल ने उसपर चार सौ रुपया जुर्माना किया। वसूली खजाने में दाखिल कर दी। पदाधिकारी ने अहिल्याबाई के सामने जाकर गुहार की। उन्होंने उसे निर्दोष पाया। भारमल की आज्ञा रद्द कर दी और खजाने से पूरा रुपया उसे लौटा दिया।

□

जगह-जगह मंदिर और घाट बनते जा रहे थे। काशी में विश्वनाथ का मंदिर बन गया और घाट भी। ब्राह्मणपुरा नाम का एक मुहल्ले का मुहल्ला ही वहाँ बसा दिया गया; जिसमें निरंतर शास्त्रों और पुराणों की चर्चा होती रहे। गया में विष्णुपद मंदिर। कलकत्ता से काशी तक का प्राचीन वृहद् मार्ग वह सुधरवा ही चुकी थीं। निजाम राज्य में भी मनरथ नामक तीर्थ पर मंदिर और घाट बनवाने के नक्शे आ गए।

उनके पास कुशल शिल्पी और कारीगर बड़ी संख्या में थे।

दामाद की बीमारी बराबर बढ़ती गई। वह तीन-चार बरस पहले से ही अनमना रहने लगा था; जब उसका पुत्र नत्थू न रहा। दान-पुण्य, यज्ञ-होम, टोने-टोटके—जिसने जो बतलाया—सभी किए गए। अंत में दामाद का देहांत हो गया। मुक्ताबाई ने सती होने का संकल्प प्रकट किया।

अहिल्याबाई की इच्छा नहीं थी कि पुत्री सती हो। परंतु मुक्ताबाई का हठ देखकर सहम गईं। महीदपुर परगने के माकरोन गाँव में डेढ़ सौ वर्ष पहले एक कुनबी स्त्री सती होना चाहती थी, राजपूत ज़मींदार ने निषेध किया तो सती ने शाप दे दिया, जिसके परिणामस्वरूप राजपूत नष्ट हो गए और माकरोन में कुनबी आ बसे! यह परंपरा अहिल्याबाई के कान में पड़ी। मुक्ताबाई सती हो गई।

अहिल्याबाई पर वज्राघात-सा हुआ। एक कोठे में बंद हो गईं। सिंदूरी कोठे के बाहर बंद द्वार पर जा बैठी। तीन दिन तक उन्होंने कुछ नहीं खाया, और इसने भी। उनका मन कष्ट और अशांति की भँवरों में डूबने-उतराने लगा—

दान-पुण्य, होम-हवन, जप-तप सब व्यर्थ गया! मेरा पुत्र गया! दौहित्र, दामाद और पुत्री का अंत हुआ!! मैं अब और क्या देखने के लिए बची हुई हूँ? कोई आड़े न आया! भजन-पूजन सब असफल!! ये जितने अंधविश्वास हैं सब व्यापक भय के कारण उत्पन्न हुए हैं। देवी को जीभ काटकर चढ़ाना, मुक्ति के नाम पर पहाड़ी पर से गिरकर आत्मघात करना, खरगोन के चबूतरे, खंबे और फरसे का पूजन, देवताओं के सामने पशुओं का बलिदान! ओह! न जाने कितने घोर कर्म धर्म के नाम पर किए जा रहे हैं!! हाय! मैंने उज्जैन के सिद्धवट तीर्थ पर दामाद को बलि करने की सलाह दी थी!

अहिल्याबाई के सामने अँधेरा छा गया। चारों ओर शून्य। बाहर-भीतर सब जगह शून्य। इस अवस्था में वह काफी देर तक रहीं। जब वह अँधेरा छँटा, दो दिन से ऊपर हो गए थे। तीसरे दिन वह बाहर निकलने को हुईं। उन्हें स्पष्ट सूझा—जब जीवन में कोई और आनंद उपलब्ध न हो तब धर्मानुचरण और कर्तव्यपालन ही चित्त को शांति दे सकता है; तरह-तरह के भय मानव को घेरे हुए हैं, अंधविश्वासों को भय ही जन्म देता है, मैं सब प्रकार के भय से लड़ूँगी।

जब उस सदन के बाहर निकलीं, सिंदूरी को मुरझाया हुआ-सा पाया। उनको देखकर उसके चेहरे पर आनंद की रेखाएँ विकसित हो गईं; जैसे झुलसी हुई कली फिर से खिल उठी हो।

अहिल्याबाई को दुखी देखकर जनता में सहानुभूति का प्रवाह-सा आ गया।

इधर-उधर रोना-पीटना मचा हुआ था। उन्होंने बंद करने का प्रयास किया। सिंदूरी के संबंध में सेविकाओं से मालूम हुआ कि उसने तीन दिन से कुछ नहीं खाया और बराबर यहीं अड़ी हुई है।

'क्यों री, यह क्यों किया?' अहिल्याबाई ने काँपते हुए निर्बल स्वर में सिंदूरी से कहा।

'कुछ भी नहीं। आप दुःख न करें,' निर्बलतर स्वर में वह बोली।

अहिल्याबाई की आँखों के सूखे आँसू फिर हरे हो गए। 'तुमने यह क्या किया, बेटी,' उन्होंने कहा और 'बेटी' के शब्द पर रो पड़ीं। जब रुदन बंद हुआ, तब उन्होंने अपने जी को बहुत हलका पाया। उनके ध्यान में अंबादास गुरु की वह बात उभर आई—संसार एक शाश्वत नियम पर चल रहा है, जिसका नाम ऋत है। मुझे उसी ऋत की सेवा करनी है।

: ३० :

अहिल्याबाई ने अपना मानसिक संतुलन शीघ्र फिर से प्राप्त कर लिया। उत्तराधिकारी की मोह-भावना ने निराशा की परिस्थिति में उन्हें इतना दुःख दिया था। किसी भी पदार्थ की अति कामना अभीष्ट पदार्थ का सही मूल्यांकन नहीं करने देती, यह उनके ध्यान में जल्दी आ गया और वह कर्तव्यपालन में बढ़े हुए वेग से लग गईं।

सबसे बड़ी समस्या उत्तरी क्षेत्रों के युद्धों की थी। दक्षिण से मल्हार के उपद्रवों की शिकायतें फिर आईं। उधर सिंधिया से वैमनस्य बढ़ गया। एक और अच्छे सैन्य संचालक की आवश्यकता प्रतीत हुई। मल्हार ने सिंधिया की सीखी-सिखाई सुसज्जित पलटनों को भस्म कर डालने का दम भरा। उससे सभी पीछा छुड़ाना चाहते थे। सहज ही उत्तर की ओर जाने का सुभीता मिल गया।

वहाँ पहुँचते ही मल्हार ने सिंधिया की सेना नष्ट करने की कतर-ब्योंत बनाई। पहले सिंधिया के राज्य का कुछ भाग दबाया, फिर होलकर सेना के कई दस्तों का मोरचा सीधा आक्रमण करने के लिए बाँधा। महादजी सिंधिया उस स्थान से दूर थे, परंतु उनके चतुर सेनानायक वहाँ थे। उन्हें मल्हार की योजना पहले ही मालूम हो गई।

पहले मारे सो मीर, पीछे मारे सो फिसड्डी, वे इस कहावत में विश्वास करते थे। उन्होंने मल्हार के मोरचे पर पहले धावा बोल दिया और होलकर दस्तों को नष्ट कर दिया। यह युद्ध सुरवली नामक स्थान पर हुआ था।

कुछ का कुछ रँगकर इस घटना का समाचार अहिल्याबाई के पास भेजा गया। बदला लेने की अनुमति माँगी गई। रुहेले और अदम्य राजपूतों का भी दमन करना था। पाँच हजार सिपाही और एक लाख रुपए की भी याचना की गई।

अहिल्याबाई सिंधिया से रुष्ट तो थीं, परंतु तुकोजी की चाल-ढाल पर भी सूक्ष्म दृष्टि रखती थीं।

एक बार तुकोजी ने पचास हजार रुपए की एक हुंडी दबा ली और रुपए रख लिये।

अहिल्याबाई ने तुकोजी के पास डाँट-फटकार लिख भेजी और ठीक तौर पर चलने के लिए सचेत किया। ऐसा उन्हें अनेक बार करना पड़ा।

□

ऐसी एक चेतावनी तुकोजी के पास पीछे पहुँची, काशीराव के हाथ पहले पड़ गई। उस समय तुकोजी के एक दल के शानदार तंबू में काशीराव के निकट मल्हार भी बैठा हुआ था।

अहिल्याबाई का पत्र पढ़ते ही काशीराव सहसा बोला, 'मैं पिताजी को मना किया करता हूँ। कई महीने हुए जब उन्होंने पचास हजार की हुंडी का रुपया दबा लिया था, तब मैं उनसे दूर एक स्थान पर था। भंडाफोड़ होने पर मातुश्री बहुत नाराज हुईं। मैंने पिताजी को लिख भेजा तो उलटे मुझसे बिगड़ पड़े। न जाने उन्हें क्या हो गया है!'

'ओ हो! तुममें बड़ी अक्ल है न!' मल्हार ने ठिठोली की।

काशीराव निर्बल संकल्प और दुर्बल विवेकवाला था, परंतु बहुत साधारण बुद्धि का होते हुए भी निकम्मा और ठस न था। बड़े-बड़े दायित्वपूर्ण काम उसे सिपुर्द थे। पद का निभाव करते-करते कुछ-न-कुछ नया-नया सोचना पड़ता था, नई-नई बातें कहनी पड़ती थीं। उसे चबूतरे ने कोतवाली सिखलाई थी।

'अक्ल न होती तो इतने बड़े-बड़े जनरलों और सरदारों की चोटी कैसे अपने हाथ में रखता? पिताजी को कैसे नई सूझबूझ देता रहता? पर तुम तो हो बिना पूँछ के गधे—'

काशीराव कुछ और भी कहना चाहता था।

मल्हार बहका-बहका तो रहता ही था, एकदम उबल पड़ा, 'गधे, मेढक, कीड़े, मकोड़े! सब तुम्हीं हो!! सुरवली की लड़ाई तुम्हारी ही नालायकी से हारे!!'

'चुप, राक्षस!' काशीराव कड़का।

काशीराव की आकृति भयंकर हो गई। इधर-उधर रखे हथियारों पर दृष्टि

दौड़ाई और लौटाकर भीतर कर ली। ओठ कस गए। देह काँपने लगी। मल्हार की आँखों से तो चिनगारियाँ छूट ही रही थीं।

मल्हार मुट्ठियाँ कसकर उठा। काशीराव को भी देर नहीं लगी। शब्द उनमें से किसीके भी मुँह से नहीं निकला। दोनों भिड़ गए। थोड़ी ही देर और गुँथे रहते तो शायद दाँत तो दोनों के ही टूटते। आसपास से तुरंत उनके सहवर्गी दौड़ पड़े। छुड़ा लिया और समझाया-बुझाया। फिर उन दोनों में समझौते की दिशावाली बातचीत हुई। पी-पिलाकर बिचवैये सहवर्गियों ने शांति स्थापित करवा दी।

कुछ समय उपरांत मल्हार फिर दक्षिण में खिसक आया और उत्पात मचाने लगा। अहिल्याबाई के पास क्षमा-प्रार्थना के पत्र लिखता रहा। उनका मन उसकी ओर से विरक्त हो चला था।

पूना में महादजी सिंधिया के विरुद्ध षड्यंत्र चल रहे थे। स्थिति हाथ में करने के लिए महादजी उत्तर से पूना की ओर चले। नाना फडनीस बहुत भयभीत हो गया। उसने तत्कालीन गवर्नर जनरल को लिखा कि मेरी सहायता के लिए बंबई से अंग्रेजी सेना भेज दो! और मल्हार को अपना कृपापात्र बनाया!!

: ३१ :

संक्रांति पर्व आया। महेश्वर के घाटों पर फिर वे ही मेले, वे ही झंझट-झगड़े। अहिल्याबाई निष्ठा के साथ प्रबंध कर रही थीं। इन झगड़ों में उन्हें स्वस्थ जीवन के विपर्यय स्पष्ट दिखलाई पड़े और मनोहर झंकारों के साथ संस्कृति के झूठे स्वर भी सुनाई पड़े। विकास की गति धीमी होती है क्या? वह सोच रही थीं।

मेले की थकावट से निबट ही रही थीं कि महेश्वर से पूर्व में पचास कोस दूर नर्मदा घाट का समाचार आया—

'महादजी सिंधिया अपने फौज-फाँटे सहित पूना की ओर चले गए हैं। घाट उतराई माँगी तो बिगड़ पड़े, नहीं दी, और उलटे होलकर पदाधिकारियों को डाँटा-फटकारा।'

थोड़े ही दिन पहले उनके दामाद यशवंतराव फणसे का देहांत हुआ था और पुत्री मुक्ताबाई सती हो गई थी। दूर-दूर से उनके पास संवेदनासूचक पत्र आए थे—निजाम तक ने भेजा था, जिसमें 'मातुश्री' का संबोधन था। एक यह सिंधिया है, जिसने सहानुभूति का दिखलाना तो दूर, हमारे ही राज्य में हमारे घाट पर, इतना अपमान किया! क्षोभ से भर गईं। सतोगुण और रजोगुण का समन्वय बहुत मुश्किल है। क्षमाशील व्यक्ति भी किसी परिस्थिति में दुर्वासा बन जाते हैं; अहिल्याबाई ने

महादजी सिंधिया को शाप दिया—'जा, तू पूना से कभी जीवित लौटकर नहीं आएगा!'

यह शाप बहुत लोगों के कान में पड़ा।

काम पर से उनका मन उचटने लगा। काशी-यात्रा पर विचार किया। नाना फडनीस को जैसे ही मालूम हुआ, रोक दिया—'आप यात्रा करने चली जाएँगी तो राज्य कौन सँभालेगा?'

मल्हार ने अपने अपराधों की क्षमा माँगते हुए लिखा, 'मेरी देह चाहे जिस काम में लगा दीजिए!'

महादजी सिंधिया के पूना चले जाने पर तुकोजी को अपना अभीष्ट अवसर मिला। उसने मल्हार को दक्षिण से बुला भेजा। पराक्रम की अभिव्यक्ति और सिंधिया से बदला चुकाने की उत्कंठा उसके मन में थी ही, उत्तर की ओर जाने के पहले अहिल्याबाई का आशीर्वाद प्राप्त करने आया। सिंधिया की सेना का अब की बार सर्वनाश कर डालने की डींगें हाँकीं। अहिल्याबाई ने पूर्व भ्रम और वर्तमान क्रोध के कारण परिस्थिति को न समझ पाया। मल्हार ने जितनी सेना चाही, जितना रुपया माँगा, उन्होंने दे दिया। ददुरनेक फ्रांसीसी की पलटनें भी उसके साथ गईं।

उत्तर में पहुँचते ही मल्हार ने अपने पिता और उसके पुराने अनुभवी सेनानायकों को एक तरफ रखकर तुरंत पैंतरेबाजी शुरू कर दी। महादजी सिंधिया को पूना में जब उपद्रव का समाचार मिला तब उन्होंने अपने प्रधान सेनापति को लिख भेजा, 'मित्रता और शांति-समझौते के सब उपाय विफल हो गए; होलकर युद्ध चाहता है तो डटकर, कसकर दो। तुरंत आक्रमण करके झगड़ा समाप्त करो। नाना फडनीस ने होलकर को मेरी छाती पर बिठलाया है, देखूँगा।'

मल्हारराव ने पहले आक्रमण कर दिया, परंतु सिंधिया की सेना धक्का लेने और देने के लिए तैयार थी। अजमेर के निकट लखेरी की पहाड़ियों में भयंकर युद्ध हुआ। होलकर की सेना परास्त हो गई। विकट गरमी पड़ रही थी। बहुत से हथियारों से मरे और अनेक प्यासों। दूसरे दिन सवेरे मल्हार रणक्षेत्र से डेढ़ कोस दूर एक तालाब के किनारे पड़ा पाया गया—वह शराब में बेहोश था!

तुकोजीराव हारकर ससैन्य मालवा में दौड़ आया। उज्जैन लूटकर फिर उत्तर की ओर चल दिया। मल्हार उत्तर क्षेत्र से निराश होकर कामनाओं की सफलता के लिए दक्षिण निकल गया।

पूना उस समय भारत की उत्सुक राजनीति का केंद्र था। टीपू समाप्त हो गया था। निजाम सिर उठाए था। अंग्रेज बढ़ रहे थे। सिक्खों की सत्ता जम रही थी।

राजपूतों की उखड़ती चली जा रही थी। महादजी सिंधिया और नाना फडनीस में, जो तत्कालीन भारतीय राजनीति के प्रमुख व्यक्ति थे, अनमनापन था, परंतु अंत में उनका मेल हो गया था।

एक दिन महादजी सिंधिया का यकायक देहांत हो गया। भारत का एक बड़ा स्तंभ टूट गया।

महादजी के अवसान पर होलकर का नाम ऊपर उठा। मल्हार फूल उठा और विस्तृत कार्य-क्षेत्र की खोज में नीमाड़ के दक्षिण में आ गया।

: ३२ :

तुकोजी की आयु सत्तर के ऊपर हो गई थी। यकायक सम्मान के द्वार खुल गए। नहीं चाहता था कि अब मल्हार की किसी खोटाई के कारण बट्टा लगे। इसलिए उसने अहिल्याबाई को आग्रहपूर्वक लिख भेजा कि बुलाकर अपनी निगरानी में रखें।

मल्हार महेश्वर आ गया। सुरवली और लखेरी के युद्धों की पराजय के उपरांत भी उसे लग रहा था जैसे किसी बड़ी ऊँचाई पर पहुँच गया हो।

ठंड घट चली थी, गरमी बढ़ उठी थी। दूबा, पौधे, पेड़—सब—नए-नए रंगों पर आ रहे थे। नीम ने केंचुली बदली। सफेद सुगंधित घुंडियों में पुलक पर पुलक आने लगे।

उस दिन अहिल्याबाई ने सहस्रधारा के निकटवर्ती मंदिर में जाकर भजन-पूजन का निश्चय किया। नर्मदा का सहस्रधारा जलप्रपात महेश्वर से बहाव की ओर लगभग डेढ़ कोस है। नित्य कार्य से निवृत होकर पहले पहर के अंत पर थोड़े से परिजनों सहित पहुँच गईं। मंदिर छोटा था, सहस्रधारा बहुत बड़ी थी। भजन-पूजन के उपरांत सहस्रधारा पर गईं। पहले जो सहस्र वर्ष से ऊपर पुराने मंदिर—जैसे नेमावर का सिद्धेश्वर महादेव मंदिर, ओंकारनाथ इत्यादि के देवालय—देखे थे, वे स्मृति में यकायक उभर आए। कितना विशाल, विपुल सौंदर्य है उन मंदिरों में! मैंने जो मंदिर बनवाए हैं उनमें वह बात नहीं आ पाई है। उनमें तात्कालिकता के साथ अनंतता का सामंजस्य है, मेरे बनवाए मंदिरों में केवल तात्कालिकता व्यक्त हो पाई है। उन मंदिरों के कारीगरों ने बड़ी साधना की होगी। मेरे कारीगरों में वह कहाँ से आती? परंतु मेरे मंदिरों की कुछ तो उपयोगिता है—ब्राह्मण शास्त्रों-पुराणों की चर्चा करते हैं।

सहस्रधारा का प्रपात बहुत ऊँचे से गिरता है। नवाली के प्रपात से तुलना

करने लगीं—यह उससे बड़ा है, माता नर्मदा की धार का है! ऐसे स्थानों पर उछलने-कूदनेवाली नर्मदा इसीलिए रेवा कहलाती है।

सिंदूरी और भारमल साथ थे। वह उनके भजन-पूजन की योजनाओं का प्रधान साधक हो गया था।

भारमल उमंग से भर गया। सोच रहा था—जब तक मन में उत्साह रहे, युवावस्था अखंड है। कर्तव्यपालन में उत्साह खर्च होता रहे तो बुढ़ापा कभी नहीं आएगा। उत्साह का व्यर्थ व्यय मूर्खता है, अपव्यय करना सत्यानासी पाप है।

सिंदूरी मुग्ध होकर कभी सहस्रधारा, कभी अहिल्याबाई की आँखें देख रही थी। उसे लगा, जैसे उन आँखों से देवत्व झर रहा हो।

लौटने पर मल्हार से भेंट हुई!

उस दिन दरबार नहीं करना था। सूर्यास्त होने में देर थी।

थक गई थीं। लेटे-लेटे बात करने लगीं।

'मल्हार, तू होलकर वंश की आशा है, अपने को अधिक अच्छा पराक्रमी बना।' उन्होंने कहा।

मल्हार बोला, 'मातुश्री के चरणों की छाया बनी रहे, बस फिर यमराज को भी चुनौती दे दूँगा।'

जिस ऊँचाई पर पहुँच गया हूँ उससे उतार ही कौन सकता है? सोचा उसने यह!

'उतावलेपन से काम न किया करो।'

'आपकी जैसी आज्ञा होगी वैसे ही बरतूँगा। पिताजी के कुछ कार्य मुझे कभी-कभी चिंतित और व्यग्र कर देते हैं। बड़े भाई काशीराव का पक्ष बहुत लेने लगे हैं। इसी से विचलित हो जाता हूँ।'

'काशीराव में सूझ-बूझ की कमी है। है वह भी अच्छा। तुम और भी बड़े बनो, भविष्य उज्ज्वल हो जाएगा।'

यही तो भीकाजी कहता रहता है! देवी ने भी मुहर लगा दी!! मेरा मार्ग निर्बाध रहेगा, मल्हार के मन में उमगा।

थोड़ी देर बाद वहाँ से चला आया।

सिंदूरी अपनी कोठरी के बाहर निकली थी कि मल्हार को अपनी ओर आते देखा। उस क्षण महल के उस चौक में कोई और न था। मल्हार को रास्ता देने के लिए एक तरफ हो गई। मल्हार तुरंत उसके पास पहुँचा।

बोला, 'सुनो।'

'क्या?' सिंदूरी के स्वर में घबराहट न थी और न उग्रता।

'मैं यहाँ से जाने वाला हूँ। मेरे साथ चलो। सदा मेरे संग रहोगी। सुख के साथ शान-शौकत भी मिलेगी।'

सिंदूरी ने धीरे से 'नहीं' कहा और कोठरी के भीतर जाने लगी। मल्हार ने सोचा, इससे कुछ और भी कहना चाहिए, इतना पर्याप्त नहीं, और उसने सिंदूरी का हाथ पकड़ने के लिए अपना पंजा बढ़ाया। सिंदूरी ने झटका दिया, परंतु उसकी कलाई मल्हार के पंजे में आ गई। सिंदूरी तड़ाक से उसपर लौटी, प्रचंड आँधी के तीव्र झोंके की तरह उसपर झपटी, दूसरे हाथ की मुट्ठी का घूँसा जोर के साथ मल्हार की छाती पर ठेला और पूरी शक्ति के साथ चिल्लाई। मल्हार का पंजा ढीला पड़ा। कलाई मुक्त हुई और सिंदूरी ने दोनों हाथ मल्हार की छाती पर दे पटके। मल्हार थोड़ा-सा पीछे हटा। पद और पराक्रम के आहत अभिमान ने उसे पागल-सा बना दिया। इस जरा-सी नौकरानी की यह हिम्मत! टूट पड़ने को ही था कि उसने कई सेवक-सेविकाओं को अपनी ओर सरपटते पाया। उनके पीछे अहिल्याबाई के भी आने की झाँईं आँखों में पड़ी। सिर का पागलपन पैरों पर जा उतरा—मल्हार वहाँ से बेतरह भागा। अहिल्याबाई को आते देखकर परिजन वहीं रह गए। जब तक अहिल्याबाई आज्ञा न दें, मल्हार का पीछा कौन कर सकता था? अहिल्याबाई एक पल में ही सब समझ गईं। सिंदूरी उनके पैरों में गिर पड़ी और—'बचाइए! बचाइए!!' चिल्लाई।

अहिल्याबाई ने उसे उठा लिया। सिर पर हाथ फेरकर सांत्वना दी।

'मेरे साथ आओ। आज रात मेरे पास ही रहो,' अहिल्याबाई ने कहा। सिंदूरी चाहती ही थी। कोठरी में से कुछ कपड़े और कागज लेकर उनके साथ चली गई।

जब अहिल्याबाई के शयन का समय आया, सदन में उनके पास सिंदूरी और कुछ सेविकाओं के सिवाय और कोई न था। सिंदूरी ने अहिल्याबाई के सामने वे कागज रख दिए जो मल्हार ने उसे सिमरोल में दिए थे। उन्होंने कागज पढ़े। मल्हार इसे अपना जासूस बनाना चाहता था! मेरी कुछ प्रशंसा भी की है, परंतु कितना नीच है!! इस दीन स्त्री का सर्वनाश करना चाहता था। सिंदूरी ने भी उस कागज पर कुछ लिख रखा था, जिसमें मल्हार ने अपनी वासना प्रकट की थी। उस अंश के पढ़ने के पहले उन्होंने दया भरी दृष्टि से सिंदूरी की ओर देखा।

सिंदूरी बोली, 'मैं दस-ग्यारह साल की उमर में अनाथ हो गई। माँ-बाप ने जितना पढ़ाया था, उसके आगे न पढ़ सकी। भोपत दूर के नाते का भाई होता था। उसके पास रहने लगी। जब बारह वर्ष की थी, मुझे बड़े जोर का ज्वर आया। जब

उतरा तब मैं गूँगी-बहरी हो गई। एक दिन सनक उठी तो आंत्री की नवदुर्गा माता के सामने अपनी जीभ की बलि चढ़ाने चली गई। सुना था कि जीभ की बलि चढ़ाने से जीभ तो फिर ज्यों-की-त्यों हो ही जाती है, सुख भी जन्म-भर मिलता रहता है। मैंने जीभ का अगला भाग बहुत थोड़ा काट पाया कि छुरी हाथ से छुटक पड़ी। कुछ दिनों में घाव पुर गया, परंतु बोलने और सुनने की शक्ति न मिली। उन्हीं दिनों जंगल का एक मोर भोपत के हाथ से मर गया। जाति-पाँत को दंड न दे सकने के कारण हम बिरादरी से निकाल दिए गए। भोपत डाके डालने लगा। मैंने उसका साथ दिया। एकचित्त होकर दुर्गा देवी का ध्यान सुनने और बोलने की शक्ति पाने के लिए करने लगी। उसके आगे का हाल माता जानती हैं। उस कागज पर मैंने कुछ लिख डाला था। ओंकारनाथ की यात्रा में मैंने विनती की थी कि लिखा बतलाऊँगी।

सिंदूरी ने आँखें नीची कर लीं।

अहिल्याबाई ने सिंदूरी का लेख पढ़ा—'मल्हार बुरा है। उसकी कोई बात नहीं मानूँगी। मातुश्री देवी हैं। उन्हें पाकर सब कुछ पा गई। उनकी छाया में आते ही सुनने-बोलने की मेरी शक्ति लौटने लगी। उनके चरण कभी नहीं छोड़ूँगी।'

'यह तुमने कब लिखा था?'

'जब आप धमनार से लौट आईं और भोपत को चोरी का दंड दिया।'

अहिल्याबाई को स्मरण हो आया कि जब भोपत को दंड दिया, उसने मल्हार का नाम लिया था।

'मल्हार से संबंध था भोपत का?'

'हाँ, माता। कई डाकों में।'

'नींद आ रही है?'

'नहीं, माता।'

'थोड़ी देर मेरा सिर मलकर यहीं सो जाओ। सिर बहुत दुःख रहा है।' सिंदूरी सेवा करने लगी।

अहिल्याबाई को उस रात बहुत थोड़ी नींद आई। जैसे किसी नदी में एक ही स्थान पर कई नालों का जल आ मिले, वैसी ही उनके भावों की दशा थी।

नित्य कर्म से निबटकर उन्होंने मल्हार को तलाश करवाया। उसका कोई पता नहीं चला। रात में ही अपने दल के साथ कहीं चल दिया था।

कई दिन उपरांत सूचना मिली कि मल्हार नीमाड़ में उत्पात मचा रहा है।

भजन-पूजन के बाद का उनका समय विमनता से संघर्ष करने में जाने लगा। बरसों पीछे उनका दरबारी पाराशर दादाजी उत्तर क्षेत्र से लौटा। जब मल्हार

के कांड मालूम हुए, उसने अहिल्याबाई से कहा, 'इस पवित्र भवन में ऐसा दुष्कर्म! इस शनि राक्षस को पकड़वाकर कैद में डाल दीजिए।'

पाराशर दादा बहुत वृद्ध था। दूसरे, उसे फिर उत्तर के क्षेत्र में जाना था। सिवाय भारमल के किसीका साहस नहीं था कि तुकोजी के 'कुँवर' की पकड़-धकड़ कर सके। अहिल्याबाई जानती थीं कि कैदखाने से जब कभी छूटेगा, भारमल के प्राणों का गाहक हो जाएगा। मल्हार का दमन जरूरी था, परंतु कोई अन्य मराठा सरदार राजी न हुआ।

तुकोजी के पास समाचार पहुँचा। उसने अहिल्याबाई को लिख भेजा कि जैसे बने उस दुष्ट को पकड़वा लीजिए, मुझे रत्ती-भर भी बुरा न लगेगा।

मल्हार के उपद्रव महेश्वर के समीप ही—नर्मदा उस पार आठ-दस कोस की दूरी पर—होने लगे।

जब मल्हार के कुकृत्य उनके लिए असह्य हो गए और पकड़ने के लिए कोई तैयार न दिखा, तब उन्होंने ददुरनेक फ्रांसीसी को बुलाया। इसने इसी वर्ष चार नई पलटनें खड़ी की थीं।

ददुरनेक ने आकर फौजी प्रणाम किया और कहा, 'मैं उसे पकड़कर ले आऊँगा, आगे की आप जानें।'

'तुम्हारे प्राण संकट में नहीं पड़ सकेंगे।'

'माता, जब मैंने अपना देश छोड़ा, प्राणों का मोह घर पर रख आया था।'

ददुरनेक उन घुमक्कड़ फिरंगियों में से था जो भाग्य की खोज में संसार में निकल पड़े थे।

ददुरनेक चला गया। अहिल्याबाई को शिवाजी और बाजीराव के रणबाँकुरों की याद आई। क्या थे और क्या हो गए! उन्हें बहुत खला।

: ३३ :

ददुरनेक अपनी पलटनें लेकर द्रुतगति से नर्मदा पार हुआ। उसे पता लगा कि मल्हार बालकवाड पुरवे के दक्षिण में बेड़ा नदी की घाटी को अपना पड़ाव बनाए हुए हैं, उसके पास डेढ़ सौ सवार हैं और दो सौ-तीन सौ के बीच में पैदल। तोप एक भी नहीं। ददुरनेक के हाथ में तोपें थीं और सीखी-सिखाई अनुशासित पलटनें।

बेड़ा, नीमाड़ जिले की सबसे बड़ी नदी, पहाड़ों से निकलकर उत्तर की ओर बहती हुई नर्मदा में जा मिली है। इसकी उपत्यकाएँ उर्वरा भूमि से भरी पड़ी

हैं। गूजर, भारूड़, गवली, मेघवाली, पाटीदार इत्यादि कृषक जातियाँ हैं। उस समय के युद्धों और डाकों के मारे ये सब त्रस्त हो गए थे। अहिल्याबाई ने शांति स्थापित करने का निरंतर प्रयत्न किया; परंतु एक तरफ पहाड़ी भील, और अब कई वर्ष से मल्हार उन्हें व्यथित करने लगा था।

ददुरनेक ने सावधानी से काम लिया। उसने अपने चर भेजकर इधर-उधर घूमनेवाले छोटे-छोटे बटमार गिरोहों को इकट्ठा किया। मराठी सेनाओं के अभियानों में ये सब साथ लग ही जाते थे। इनको लेकर ददुरनेक ऐसी दिशा में गया जहाँ से मल्हार का पड़ाव कुछ दूर पड़ता था और सशंक नहीं हो सकता था। वैसे भी उसे किसी मराठे दस्ते का कभी भय नहीं था। जानता था कि कोई भी मराठा नायक उसपर आक्रमण करने का साहस नहीं कर सकता।

ददुरनेक ने नीमाड़ के प्रसिद्ध संत सिंगा का नाम सुन रखा था। डाकू तक संत सिंगा को भगवान् की तरह मानते थे। संत सिंगा की आन रखो नहीं कि शपथ लेनेवाले का ईमान अडिग हो गया। इन गिरोहों से उसने संत सिंगा की कसम ली और मल्हार की चाल-ढाल, तैयारी, असावधानी इत्यादि का पता देने और मल्हार को किसी धोखे में डालने का काम सौंपा। ददुरनेक चाहता था कि बिना मारकाट के सबके सब पकड़ लूँ तो अच्छा रहेगा।

एक गिरोह में से एक स्त्री उसके सामने आई। देह तगड़ी छरहरी, रंग कुछ साँवला, माथे पर भौंहों के बीच से ऊपर की ओर गहरी रेखा, आँखें भूरी।

इस स्त्री ने दृढ़ता के साथ कहा, 'मैं पकड़वाऊँगी मल्हार को—जीता या मरा।'

ददुरनेक बोला, 'मरा हुआ नहीं! जीता, बिलकुल जिंदा!! तुम कौन हो? क्या तुम्हारा बाप फिरंगी था?'

उस युग में कोई-कोई घुमक्कड़ फिरंगी भारतीय नारियों के साथ ब्याह कर लेते थे।

उस स्त्री ने तमककर उत्तर दिया, 'नहीं, मैं ठाकुर हूँ, सोंधिया ठाकुर!'

'ओह! अच्छा। संत सिंगा की कसम खाओ कि राजकुमार मल्हार की जान नहीं लोगी।'

एक क्षण के लिए उस स्त्री का माथा सिकुड़ा, ओठ कसे, सिर की वह रेखा और भी गहरी हुई।

ददुरनेक बोला, 'तुम सब संत सिंगा के नाम पर पहले ही कौल-करार कर चुके हो कि मेरे कहने पर चलोगे, अब क्या सोचने लगी?'

उस स्त्री ने जोर के साथ साँस रोकी और यकायक छोड़ी। कंधे हिल गए।

स्त्री ने कहा, 'संत सिंगा का नाम लेकर वचन देती हूँ कि मेरे या मेरे गिरोह के किसी भी आदमी के हाथ मल्हार मारा नहीं जाएगा।'

ददुरनेक संतुष्ट हो गया।

□

बालकवाड़ महेश्वर से दक्षिण में पाँच कोस है और खरगोन से उत्तर में छः। बालकवाड़ में बैसाखी पूनो का मेला दूसरे दिन लगने वाला था। नीमाड़ के उस क्षेत्र की जनता बहुत बड़ी संख्या में मेले के लिए आया करती थी—कष्टपीड़ित जन अपने भीतर के आँसू मेलों के विनोद से रँग लेता था। मल्हार ने इस मेले में आए दूकानदारों को लूटने की सोची।

ददुरनेक के गिरोहवालों ने मल्हार के पड़ाव से थोड़ी दूर ऊँची-नीची भूमि में अलग-अलग डेरे डाले, मानो एक का दूसरे से कोई संबंध न हो।

नीमाड़ में वैसे ही बहुत गरमी पड़ती है, उस दिन वह घाटी जलती-सी जान पड़ी। तीसरे पहर के बाद कुछ ठंडक हुई। गिरोहों के डेरों पर चहल-पहल हो उठी। कहीं सारंगी-ढोलकी के साथ नाच-गान; कहीं किसी बाजे के साथ, कहीं किसी बाजे के साथ। जिस गिरोह में वह स्त्री थी उसके स्थान पर संत सिंगा का एक गीत चल रहा था। संत सिंगा निर्गुण मत के महात्मा थे। इस गिरोह में उछल-कूद कम था, गंभीर विनोद अधिक। स्त्री बैठकर गा रही थी, पुरुष बारी-बारी से नाच रहे थे।

गिरोहों के आमोद-प्रमोद की धुनें मल्हार के पड़ाव में भी पहुँचीं। मल्हार भीका को लेकर इनके डेरों की ओर आया। ऊँचे पहाड़ के नीचे छोटी-छोटी पहाड़ियाँ भी थीं। वहाँ से देखने-सुनने लगा। वह स्त्री नाचने लगी।

मल्हार ने दूर से देखा—एक डेरे पर स्त्री भी है, जो अच्छा गा रही है और भाव के साथ नाच भी रही है। पहाड़ी पर से उतरकर इस डेरे के निकट आया। साँझ हो गई थी।

बोला, 'कहाँ की वेश्या है यह?'

स्त्री ने यकायक गाना बंद कर दिया, और पुरुषों ने नाच। पास रखी हुई तलवार म्यान से खींचकर स्त्री मल्हार पर झपटी।

'नीच! पापी!!' स्त्री चिल्लाई और उसने बचाते-बचाते मल्हार के पैरों पर वार किया। मल्हार हट गया। बच गया। उस स्त्री ने तलवार फिर सँभाली और अपने साथियों से कहा, 'घेर लो इन दोनों को! निकलने न पावें!!'

मल्हार की कमर में पिस्तौलें थीं। उसने तुरंत एक निकाली और उस स्त्री पर दाग दी। तलवार की मूठ हाथ में तनी रह गई। उस स्त्री के मुँह से निकला, 'हे राम!' और वह गिर पड़ी। छाती से खून की धार बह निकली। मल्हार के कुछ बंदूकची निकटवर्ती पहाड़ियों के पीछे थे। बंदूकें ताने आ गए। थे थोड़े ही। जगह-जगह के डेरेवाले गिरोहों ने बचाव के लिए आड़ें पकड़ीं। उस स्त्री के साथी ऊँची-नीची भूमि में लेट गए। मल्हार ने मर्माहत स्त्री को निकट जाकर देखा।

यकायक चिल्लाया, 'ओफ! मर गई!! आनंदी मर गई!!!'

'जय संत सिंगा की,' टूटे हुए स्वर में आनंदी बोली—वह आनंदी ही थी—और उसका सिर पास पड़े मिट्टी के ढेलों से जा टकराया। केशों में धूल भर गई; जिन्हें मल्हार ने अनेक बार सजा-सँवारा देखा था।

'ओफ! यह स्त्री मेरे हाथ से मारी गई!! इसने मेरे ऊपर वार किया था। परंतु कितना बचाकर! वह आई ही क्यों यहाँ?' मल्हार सोच रहा था।

अपना ही भार न सह सकने के कारण मल्हार बैठ गया। 'धायँ! धायँ!! धायँ!!!' पहाड़ों से तोपों की आवाजें आईं।

'चलिए, जल्दी भाग चलिए! महारानी साहब ने हम सबकी गिरफ्तारी के लिए सेना भेजी है। ये तोपें उसी सेना की होंगी,' भीका ने कहा।

मल्हार चुप था।

'अभी समय है। मुझे मार्ग मालूम है,' भीका ने आग्रह किया।

बैठे स्वर में मल्हार बोला, 'मल्हार होलकर रणक्षेत्र से भागना नहीं जानता, अब जो होना हो, हो।'

भीका को अपने प्राणों की पड़ी थी। मल्हार को छोड़कर खिसक गया।

मल्हार अपने पड़ाव पर चला गया। साथियों ने लड़ते-लड़ते निकल भागने का सुझाव दिया। उसने बेकार समझा। मल्हार के पड़ाव की तरफ से रात में छिटपुट गोलियाँ चलाई गईं। दूसरी ओर से घड़ी-घड़ी के अंतर पर तोपों की 'धायँ-धायँ' होती रही—हम यहाँ घेरे पड़े हैं, यह विश्वास दिलाने के लिए।

रात की चाँदनी में मल्हार ने देखा कि जिस स्थान पर आनंदी मारी गई थी, वहाँ आग जल रही है। यह उसकी चिता थी।

दिन चढ़े ददुरनेक अपने कुछ अफसरों और संगीनबरदारों के साथ मल्हार के पड़ाव पर जा पहुँचा। कायदे का प्रणाम करके बोला, 'श्रीमंत महारानी साहब के कैदी हैं।'

'समझ गया। चलिए।' मल्हार ने सिर नीचा किए धीमे स्वर में कहा।

बेड़ा नदी पार कर चार घड़ी दिन रहे मल्हार अपने चार-पाँच सौ सहवर्गियों सहित बालकवाड़ के घेरे में आ गया। सबके सब सहवर्गी चारों ओर से कड़ी कैद में कर लिये गए थे। केवल भीका निकल भागा था।

मल्हार का स्थान सतका नदी के किनारे था, जिसपर बालकवाड़ गाँव बसा है। मल्हार को कसक रहा था—'वह मुझे चाहती थी, मैंने उसका अपमान किया, मेरे हाथ से उसकी हत्या हुई!'

सतका नदी कलकल करती बह रही थी, मानो मौन स्वर में संत सिंगा की वाणी द्वारा मल्हार की भर्त्सना कर रही हो।

: ३४ :

मल्हार क्षमा-प्रार्थना के लिए अहिल्याबाई के पास आना चाहता था। होलकर वंश में उन दिनों सिंधिया-शक्ति के विरुद्ध डाह की भावना निहित हो गई थी—भले ही महादजी सिंधिया का देहांत हो चुका था। मल्हार ने इसका सहारा लेकर संवाद भिजवाया कि 'सिंधिया की ताकत को तोड़ देना चाहिए।'

परंतु अहिल्याबाई पर मल्हार की किसी भी बात का प्रभाव नहीं पड़ा। वह अपने सहवर्गियों समेत कुशलगढ़ किले में कैद कर दिया गया। तुकोजी की भी सहमति थी।

उसे यह कैद सता रही थी। रह-रहकर स्त्री-हत्या का परिताप कुरेद रहा था। उसने अपना भोजन कम कर दिया और एक लँगोटी के सिवाय सब वस्त्र छोड़ दिए। बाल नहीं बनवाए, केश बढ़ा लिये!

□

अहिल्याबाई अपने कार्य में दत्तचित्त थीं। मल्हार के पकड़े जाने पर राज्य में बहुत कुछ शांति हो गई, परंतु पहाड़ी भील बस्तियों में कुछ-न-कुछ गड़बड़ बनी रही। ऐसी एक बस्ती के पास से अनंतफंदी नाम का कवि निकला। वह हिंदी में भी कविता करता था—खड़ीबोली में। था महाराष्ट्र का। भीलों ने पकड़ लिया और सर्वस्व छीन लिया। कवि गा-गाकर कविताएँ तो सुनाता ही था, खेल-तमाशे भी करता था। जब भीलों को मालूम हुआ कि अहिल्याबाई के पास जा रहा है तब उन्होंने लूटा हुआ सब सामान लौटा दिया और अपनी गाँठ का भी कुछ दे दिया!

अनंतफंदी महेश्वर आया। अहिल्याबाई ने जब सुना कि जनमनोरंजन करता है और अच्छा कवि है तब उसे बुलाकर कहा, 'कला का कर्तव्य मानव को ऊपर उठाने का है, गिराने का नहीं है। सात्त्विक विचारों का प्रसार करो।'

मराठी का प्रसिद्ध कवि मोरोपंत भी उनके पास आया। प्राचीन संस्कृति के भंडार महाभारत पर वह अधिक लिखा करता था। अहिल्याबाई ने उसे सम्मानित और प्रोत्साहित किया।

□

टीपू की समाप्ति हो चुकी थी। मराठों से निजाम हार चुका था। महादजी सिंधिया के देहावसान के उपरांत उनका उत्तराधिकारी दौलतराव अल्पवयस्क था; परंतु सिंधिया के स्वामिधर्मी चतुर सेना-नायक मौजूद थे। तुकोजी के लिए उत्तर के क्षेत्रों की अन्य समस्याओं के साथ सिंधिया की सेना भी एक चुनौती थी। सैन्यबल बढ़ाने की जरूरत थी। रुपया चाहिए था। तुकोजी ने तीन वर्ष पहले अलीबहादुर को साढ़े तीन लाख रुपया उधार दे डाला था—उस समय जब वह अहिल्याबाई से आर्थिक सहायता की माँग पर माँग कर रहा था! किसी-किसी पत्र में तो यहाँ तक लिखा आता था कि साहूकारों ने हाथ सिकोड़ लिया है! साहूकार अजनबी बन गए हैं!! अहिल्याबाई ने सँभलकर चलने की बार-बार चेतावनी दी। अंत में तुकोजी ने तय किया कि किसानों पर लगान की दर बढ़ा दी जाय। त्राहि-त्राहि मच गई। अहिल्याबाई ने तुरंत निषेध किया। लगान में बढ़ती केवल एक रुपए की की जाने वाली थी, परंतु वह जानती थीं कि किसान के लिए इतने का ही बोझ दुस्सह हो जाएगा। उन्होंने किसानों के साथ अच्छा बरताव करने का आदेश पूरे ब्योरे के साथ दिया। आदेश का पालन हुआ।

□

एक दिन कथा-वार्त्ता से निबटी थीं कि अयोध्या से उनके कारबारी का पत्र आया, 'मंदिर में श्री रामचंद्रजी की मूर्ति के नीचे विनय मुद्रा में आपकी मूर्ति देखी तो अपार हर्ष हुआ…' पत्र पढ़कर सोचने लगीं, 'कारबारी ने मेरी मूर्ति को भी प्रणाम किया होगा! विनय की याद दिलाने के लिए वह प्रतीक खड़ा किया गया था। विचार बिसराया जाने लगा, प्रतीक की पूजा हो उठी! कारबारी के अपार हर्ष का यही अर्थ लगाऊँगी। हे राम! इन सबको विवेक दो।'

□

रामपुरा-भानपुरा के राजपूतों ने फिर सिर उठाया। भीलवाड़े में भी उपद्रव हो पड़े। उत्तर में तो युद्ध चल ही रहे थे। अंग्रेजों की जो शक्ति दिन-रात बढ़ रही थी, उसकी ओर तुकोजी को जितना ध्यान देना चाहिए था, नहीं दिया जा रहा था। अहिल्याबाई का ध्यान इस दिशा में गया; परंतु वह अकेली कर ही क्या सकती थीं?

नाना फडनीस ने जब देखा कि तुकोजी पैसे से तंग है तब उसने परिस्थिति

की सही समीक्षा के लिए अपने सचिव महेश्वर भेजे। ये काफी समय तक वहाँ रहे। इस निष्कर्ष पर पहुँचे कि तुकोजी के पास बारह लाख रुपया है! संसार को दिखलाता है यह कि मैं बड़े अर्थसंकट में हूँ!! होलकर राज्य के अंग सड़ गए हैं, बिना कठोर शल्य-चिकित्सा के काम नहीं चलेगा, होलकर राज्य जब्ती के योग्य है, परंतु सबसे बड़ी बाधा अहिल्याबाई का व्यक्तित्व है! इन सबको युद्धों की पड़ी थी, धर्म और संस्कृति की चौकियाँ फैलाने से उन्हें बहुत थोड़ा प्रयोजन रह गया था।

□

तुकोजी का जेठा पुत्र काशीराव भी विपथगामी हो उठा। तुकोजी के सुधारे न सुधरा तो वह उसके साथियों को धमकाने लगा। मेरे लड़कों को गुमराह मत करो! उधर मल्हार के अनशन, वस्त्रत्याग इत्यादि की क्रिया जारी थी। अहिल्याबाई न पिघलीं। उन्हें आशा न थी कि मल्हार अन्य प्रकार से सुधर सकेगा। तुकोजी ने उन्हें लिख भेजा, 'मेरा हीरा-सा पुत्र कुशलगढ़ में क्षीण होता चला जा रहा है, उसे छोड़ दीजिए; अन्यथा मैं आत्मघात कर लूँगा!' मल्हार हीरा-सा पुत्र! उसके अनेक दुष्कृत्य उनकी आँखों के सामने घूम गए। साथ ही तुकोजी का बुढ़ापा और दौर्बल्य भी। मल्हार को स्वतंत्र कर देना पड़ा। बीमार रहने लगी थीं, अब शरीर गिरने लगा।

: ३५ :

घोर अस्वस्थता की दशा में भी वह काम करती रहती थीं। देह कर्तव्यपालन के लिए है, उनकी धारणा थी। वह सत्तर वर्ष की हो रही थीं। भारमल उनसे पाँच वर्ष छोटा था। भारमल संसार के किसी भी झंझट से न दबकर सदा प्रकृति से—सूर्योदय, चाँदनी, तारे, नर्मदा की धार, नवाली के प्रपात, प्राचीन शिल्पकला सौंदर्य, मालवा और नीमाड़ के वन-पर्वत, मालवा और नीमाड़ के साधारण जन से—शक्ति की प्रेरणा पाता रहता था। तन और मन से स्वस्थ। था भी उसका काम गौण—अहिल्याबाई की सेवा करना और उनकी नीतिं को कार्य में परिणत करना। उसे किसी प्रकार का भी पारिवारिक दुःख नहीं था। अहिल्याबाई दुःखों से घिरी रहीं और घिरी हुई थीं। उन्होंने जीवन का ऋण अपने सत्कर्मों से तो चुकाया ही, कर्तव्यपालन में जो कष्ट सहे, उनके द्वारा कहीं अधिक चुकाया।

बीमारी की उस अवस्था में नीमाड़ प्रदेश की एक धनाढ्य विधवा का मामला सामने आया। पति के वंश का एक पुरुष संपत्ति का दावेदार हुआ। विधवा अपना सारा धन अहिल्याबाई को देना चाहती थी। उन्होंने निर्णय किया, 'मैं यह

चोरी नहीं कर सकती। तुम चाहो तो दत्तक पुत्र गोदी ले सकती हो, इच्छा हो तो इस संपत्ति का उपभोग तुम स्वयं करो। धर्म-कार्यों में लगाओ तो बहुत अच्छा।'

विधवा ने वह धन अनेक धर्म-कार्यों में लगाया।

□

अब की बार रामपुरा-भानपुरा के राजपूतों का अहिल्याबाई ने दमन नहीं किया। उनसे संधि कर ली। भीलों को भी शांत किया। मल्हार के कोई-न-कोई उपद्रव जारी रहे, परंतु उन्होंने उसकी ओर से अपना मन बिलकुल हटा लिया।

सिंधिया के संबंध में उन्होंने सम्मति दी, 'मेलजोल से काम लो, लड़ाई की नौबत मत आने दो।'

परंतु दूसरे युद्ध तो थे। तुकोजी ने पाँच लाख रुपए यह लिखकर मँगवाए कि उत्तर में युद्धों के बादल छाए हुए हैं, बड़ी आवश्यकता है। वह बहुत बीमार थीं, परंतु फिर भी काम करती रहती थीं—भजन-पूजन में चूक नहीं होती थी। उन्होंने डेढ़ लाख रुपया भिजवा दिया और अनुरोध किया कि अलीबहादुर पर जो साढ़े तीन लाख रुपए उधार पड़े हैं उन्हें वसूल करके पूरे पाँच लाख कर लो।

इसके दो दिन उपरांत भाद्र कृष्णा चतुर्दशी को जब पानी बरस रहा था और नर्मदा पूरी बाढ़ पर थी, उन्हें कुछ आभास हुआ—मैं जा रही हूँ।

सिंदूरी पास थी। व्याकुल। उसके सिर पर उन्होंने हाथ फेरा और बोलीं, 'बेटी, नियम-संयम से रहना, सदा सुखी रहोगी।' उनके ओठों पर मुसकान खिल गई—संपूर्ण जीवन के ऋत का सौंदर्य उस मुसकान पर आ बैठा था।

सब उपस्थित परिजनों को अभय मुद्रा में उन्होंने आशीर्वाद दिया और सदा के लिए बिदा ले गईं।

चेहरे पर उनके दमक थी, मानो नर्मदा स्वयं बुलाने आई हो। उन्होंने अपने भीतर देखा—जैसे सूर्योदय के समय की लालिमा क्षितिज पर छाई हो, मानो उस लालिमा में से कोई मुसकानों पर मुसकानें बरसा रहा हो, जैसे चारों ओर शंख-झालर बज रहे हों और उन मुसकानों का जयकार के साथ स्वागत कर रहे हों, मानो वह कोमल रश्मियों पर खड़ी उन मुसकानों पर फूल चढ़ा रही हों!

सिंदूरी की आँखों में आँसू भर आए। गला रुँध गया। उसने उन आँसुओं में से अहिल्याबाई का जो कुछ देखा, उसे एक शब्द में ही थोड़ा-सा प्रकट कर सकी—

'देवी! देवी!!'

□

परिशिष्ट

अहिल्याबाई के स्वर्गारोहण के उपरांत तुकोजी ने राज्यभार सँभाला। काशीराव को उत्तराधिकारी बनाने का समारोह किया। दो साल पीछे तुकोजी का देहांत हो गया। काशीराव से मल्हार की पहले ही नहीं बनती थी, तुकोजी के न रहने पर खुल्लमखुल्ला युद्ध हुआ। फिर दौलतराव सिंधिया से लड़ाई छिड़ी, जिसमें मल्हारराव मारा गया। इसके उपरांत मल्हार से छोटे यशवंतराव होलकर और दौलतराव सिंधिया के युद्धों की कहानी भारत में अंग्रेजों के पैर पूरी तरह जम जाने की कहानी है।

□□□

उ द य कि र ण

सामाजिक उपन्यास

परिचय

पहले पौ फटती है, एक–दो रेखाओं की झलक क्षितिज पर दिखलाई पड़ती है। रात में जो देर से सोए थे उनकी आँख उस समय थोड़ी–सी चिड़ियों की चहक से खुली नहीं कि कुसमुसाए और तड़पे—ये कमबख्त चैन नहीं लेने देती हैं, सोने का यही तो समय है और ये लगी हैं चीखने–चिल्लाने में। आँखें मूँदीं, करवटें लीं और नींद आई थी कि अब बड़े–बड़े पक्षियों ने कोलाहल–सा मचा दिया—आकाश के उस छोर पर लाल, पीली, गुलाबी रेखाएँ छाने लगी थीं। उदय की पहली किरणें—सूर्य उनके पीछे था, किरणों का भी आभास–मात्र ही। 'उदय–किरण' उपन्यास का विकास भी कुछ इसी तरह का है—उदय और किरण इसके पात्र धीरे–धीरे सामने आते हैं, यद्यपि है उपन्यास उन्हीं के नाम से। और, उपन्यास का विषय भी भ्रम और शंका के अँधेरे से बाहर क्रम–क्रम से ही आ पाता है। डूँगरसिंह सरीखे पुराने 'जागीरदार' विकास की उदयकिरण पर जग तो पड़े, परंतु मन में सोने की थी, सुलाने की भी थी, सवेरे के सुहाने को न सँजो पाए; पर उन्हीं के शब्दों में, 'देर आयद दुरुस्त आयद'—देर से आए, पर आ तो गए ठिकाने पर। और अब उजाला छा गया, उनका आलस्य गया और स्फूर्ति आई। चाहे कोई आज के समय के सहकारी खेती, सहकारी उद्योग–धंधों आदि के प्रयासों को असामयिक, अनुपयुक्त और अनुचित ही क्यों न कहे, परंतु वह घड़ी जल्दी आने वाली है जब भ्रम और शंका के अँधेरे को दूर करनेवाली किरण का उदय अवश्य होगा। प्रकाश आएगा, संभव है उन देर से जागनेवालों को प्रचंड लगे। सहकारिता की बात कहनेवालों की पुकार उन देर से जागनेवालों को अच्छी नहीं लगती। मैं इनकी चहक में अपना स्वर

मिलाने की कोशिश करता हूँ। मेरी भी उन्हें शायद रोचक और अच्छी नहीं लगेगी। परंतु मैं अपने सीमित अनुभवों के आधार पर और थोड़े से अध्ययन-अन्वीक्षण के सहारे जो बन पड़ा, कह रहा हूँ।

मुझे सहकारिता (कोऑपरेटिव) प्रयास बहुत पहले से रुचता था।

सन् १९२४ में मैं उसके सक्रिय संपर्क में आया। उस साल झाँसी जिले का सहकारी बैंक (कोऑपरेटिव बैंक) लगभग एक सौ सत्तर रुपए से शुरू हुआ। आज वह लगभग पचास लाख रुपए पर पहुँच गया है। उत्तर प्रदेश की सबसे पहली सहकारी खेती समिति हम लोगों के प्रयत्न से झाँसी जिले में ही स्थापित हुई। अब ये समितियाँ तीस से ऊपर हैं। परंतु यदि मैं यह कहूँ कि हम लोग इस प्रयत्न में संतोषपूर्वक सफल हुए हैं तो गलत होगा। उसके कारण हैं। उनमें से एक है शिक्षण की कमी और बहुत वर्षों का एकाकीपन और आपापंथी। कुछ दिनों से सहकारी खेती के विरोधियों की सुनी बातों से इस आपापंथी को सहारा मिलने लगा है। परंतु कुछ समितियाँ ऐसी भी हैं जो सफलतापूर्वक चल रही हैं। समृद्धि के उदय की आशा की ये किरणें हैं। प्रात:काल की इन किरणों पर थोड़ा-सा कुहासा अनुभवहीनता और अनजानपने का छाया हुआ है। विरोधी इसे अपनी मशीनगन बनाकर उन किरणों पर गोलाबारी न करें, यही कामना है।

—वृंदावनलाल वर्मा

उदय-किरण

: १ :

'क्यों रे कमबख्तो! बदमाशो! सरकारी जंगल को उजाड़े बिना न मानोगे? ऐं—ऐं—!' छोटी-छोटी घनी झाड़ी में बिखरे बड़े पेड़ों के जंगल की झुरमुट से कड़े स्वर में कोई चिल्लाया।

उस छोटी घनी झाड़ी के आगे ऊँचा-नीचा मैदान इखरे-बिखरे छोटे-छोटे झाड़-झंकाड़ोंवाला। इसमें भेड़-बकरियाँ चर रही थीं। दो चरवाहे उन्हें घेरे हुए से, एक दूसरे से कुछ दूर, लाठी टेके खड़े थे। उन्होंने गाली देनेवाले की थोड़ी-सी झाईं भी देखी।

एक ने उत्तर दिया, 'यह तो सरकारी जंगल नहीं है, सा'ब। सरकारी तो यहाँ से दूर है। वह रहा आधे मील पर।' उसने समझ लिया कि कौन चिल्ला रहा है।

'मैंने सब देखा है। वहीं से तो चराते-चराते यहाँ आए हो।'

'येल्लो! वहीं क्यों नहीं टोका? पकड़ लेते।'

'अच्छा! इतना सिर उठा लिया है!'

दूसरा चरवाहा पहले के पास आ गया और दोनों मिलकर भेड़-बकरियों को गाँव की ओर हाँकने लगे।

एक ने कुछ धीमे स्वर में कहा, 'वैसे ही चिल्लाए जा रहे हो, हमने कसूर तो कोई किया नहीं।'

परंतु चिल्लानेवाले के कान में पड़ गया। वहीं से बोला, 'देखूँगा, देखूँगा। बाप-दादों की याद आ जाएगी।'

चरवाहे की त्योरी चढ़ गई। रुका, कुछ कहना चाहता था कि दूसरे चरवाहे ने उसको संकेत से मना कर दिया। वह 'हुँ! हुँ!' कहकर रह गया—मानो अपनी भेड़-बकरियों को हाँक रहा हो। गाँव के पेड़ों की झुरमुट कुछ दूरी पर दिख रही थी। जिस व्यक्ति ने डाँट-फटकार लगाई थी वह फिर भेड़-बकरीवालों को नहीं दिखलाई पड़ा—उन्होंने लौट-लौटकर देखा तो भी।

कड़ाके की ठंड थी। सूर्यास्त होने में घड़ी-दो घड़ी की देर होगी, फिर भी हाथ-पैर ठिठुरे जा रहे थे। कौए काँव-काँव करते झुंड बाँधकर उड़े जा रहे थे। जंगल की एक ओर पहाड़ था। उसकी ढाल और तली में जाने-समझे बड़े-बड़े पेड़ों पर बसेरा मिल जाए तो क्या कहने; और यदि वहाँ बंदर आ जमे हों तो जहाँ आसरा मिल जाए वहाँ। पहाड़ की ढाल में एक जगह गहरा कटाव था। तली पर आकर उसने नाले का रूप ले लिया था, जो आगे चलकर ऊबड़-खाबड़ मैदान में गहरा और चौड़ा हो गया था। पेड़ इसके किनारे, ऊपर से नीचे तक, घने और बड़े-बड़े थे। बहुत से पक्षियों ने यहीं बसेरा पा लिया।

सूर्य की सुनहली किरणें पेड़ों की पत्ती-पत्ती पर रिपट-रिपटकर मचल रही थीं।

पहाड़ की तली से हटकर डाबर नाम का छोटा-सा गाँव है। वह नाला इसके नीचे से बहता है। तीस-पैंतीस बरस पहले यहाँ घना-बेगरा जंगल-ही-जंगल था। जंगल के कुछ भाग में निकटवर्ती गाँव—कुँवरपुरा—और अन्य गाँवों के ढोर, जंगल विभाग की अनुमति से, चरा करते थे। कुल भूमि का रकबा होगा लगभग आठ सौ-नौ सौ एकड़। कुँवरपुरा गाँव के दस दीन-हीन परंतु परिश्रमी परिवारों को सरकार ने प्रति परिवार बीस-बीस एकड़ भूमि खेती करने के लिए सस्ते लगान पर दे दी। ये दस परिवार यहाँ आकर बस गए। तीस-पैंतीस बरस में ये परिवार बढ़ते-बढ़ते पच्चीस हो गए। भूमि भी बँटते-बँटते किसीके पास कम और किसीके पास अधिक रह गई। ये परिवार भिन्न-भिन्न जातियों के थे। थे सब खेतिहर और पशुपालक। भेड़-बकरीवाले कुछ गड़रिए भी इनमें थे।

बाकी भूमि में लगभग सौ एकड़ डाबर और कुँवरपुरा गाँवों के पशुओं के चराने के लिए सरकार ने छोड़ रखी थी। बचे हुए पाँच सौ-छः सौ एकड़ रकबे में घना सरकारी जंगल था, चरोखर की जमीन से लगा हुआ, कुछ पहाड़ पर और बहुत-सा उसकी तलहटी में।

गाँव बसने के पहले जगह-जगह उथले-पुथले पोखरे थे, जिन्हें डाबर भी कहते हैं। इन्हीं के नाम से सारा क्षेत्रफल डाबर जंगल कहलाता था। जब गाँव बसा,

उसे डाबर कहा गया।

उन दस परिवारों और उनकी संतानों ने पोखरों—डाबरों—और इधर-उधर के टुकड़ों को खेती योग्य बनाया। पीने के पानी के लिए गाँव में कुआँ खोदा और गुजर करने लगे। दिन काट रहे हैं, कहते वे लोग यह थे।

जिन लोगों ने डाबर गाँव बसाया था उनमें दो अब भी थे—अधबूढ़े। एक का नाम परमोले था; यह चमार था। दूसरे का नाम मगन; यह अहीर था।

गाँव में एक दोमंजिला पक्का मकान था, बाकी एक-एक मंजिलवाले। कुछ खपरैल के थे, और कुछ फूँस के छाए। इधर-उधर, कहीं इकट्ठे और कहीं बिखरे हुए, हरे-भरे नीम के पेड़ थे, जिन्हें गाँव बसाने के समय लगाया गया था।

पहाड़ और जंगल से जरा दूर, और नाले के किनारे बसे हुए इस गाँव के नीम के पेड़, कहीं झुंड-सा बाँधे, कहीं अकेले-दुकेले अपना कुछ अनोखा-सा सलोनापन साँझ-सवेरे दूर से भी टटोलनेवाली आँखों को देते थे।

सूर्यास्त नहीं हुआ था तभी ढोर आ गए और उनके आगे-पीछे उनके रखवाले। कई तरफ से गाँव में प्रवेश होता था, बसा ही ऐसा था। एक गली से परमोले एक बैल और एक गाय लिये आया। सिर पर ज्वार के अधसूखे ठूँठ, जिनमें घास भी बँधी थी, रखे था। गाय छोटी-सी थी और बैल भी मझोले कद का, उतरती अवस्था का। परमोले ने गाय-बैल पौर में बाँधे और बाहर आ गया। द्वार के दोनों ओर छोटे-छोटे चबूतरे थे। एक चबूतरे के नीचे आग जलाने-तापने के लिए छोटा-सा गड्ढा था, जिसे वहाँ कौंड़ा कहते हैं। कौंड़े में राख थी। परमोले ने राख हटाई और वहीं पड़े लकड़ी-कंडे गड्ढे में रखकर सुलगा दिए। चेहरे और सिर के सफेद बालों से लगभग साठ साल का लगता था; परंतु रग-पट्ठों से पैंतालीस-पचास का भासता था। मोटे कपड़े का कुरता पहने था और मोटी मैली चादर से देह ढके था। आग जल उठने की प्रतीक्षा में कौंड़े के पास बैठ गया। उसी समय उसकी पत्नी सिर पर घास का गट्ठा लिये और कमर में हँसिया खोंसे आई। साथ में एक लड़का पंद्रह-सोलह वर्ष का था। वह भी घास की गठड़ी लिये था। परमोले की पत्नी आयु में उससे कम थी। परंतु लगती अधिक बूढ़ी थी।

परमोले ने कहा, 'भूख लग रही है। है घर में कुछ?'

'अभी लो, अभी पीसकर बनाती हूँ,' उसने उत्तर दिया और भीतर चली गई। लड़का भी साथ में।

उसी समय खाकी साफा, कोट और जाँघिया पहने, हाथ में कुल्हाड़ी लिये एक ऊँचा पूरा व्यक्ति आया। एक कंधे पर मोटा कंबल डाले था। पैरों में पुराने-से

देसी जूते थे।

'राम-राम बनरखा, राम-राम। आओ,' परमोले ने स्वागत किया। स्वर में उतनी आवभगत नहीं थी। बनरखा राम-राम लेकर, कौंड़े के पास, परंतु चबूतरे पर, बैठ गया।

'परमोले, जरा जल्दी चेताओ आग, बड़ी ठंडी हवा चल रही है,' बनरखा ने मुलायम आदेश के स्वर में कहा।

परमोले ने फूँक पर फूँक मारकर आग तेज की। बनरखा चबूतरे से नीचे उतर आया—चबूतरे पर से हाथ सेंके ही नहीं जा सकते थे। बनरखा हाथ-पैर सेंकने लगा।

कुछ क्षण उपरांत बोला, 'तुम सबके जानवर गाँव की चरोखर की हद के बाहर सरकारी डाँग में जाने लगे हैं, मवेशीखाने में भेजने पड़ेंगे।'

'मेरी गाँठ में तो एक बैल और एक गाय है। मैं, मेरी घरवाली या लड़का, कोई-न-कोई, सदा साथ में रहता है। और किसीके जाते हों तो मुझे मालूम नहीं।'

'क्या कहूँ; गड़रियों की भेड़-बकरियाँ सरकारी जंगल से बाहर आती हुई देख आया हूँ। डाँटा तो बोले कि परमोले का बैल चरता था, हमारा कोई जानवर सरकारी जंगल के भीतर नहीं गया।'

'किस गड़रिए ने कहा? झूठ बोलता था वह।'

'अरे भाई, नाम-धाम सब पीछे बतलाऊँगा, अभी तो धीरज धरे हूँ। आज रात डाबर में ही ठहरूँगा। कल देखा जाएगा।'

परमोले आग और तेज करने के लिए कौंड़े के लकड़ी-कंडे इधर-उधर करने लगा। भीतर से चक्की पीसने की आवाज आई।

'परमोले, तुम इस गाँव के सबसे पुराने हो। जुग कितना बदल गया है! कोई किसीको जैसे कुछ समझता ही न हो।'

'हाँ सा'ब, जुग बहुत बदल गया है। जब हम लोग कुंवरपुरा के जिमींदारों के बुरे बरताव से तंग आकर यहाँ बसने के लिए आए थे, सरकार ने बहुत से सुभीते दिए। फिर सोराज होने पर इस जंगल का बड़ा टुकड़ा उन्हीं लोगों ने हथियाकर हमें परेशान किया। अर्जियाँ दीं तो जंगल फिर सरकारी हो गया। थोड़े से सुभीते मिल गए हैं, पर वह बात नहीं है।'

'तुम लोगों की जोत के खेत भी सरकारी हैं।'

'तो छीन ले सरकार और मार दे हम सबको,' परमोले कुड़कुड़ाया।

'अरे परमोले, हमारा यह मतलब नहीं है। पंचायतें बन गई हैं। पंचायतों को

अधिकार मिलेगा—'

'पंचायतों में वे ही सब तो हैं जो पहले जिमींदार थे।'

'वोट तुम्हीं सबने दिए उन्हें पंच बनाने के लिए।'

'उनके गुट हैं, उन्होंने दिए।'

'तुम लोग कुछ करो।'

'पेट भरने की मुश्किल पड़ रही है, हम क्या करें? एक बैल है गाँठ में। जब दूसरे का एक और मिल जाता है तब जोत-बहाली कर पाते हैं। उसे जरूरत पड़ती है तब हमें अपना देना पड़ता है। ठीक समय पर काम नहीं हो पाता—'

'तो भी दूसरों से तो ज्यादा मजे में हो।'

'हूँ,' कहकर परमोले चुप हो गया। कौंड़े की आग टालने लगा।

भीतर से चक्की पीसनेवाली के गीत के बोल की गूँज जब-तब बाहर सुनाई पड़ जाती।

गीत के बीच में उन दोनों की बात चलती रही।

आग टालते-टालते परमोले ने कहा, 'खाने को जुड़ता नहीं, मजे में काहे के? भूखे बैठे हैं।'

बनरखा मुसकराकर बोला, 'अरे यार, हमने भी सवेरे थोड़ा-सा ही कलेवा किया था। दिन-भर जंगल में गश्त लगाते रहे। भूख लग आई है। थोड़ा-सा आटा लाओ। निमक-दाल कहीं और से ले लेंगे।'

परमोले भीतर-भीतर भड़भड़ा उठा, कहा उसने धीरे से ही, 'गेहूँ हमारे पास नहीं हैं।'

'ज्वार पिस रही होगी?'

'हाँ।'

'वही ले लूँगा। क्या करें, नौकरी जो ठहरी।'

परमोले के मुँह तक आया कि मगन के यहाँ से गेहूँ का आटा ले लो, परंतु न कह सका। बोला, 'जो कुछ थोड़ा-सा हमारी गाँठ में है, हाजिर है।'

गीत की समाप्ति के थोड़ी देर बाद परमोले भीतर गया और आधा सेर आटा ले आया। बनरखा ने कोट की जेब से एक मैला-कुचैला कपड़ा निकाला और उसमें आटा बाँधकर चलने लगा।

परमोले के मुँह से निकल पड़ा, 'भगवान् हम दीन-दुखियों के भी दिन कभी फेरेंगे।'

'हाँ, हाँ, हम सब ऐसे ही हैं,' बनरखा चला गया। वह मगन के घर पर

पहुँचा। वहाँ कौंड़े पर मगन था और तीन-चार और ताप रहे थे। मगन भरी देह का था। 'राम-राम' के बाद मगन ने पूछा, 'कहो भाई बनरखा, क्या हालचाल है?'

'हालचाल क्या बतलाऊँ—आपके गाँव के गड़रिए बड़े शैतान हैं, जंगल का नाश किए डाल रहे हैं। आपकी भी बदनामी होगी।'

'क्यों, क्या हुआ? आज कोई खास बात हुई?'

'सरकारी जंगल में भेड़-बकरियाँ चरा रहे थे। कहते थे, महते ने कह दिया है।'

'मैंने!'

'भगवान् जाने और क्या-क्या कहते थे। मैंने आपके नाम पर छोड़ दिया, नहीं तो अकल ठिकाने लगा देता।'

'कौन थे ये? नाम बतलाओ।'

'भाग गए, नाम नहीं मालूम हुए।'

'खैर, देखा जाएगा। मैं डाँट दूँगा। समझ गया कौन होंगे।'

मगन को अपने नाम का हवाला अच्छा लगा।

'अब कौन गाँव जा रहे हो?' मगन ने पूछा। वह बनरखा को टालना चाहता था।

'अब कहाँ जाऊँगा? दिन-भर का भूखा हूँ। आपसे बहुत दिन से कुछ इनाम नहीं मिला है। आशा पर संसार टिका है न?'

मगन को भोजन कराना पड़ा। रात में बनरखा उसी की पौर में ठहरा।

सवेरे 'इनाम' में दो रुपए उसे मिले। परमोले का आटा वह पलेथन में ले गया। सूर्योदय हो आया था। उसके चले जाने के बाद एक पड़ोसी से बातचीत हुई, जो कौंड़े पर तापने आ गया था।

'जंगल में जानवर तो शायद ही किसीके जाते हों, पर करें क्या? यह रपट-शिकायत कर दे तो इसकी सुनी जाएगी, हमारी-तुम्हारी बात का भरोसा नहीं किया जाएगा।'

'पंचों से फरियाद करते हैं तो वे भी कुछ नहीं कर पाते।'

'नहीं कर पाते या नहीं करते। इन्हीं के पुरखों के अत्याचारों ने गाँव छुड़ाया और हम सबको यहाँ आकर बसना पड़ा। पर हाँ, वहाँ से तो अच्छे हैं, लड़ाई-झगड़ों से थोड़ा-बहुत तो बचे ही रहते हैं।'

'अब उनमें आपस में चल रही है,'

'गाँव-गाँव लाठी चल जाती है। हाथ-पाँव टूट जाते हैं! कत्ल होने लगे हैं।'

पिछली साँझ चरोखर में जिन गड़रियों पर डाँट पड़ी थी वे आ गए।

एक ने कहा, 'हम तो, महते, इस बनरखा के मारे बड़े हैरान हैं। गाँव की चरोखर में भेड़-बकरियाँ चराते हैं, सरकारी जंगल में भूले-बिसरे कभी एकाध जानवर चला जाए तो चला जाए, वैसे हम कभी नहीं जाने देते। कहता था, मवेशीखाने में बंद कर देंगे। बड़ी आफत है।'

दूसरा बोला, 'यों ही गालियाँ दे गया।'

मगन ने ठंडा करने का प्रयत्न किया, 'अरे भाई, जरा से में गड़बड़ मच जाती है। सरमन, अच्छा हुआ जो तुमने मेरा नाम ले दिया, नहीं तो बनरखा कुछ ऊधम जरूर करता।'

इन लोगों ने मगन का नाम लिया ही न था, परंतु उन्होंने प्रतिवाद नहीं किया, उसे प्रसन्न रखना चाहते थे। मगन अपना रोब बनाए रखना चाहता था। परिस्थिति ही ऐसी थी। बनरखा ने उससे कहा भी था।

उस गड़रिए का नाम सरमन था। मगन का समर्थन करते हुए बोला, 'तुम्हारा ही तो आसरा है, महते। तुम्हें हमारी गैल की लाठी बने रहना है, तुम्हीं को सारा डौल डालना है।'

दूसरे ने मतलब की बात कही, 'सो तो है ही। अपने दस घरों को बीस-बीस एकड़ जमीन दी गई थी। तब से अपना सबका कब्जा भी चला आता है। उस जमाने के पट्टे ले लिये हैं। पटवारी कहते थे कि बदलकर दूसरे दिए जाएँगे। अभी तक नहीं मिले हैं! सौ एकड़ बंजर चरोखर के लिए दी थी, सुनते हैं वह गड़बड़ में पड़ जाएगी। बनरखा शायद इसीलिए बहुत पीछे पड़ने लगता है।'

'कानून-कायदे नए-नए बन रहे हैं, अब जो कुछ हो।'

'हाँ, कुँवरपुरा के उन सोलह घरों की जमीनें तो बच गईं नए कायदे से। बतलाओ तो महते, कैसे क्या हुआ?' सरमन ने कहा।

'तीस साल से ऊपर हुए जब हम और तुम सब कुँवरपुरा छोड़कर यहाँ बसने के लिए आए। तभी वहाँ के जागीरदार ने हमारी जाति के उन लोगों को, जिनके अब सोलह कुटुंब हो गए हैं, अट्ठासी एकड़ भूमि केवल पैंतीस रुपया सालाना लगान पर लगा दी; क्योंकि जागीरदार उन लोगों को हमारे खिलाफ बनाए रखना चाहते थे। वे लोग हमसे फूटे, परंतु जागीरदार उनसे जो कुछ करवाना चाहते थे उन्होंने नहीं किया तो उनमें मनमुटाव हो गया—'

सरमन मगन की बात के बीच में बोल पड़ा, 'फिर भी वहीं बने रहे, कुँवरपुरा गाँव न छोड़ा, न छोड़ा।'

मगन ने बतलाया, 'बरसों तक वह भूमि गोचर ही रही। जागीरदार उसे निकम्मी समझते थे। पट्टेदारों ने जोतबहाली शुरू की तो जागीरदार ने जमीन छीन लेनी चाही। मामला चल पड़ा, चलता रहा। अंत में जमीन उन्हीं सबके पास रही, जागीरदार रह गए! क्योंकि कानून पलट गया है। लगान जरूर बढ़कर ढाई सौ रुपया साल हो गया है।'

'क्या जागीरदार को मिलेगा?'

'जागीरदारी रही कहाँ अब? सरकार लेगी लगान।'

'है बहुत। पर हाँ-आँ, जमीन उपजाऊ है।'

'बहुत नहीं है। तीन रुपया एकड़ के लगभग ही तो बैठता है। उन लोगों ने ऊँचे-नीचे खेतों को बड़ी मिहनत से समतल किया, बंधी डालीं और बराबर कुछ-न-कुछ करते रहते हैं।'

'उनमें के एक घराने में उदयसिंह लड़का खूब पढ़-लिखकर भी नौकरी करने बाहर नहीं गया, खेती-पाती की बातों में ही बींधा रहता है—'

'हमें पसंद नहीं है, बक्की है और इधर-उधर के पचड़ों में लगा रहता है। लेकिन हमें क्या करना है।'

'हाँ होगा,' सरमन ने भी कहा, 'हम-आप तो यह चाहते हैं कि अपनी-अपनी जमीन के नए पट्टे आ जाएँ, गोचर भूमि बची रहे, आगे के भगवान् मालिक हैं।'

दूसरा गड़रिया बोला, 'पटवारी और पंचों के घुटाले में पड़े होंगे पट्टे कहीं।'

सरमन ने कहा, 'शायद सरकारी दफ्तर में हों। अनगिनत बार कभी इस कचहरी, कभी उस कचहरी में आते-जाते बने रहे।'

'अंत भला सो भला,' मगन ने समझाया, 'कुँवरपुरावाले सोलह घरों को तो कहीं अधिक दौड़-धूप करनी पड़ी है।'

उन लोगों ने 'हाँ-हाँ' की—वे प्रतिवाद नहीं करना चाहते थे।

मगन कहता गया, 'अभी अपने यहाँ ढोर चराने के लिए सौ एकड़ परती बंजर है। इसमें दूसरे गाँवों के भी गाय-बैल, भेड़-बकरी, घोड़े-गधे—सब—चरने आ जाते हैं। यदि चराने के लिए रकबा कम कर दिया गया तो बंद हो जाएँगे वे बाहरवाले, अपने गाँव की बहाली रहेगी।'

सरमन बोला, 'हाँ, सो तो होगा ही। उसकी चिंता नहीं करनी चाहिए। बात जोत बहाली की जमीन के पट्टों की है।'

'बात यह नहीं है, वे तो मिलेंगे ही किसी दिन।'

'फिर क्या बात है, महते?'

'बतलाते हैं।'

एक लड़की भीतर से आकर द्वार के किवाड़ों के पास खड़ी हो गई।

'क्या है, किन्नी?' मगन ने पूछा। वह इसकी पुत्री थी। आयु लगभग सोलह साल। सुंदर आकृति थी, स्वस्थ। नाम उसका किरण था, कहते किन्नी थे।

'नेक भीतर आओ, बापू।'

मगन भीतर चला गया। वे लोग बैठकर बातें करते रहे—

'पट्टों और नए कायदों को क्या चाटेंगे जब हमारे-तुम्हारे ढोर मवेशीखाने में बंद कर दिए जाया करेंगे?' सरमन ने कहा।

'कुँवरपुरा के क्या, कहीं के भी पंच कुछ नहीं करते, बड़ी मुश्किल तो यह है,' मगन के पड़ोसी ने उन पंचों के ऊपर आरोप किया।

'वे लोग कुछ नहीं करते तो हम कुछ करें।'

'क्या?'

'जो कुछ समझ में आवे।'

समझ में उन लोगों के कोई भी योजना न थी। नासमझी और बेबसी से उत्पन्न व्यग्रता, उग्रता मात्र थी।

यहाँ का कौंड़ा भी मकान के चबूतरे के नीचे था। चिलम-तमाखू थी ही, पीने लगे।

मगन के घर में तनाव का वातावरण था। उसकी पत्नी चालीस-पैंतालीस की अवस्था में ही बूढ़ी लग रही थी। श्वास का रोग था, देह की दुर्बल थी। कुछ बच्चे हुए थे। वे नहीं रहे। किरण एकमात्र संतान थी।

आँगन के एक छोरवाले उसारे में तीनों बैठे थे। किरण मुँह फेरे लकड़ी के एक छोटे-से टुकड़े से मिट्टी कुरेद रही थी। पति-पत्नी में बात चल रही थी।

'हमें जो कहो सो करने को तैयार हैं, पर किसी दिन आफत का पहाड़ न आ टूटे सिर पर,' पत्नी ने कहा।

'मैं बिलकुल नहीं चाहता, फिर भी करना पड़ रहा है! दुनिया-भर से तो वैर बिसा नहीं सकते।'

'तुम जानो, काम बड़े संकट का है।'

'एक तरफ कुँवरपुरा के पाजियों के गुट हैं, जो हमें सताने से कभी नहीं चूकते और दूसरी तरफ इन डाकुओं का गिरोह है; जिन्हें महीने-दो महीने में एकाध

बार खिलाना पड़ता है। डाकुओं से बुराई ले नहीं सकते, वे जब चाहें तब हमारी धज्जियाँ उड़ा देंगे, पुलिस सदा रखवाली कर नहीं सकती, आ ही कभी-कभी पाती है। इनका हाथ ऊपर बना रहे तो फिर उन गाँवों के गुटों की कुछ परवाह नहीं। उन्हें पिटवा और लुटवा भी सकता हूँ, अकल ठिकाने लगवा सकता हूँ।'

'जैसा ठीक समझो।'

किरण ने मुँह बिदराया, दाँत भींचे। बोली कुछ नहीं।

मगन ने कहा, 'बेटी का ब्याह करना है। साल-दो साल में हो जाएगा, ऐसी आशा है। उसके बाद सब तरफ से छुट्टी पा जाऊँगा। फिर न इनका डर, न उनका डर।'

किरण ने अपनी भौंहें सिकोड़ीं-फैलाईं। उसकी माँ नीचा सिर किए चुप बैठी थी, जैसे असहमत हो।

मगन ने सहलाया, 'जैसे पिछले आठ महीनों में चार-पाँच बार खिला चुकी हो, वैसे अगले साल-डेढ़ साल में कुछ बार और सही।'

अब किरण बोली, मुँह दूसरी ओर ही किए रही, 'छः बार खिलाया है बापू, पूरे छः बार।'

'अरे हाँ, ठीक कहती हो, किन्नी,' मगन ने कहा, 'मैं भूल गया था, मैं खुद दो बार ही जंगल में खाना देने गया, बाक़ी काम छोटे महते करते रहे, इसलिए ठीक-ठीक याद नहीं रहा।'

छोटे महते गाँव में दूसरा अहीर था, मगन का पड़ोसी। अधबूढ़ा था। दो छोटे-छोटे बच्चे घर में थे, घरवाली का देहांत हो चुका था। जैसे-तैसे अपना काम चलाता था।

'कितनी पूड़ी बनानी पड़ेंगी?' किरण की माँ ने पूछा।

'पंद्रह सेर। दस-बारह का गिरोह है,' मगन ने उत्तर दिया।

'कहाँ हैं डाकू?'

'यहीं कहीं पहाड़ों में। गई रात आए हैं। बड़े भोर खबर मिली थी। साँझ की बेला गिरोह का आदमी आएगा, वह कह गया था। मुझे नहीं जाना पड़ेगा, शायद छोटे महते जावें।'

'घी घर में है। डालडा भी रक्खा है। उसे घी में मिला दूँ?'

'घी? बिलकुल नहीं,' किरण ने अब सम्मुख होकर कहा, 'केवल डालडा में बना दो, ये कहीं के साधु-संत हैं जो इन्हें घी खिलाया जाए?'

वह लजीले स्वभाव की लड़की थी। परंतु क्षुब्ध होने पर वह लाज-संकोच

एक किनारे रख देती थी। उसके स्वभाव में एक बात और थी—जिस किसी पक्ष का समर्थन करती थी उसका सोलह आने, और यदि किसी विशेष कारणवश उसका मत बदल गया तो उतने ही जोर के साथ उसका विरोध भी करती थी—एक बड़ा कारण उसके भीतर का दया-भाव था। अपने पिता की उस परिस्थिति के कारण उसने डाकुओं के गिरोह को खाना देने का समर्थन तो किया, परंतु घी की पूड़ी न देने का, केवल डालडा तेल में पकाई हुई पूड़ी भिजवाने का, सुझाव दिया।

बात तय हो गई। मगन बाहर चला गया।

किरण का ताव उफनाया, 'मेरे पास बंदूक हो और मेरा बस चले तो सब उचक्कों-बदमाशों को मार दूँ।'

माँ ने खाँसते-खाँसते भारी स्वर में कहा, 'किन्नी, वैसे तो शांत रहती हो, पर न जाने तुम्हें कभी-कभी क्यों इतना उफान आ जाता है। यदि कहीं तुम्हारी बात कोई और सुन ले, क्योंकि गुस्से में चूक हो जाती है, और डाकुओं को मालूम हो जाए तो हमें किसीको भी वे न छोड़ेंगे।'

किरण ने अपने होंठ कसे—उसका गोरा चेहरा लाल हो ही गया था—साँस थामी और कुछ क्षण चुप रही। फिर दबे स्वर में बोली, 'तुम ठीक कहती हो माँ, आगे नहीं कहूँगी। बंदूक है ही कहाँ? हम गरीबों को मिल ही कैसे सकती है?'

'बेटी, गरीब हैं और नहीं हैं। इस जंगल में हमें दीन बनकर ही रहना चाहिए। यही निभ सकता है। अपने भगवान्, अपने ढोर और अपनी छोटी-मोटी खेती बनी रहे।'

'हाँ, सो तो है ही, माँ,' किरण ने कहा। उसके स्वर में रीनाझीनापन था।

माँ बोली, 'आटा कुछ कम बैठेगा। पिसवाना पड़ेगा।'

'दिन में कोई पीसनेवाली न मिलेगी; अपने-अपने काम पर चली गई होंगी।'

'मैं पीस डालती, पर दम फूल-फूल जाता है। बस का नहीं।'

'मैं पीसे डालती हूँ, कितना चाहिए?'

'तुम बेटी? अरे नहीं। मैं ही धीरे-धीरे करूँगी काम।'

'नहीं, नहीं।' किरण का कंठ तीखा हो गया था, काँप भी उठा था। बोली, 'ये लोग डाकू किसी-न-किसी के सताने से हुए होंगे या उनके मान पर किसीने बट्टा लगाया होगा।'

'बेटी किन्नी, बदला लेने के लिए भी बहुत से लोग डाकू हो जाते हैं, पेट भरने ही के लिए कम लोग लूटमार करते हैं।'

माता-पिता के प्रति उसके भीतर स्नेह और दया के भाव उमड़ पड़े थे, इसलिए किरण ने यह दलील दे डाली।

किरण ने एक पंसेरी अनाज उठाया और पीसने पर जुट गई। बाहर बैठे मगन ने भी चक्की की आवाज सुनी और वह समझ गया। वैसे घर में साँझ-सवेरे पिसाई होती थी; परंतु उस समय चक्की का कारण दूसरा था। उसे कसका।

चर्चा ने दूसरा रुख पकड़ लिया था।

गड़रिए कह रहे थे—

'महीने-दो महीने में हमारे एक-दो बकरे बेपता हो जाते हैं।'

'तेंदुए जंगल में हैं, पर यह काम तेंदुए का नहीं हो सकता। तेंदुआ चोट-चपेट करे तो जानवर चिल्लाएँ। चिल्लाहट तो सुनी नहीं।'

पड़ोसी छोटे महते ने कहा, 'तुम्हारी भेड़-बकरियाँ कभी-कभी इधर-उधर भटक जाती हैं। तुम सो जाते होगे, चिल्लाहट कैसे सुनाई पड़े?' छोटे महते ने तिरछी निगाहों मगन की ओर देखा।

मगन ने बात टाली, 'अपने गाँव का तो कोई चुराता नहीं। या तो तेंदुआ उठा ले जाता होगा या कुँवरपुरा के उठाईगीरे चट कर जाते होंगे।'

गड़रियों ने सहमति के सिर हिलाए और माथे पर हाथ फेरकर भाग्य को जिम्मेदार ठहरा दिया। तभी परमोले आया। राम-राम करने के बाद उसने कहा, 'महते, तुमने कभी देखा मेरी गाय या बैल को सरकारी जंगल के पास भी?'

'क्यों, क्या बात हुई?' मगन ने बिना किसी रुचि के पूछा।

'किसी गड़रिए ने बनरखा से चुगली खाई है, बिलकुल झूठी। उसे लाज भी न आई। किसी दिन हो पड़ेगी।'

गड़रियों ने तुरंत प्रतिवाद किया—

'हम लोगों ने तो बनरखा से कभी कुछ नहीं कहा, चौधरी।'

'बनरखा बहुत पाजी है,' सरमन ने कहा।

'तो बनरखा ने यों ही बक दिया?' परमोले ने प्रश्न किया।

मगन ने समाधान का प्रयत्न किया, 'वह तो यों ही भिड़ाया करता है। मुझसे भी आकर इधर-उधर की झूठी बातें की थीं।'

'अरे! और मुझसे आधा सेर आटा झटक ले गया!'

'ऐं!' गड़रिए हँस पड़े, 'आधा सेर? बस! हम भी आधा सेर दे देते, लेकिन हमें तो गालियाँ दीं उसने।'

'तुमने मेरा नाम न लिया होता तो वह तुम्हारे ऊपर कुछ लंबा हाथ मारता,

मेरे नाम ने बचा लिया, बच्चू?' मगन ने दंभ किया।

गड़रियों ने मगन के नाम की दुहाई नहीं दी थी, वे जानते थे। अब समझ गए कि सारी कहानी झूठी है, बनरखा फरेबी है।

'मेरे यहाँ खाना खाया। तुम्हारा आटा बाँध ले गया! खैर, इतने से ही छुट्टी मिल गई,' मगन ने यह नहीं बतलाया कि उसने बनरखा को दो रुपए भी दिए थे।

'परमोले, तुम क्या उतनी ही कहने आए हो या कुछ और काम है?'

'नहीं, उतने ही के लिए नहीं आया हूँ। एक पोखरा सूख गया है। अभी उसमें तरी है। एक बैल मिल जाए तो इन दिनों खेत जोत डालूँ। फिर मिट्टी कड़ी पड़ जाएगी, खेत रह जाएगा। अबकी बार उसमें फसल पर धान करने का विचार है।'

'अभी से तैयारी!' छोटे महते बोला।

'हाँ, महते, एन मौके पर बैल न मिलने के कारण इस साल कई पोखरे पड़े रहे। गाँठ में बैल होता तो सिर पर ऐसी न बीतती।'

'तुम्हारी वह सम्मती तो है, उससे क्यों नहीं रुपया ले लेते?' एक गड़रिया ने कहा। उसका तात्पर्य सहकारी समिति—कोऑपरेटिव सोसाइटी—से था।

'महते को मालूम है, न जाने कितनी बार अर्जी दी, पर रुपया नहीं मिला,' परमोले ने बतलाया।

'हाँ, तुमने दो बार अर्जी दी, पर वहाँ से तो रुपया हिस्सों की जमा की हुई रकम और हैसियत के हिसाब से मिलता है। तुमने माँगे थे चार सौ रुपए, मिल सकते थे कुल डेढ़ सौ।'

'डेढ़ सौ में तो मेरे काम लायक बैल आता नहीं, महते,' परमोले ने अपनी लाचारी प्रकट की और कहा, 'जिमीन मेरे नाम बीस एकड़ है, क्या उसकी कोई कीमत नहीं?'

'है भाई, है। किसी-किसीके पास इससे भी ज्यादा है; पर उसपर झाड़-झंखाड़ खड़े हैं और बेची वह जा नहीं सकती, इसलिए समिति ने अर्जी नहीं मानी, क्योंकि जिला बैंक दे नहीं सकता था।'

उसी क्षण मगन को एक बात याद आई और बोला, 'रिन तुम्हें मिल जाता; लेकिन गाँव—कुँवरपुरा—के पापियों ने कुछ गड़बड़ अपनी तरफ से कर दी। रह गए।'

'तो महते, तुम अपना एक बैल दे दो।'

'इन दिनों हमारे यहाँ भी काम हो रहा है। एक टुकड़ी का जंगल काटकर

और खुदवाकर जिमीन जोत रहे हैं। काम बहुत ही थोड़ा हो पाता है, पर करना तो है ही। अकेले पोखरों से काम नहीं चलता। काम हो जाए हमारा तब पोखरे की जुताई कर लेना। वह तो बहुत दिनों गीला बना रहेगा।'

परमोले को सच बात कहनी पड़ी, 'महते, तुमसे कभी कुछ नहीं छिपाता हूँ। पोखरों के अलावा एक बीघा जिमीन ठूँठ खोद-खादकर कमा पाई थी, जिसमें इस साल ज्वार की थी। अब एक बीघा और बनाना चाहता हूँ। हम बाप-बेटे ठूँठ खोद रहे हैं। एक बैल मिल जाए तो जितना तैयार है उसकी जुताई कर डालें। अभी उसमें तरी है, फिर सूख जाएगा। एक साल यों ही मारी जावेगी।'

छोटे महते बोला, 'अब कही बात तुमने पते की। पोखरेवाली तो भाई, बिलकुल नहीं जँची थी।'

गड़रियों ने अपनी-अपनी कही, 'हम भी चाहते हैं कि जिमीन साफ कर लें, पैदावार बढ़ जाएगी। आगे चलकर खेत बाल-बच्चों के काम आएँगे और कपड़े-लत्ते की कुछ और अच्छी गुजर होने लगेगी। घर भी बनाने हैं, पर अभी तो गाँठ में उतनी पूँजी ही नहीं।'

'घरों के लिए लकड़ी तक तो दुर्लभ हो गई है। इतना बड़ा जंगल नाक के नीचे और लकड़ी का अकाल बना रहता है!'

मगन ने भी टीप लगाई, 'अरे भाई, कायदों के मारे और इस पड़ोसी गाँववालों के मारे नाकों दम है। एक बार हुकुम निकला, अपनी जिमीन के भी खैर नहीं काट सकते! नीम काटने को हुए तो उनकी मनाई आ गई। रियायत यह दी कि खैर के तीस-चालीस बरस पुराने पेड़ काट सकते हो—अपनी ही जिमीन के; सरकारी जंगल के काटे तो गए जेलखाने में!'

छोटे महते कम बोलनेवाला होते हुए भी क्यों पीछे रहने वाला था? बोला, 'बड़े सरकारी जंगल की हद के बाहर की गाँवटी डाँग पहले गाँवों को दे दी थी, फिर छीनकर सरकार ने अपने हाथ में कर ली! उसके बाद खेतों में बाँटकर हमें-तुम्हें दे दी—कहा यही था। अब कहते हैं यह पेड़ न काटो, वह न काटो।'

'और सरकारी अफसरों को उस गाँव के दुष्ट फुसलाते जो रहते हैं।' मगन ने जोड़ा।

'सभा-भवन के नाम से एक हवेली खड़ी करवा ली है कुँवरपुरा में, दो कुएँ खुदवाकर पक्के करा लिये हैं! बड़े-बड़े अफसर वहीं पहुँचते हैं, यहाँ तो जब कोई आता है तब शिकार के लिए आता है,' एक गड़रिया ने चिलम फूँकते-फूँकते कहा और मगन के मुँह की ओर ताकने लगा।

सरमन ने अपनी असीस दी, 'कालभैरों समझें उन सबों को। हमें चैन से नहीं रहने देते। बकरा-बकरी वे ही उड़ा-खा जाते होंगे।'

'मेरे खेत में गेहूँ-चना यों भी अच्छे नहीं हैं, कई जगह आज चरे-चरवाए से दिखे। हो सकता है जंगली जानवर चर गए हों। रात में रखवाली के लिए नहीं जा सका था,' परमोले ने अपनी सुनाई।

'नहीं, जंगली जानवरों ने नहीं चरा होगा तुम्हारा खेत। आसपास के पोखरों में तो रखवाले थे। बाहर का उचक्का होगा कोई जो चरा ले गया।'

'जानवरों के खुरों से पता नहीं लगाया?' मगन ने पूछा।

'पहचान में नहीं आए,' परमोले ने उत्तर दिया। वह जिस मतलब से आया था उसके लिए मगन का निहोरा किया, एक बैल के लिए फिर प्रार्थना की। मगन विवश था।

एक दिशा से दो व्यक्तियों को आता देखकर उसने कहा, 'यह लो! पटवारी और समिति के बाबू आ रहे हैं, इधर काम पड़ा है दिन-भर का।'

उन लोगों ने भी देखा। गड़रियों ने भेड़-बकरियाँ चराने के लिए उठ जाना चाहा। परमोले ने रोका, 'देख भी लो, किसलिए आए हैं। शायद कागज ले आए हों।'

वे दोनों निकट आ गए। एक पटवारी था और दूसरा सहकारी समितियों का बाबू—सुपरवाइजर। राम-राम हुई। मगन ने भीतर से एक मोटा-झोटा कपड़ा लाकर उनके बैठने के लिए बिछा दिया और कहा, 'चाय-वाय तो पी आए होंगे? कहो तो बनवाऊँ?'

मगन जानता था कि किसीको चाय न पिलानी हो और केवल शिष्टाचार बरतना हो तो यही कहना चाहिए। आनेवाला कह ही देता है कि नहीं पीनी है; परंतु पटवारी हँसकर बोला, 'दिन चढ़ आया है, चाय कौन पीता है महते, कलेवा करवाओ।'

उलटी आँतें गले पड़ीं! मगन को थोड़ी-सी हँसी के साथ सत्कार की क्रिया अपनानी पड़ी, 'हाँ-हाँ, जरूर, अभी तैयार होता है।'

मगन भीतर गया। उसने वहाँ मुँह बिगाड़कर धीरे से कहा, 'दो सनीचर आ गए हैं। उनके लिए कलेवा बनाना पड़ेगा।'

उसकी पत्नी ने मुँह बनाया और चुप रही—ऐसे मेहमान तो आते ही रहते हैं!

किरण चक्की चला रही थी। चलाती रही।

उसकी माँ ने कहा, 'डालडा में सिकेंगी पूड़ियाँ।'

'मिट्टी के तेल में सेंक दो, मुझे परवाह नहीं। जरा जल्दी करना।' कहकर मगन चला गया।

पत्नी हँस रही थी। वैसे कम हँसती थी, उस समय अधिक हँसी। किरण ने देख लिया। कुतूहल जागा। चक्की बंद करके उसने वहीं से पूछा, 'क्या है, माँ?'

उसकी माँ ने बतलाया, 'कहीं से दो आदमी आ गए हैं। कलेवा बनाना है। कहते थे, मिट्टी के तेल में सेंक दो, कुड़कुड़ा रहे थे।'

'उससे तो पानी में सेंक देना अच्छा। होंगे कोई ऐरे-गैरे। मैंने पाँच सेर की जगह पिसान छः सेर रख लिया है। काम आएगा,' किरण ने कहा और चक्की पीसने लगी।

बाहर पटवारी एक कागज हाथ में लिये अहसान जता रहा था, 'अनेक बार कभी तहसील, कभी सदर, कभी कहीं और कभी कहीं जाना पड़ा तब यह सब ठीक हो पाया है। जिसके पास जितनी भूमि है, पक्की हो गई है। अब ज्यादा अन्न उपजाने की एक योजना सामने आ रही है। अपने-अपने खेतों की सफाई करके उन्हें बनाओ-कमाओ और ज्यादा अन्न उपजाओ। फिर मौज-ही-मौज है।'

'बैल हाथ में हों तभी कि वैसे ही यह सब कर लो! मैंने अर्जी पर अर्जी दी, लेकिन एक बैल तक के लिए मुझे रुपया नहीं मिलता,' परमोले ने कुछ ऊँचे स्वर में उलाहना दिया।

समिति के बाबू ने समाधान का प्रयत्न किया, 'जिला बैंक से रुपया हैसियत के आधार पर मिलता है। तुमने शिकायत की है कि तुम्हारी जायदाद की हैसियत ठीक तौर से नहीं कूती गई है। ले चलो मुझे, मैं तुम्हारा घर-वर देख आऊँ। तुम कहते हो कि सब जायदाद हजार रुपए से ऊपर की है। उसकी जाँच के लिए भी हम दोनों यहाँ आए हैं।'

पटवारी ने समर्थन किया, 'हाँ-हाँ, एक बार नहीं, जितनी बार यह कहें उतनी बार देख लो।'

परमोले चलने को हुआ कि मगन ने चुटकी काटी, 'इस गरीब गाँव में आना ही कब-कब होता है तुम्हारा? देख आओ परमोले की सब जायदाद, तब तक कलेवा तैयार हुआ जाता है।'

परमोले खड़ा हो गया, तुरंत बोला, 'चलो बाबू सा'ब, और देख लो। जिमीन भी देख लो। बढ़िया है। बैलों की जोड़ी हो जाए मेरे पास तो कुछ करके दिखला दूँ।'

'जमीन की कीमत यह आँकेंगे! उसके तो नक्शे पहले से ही तैयार हैं। मैंने दे दिए हैं। यह तो केवल तुम्हारा घर देखेंगे। वैसे मैंने उसकी भी हैसियत लिख भेजी थी,' पटवारी ने कहा।

परमोले पटवारी की इस बात पर मन-ही-मन बुदबुदाता हुआ सुपरवाइजर के साथ चला गया।

पटवारी ने अकेले में बात करने का मगन को संकेत किया। दोनों पौर में चले गए और चबूतरे पर उकड़ूँ जा बैठे।

पटवारी ने हाथवाले कागज को फैलाकर कहा, 'सरकार सहकारी खेती पर जोर दे रही है, सुना है तुमने, महते?'

'सुना है और कुछ लोगों को उसकी बुराई करते भी सुना है कि उससे लाभ कुछ नहीं, हानि है। अपनी चीज पराई हो जाएगी, जबरदस्ती की जाने वाली है। अखबारों में भी कुछ ऐसा ही छपा है। कुँवरपुरा में सुन आए थे हम एक दिन।'

'जैसा तुम सुन आए हो वैसा ही हम भी सुनते और पढ़ते हैं; पर हम ठहरे सरकारी नौकर। खुलकर कुछ नहीं कह सकते। सहकारी खेती का काम जब कभी शुरू कराया जावे—अच्छा ही होगा—अभी तो हमारे हलके में कागज पर इस बात के दस्तखत कराए जा रहे हैं कि हमें सहकारी खेती पसंद है।'

'किसके हुकुम से?'

'हुकुम किसीका नहीं है। जिला बैंक, सहकारी विभाग और योजनावाले सुझाव दे रहे हैं। अब इसे हुकुम समझो चाहे सुझाव।'

'पहले अच्छी तरह समझ तो लें कि यह है क्या? सुना है कि सहकारी समिति में जिमीन लगाई तो गई। उधर तुम कहते हो कि जिमीन जो हम सबको इस गाँव में दी गई है वह पक्की हो गई। फिर सब कच्ची हो जाएगी क्या?'

'यह तो भगवान् जानें,' पटवारी ने आँखें नीची करके उत्तर दिया, 'पर अभी तो राय ही ली जा रही है। जब सहकारी कृषि समिति बनने लगे तब जो मन में आवे करना। कुँवरपुरा के जागीरदार डूँगरसिंह और सरपंच रामदयाल ने सही कर दी है।'

'उन्होंने सब कुछ समझ लिया होगा, बड़े जानकार हैं।'

'जैसे कुछ जानकार हैं सो तुम सब जानते होगे; पर हाँ, समझ तो उन्होंने लिया ही होगा। कुँवरपुरा में वह जो बहुत पढ़ा-लिखा बना फिरता है—क्या नाम है उसका? उदयसिंह, जिसे सब उद्दे कहते हैं—उन लोगों के पीछे पड़ गया और उन्होंने दस्तखत कर दिए—'

'वह हमारी ही जाति का है,' मगन ने कहा, 'आसपास के गाँवों में हमारे

यहाँ इतना किसीने नहीं पढ़ा, परंतु है वह सनकी। नौकरी नहीं की, खेतों की धूल फाँकता फिरता है। रामदयाल और डूँगरसिंह के घरानों से उदय के परिवार की खटपट रही है, क्योंकि हम लोग किसीसे दबते नहीं हैं। उन दोनों ने कुछ और सोचकर दस्तखत किए होंगे।'

पटवारी बोला, 'तभी, तभी तो सरपंच और जागीरदार ने दस्तखत करते हुए कहा था कि क्या कहूँ।'

'क्या कहा था?'

'उन्होंने कहा था कि डाबरवाले दस्तखत न करें, नहीं तो जो जमीन पक्की हो गई है, कच्ची हो जाएगी; जैसाकि तुम स्वयं सोचते हो।'

'अब जैसा तुम कहो।'

पटवारी की और उन लोगों की मंशा में कुछ कपट है, मगन सोच रहा था।

'कुँवरपुरावालों के दस्तखत मैंने करा दिए हैं। लगता सब दिखावटी है। डाबर का जिम्मा इन बाबू ने लिया है। मुझे भान होता है कि समय आने पर उनमें से बहुत से फ्रंट हो जाएँगे, इतना तो, भाई, मैं समझ गया हूँ। पर मुझे क्या करना है। हाँ, यह जरूर कह सकता हूँ कि जो लोग इस तरह की खेती-योजना में शामिल होंगे, सरकार उनकी मदद करेगी। कहा यही जा रहा है।'

मगन को पटवारी की बात अटपटी लगी। बोला, 'देख आऊँ कलेवे में और कितनी देर है।'

'यह तो बतलाए जाओ कि क्या तय किया है?' पटवारी ने पूछा।

'करना तो वही है जो तुम सब कहोगे,' कहकर मगन भीतर आँगन में चला गया और पटवारी बाहर आ गया।

थोड़ी देर बाद मगन भी बाहर के चबूतरे पर आ बैठा। उसी समय सुपरवाइजर के साथ परमोले आता दिखलाई पड़ा।

'कहिए, कितने का रक्खा आपने परमोले का घर?' पटवारी ने कुछ उत्कंठा के साथ पूछा।

बाबू ने बतला दिया। पटवारी ने घर के जितने दाम कूते थे, बाबू ने उससे ड्यौढ़े रखे। पटवारी को भीतर-ही-भीतर अखरा—अपना-अपना अनुमान। कहा उसने कुछ नहीं।

'अब तो एक बैल के लिए मिल जाएगा मुझे उतना रिन?' परमोले ने पूछा—

'अब भी कुछ कसर है। करेगी तय तुम सबकी सहकारी समिति। एक खेत

साफ करके किसी तरह तैयार कर लो तो उसकी कीमत बढ़ जाएगी। पटवारीजी तुम्हारी मदद करेंगे और मैं भी समिति को सलाह दे दूँगा, तुम्हारा काम बन जाएगा,' बाबू ने उत्तर दिया।

'कितनी अड़चनें पड़ती हैं!' मगन ने कहा।

'महते, जिला बैंक में जाओ तो पता लगेगा कि वहाँ एक-एक लकीर और बिंदी की जाँच होती है। जब तक समिति से हैसियत पक्की नहीं कर दी जाती तब तक बैंक रिन नहीं देता है, कागज लौटा देता है दुरुस्ती के लिए,' बाबू ने 'अड़चनों' की व्याख्या की।

'भाग ही खोटा है हमारा,' परमोले क्षुब्ध हो गया।

'घबराओ मत। समिति तुम्हारी मदद करेगी। यह महते भी उसमें हैं। मैं भी कुछ करूँगा।'

'देखें क्या होता है,' परमोले की दबी आह में असंतोष की पूरी मात्रा झलक गई।

'बात सुनो और गाँठ में बाँध लो। जैसे-जैसे तुम्हारे खेत साफ होकर सुधरते जाएँगे, उनकी कीमत बढ़ती जाएगी। बैल के लिए तुम्हें रिन जरूर मिलेगा, मिले चाहे देर-सवेर से। सब डाबरवाले मिलकर सहकारी कृषि समिति—खेती समिति बना डालो। खेतों की कीमत बढ़ जाएगी। बैंक रिन देगा, सरकार मदद करेगी। सारे सवाल हल हो जाएँगे,' बाबू ने समझाया। उसके स्वर में कुछ उत्साह भी था।

'अभी तो इस बात के लिए ही निशानी दस्तखत होने हैं कि तुम सबको यह काम पसंद है,' पटवारी ने अटका लगाया।

'पहले समझ तो लें; कोई कुछ कहता है, कोई कुछ,' एक गड़रिए ने कहा।

परमोले कुछ और सोच रहा था। बोला, 'हमारे खेत तो देख लो, कितना सुधार किया है!'

'अरे सब देखे हैं, फिर देख लेंगे,' पटवारी के स्वर में आलस्य और अधिकार का मिश्रण था।

बाबू ने कहा, 'देख लेंगे, देखेंगे। हमारा काम ही है यह। सब खेत देखने-जाँचने में दो-तीन दिन लग जाएँगे। अभी काम दूसरा है। पटवारी साहब देख लेंगे, पहले भी देख चुके हैं।'

'पहले कब?' परमोले ने पूछा।

'यह लो! इन सबको अपना रोजनामचा दिखलाता फिरूँ!' पटवारी ने व्यंग्य किया।

'जब देखे थे तब से बहुत दिन हो गए। अब देखो तो उनकी सूरत ही दूसरी पाओगे।'

'अरे भाई, देखेंगे, देखेंगे, लेकिन आज तो काम दस्तखत निशानी का है।'

बनरखा ने आधा सेर आटा यों ही साफ कर दिया! अब यह क्या लेंगे? सोचकर परमोले रह गया।

कलेवे का समय हो रहा था। डाबर के उन लोगों को अपने-अपने काम की याद के साथ इस बात के जानने की भी इच्छा थी कि सहकारी खेती क्या है?

सरमन ने आग्रह किया, 'यह तो हमें बतलाइए कि सहकारी खेती है क्या?'

बाबू ने कहा, 'कितनी बार समझावें? कायदे छपे हैं, बड़े-बड़े विज्ञापन छापकर दीवारों पर चिपकाए गए हैं, व्याख्यान हुए हैं, पुस्तिकाएँ और चौपतियाँ बाँटी गई हैं—'

छोटे महते ने टोका, 'हमारे गाँव में मगन महते और किन्नी बिटिया के सिवाय कोई कुछ पढ़ा भी है जो उन छपी बातों को समझे?'

एक लंबी साँस खींचकर बाबू ने कहा, 'बड़ी मुश्किल है। किस-किसको अलग-अलग समझाऊँ? खैर, थोड़े में बतलाए देता हूँ। सहकारी खेती समिति में, जैसा कि हर प्रकार की सहकारी समिति में होता है, दस से ऊपर सदस्य होने चाहिए। जमीनवालों को अपने-अपने खेत उसमें लगा देने पड़ेंगे—'

'सब!' एक ने प्रश्न किया।

बाबू कहता गया, 'सुनो भी। चाहो सब लगा दो, न चाहो तो एक या कुछ—तुम्हारी मर्जी। समिति के हिस्से खरीदने पड़ेंगे। एक हिस्सा दस रुपए का। हिस्से का रुपया किस्तों में दे सकते हो। पहली किस्त पाँच रुपए की होगी। समिति बन जाने पर जितनी जमीन उसमें लगाई जाएगी, सब उसी की हो जाएगी—'

'राम! राम! सम्मति मालिक होगी और हम उसके होंगे दास!' छोटे महते ने फब्ती कसी।

बाबू ने जारी रखा, 'खैर, ऐसा तो नहीं है।'

'तो कैसा है?' पटवारी ने प्रश्न छेड़ा।

बाबू ने अपनी बात पूरी की, 'जब कभी कोई सदस्य समिति को छोड़ेगा तब जमीन उसे वापस मिल जाएगी। जमीन की जोत और रकबे के हिसाब से मुनाफा बँटा करेगा। पैदावार को अच्छे दामों बेचने के लिए बाजार समितियाँ बनाई गई हैं। जिन लोगों के पास जमीन नहीं है ऐसे सदस्यों को करने की मजूरी और पैदावार में मुनाफा खर्चा काटकर दिया जाया करेगा। कौन कितना काम करता है,

इसका एक बहीखाता रक्खा जाएगा। काम के घंटों पर उस बही के हिसाब से पैसा मिलेगा। अच्छा बीज, बढ़िया खाद इत्यादि भी पा सकोगे।'

'तब तो अच्छा है, बुरा नहीं है,' परमोले ने कहा।

'हिसाब कौन रक्खेगा? वे ही पंच-सरपंच न?' मगन ने कहा। वह अब तक चुपचाप सुन रहा था।

जैसे किसी बोझ के सहने की नौबत आ गई हो, बाबू ने उत्तर दिया, 'मुझे ही रखना पड़ेगा वह बहीखाता, या जो मेरी जगह काम करने के लिए रक्खा जाए उसे।'

'तब तो आपको यहाँ बार-बार आना पड़ेगा,' मगन ने सहानुभूति के स्वर में कहा, मन में मसोस थी यह कि कलेवा, दोपहरी और ब्यालू करानी पड़ेगी बार-बार हमें!

'हमारा नाम लिख लीजिए, हमें पसंद है यह काम, इधर-उधर के चक्कर से तो बचेंगे।' सरमन ने कुछ उत्साह दिखलाया।

सब मुसकराए।

पटवारी ने पूछा, 'और कौन-कौन चाहता है सहकारी कृषि समिति को? तुम तो मगन महते शायद पसंद नहीं करोगे; क्योंकि तुम्हारे पास बैल-ढोर-खेत सभी कुछ काफी है।'

'सबसे पहले मैं उसपर दस्तखत करूँगा,' मगन ने उत्तर दिया। जैसाकि पटवारी ने बतलाया था, कुँवरपुरा के वे लोग जिन्हें मगन अपना वैरी समझता था, चाहते थे कि मगन नाहीं कर दे, और बुरा बन जाए। मगन और भी दृढ़ हो गया था; चाहे सहकारी खेती के सभी पहलुओं को उसने समझा हो या न समझा हो। पटवारी दंग रह गया। उसने कागज मगन के हाथ में दे दिया और फाउंटेनपेन भी।

परमोले ने कहा ,'मेरे अँगूठे का निशान लगवा लो।'

गड़रियों ने भी अनुरोध किया, 'निशान लगवा लो, हमें जंगल में जाना है।' उन्हें शंका थी कि कहीं उसी क्षण कुछ रुपए-पैसे न माँगे जावें, तुरंत चल दें तो अभी तो बचें!

पटवारी ने कहा, 'हाँ-हाँ, लगा दो निशान। स्त्रियाँ भी शामिल हो सकती हैं; पर निशान महते की दवात की स्याही से लगाना, मेरी कलम से नहीं।'

मगन ने दस्तखत किए। और सबने मगन की दवात से अँगूठे लगाए। उन लोगों के चले जाने के बाद पटवारी और सुपरवाइजर ने कलेवा किया।

वे दोनों संध्या के बहुत पहले ही डाबर से चले गए। चलते समय बाबू ने

कहा, 'जल्दी ही हमारे विभाग के कुछ बड़े लोग सहकारी खेती का काम समझाने और चालू कराने के लिए आएँगे। पहले से सूचना मिल जाएगी।'

उन्हें भी खिलाना पड़ेगा! खैर देखूँगा, मगन सोच रहा था।

: २ :

उसी दिन दोपहर के समय मगन खाना खाकर अपनी पौर के चबूतरे पर आ लेटा। मैली-कुचैली मोटी दरी और वैसा ही तकिया। किरण ने थोड़ी देर बाद आकर पूछा, 'पानी ले आऊँ?'

'अभी नहीं, बेटी, आधे घंटे बाद पीऊँगा।'

किरण भीतर चली गई। मगन ने करवट ले ली।

पाव घड़ी उपरांत एक युवक पौर में आया। मगन को नींद आ गई थी। दूसरी ओर मुँह किए लेटा था। किरण आँगन में सिर खोले धूप ले रही थी।

युवक का कद ऊँचा था, शरीर पुष्ट छरहरा, रंग जरा साँवला। आँखें उसकी कुछ छोटी थीं, परंतु पैनी। सिर बड़ा, माथा सँकरा। बाल रखाए था, टोपी से ढके थे। नाक सीधी, नोक के ऊपर कुछ ऊँची हो गई थी। चेहरा भरा हुआ। आकृति सुंदर नहीं थी, परंतु कुरूप भी न थी। मगन को सोता देखकर हिचका और आँगन के द्वार पर जा खड़ा हुआ।

उसने धीरे से पूछा, 'दादा कब जागेंगे?'

किरण ने सिर ढक लिया। एक क्षण आगंतुक की ओर देखकर मुँह फेरकर बोली, 'थोड़ी देर में, आप वहीं बैठ जाओ।'

मन में उठा कि पूछूँ—क्या काम है? संकोचवश चुप रही। आगंतुक चबूतरे के उस भाग पर जा बैठा जहाँ मगन का पाँयता पड़ता था और जहाँ से आँगन का एक भाग दिखलाई पड़ता था। वह सोच रहा था—इस लड़की को कभी देखा है; कहाँ? कब? याद नहीं आ रहा था। बैठे-बैठे देर हो गई, अकुलाने लगा।

किरण ने आँगनवाले द्वार की कोर के पास खड़े होकर जरा ऊँचे स्वर में कहा, 'दादा, पानी लाऊँ?' और आगंतुक की ओर देखकर पीछे हट गई।

मगन जाग पड़ा। अँगड़ाई ली और आँखें मलता हुआ बैठ गया। आगंतुक की ओर देखकर बोला, 'कब से बैठे हो उद्दे?'

आगंतुक का नाम उदयसिंह था, कोई उदय कहता था, कोई उद्दे, उद्दू।

उदय ने मगन के पैर छूकर प्रणाम किया। 'अभी थोड़ी देर पहले आया हूँ।'

द्वार के पीछे से किरण ने फिर पूछा, 'पानी ले आऊँ?'

'मैं सो गया था बेटी, जरा ठहरो। थोड़ी देर में पीऊँगा।'

आलस्य को अँगड़ाई-जमुहाई से झाड़ते हुए, उदय को रिवाजी आशीष देते हुए मगन ने कहा, 'क्या हालचाल है, भैया उद्दे?' प्रश्न में कोई उत्सुकता न थी।

उदय ने कहा, 'आपके दर्शन इधर-उधर तो हो जाते हैं, परंतु घर पर शायद आज पहली बार ही आया हूँ। बरसों हुईं तब पढ़ने चला गया था। जब से पढ़ना छोड़ा, घर का कामकाज देखने लगा। उसी में लगा रहता हूँ।'

'हम भी सुनते रहते हैं, देखते भी हैं कभी-कभी। सरकारी नौकरी कर लेते तो अच्छी तनखा पाते, मजे में दिन काटते।'

'दादा, नौकरी से अपने घर का काम कहीं अच्छा। पढ़-लिखकर लोग काम-काज, धंधा, खेतीबारी न करके नौकरी के लिए मारे-मारे फिरते हैं—बहुत बेकारी बढ़ गई है।'

'होगा, हमें क्या। तुम्हें जो अच्छा लगे, करो। हम तुम्हारे बराबर तो बातूनी नहीं हैं,' मगन ने हँसकर कहा। हँसी के नीचे उदय के प्रतिवाद से—प्रतिवाद विनम्र था तो भी उससे—उत्पन्न क्षोभ था।

उदय ने तुरंत समझ लिया और बोला, 'मैंने, दादा, वैसे ही कहा, क्षमा कीजिएगा।'

मगन उदय के उस समय आने का कारण पूछकर अपना काम करना चाहता था।

'गाँव का क्या हाल है?' उसने पूछा। इस प्रश्न का मतलब केवल इतना ही था—कैसे आए इस घड़ी?

उदय ने उत्तर दिया, 'दादा, गाँव के आपसी लड़ाई-झगड़े आपसे छिपे नहीं रहे। हम लोगों से भूमि के बारे में जागीरदार से बहुत दिनों झगड़ा चला। अदालत से तो झगड़ा तय हो गया है—'

मगन ने टोका, 'वह जागीरदार जैसे कुछ हैं उनके बाप इनसे कुछ कम नहीं थे। हमें कुँवरपुरा छोड़कर यहाँ आकर बसना पड़ा सो अच्छा ही रहा। हमारे इतने लोगों के यहाँ चले आने पर जागीरदार ने उस अट्ठासी एकड़ भूमि देने का लोभ दिया सो तुम लोग वहीं रह गए—हम किसी लालच में नहीं पड़े। फिर तुम सबको जागीरदार की सीधी-टेढ़ी सहनी पड़ीं। हाँ, तो, अब क्या बात है?'

उदय ने कहा, 'अदालत से तय हो गया, हम लोग जीत गए; पर जागीरदार के मन में मैल है, स्वाभाविक है, हमें कोई बुराई नहीं। किसी दिन यह मैल भी साफ हो जाएगा।'

मगन ने जमुहाई ली—क्या यह उद्दे यही सब कहने के लिए यहाँ आया है? कब खत्म होगी इसकी कहानी?

'हाँ-आँ, फिर?' मगन ने बिना किसी उत्साह या उत्सुकता के प्रश्न किया।

'दादा, हमें पहले अपने लोगों को सँभालने की चिंता हुई। वह अट्ठासी एकड़ जमीन सोलह परिवारों में बँट गई थी। उसके अलावा पहले से चले आए बने-बनाए खेत थे। हम लोगों ने सहकारी कृषि समिति बना ली है। चार परिवार उसमें शामिल नहीं हुए हैं; हम बारह घरों ने अपनी सब जमीन उसमें लगा दी है। अब जागीरदार और मुखिया को भी उस समिति में ले जाने की कोशिश कर रहे हैं, जिससे गाँव में झगड़े न हों, और हों तो वहीं के वहीं तय हो जाया करें।'

'हाँ, अच्छा है, हो जाए तो। पटवारी हमसे भी इस बात के दस्तखत आज करा ले गए हैं कि काम अच्छा है। जरा तुम्हारा सबका काम और उसका लाभ देख लेंगे तब हम भी उसके चलाने की सोचेंगे।'

'दादा, काम अच्छा है। पहले युग में गाँव के सब लोग हर एक कुटुंब एक-दूसरे की सहायता खेतों की जुताई, बुवाई, कटाई, उगाही इत्यादि में करते थे। आपके गाँव में कोई झगड़े भी नहीं हैं। जमीन बहुत है। समिति बहुत अच्छी चलेगी। मैंने कृषि कॉलेज में जो कुछ सीखा है उसका लाभ अपनी सेवा द्वारा अकेले कुँवरपुरावालों को ही नहीं, आपके गाँव को भी भेंट करना चाहता हूँ—'

'व्याख्यानों के जरिए!' मगन ने कहा और हँसा।

'नहीं दादा, हाथ से काम करके दिखलाऊँगा कि पैदावार ड्योढ़ी-दुगुनी हो सकती है और वे लोग जो सहकारी खेती के खिलाफ बातें करते हैं वे व्यर्थ के डर या भ्रम के कारण वैसी बातें करते हैं।'

मगन ने पीने के लिए किरण से पानी मँगवाया। 'तुम भी पिओगे?' उदय से पूछा। उसने हाँ की। किरण एक लोटा जल ले आई। मगन ने उदय की ओर बढ़ाया।

उसने विनय की, 'नहीं दादा, पहले आप पीजिए।' मगन का संकेत पाकर किरण भीतर गई और जल्दी एक लोटा पानी और ले आई। उदय ने नीचा सिर किए लोटा ले लिया और बाहर चला गया। मगन ने चबूतरे से नीचे उतरकर मुँह धोया और पानी पीया। उदय खाली लोटा लिये आ गया और उसने किरण को दे दिया। एक बार किरण की ओर देखकर उसने आँखें नीची कर लीं, किरण दूसरी ओर देख रही थी। फिर वह दोनों लोटे लेकर भीतर चली गई।

'दादा, मुझसे लोग कहा करते हैं कि नौकरी कर लेते तो अच्छे रहते; मैं उनसे कहता हूँ कि अपनी पुरानी कहावत को न भूलें—उत्तम खेती मध्यम बान,

अधम चाकरी भीख निदान। अपनी खेती को बढ़ाना, गाँववालों की सेवा करना और उन्हें आगे बढ़ाना इधर-उधर नौकरी करते फिरने से कहीं अच्छा।'

'फिर लिक्चर!'—मगन हँसा।

'नहीं दादा, मैं तो काम की बात कर रहा हूँ।'

मगन गंभीर हो गया। बोला, 'अब बात तो बतलाओ, तुम कैसे आए आज यहाँ?'

'दादा, मैं निवेदन करने ही वाला था,' उदय ने बतलाया, 'खेती की उपज बढ़ाने और गाँव-गाँव, मुहल्ले-मुहल्ले के बढ़ते हुए झगड़े मिटाने के लिए सहकारी कामों के सिवाय और कोई उपाय नहीं दिखता। मैं अपना जीवन सहकारी कामों में लगा देना चाहता हूँ। हम लोग चाहते हैं कि डाबर में भी सहकारी कृषि समिति बने। आपने अपनी पसंद जाहिर करने के दस्तखत तो कर ही दिए हैं, अब समिति बनाने की भी कार्रवाई शुरू कर दीजिए। दोनों गाँव मिलकर काम करें।'

'अच्छा! यह कहो—उँगली पकड़कर पहुँचा पकड़ना इसे कहते हैं। तुम्हारे घरों में कोई बूढ़ा नहीं रहा, बुढ़िया है। उन्हें मालूम है कि तुम्हारे उन्होंने और कुँवरपुरा के जागीरदार, मुखिया वगैरह ने क्या-क्या सलूक हमारे साथ किए हैं। हम कैसे भूलें? खैर, जब ठीक समझेंगे, सहकारी कृषि समिति बनाएँगे; पर तुम्हारे गाँव के तो हाथ जोड़ें—'

कुछ क्षण चुप रहकर उदय ने कहा, 'दादा, सहकारी कृषि समिति तो दोनों गाँवों की अलग-अलग ही बनेगी, एक ही गाँव में दो-दो भी हो सकती हैं; मैं तो डाकुओं की समस्या पर भी बात करने आया हूँ।'

'डाकुओं की!' यकायक उझककर मगन ने आश्चर्य प्रकट किया। 'डाकुओं की कैसी?' उसने प्रश्न किया।

उदय ने कहा, 'इन पहाड़ों-जंगलों के कारण डाकुओं का भय बढ़ गया है। कुछ लोग जो काम नहीं करना चाहते हैं, मुफ्त का खाना चाहते हैं, और कुछ ऐसे भी हैं जो पुराना या नया वैर भुनाने, बदला लेने के लिए डाके डालते हैं—'

'फिर वही बातूनीपन! तुम तो सीधी कहो, उद्दे, मुझसे!' मगन के स्वर में तीखापन आ गया था, 'कहाँ सहकारी खेती, कहाँ डाकुओं और ऐरों-गैरों की चर्चा! साफ कहो, क्या कहने आए हो तुम?'

आधे क्षण के लिए उदय की आँख आँगन के द्वार की ओर जाकर लौट पड़ी, किरण कौरे से चिपककर खड़ी थी।

'दादा, मैं यह विनती करने आया हूँ कि सहकारी खेती और अन्य सहकारी

कामों में अपनी सहायता का हाथ मेरे सिर पर रख दीजिए। मैं दोनों गाँवों, कुँवरपुरा और डाबर, के हाथ-पैरवाले लोगों का ग्राम रक्षादल भी बनवाने की कोशिश में हूँ। इस साधन के द्वारा लड़के और लड़कियाँ अपने घरों की और अपनी रक्षा करने में समर्थ हो जाएँगे। सहकारी खेती समितियाँ पैदावार बढ़ाकर हम सबको समृद्ध करेंगी, आपस में मेल-जोल बढ़ावेंगी और रक्षक दल हम सबको निडर बना देगा, एक-दूसरे की सेवा और सहायता करने की बात जन-जन के मन में घर कर जाएगी।'

'लड़कियाँ भी बंदूक चलाना सीखेंगी!' मगन के भीतर उथल-पुथल-सी मची थी, निकला उसके मुँह से कुछ और।

अबकी बार उदय को किरण कुछ अधिक स्पष्ट दिखलाई पड़ी। उसका चेहरा खिला हुआ था।

उसने बड़े उत्साह के साथ कहा, 'हाँ दादा, लड़कियाँ लड़कों से पीछे नहीं रहेंगी और न स्त्रियाँ पुरुषों से।'

'हाँ, हाँ, क्यों नहीं? उलट-पुलट का जुग जो आ गया है। लड़कियाँ और स्त्रियाँ बंदूक चलावेंगी, तुम लड़के लिक्चर दोगे, नाचोगे, रासलीला करोगे, आदमी चूल्हा फूँकेंगे।'

मगन की आँखों में तनाव था, ओठों पर हँसी। किरण वहीं छिपे-लुके मुसकरा रही थी।

उदय हँस पड़ा, बोला, 'दादा, मैं रासलीला तो नहीं करता, हाँ, नाटक जरूर खेलता-खिलाता हूँ; पर अपने गाँव में अभी तक यह सब कुछ नहीं कर पाया। आपकी कृपा बनी रही तो उसका आनंद भी गाँववालों को मिलेगा।'

'होगा; अपना काम देखो, मैं अपना देखूँ। और कुछ?' मगन गंभीर हो गया।

'अभी और कुछ नहीं, दादा। चरण छूने फिर किसी दिन आऊँगा,' कहकर उदय चबूतरे से उतर पड़ा।

'कुछ खाओगे?' मगन ने शिष्टाचार बरता।

'नहीं दादा, मैं खा-पीकर चला था।'

किरण पीछे हट गई।

मगन भी चबूतरे से नीचे उतर आया। बोला, 'सहकारी खेती समिति से लाभ होता दिखलाई पड़ा तो हम लोग भी अपनी एक बनवा लेंगे; पर जब अच्छी तरह समझ लेंगे तब।'

'मैंने कुछ निवेदन किया था। पूछें तो बतलाऊँ। मैंने कृषि कॉलेज में और उसके बाहर बहुत पढ़ा और देखा है।'

'अभी नहीं, अभी नहीं। फिर कभी देखा जाएगा। काम करने—चलाने के लिए जाना है।'

उदय चला गया। मगन भीतर आया। उसने पत्नी से कहा, 'क्या हाल हो गया है इन छोकरों का! सिर पर चढ़ने लगे हैं!! लड़कियाँ बंदूकें दागती फिरेंगी!!!'

उसने संक्षेप में उदय की बातें सुनाईं। किरण सोच रही थी—लड़कियाँ लड़कों से भी अच्छे काम कर सकती हैं।

उसकी माँ ने कहा, 'लड़का उद्दे है तो अच्छा, है न?'

'अरी यों ही है! बक्की, बातूनी, उस घर का जिससे सदा अनबन रही।'

: ३ :

आधा पहर रात जा चुकी थी। परमोले अपने गेहूँ-चने के खेत पर रखवाली के लिए आ गया था। पत्तों से ढके मचान के नीचे कौंड़े की आग से ताप रहा था। आग लौ पर थी। खेत के पास से किसीके जाने की आहट मिली।

परमोले ने टोका, 'कौन है रे?'

'हम हैं छोटे महते।' उत्तर मिला।

'और कौन-कौन है? कहाँ जा रहे हो इतनी रात में, महते?' परमोले को मालूम हो गया था कि आहट कई की है।

'दूसरा हमारा महींदार है। गाय खो गई है, ढूँढ़ने जा रहे हैं।'

रात अँधेरी थी। तारे चमक रहे थे। कुछ तो पहाड़ की चोटी पर हँसते-खेलते-से लग रहे थे—मानो ठंडी हवा की पुचकार पा रहे हों। जंगली जानवरों की बोलियाँ दूर से आ रही थीं। परमोले को भासा कि छोटे महते के साथ एक से अधिक व्यक्ति हैं। कुतूहल उठकर वहीं दब गया—उहँ, होंगे।

उसने कहा, 'लालटेन ले ली होती। निपट अँधेरा है।'

'लाठी-कुल्हाड़ी तो साथ में है।' कहता हुआ छोटे महते और उसके साथी आगे बढ़ गए।

परमोले के खेत पर जानवरों ने चोट की थी या क्या हुआ था, इसकी पड़ताल के लिए वह जागते रहने का निश्चय करके घर से आया था। आधी रात के बाद तक वह जागता रहा। किसीकी भी आहट नहीं मिली। दिन के काम का थका था ही, उसे विश्वास हो गया कि जानवर यदि आए तो चौथे पहर आवेंगे। मचान के

भीतर बिछे प्याल (पुआल) पर जा लेटा और मोटी चादर ओढ़कर सो गया। आग जलते-जलते घंटे-डेढ़ घंटे बाद बुझ गई, या राख में अंगारे दब गए।

अभी भोर होने में विलंब था। चाँदनी की पतली-सी फाँक पहाड़ की चोटी पर आ गई थी। धरती पर उजेला थोड़ा-सा ही था। परमोले की नींद उचटी और उसे अपने खेत के कोने पर पौधे उखाड़ने और खुसफुस की आवाज सुनाई पड़ी। यह किसी भी जानवर का स्वर नहीं है, कुछ और है। कान लगाकर सुनने लगा, आँख गड़ाकर देखने लगा। उसे संदेह न रहा। खेत के बाहर एक गाड़ी खड़ी थी। बैल उसके जुए से बँधे थे। दो आदमी खेत में से उखाड़े गए पौधे इकट्ठे करके गाड़ी में भर रहे थे। परमोले धीरे से उठा और लाठी लेकर मचान के बाहर निकल आया। खेत की मेंड़ का चक्कर काटकर उन लोगों के पास छिपे-छिपे पहुँच गया।

'कौन हो रे? यह क्या कर रहे हो?' परमोले ने ललकारा और उनके बिलकुल निकट पहुँच गया। उन्हें पहचान लिया। वे दोनों कुँवरपुरा के थे। एक वहाँ के सरपंच का भाई और दूसरा कम उमरवाला नौकर। छोकरा पीछे खिसक गया। दूसरे ने अपने को बहुत जल्दी सँभाल लिया। बोला, 'कौन? परमोले चौधरी?'

'हाँ जी, मैं ही हूँ। आप इतने बड़े होकर यह क्या कर रहे हैं? बहुत बुरी बात है, चोरी है।'

'क्या बकता है रे? हमें गाली देता है। जबान सँभाल, नहीं तो उधेड़कर रख दूँगा।'

'चोरी! और ऊपर से यह!!'

'चोरी-वोरी कुछ नहीं है। हम तो यह चारा दूसरी जगह से ला रहे हैं। यहाँ गाड़ी उलट गई। उसे खड़ी करके सब बीन रहे हैं।'

'आप भले आदमी कहलाते हैं। हम गरीब हैं। गरीबों को इस तरह तो नहीं सताना चाहिए। मचान में से सब देख रहा था मैं। मेरे खेत का हरा अन्न उखाड़ा है आपने।'

'क्यों बकता है नालायक पाजी कहीं का,' उसने गाली दी और अपने छोकरे से गाड़ी जोतकर चल देने के लिए कहा।

'खबरदार जो गाली दी और यहाँ से चले! हमारे गाँववालों के खेत कुछ ही दूरी पर यहाँ से हैं। अभी बुलाता हूँ उन्हें।'

परमोले चिल्ला नहीं पाया। उस अन्नचोर ने जोर की लात मारी। परमोले को लगी। उसकी लाठी छूट गई। जरा हटा और सँभला। सँभलकर उसने बड़े वेग के साथ विरोधी के ऊपर आक्रमण किया। बाँहों में समेटकर ऐसा धक्का दिया कि

वह चित्त जा गिरा। परमोले उसकी छाती पर चढ़ बैठा और तीन–चार घूँसे जमाकर हाँफते–हाँफते बोला, 'बड़ी जात के बने फिरते हो! शरम नहीं आती! बोलो, फिर तो नहीं करोगे कोई उत्पात?'

पिटनेवाले ने जरा दूर खड़े छोकरे से कहा, 'क्यों रे क्यों मरवाए डालता है? लगे इसे लाठी। बचा मुझे।'

उस छोकरे ने अपने स्वामी को बचाने के लिए परमोले पर जोर की लाठी घुमाकर चलाई। उसकी पीठ पर पड़ी। परमोले की पकड़ ढीली पड़ गई। छोकरे ने दूसरा वार उसके उसी अंग पर किया। परमोले बिलकुल ढीला पड़कर एक ओर गिर गया। विरोधी ने उसपर लात और घूँसे के प्रहार किए। परमोले अचेत हो गया। विरोधी के भीतर हिंसा घर कर चुकी थी। अंधा हो गया।

विरोधी ने छोकरे से कहा, 'ला रस्सी और बाँध इसे गाड़ी के पहिए से। इसकी रग–रग तोड़ूँगा, खाल उधेड़ूँगा।'

उन दोनों ने मिलकर परमोले को पहिए से बाँधा। इसमें कुछ देर लगी। पौ फूट आई। परमोले को चेत आ गया। वह चिल्लाने लगा, 'दौड़ियो! मुझे बचाइयो! ये मारे डालते हैं! चोर हैं! चोर हैं! बचाना! भाइयो बचाना!'

दूर के खेतवालों के पास उसकी पुकार पहुँच गई। चिड़ियाँ चहक उठी थीं, परंतु वैसे सन्नाटा था। लोग दौड़ पड़े और जहाँ से परमोले की चिल्लाहट आ रही थी उस स्थान पर आने में उन्हें अधिक समय नहीं लगा।

विरोधी गाड़ी जोतकर भाग जाना चाहते थे, परंतु परमोले को पहिए से खोलने, बैलों के जोतने और गाड़ी पर से चोरी का सामान फेंकने में देर लगी। वे लोग आ पहुँचे। परमोले कराह रहा था। सरपंच का भाई लाठी लिये था, परंतु छोकरा डर के मारे भाग गया। परमोले के बचानेवाले थे आठ–दस। उन्होंने उसे पहचान लिया और स्थिति समझ ली। उनमें जो सबसे आगे था कड़का, 'क्यों रे उचक्के! इसी पर बड़ा बना फिरता है!' और उसने अपनी लाठी उसकी छाती पर अड़ा दी। बाकी लोगों ने घेर लिया। उसकी लाठी छीन ली गई।

परमोले ने थोड़े से में सारी कहानी सुना दी, 'चोरी की और ऊपर से मुझे इसने मारा है। इतना कि शायद ही बच पाऊँ। हे राम!'

सरपंच के भाई पर अब बेतरह मार पड़ी। उसके एक हाथ का पंजा टूट गया। वह गिर पड़ा।

परमोले ने मना किया, 'जो हुआ सो हुआ, अब जाने दो।'

उन लोगों ने मारपीट बंद कर दी। वह अचेत नहीं हुआ। कराह रहा था। उन

लोगों ने उसे गाड़ी पर डाल दिया। बैल भाग गए थे।

'अब चला जा जहाँ जाना हो और लिये जा साथ में चोरी का माल,' कहकर वे लोग परमोले को सँभाले ले गए।

सूर्योदय हो गया। दिन चढ़ आया। कुँवरपुरा के कुछ लोगों को लेकर वह छोकरा बैल लिये आ गया। वे सब उसे उठा ले गए। डाबर गाँव में नहीं गए।

: ४ :

सूर्योदय के पहले ही परमोले को उसके साथी गाँव में लाकर घर पहुँचा गए थे। परमोले अपनी पौर में चारपाई पर पड़ा कराह रहा था। उसकी घरवाली और लड़का तेल में भुने प्याज की सेंक करने में परमोले के साथियों की सहायता कर रहे थे, जो उसके पास अब भी बैठे हुए थे। उसी समय जंगल की दिशा से छोटे महते और उसके साथ सरमन आते दिखलाई पड़े। वे जरा ठिठके, फिर द्वार पर आ गए। 'क्या हुआ? क्या हुआ?' घबराहट के स्वर में उन्होंने पूछा।

उन्हें ब्योरे से सब सुनाया गया, और अंत में एक ने महते से पूछा, 'कहाँ से आ रहे हो इतने सवेरे-सवेरे?'

'गाय ढूँढ़ने गए थे,' उसने उत्तर दिया।

परमोले की कराह कुछ कम हुई। उसने सोचा—सरमन तो इनका महींदार है नहीं, कुछ और लोग भी साथ में थे; ये कौन थे? परंतु वह प्रश्न न कर सका। लड़का सिसक उठा और उसकी माँ बिलख पड़ी।

छोटे महते ने सांत्वना दी और कहा, 'देखेंगे उन बदमाशों को।'

थोड़ी देर बाद दोनों चले गए। परमोले के साथी अपनी समझ और शक्ति के अनुसार उसकी परिचर्या कराने में लगे रहे। उन्हें संतोष था कि उसका अंग भंग नहीं हुआ था। सूजन अवश्य जगह-जगह थी। कुछ चोटों का रंग नीला पड़ गया था। मगन सोकर उठता जा रहा था जब छोटे महते और सरमन उसके पास पहुँचे। बातें अकेले में हुईं।

'बड़ी देर लगाई!' मगन ने कहा।

छोटे महते ने कारण बतलाया, 'गिरोह बहुत दूर मिला। बहुत बुरी बीती।'

'मैं चाहता था कि गिरोह का वह आदमी ही खाना ले जाए, परंतु माना नहीं, इस कारण तुम दो को जाना पड़ा, क्योंकि अँधेरी रात में अकेले तुमको महाकष्ट होता। न जाने क्यों तुम्हें लिवा जाने का उसने उतना हठ किया,' मगन ने चिंता प्रकट की।

'उसी ने मुझे साथ लगाने के लिए कहा था, तभी तुमने भेजा। कारण था मेरा बकरा। एक का गला दबाकर ले जाना पड़ा।' सरमन ने कहा।

मगन को खल गया। सिर नीचा कर लिया।

छोटे महते बोला, 'अब तो ये डाकू बहुत तंग करेंगे। मुझसे कहते थे कि मगन महते और तुम सब मिलकर एक हजार रुपए इकट्ठे करके एक महीने के भीतर इसी जगह, इसी समय खाना-खुराक के साथ दे जाना, नहीं तो दुर्गति करेंगे।'

मगन का सिर यकायक ऊपर उठ गया। 'मालूम होता है कि इन पापियों के लिए कुछ करना पड़ेगा। यदि कुँवरपुरा के उन लोगों से वैर न होता तो डाकुओं की मरम्मत कभी की हो गई होती।' मगन ने आह भरी।

छोटे महते ने परमोले की मार-पीटवाली घटना, जैसी थोड़ी देर पहले सुन आया था, विस्तार के साथ बतलाई और कहा, 'सरपंच के भाई को ये लोग अधमरा छोड़ आए हैं। शायद मर भी गया हो।'

मगन थोड़ी देर सन्नाटे में आकर चुप रहा, फिर बोला, 'अब तो अपने गाँववालों का बचाव करना पहला धर्म है। आगे की दुर्गा माई के हाथ में है। वे ही डाकुओं से भी पीछा छुड़ाएँगी। हम-तुमने और गाँव के किसीने भी कभी कोई चीज डाकुओं से नहीं ली।'

'मुझे तो डर के मारे जाना पड़ा और बकरा देना पड़ा उन दुष्टों को।' सरमन ने कहा।

'कुँवरपुरा के सभी नर-नारी लुच्चे-बदमाश नहीं हैं। बहुत से अच्छे भी हैं, पर सरपंच और जागीरदार के दबाव के मारे वे न कुछ कर पाते हैं और न कह पाते हैं,' मगन का मन कसमसाकर समस्या के किसी हल की ओर जाना चाहता था।

छोटे महते ने अपने गाँव की पहले सोचने पर जोर दिया, 'उधर शायद वह मर गया हो, इधर परमोले की भी सारी देह सूज गई है। कुँवरपुरावाले हमारे पूरे गाँव को फँसाने की कोशिश करेंगे; कि कोई न बचे, सारा गाँव उजड़ जाए और हमारे ढोर-डंगर-खेत सब उनके हो जाएँ।'

'सो नहीं हो पाएगा, महते, चाहे हमें एक-एक कौड़ी के लिए मारे-मारे फिरना पड़े। वे लोग चोरी और जबरदस्ती करने परमोले पर आए; वह तो उनके गाँव पर चढ़ा नहीं था। मारपीट में वहाँ का एक मर गया तो अपना क्या दोष? देखा जाएगा। थोड़ी देर बाद सब गाँव इकट्ठा होकर सलाह करेगा और एक ही सूत पर चलेगा। अभी जो बिलकुल सामने है उससे निबट लें, फिर दुर्गा माई डाकुओं से हमारी रक्षा करेंगी,' और देखा कि किरण कुछ देर पहले से पौर की

एक बगल में खड़ी हुई है।

'दोहनी हो गई है, चाय बना लाऊँ?' किरण ने पूछा।

मगन ने हाँ में सिर हिलाया। वह चली गई। इसने भी कुछ बातें तो सुन ली हैं, वैसे भी बतलानी पड़तीं, समझाकर सावधान कर दूँगा—मगन सोच रहा था।

उन तीनों ने बिलकुल सामने की समस्या पर विचार किया और एक निश्चय पर आ गए। चाय पीने के उपरांत वे परमोले के घर गए। वहाँ गाँव के और नर-नारी आ गए थे। कई बालक-बालिकाएँ भी। सलाह पक्की हुई।

: ५ :

कुँवरपुरा के सरपंच रामदयाल ने अपने अधमरे भाई को गाड़ी पर निकट थाने में ले जाकर रिपोर्ट लिखाई—

'…इसने सुना कि डाबर के जंगल में डाकू आए हुए हैं। मुझसे यह अलग रहता है। उनका पता लगाने के लिए एक लड़के को साथ लेकर गया तो परमोले के खेत पर आठ-दस आदमियों को बैठा पाया। उन्हें मेरे भाई ने टोका। इसपर उन्होंने गाली दी। दुश्मनी के कारण बुरी तरह मारा। खेत पर उसे घायल डाल गए। हम लोग सवेरे गाड़ी पर घर लाए।'

डाकू उस क्षेत्र में छिपाव के लिए कभी-कभी आ जाते थे, इस कारण रामदयाल को यही साधन ठीक जान पड़ा। उस लड़के ने गाड़ी ले जाने और हरे अनाज को उखाड़ने की बात सरपंच को बतला दी थी। उसे बहुत अखरी। परंतु कर क्या सकता था? बात यों बनाई गई।

रामदयाल के भाई को पुलिस ने निकटवर्ती नगर के अस्पताल में पहुँचा दिया। थानेदार कुछ सिपाहियों को लेकर कुँवरपुरा आ गया। डेरा यहीं पड़ा। जाँच-पड़ताल के लिए डाबर तीसरे पहर के लगभग पहुँचा। परमोले की चोटों का हाल उसे वहीं मालूम हुआ। उसके खेत पर गया। कुछ फसल उखड़ी पाई। मुरझाए हुए पौधों का ढेर अब भी वहाँ पड़ा था। परमोले ने बतलाया था कि रामदयाल के भाई ने चोरी से उखाड़े थे। साथ में जो छोकरा गया था—डाकुओं का पता लगाने, जैसे रिपोर्ट लिखाई थी—वह ठीक-ठीक बयान नहीं दे पाया। परमोले ने पूरी बात सच-सच कही और बतलाया कि मैं खेत पर अकेला गया था, गाँव या आनगाँव का और कोई नहीं था, छोटे महते कुछ लोगों के साथ अपनी गाय ढूँढ़ने के लिए निकले थे।' छोटे महते ने उसका समर्थन किया, परंतु कहा कि मैं अकेला ही था। उसे अपना भय था।

गाँववालों से थानेदार ने पूछताछ की तो वे बिलकुल नहीं डरे। उनका साथी बुरी तरह पीटा गया था—चोर ने उसे पीटा था। वातावरण वहाँ का साहस से छलक पड़ा। परमोले के साथियों और उनकी स्त्रियों तक ने कहा, 'हाँ, हमने पीटा है! हमने मारा है चोर को!'

जिससे पूछें वही कहे, 'मैंने मारा है!'

पाँच वर्ष का एक बच्चा बोला, 'अमने माला है!' थानेदार हँसने लगा, पर उसे ज्यादा देर तक भुलावे में नहीं रखा जा सकता था। आठ-दस को गिरफ्तार करके ले गया। परमोले को भी—गाड़ी पर बिठलाकर। अस्पताल में उसकी चोटों का निरीक्षण हुआ। फिर वह मगन और छोटे महते की जमानत पर छोड़ दिया गया।

थानेदार ने समय पर अपराधियों को अदालत में इकबाल के लिए पेश किया। उन्होंने बिलकुल नाहीं कर दी! इसके उपरांत थानेदार ने अपना चालान अदालत में रखवाया—प्रमाण केवल एक लड़के का है, मालूम पड़ता है कि खेत के हरे पौधे गाँववालों ने ही उखाड़कर डाले हैं, आरोपी अभी अस्पताल में है, बयान नहीं दे सकता। परमोले के तन पर बहुत चोटें हैं, आपसी लड़ाई हुई जान पड़ती है।' मुकदमे की पेशी बढ़ गई। वैसे भी मैजिस्ट्रेट को उस दिन और काम था। मुलजिमों की तरफ से मगन ने वकील खड़ा कर दिया था। वकील ने आश्वासन दिया कि अंत में सब छूट जाएँगे। इधर कुँवरपुरा के पंच और मुखिया भी जानते और चाहते थे कि किसी तरह आपस में निबट जाए तो बात रह जाएगी। उधर वकील के आश्वासन पर भी डाबरवालों को रामदयाल के भाई का पंजा टूट जाने के कारण आशंका थी कि कहीं कुछ-से-कुछ न हो जाए। गाड़ी के पहिए से परमोले को बँधा और पिटते जिन लोगों ने देखा था—और उन्होंने आरोपी को बेतरह पीटा था—उन्होंने और स्त्रियों ने और बच्चों तक ने पहले तो मारपीट में भाग लेने की बात बड़े जोश में आकर कह दी थी, फिर इनकारी हो गए। परमोले कोई प्रमाण अपने आरोप का नहीं दे सकता था। डाबर के सयाने भी आपसी समझौते की बात सोच रहे थे, परंतु खुलकर चर्चा को आगे कोई नहीं बढ़ा पाता था। मुकदमे की तारीख अभी दूर थी।

□

इस दुर्घटना के लगभग एक महीने बाद डाबर में सूचना आई कि सहकारी विभाग के एक पदाधिकारी कुँवरपुरा में आकर लोगों से बातचीत करेंगे, डाबर के नर-नारी भी उस दिन आवें। बात सहकारी खेती और गाँववालों को तरह-तरह की सहायता देने की होनी थी। थोड़े से लोगों के मन में उमंग हुई, बहुतेरों ने सोचा,

ऐसी बातें तो होती ही रहती हैं। डाबरवालों के भीतर आशा ज्यादा जागी। परंतु वह मुकदमा सिर पर था और मगन तथा छोटे महते के भीतर डाकुओं की उस धमकी का भय सबके ऊपर।

मगन ने छोटे महते और सरमन को, जो उस रात बकरे का वलिदानी हुआ था, बुलाया।

मगन ने कहा, 'हथियार गाँठ में कोई है नहीं जो डाकुओं का सामना किया जाए। उस बात के लिए आठ-दस दिन और रह गए हैं। इन बेईमानों को खाना खिलाएँ और ऊपर से रुपया इकट्ठा करके भेंट चढ़ाएँ! इधर उस मुकदमे के कारण कुँवरपुरावालों से अनबन और बढ़ गई है। वहाँवाले कोई सहायता नहीं करेंगे।'

छोटे महते, 'वे लोग इस बात को शायद ही मानें कि डाकू हमपर धावा करने वाले हैं। किसीको अभी तक हम-तुमने नहीं बतलाया है कि डाकुओं ने धमकी दी थी। किसकी मारफत धमकी दी, कैसे और कब दी, यह सब टंटे की बातें हैं। दो-चार बंदूकें किसी तरह गाँव में हो जावें तो डाकुओं का डर बहुत कम हो जाए।'

सरमन, 'गरीबों को बंदूक का लाइसेंस मिल ही कैसे सकता है?'

छोटे महते, 'कहीं से चुपचाप लाई जावें और छिपाकर रख ली जावें।'

'कभी नहीं, कभी नहीं। कैसी बात करते हो तुम! बंदूक सरीखा हथियार क्या छिपाकर रक्खा जा सकता है? और फिर चलाने का अभ्यास भी तो सबको नहीं है। अभ्यास में धूमधड़ाका होगा, फिर डाकुओं से लड़ने के समय बंदूक धायँ किए बिना तो मानेगी नहीं। तब क्या होगा? एक मुकदमा गाँव पर यह है जिससे बच भी जावें, पर उससे तो किसी तरह भी नहीं बच सकेंगे। कुँवरपुरा के लोग तो क्या, संसार-भर कहेगा कि हम डाबरवाले डाकू हैं।'

सरमन, 'तो फिर क्या किया जाए? बंदूकें तो गाँव में जैसे भी बने, होनी चाहिए या कुछ बंदोबस्त होना चाहिए।'

मगन, 'लाइसेंस के लिए अर्जी देंगे। जिमीनें हम लोगों के पास काफी हैं ही, जंगली जानवरों से बचने के लिए बंदूकों का लाइसेंस माँगेंगे।'

छोटे महते, 'पुलिस से पूछताछ की जाएगी और न जाने क्या-क्या कार्रवाई बाधा डालेगी।'

मगन, 'ठीक कहते हो। इन पड़ोसी गाँववालों की पुलिस ज्यादा मानती है। अच्छी खेती और बड़े ढोर उनके पास हैं। कई बहुत पैसेवाले भी हैं। ये टाँग मारेंगे, पुलिस को खिलाफ कर देंगे—'

सरमन, 'वैसे भी रामदयाल मुखिया, उसके साथी और जागीरदार बुरा माने बैठे हैं। उन लोगों से अपने गाँव का मेलजोल हो जाए तो बहुत अच्छा हो—जनम-भर लड़ते रहने में लाभ ही क्या होना है? आगे भाग में जो लिखा होगा सो होगा।'

मगन, 'अपना और अपने पुरखों का कोई कसूर नहीं था। उन गाँवों के पाजियों की बदमाशियों के कारण इस गाँव में—इस जंगल में आकर बसना पड़ा—'

सरमन, 'अब तो गई-बीती को बिसराना पड़ेगा, आगे की सोचनी होगी, महते।'

छोटे महते, 'यह ठीक कहते हैं। इस मुकदमे के निबटाव से श्रीगणेश करो मेलजोल का।'

मगन, 'मेरे भी मन में है, परंतु परमोले और उसकी जातिवालों को रामदयाल के भाई का वह बरताव बहुत कसक रहा है।'

सरमन, 'यह तो कोई बात नहीं। रामदयाल का भाई भी तो अपने किए का बहुत भुगत चुका है। उसका पंजा टूट गया है। हाल में ही अस्पताल से निकलकर आया है। मर जाता तो बड़ी मुश्किल पड़ती।'

छोटे महते, 'परमोले वगैरह को समझाना पड़ेगा। वे लोग कहीं यह न सोचें कि हम किनारा काट रहे हैं।'

सरमन, 'उन्होंने सुना है कि समझौते की बात चलने वाली है। वकील ने भरोसा दिया है कि सब छूट जाएँगे, इसलिए समझौते को पसंद नहीं करना चाहते। उस रात जब हम लोग डाकुओं को खाना देने गए और भोर लौट पाए, परमोले से कहा था कि गाय ढूँढ़ने जा रहे हैं। उसे विश्वास नहीं हुआ। उन दिनों तो कुछ नहीं कहा, पर जब तुमने पुलिस में बयान दिया कि हम अकेले ही गाय की खोज में गए थे तब उसे बुरा लगा। उस दिन मैंने खुसफुस सुनी कि हम लोग डाकुओं के पास गए थे और डाकू संग में थे!'

मगन, 'तुमने मुझे आज तक नहीं बतलाया, सरमन!'

सरमन, 'उसकी तरफ से मन मैला नहीं कराना चाहता था, अपना ही है वह। बात सच्ची थी। और, उस मुकदमे ने मन गड़बड़ में डाल रक्खे हैं गाँव-भर के। ज्यादा मथना मचाना ठीक नहीं समझा।'

मगन, 'ठीक कहते हो। चुप ही रहना चाहिए। अब इस बात के प्रकट कर देने में कोई हानि नहीं कि डाकुओं ने धमकी दी है। कुँवरपुरावालों को भी सावधान होना पड़ेगा।'

छोटे महते, 'उस गाँव में तो बंदूकें हैं।'

मगन, 'कुछ भी हो। हमारे-तुम्हारे ऊपर से शंका तो दूर हो जाएगी।'

वे लोग कुछ क्षण चुप रहे। मगन ने फिर बात चलाई, 'परमोले को समझाएँगे कि अदालत से छूट जाने पर हमारे और उन गाँववालों के बीच का वैर तो कम होने का नहीं, बढ़ेगा ही। हो सकता है कि बदला लेने की नीयत से परमोले और उसके साथियों पर कोई और बड़ा हमला हो जाए। माना कि समझौता हो जाने पर भी मन में मैल बना रह सकता है, पर उतना नहीं रहेगा जितना अदालत से मुकदमा हारने के कारण उनपर जमा रहेगा। और फिर यह सहकारी समिति, सहकारी खेती इत्यादि में जब सरकार हम कई गाँववालों को जुटाएगी तब मेल-जोल बढ़ाना ही पड़ेगा।'

छोटे महते, 'सो तो ठीक कहते हो; पर इन सरकारी कामों का रंग-रूप तो अपने सामने अच्छी तरह आ जाए। अभी तो बातें उपरफट्टी ही हैं।'

सरमन, 'वह बड़े अफसर यदि अपने गाँव में आए तो उनके साथ पटवारी, बाबू और न जाने कितना फौज-फाँटा आएगा। उन सबके खिलाने-पिलाने में ही बहुत-सा ढेर हो जाएगा।'

मगन, 'देखा जाएगा, भगवान् देंगे। डाकुओं के खिलाने से तो हर तरह अच्छा। इन अफसरों का सत्कार करेंगे तो कुछ लाभ भी हाथ लगेगा। और, बड़े अफसर हर किसीके यहाँ खाते भी तो नहीं हैं। रह गए पटवारी, बनरखा, सो इनकी कोई बात नहीं।'

सरमन, 'यह सम्मतियाँ...समिति क्या कहते हैं इसे, जब बन जाएगी तब बनरखा भी शायद न सता सके।'

मगन, 'सुना तो बहुत कुछ उसके बारे में इधर-उधर है, पर समझ में अच्छी तरह नहीं आया हैं। अफसर के आने पर बातें साफ-साफ समझाई जाएँगी। वहाँ का उदय भी कुछ काम में आएगा।'

छोटे महते, 'कुछ लोग सहकारी खेती के खिलाफ हैं। पटवारी भी उस दिन इशारा कर रहा था। कुँवरपुरा के बड़ी जोतोंवालों ने पसंद के दस्तखत तो कर दिए, पर वे उसमें शामिल नहीं होंगे। कहते हैं कि गाँठ की जिमीन निकल जाएगी और पुरखों की नाक कट जाएगी।'

मगन, 'वे जो कुछ कहें उसका उलटा समझो। खुद तो भले बनना चाहते थे और हमारा मुँह काला कराना चाहते थे। हम तो भाई, यह सोचते हैं कि लगभग सारी जिमीन अपने गाँव की यों ही पड़ी हुई है; अपनी होती हुई भी अपनापन उसमें है ही कितना? सहकारी रास्ते से सुधर गई तो पौ बारह है। न सुधरी तो समिति छोड़

देंगे, फिर जैसी है वैसी ही सही।'

सरमन, 'कुँवरपुरावाले अपने मतलब की करेंगे, हमें अपने गाँव की भलाई की सोचनी पड़ेगी।'

थोड़ी देर वे लोग चुप रहे। छोटे महते सिर नीचा किए कुछ सोच रहा था।

मगन ने पूछा, 'क्या सोच रहे हो? तुरंत कुछ करने की आ अटकी है।'

छोटे महते ने उत्तर दिया, 'कई बातें मन में यकायक उठी हैं—हथियार गाँव में आवें, खेती-बारी की बढ़ोतरी हो, दंगे-फसाद कम हो जाएँ, मुकदमा टूट जाए…'

मगन कुछ क्षण बाद बोला, 'दो-तीन काम एक साथ करने होंगे; आपसी समझौते से तो मुकदमा खत्म किया जाए और बंदूक के लाइसेंस पाने की कोशिश गाँव के चार-पाँच जन की तरफ से की जाए। खेती-बारी की बात तो जल्दी सामने आने को ही है। और भी चर्चा चल रही है; जैसे गाँवों के उद्योग-धंधों के बढ़ाने की बात। मैंने सोचा है कि कुँवरपुरावालों से मैं ही बात चलाऊँ।'

छोटे महते ने समर्थन किया, 'हाँ-आँ, क्या किया जावे, सिवाय इसके और उपाय ही क्या है। रामदयाल और उसके साथी कहते फिरेंगे कि डाबरवालों को नीचा दिखा दिया, सो खैर…'

मगन ने टोका, 'नहीं, ऐसी तो कोई बात नहीं है। मेलजोल बिना गाड़ी जगह-जगह अटकेगी; समय कुछ ऐसा ही है।' अंत में वे दोनों सहमत हो गए।

परमोले और उसके साथियों को समझाया-बुझाया गया, 'तुमने उन लोगों को गधों की तरह तो पीट ही लिया है। आगे का सिर फुटौवल बचाने के लिए मान भी जाओ।'

वे लोग अदालत से छूटने का गौरव प्राप्त करना चाहते थे। परंतु आगे के संकट का विचार करके उन्होंने मगन की बात मान ली। एक शर्त रखी, 'कुँवरपुरावालों से समझौते की बातचीत तुम्हीं करो, हम उनकी चिरौरी नहीं करेंगे।'

मगन तो इसके लिए तैयार ही था। उसने हामीं भरी।

मगन, छोटे महते, और सरमन ने बंदूक के लाइसेंस के लिए प्रार्थनापत्र दिए। खेती के लिए जंगली जानवरों का डर और डाकुओं के गिरोह से जानमाल संकट बतलाया। जैसा होता आया है, पुलिस की राय के लिए प्रार्थनापत्र भेज दिए गए। तहसील से उन लोगों की जमीन इत्यादि के बारे में पूछताछ की गई। लाइसेंसों का मिलना अभी दूर था।

मगन रामदयाल इत्यादि के पास मुकदमे के समझौते के लिए गया। वे लोग

जानते थे कि अदालत से हार होगी। मगन स्वयं चिरौरी करने आया है, इस बात पर उन्हें संतोष हुआ। भविष्य में मनमुटाव कम रहे, इस विषय पर भी थोड़ी-सी बातचीत हुई। योजना कोई नहीं बनी। सहकारिता इत्यादि पर बात करने के लिए पदाधिकारी आ रहे हैं, उनके लौट जाने पर कब क्या किया जाए, सोचेंगे। यह तय हुआ।

: ६ :

पुलिस को भी पता रहता था कि डाकुओं का गिरोह कब कहाँ ठहरा है। पीछा करती थी, परंतु पहाड़ों और जंगलों के विस्तार और अच्छे मार्गों की कमी के कारण डाकुओं के दमन में सफल नहीं हो पा रही थी। उसे संदेह था कि गाँवों के कुछ व्यक्ति गिरोह को कुछ-न-कुछ सहारा देते हैं—कम-से-कम उनका सही पता-निशान नहीं बतलाते। डाबरवालों की अर्जी खटाई में पड़ गई। तहसील से सूचना आ गई कि प्रार्थियों के पास जमीन तो काफी है, परंतु उसमें खेती बहुत कम होती है! भूमि कम कीमती है!

डाकुओं ने मगन इत्यादि से रुपया वसूली के लिए जो दिन नियुक्त किया था उस दिन नहीं आए। पुलिस की चौकसी के कारण वे किसी दूसरे क्षेत्र में चले गए थे। फिर भी डाबरवालों को चिंता थी।

एक दिन कुँवरपुरा, डाबर इत्यादि गाँवों में सूचना आई कि अमुक तारीख को सहकारी विभाग के एक उच्च पदाधिकारी आएँगे और समारोह कुँवरपुरा में होगा। पास के अन्य गाँवों के नर-नारियों को भी समारोह में भाग लेने के लिए बुलावा भेजा गया।

डाबरवालों को उस समारोह में कुँवरपुरा जाना ही था, मगन को पहले ही वहाँ जाकर बात करने का अवसर मिल गया।

कलेवा करके रामदयाल के घर पहुँचा। डाबर से कुँवरपुरा मील-डेढ़ मील से ज्यादा न था। डाबर की पहाड़ी ऊँची है और कई जगह सीधी खड़ी। कुँवरपुरा भी पहाड़ी के नीचे बसा है, परंतु यहाँ की पहाड़ी ऊँची नहीं है। उसके पेड़ युगों पहले कट चुके थे। नंगी-सी थी।

डाबर की पहाड़ी उत्तर-दक्षिण की सीध में है और यह पूर्व-पश्चिम में। डाबर की पहाड़ी और इसके बीच में भूमि खुली हुई है। एक छोटा-सा नाला बीच में है, जो डाबर के नाले से जा मिलता है। जब मगन ने नाला पार किया, सोचा कि यदि बाँध बँध जाए तो न जाने कितनी भूमि की सिंचाई होती रहे।

रामदयाल से राम-राम हुई। उसने मगन की आवभगत की। थी ऊपरी और छूँछी-सी। थोड़ी देर बातचीत होनेवाले समारोह के कार्यक्रम पर चली, फिर मगन ने कहा, 'सरपंचजी, यदि अपने ये नाले बाँध दिए जावें तो न केवल अपने गाँव डाबर, कुँवरपुरा की रती फिरेगी बल्कि और दो-चार गाँव हरे-भरे हो जाएँगे।'

मगन ने 'अपने' शब्द पर जोर दिया था। रामदयाल पर प्रभाव नहीं हुआ। रामदयाल उतरती अवस्था का लंबा पुष्टकाय पुरुष था। बोला, 'हाँ···आँ, महते। सरकार शायद कुछ करे। आगे की बातें हैं। अभी तो कहीं डाकुओं का डर, कहीं आपसी फूट।'

रामदयाल जानता था कि उसके भाई के मामले में जान नहीं है।

मगन ने तुरंत कहा, 'आप बड़े हो, हम छोटे-छोटे। उसी की बात करने आया हूँ। तय हो जाए और आगे सब मिल-जुलकर चलें।'

रामदयाल भी चाहता था, पर बड़प्पन बनाए रखने के लिए उसने अड़ंगा लगाया, बात बन जाए तो बन जाए, 'मेरे भाई का तो हाथ ही तोड़ डाला उन बदमाशों ने।'

मगन तैयार होकर आया था, 'सरपंच दाऊ, यह भी तो सोचिए कि अपराध की जड़ किसने जमाई। मैं सबकी तरफ से माफी माँगता हूँ।' कहते तो वह कह गया, परंतु उसे अपनी बात अच्छी नहीं लगी।

रामदयाल सुनकर प्रसन्न हो गया। बोला, 'हाँ महते, जो हुआ सो हुआ। भाग्य में बदा था।'

दोनों ओर से कुछ देर 'भाग्य में लिखे' की बात चलती रही। उसी समय उदय आ गया। जाँघिया पहने और बनियान, नंगे सिर, नंगे पैर। आते ही उसने रामदयाल से राम-राम की और मगन के पैर छूकर पास पड़े तख्त के एक कोने पर बैठ गया। रामदयाल ने कहा, 'उद्दे को तो जानते होगे, महते? हमारे गाँव का बड़ा अच्छा लड़का निकला यह।'

'जानता हूँ, कुछ दिन हुए जब डाबर आए थे मेरे पास।'

'मैं बहुत समय पहले से दादाजी के पास जाने की सोच रहा था। सहकारी खेती के बारे में बात करने के लिए पहुँचने का उस दिन अवसर मिला जब हमारे यहाँ सूचना आ गई कि सहकारी विभाग के अफसर अपने यहाँ की सहकारी समिति के वार्षिक अधिवेशन में आ रहे हैं। मैंने उस दिन सहकारी खेती समिति पर चर्चा की थी—' उदय जल्दी-जल्दी कह रहा था कि रामदयाल ने बात काटी, 'कुछ और चर्चा चल रही थी, जरा ठहरो।'

'तो फिर क्या सोचा, महते, उस मामले की बाबत?' रामदयाल ने मगन से प्रश्न किया।

'यही कहने आया हूँ,' मगन ने उत्तर दिया, 'कि मामले में राजीनामा हो जाए। गाँव के और लोग भी आ रहे थे, पर मैंने सोचा, सबकी तरफ से मैं ही कह-सुन लूँगा।'

उदय को चैन नहीं पड़ा, बोला, 'बहुत अच्छा किया, दादा, बहुत अच्छा किया। आपस में राजी-खुशी बनी रहनी चाहिए। मेलजोल बढ़ाने से ही काम चलेगा। सारे सहकारी काम सफल होंगे। सरपंच काका आपकी बात पर विचार करेंगे। हमारे काका बड़े ही—'

'बीच-बीच में तोरई-सी मत छौंको,' रामदयाल ने फिर टोका और एक क्षण उपरांत कुछ नरम स्वर में कहा, 'जाओ उद्दे भीतर, महते के लिए चाय का बंदोबस्त करो।'

उदय भीतर चला गया।

'लड़का अच्छा है। गाँव के झगड़े शांत करने की और खेतीबारी बढ़ाने की कोशिश करता रहता है। इसने जागीरदार साहब को प्रसन्न कर लिया है। पहले वह इसके घराने से अनमने थे। काम खूब करता है, पर है जरा बक्की। मैं इसे ठिकाने बनाए रखने के लिए कभी-कभी फटकार देता हूँ,' रामदयाल ने अपने व्यवहार की व्याख्या की।

'हाँ जी, होता ही है, कोई-कोई होता ही है ऐसा,' मगन ने तटस्थता के साथ समर्थन किया।

'हाँ तो महते, चर्चा कुछ और हो रही थी।'

'राजीनामे की बात हो रही थी कि उद्दे बीच में आ कूदा।'

'हाँ, ठीक है। हम तुम्हारे कहने को नहीं टालेंगे, महते। राजीनामा की बात तुम सबकी तरफ से पक्की है न?'

'बिलकुल पक्की है, सरपंचजी।'

'मैं भी वचन देता हूँ अपने भाई की तरफ से। तारीख तय कर लो, राजीनामा लिखवाकर पेश करा देंगे।' रामदयाल ने तुरंत सोचा कि जब कभी मौका हाथ लगेगा तब देख लेंगे। मगन का मन हलका हो गया।

दूसरे प्रसंग को मोड़ मिला।

'जलसा कब होना है समिति का?' मगन ने पूछा।

'जो बड़े अफसर उस जलसे में आना चाहते हैं उनके सुभीते की तारीख

पूछकर तय कर लिया जाएगा। बहुत पहले बतला देंगे। काफी भीड़ इकट्ठी होगी।'

'कौन-कौन अफसर आएँगे?'

'सहकारी विभाग के अफ़सर और कलक्टर साहब भी—उद्दे तय करवा लेगा।'

'या जागीरदार साहब तय करवा लेंगे, उद्दे तो अभी कुछ वैसा ही है।'

'नहीं, ऐसा-वैसा पहले तो था, परंतु अब सुधर गया है। पिछले चुनाव में मेरी तरफ से काफी घूमा-फिरा था। तुम जागीरदार साहब की हवेली पर हो आए या नहीं?'

'नहीं गया, आपसे ही काम था।'

'जाना चाहिए।'

'कभी हो आऊँगा। हमारा तो कोई कसूर नहीं है। उनका घराना हमसे यों ही नाराज बना रहा है।'

रामदयाल इस विषय को आगे नहीं बढ़ाना चाहता था। इच्छा थी कि मगन यहाँ से जल्दी चला जावे। उसने चाय लाने के लिए उदय को आवाज लगाई, 'क्या कर रहे हो?'

'आता हूँ,' भीतर से उत्तर मिला।

भीतर उदय रामदयाल की पत्नी की झड़प को सँभाल रहा था। वह बड़ी बहू कहलाती थी। आयु उसकी पचास के ऊपर थी। स्वास्थ्य अच्छा था, लगती पैंतीस-चालीस की थी। कह रही थी, 'उद्दे, तुमने उस मगना के पैर छूकर गाँव की नाक नीची की और सरपंच उसे चाय पिला रहे हैं। उस घमंडी को!'

'ताईजी, वह हमसे बड़े हैं, एक गोत्र के न होने पर भी जाति के हैं और फिर मैं इस धुन में हूँ कि आपस के झगड़े मिट जावें—'

'तुम्हारे छोटे काका का पंजा मगना के गाँववालों ने ही तो तोड़ा है; भूल गए क्या?'

उसके पंजे के टूटने के मूल कारण पर कुछ कहने के लिए उदय के गले तक बात आई, परंतु उसने जीभ पर काबू कर लिया। बोला, 'ताईजी, मैं तो अपने से बड़ों के पैर वैसे ही छू लेता हूँ। जागीरदार साहब से बात हुई तो उन्होंने भी कहा कि हाँ, मन के भीतर चाहे कुछ रक्खो, पर ऊपर-ऊपर तो मेल-जोल बढ़ाते ही रहना चाहिए।'

'हमें क्या करना, वह और तुम सब जो ठीक समझो, करो।' शकर महँगी हो

गई है, ऐसों को चाय पिलाना आँस जाता है।'

उदय चाय लेकर बाहर आ गया। मगन चाय पीने लगा। रामदयाल ने कहा, 'महते, तुम बहुत समय से जागीरदार साहब से न मिले होगे?'

'जी हाँ।'

'तो आज हो आओ। राजीनामे के लिए उनकी हामी भी जरूरी है।'

मगन के चेहरे पर उतार-चढ़ाव आया। कहाँ की आफत में पड़े—उसके भीतर कौंधा।

'मैं साथ चलूँगा। समिति की तारीख के बारे में भी बात हो जाएगी। वह समिति की कार्यकारिणी में हैं,' उदय ने कहा।

मगन कसमसा गया। न उस रात यहाँ के उचक्के परमोले के खेत पर जाते और न उस लड़ाई-झगड़े में वह सब नौबत आती। खैर, आई बला को भुगतो, सोचता हुआ मगन उदय के साथ चला गया। जाते समय उसने रामदयाल से नम्रता के साथ राम-राम की।

रास्ते में उदय का मुँह बंद ही क्यों रहने वाला था, 'जागीरदार साहब के यहाँ आपका इस समय चलना बहुत अच्छा रहा।'

'हूँ।'

'अब उनका स्वभाव वैसा नहीं रहा। जमाना बदल गया है न!'

'हाँ-आँ।'

'हम लोगों के उनसे मुकदमे चले, मनमुटाव हो जाना स्वाभाविक ही था। यह बात मेरे कॉलेज छोड़ने से पहले की है। वहाँ से आने पर मैंने मेल-जोल बढ़ाना शुरू कर दिया। हमारे लोग उन्हें कभी झुककर राम-राम नहीं करते थे। मैंने तो पैर तक छूने शुरू कर दिए। ह! ह!! हा!!! वह मुझपर प्रसन्न हैं। भीतर उनके कुछ भी हो, लेकिन काम चलने-चलाने योग्य राह-रस्म मैंने खूब बढ़ा ली है। ह! ह!! ह!!!'

'हाँ-हाँ, हाँ-हाँ!' मगन के मुँह से यों ही निकला, पर वह सोच रहा था—इसने मुझे भी उल्लू बनाया, पर खैर; अपने गाँववालों का हित करना है। फिर जो जान-पहचानवाले मिले उनसे दबी-सिमटी-सी राम-राम करता हुआ मगन जागीरदार की 'हवेली' पर उदय के साथ पहुँच गया।

मगन वहाँ बहुत समय के उपरांत गया था। अब वह शान-शौकत नहीं थी। हाथ जोड़कर खड़े रहनेवाले वहाँ कोई न थे। लंबी-लंबी चौड़ी पौर के ऊँचे चबूतरे पर जागीरदार डूँगरसिंह एक मैले गद्दे पर मोटे मैले तकिये के सहारे बैठे हुए थे।

हुक्का—वही पुराना हुक्का—सामने था। चबूतरे के नीचे गाँव के दो व्यक्ति किसी काम से आ बैठे थे। चबूतरे की दीवारों पर नए-पुराने कैलेंडर चिपके हुए थे। एक तरफ दो बंदूकें टँगी हुई थीं। डूँगरसिंह की आयु तीस-पैंतीस की होगी। देह स्वस्थ-पुष्ट।

उदय ने डूँगरसिंह के पैर छुए और मगन ने केवल हाथ जोड़कर, बिना माथा झुकाए, राम-राम की। जागीरदार ने उन दोनों को चबूतरे के एक कोने पर बैठने का संकेत किया, राजसी ठाठ के साथ, उदय को मुसकान के साथ, मगन को जरा ओठ सिकोड़कर।

'कैसे आए महते?' डूँगरसिंह ने कहा।

'आपकी सेवा में,' मगन ने इतना ही कह पाया, खाँसा और जरा रुका था कि उदय ने सब कह डाला। अंत में बोला, 'राजीनामा कर रहे हैं ये सब; आप बड़े हैं, इसलिए आपकी मुहर चाहिए। एक काम और है—सहकारी समिति का वार्षिक अधिवेशन कब हो, यह आपको अफसरों से बात करके समिति की बैठक में तय करना है। गाँव की हालत सुधारने की बातें भी तय होनी हैं।'

'मुझे कोई इनकार नहीं। जो ठीक दिखलाई पड़े, किए जाओ।'

मगन का इतने से मन भर गया। उदय गाँव सुधार और अधिक अन्न उपजाने, उद्योग-धंधे इत्यादि बढ़ाने पर बात करता रहा। जागीरदार हाँ-हूँ करते हुक्का पीता रहा।

डूँगरसिंह ने पीछा छुड़ाने के लिए कहा, 'कह तो दिया कि कोशिश करते रहो। जलसे में जब अफसर आएँगे, बहुत से सवालों का हल तभी होगा।'

उदय ने विनय की, 'राजा साहब, काम हम सबको करना है क्योंकि हमारा है। अफसरों से तो सलाह और सहायता की ही बात करनी है।'

'मैं खिलाफ नहीं हूँ, कह दिया है।'

'मैं अब चलूँ?' मगन ने चबूतरे से उतरकर उसे नमस्कार किया।

उदय अडिग था, बोला, 'दादा, बैठिए न, कुछ और बातें हो जाएँ।'

'बहुत काम पड़ा है, उद्दे। तुम बैठो। मैं जाता हूँ।'

उदय को भी उठना पड़ा। रास्ते में उसने कहा, 'दादा, जरा हमारे घर पर भी चले चलिए।'

'नहीं भाई, अभी नहीं, फिर कभी देखा जाएगा। राजीनामे का काम जल्दी पूरा करना है, और भी हार-खेत का धंधा है। देर हो रही है।'

'मैं डाबर पहुँचाने चलूँ?' उदय ने विनय की।

'यह लो! मैंने क्या रास्ता नहीं देखा है?'

मगन चला गया।

जैसे ही मगन कुँवरपुरा ग्राम के बाहर हुआ, पहला विचार जो मन में उमड़ा वह था—यह उद्दा कितना ऊटपटाँग है! क्या ज्यादा पढ़ने से इसका दिमाग खराब हो गया है? आगे बढ़ा तो हरे-भरे खेत नजर आए। गेहूँ-चने के पौधे बढ़ाव पर थे, सरसों फूलने लगी थी। लगती थी जैसे हलदी के तिलक लगाकर सूर्य की किरणों के निहोरे कर रही हो। मन का कड़वापन ढलने लगा। हमारे खेत भी लहलहा रहे हैं, वहाँ भी सरसों फूल रही है, परंतु, परंतु—ऐसा और इतना लगातार एक-दूसरे से गले लगते हुए से खेतों का फैलाव नहीं है। अच्छा, हमारा गाँव भी बढ़ेगा, फूले-फलेगा।

थोड़ी देर में मगन अपने गाँव पहुँच गया। परमोले इत्यादि मिले। राजीनामे की बात तय हो गई—तीसरे दिन कचहरी में मुकदमा समाप्त करना था।

फिर सुभीते के साथ घर के भीतर मगन की बातें हुईं। जागीरदार ने अच्छी तरह बिठलाया, उनकी पौर में तसवीरें टँगी थीं और दो बंदूकें। 'हम उद्दे के घर नहीं गए।' अंत में मगन ने यह भी बतलाया। उसकी पत्नी को यह अच्छा नहीं लगा। रामदयाल ने चाय पिलाई थी सो कोई बड़ी बात नहीं हुई।

किरण ने इतना ही कहा, 'वैसी तसवीरें तो हम अपनी पौर में नहीं लगाएँगे। हाँ, बंदूक आ जाएगी तो उसे पौर में या कहीं घर में टाँगेंगे। खूब साफ रक्खेंगे।'

'हाँ-हाँ, वह मिलकर रहेगी, पर खेती की बढ़ोतरी पहले।'

: ७ :

डाबर के कई व्यक्ति कुँवरपुरा सहकारी (लेन-देन) समिति के सदस्य थे। परमोले था, सरमन और मगन भी। और लोगों का तो लेन-देन समिति से था, परंतु मगन रिन (ऋण) नहीं लेता था, सदस्य इस कारण हो गया था कि शायद कभी रुपए की जरूरत पड़ जाए।

एक दिन समिति की बैठक में वार्षिक अधिवेशन की तारीख तय हो गई। उदय समारोह की तैयारी में कुछ समय पहले से जुट गया।

गाँव के भीतर डूँगरसिंह की हवेली के सामने ही ऐसा मैदान था जहाँ बड़ी भीड़ में नर-नारी इकट्ठे हो सकते थे। वैसे अधिकांश घरों के सामने से तो ऐसी ही गलियाँ गई थीं जहाँ होकर बैलगाड़ी कठिनाई से निकल पाती थी। घरों के पनालों से मैला-कुचैला पानी बह-बहकर कीचड़ मचाता रहता था। कहीं-

कहीं पनसोखे गड्ढे भी बना लिये गए थे; परंतु वे कर ही कितना सकते थे? समारोह के पहले उदय और कुछ साथियों ने गाँव की इन गलियों को साफ करने का भरपूर उपाय किया।

मंडप सजाया गया। मंच बनाया गया। कुरसी-मेज के स्थान पर गद्दे-तकियों का रिवाज चल गया है, मंच पर रचाए गए। कलक्टर और सहकारी विभाग के उच्च अधिकारी और विकास विभागवाले भी आए। उदय ने दौड़धूप की थी और डूँगरसिंह ने भी सहयोग दिया था।

मंच बड़ा न था। उसके नीचे, अगल-बगल और सामने कुँवरपुरा की सहकारी समिति के प्रतिनिधि और पड़ोसी गाँवों के पंच, मुखिया इत्यादि बिठलाए गए। कुछ हटकर एक ओर स्त्रियाँ बैठीं और दूसरी ओर पुरुष, इनके बीच में हल्लागुल्ला करनेवाले बच्चे। बहुत से इधर-उधर खड़े भी थे। ये थे तमाशा देखनेवाले। तीन हजार के लगभग लोग इकट्ठे हुए थे। थोड़ी-सी पुलिस भी आ गई थी।

लाउड स्पीकर आ गया था। फिल्मी रैकर्ड बजाए जाने लगे। एक गीत शृंगारी गान का था। घूँघटवाली स्त्रियाँ हँस रही थीं। लड़कियाँ सकुचा रही थीं। स्त्रियों में डाबर के परमोले की पत्नी और मगन की लड़की किरण भी थी। दोनों पास-पास बैठी थीं। किरण उस गीत पर नाक-भौंह सिकोड़ रही थी। उस समय डूँगरसिंह, रामदयाल, उदय इत्यादि नहीं थे। ये लोग सरकारी अफसरों का स्वागत करने के लिए गाँव बाहर चले गए थे।

वे लोग सरकारी अफसरों को लेकर आ गए। उदय उन सबके बीच में था। मंडप के निकट आते ही कलक्टर ने उदय से धीरे से कहा, 'इस फिल्मी गाने को तो बंद ही करवा दीजिए।'

फिल्मी गाना बंद हो गया। वैसे भी बंद होना था क्योंकि सभा की कार्रवाई शुरू होनी थी।

डूँगरसिंह को अधिवेशन का अध्यक्ष चुना गया। रामदयाल और उदय ने उसे और अफसरों को फूल-मालाएँ पहनाईं। तालियाँ बजीं, शोर तो हो ही रहा था। डूँगरसिंह और कलक्टर के प्रयास से शोर बंद हुआ। अध्यक्ष के सामने कुछ मालाएँ रखी थीं। कलक्टर ने दो उठाईं और बोला, 'हम लोग तो जनता के सहायक-सेवक हैं, आदर-सम्मान होना चाहिए पूरा उनका जो आपके बीच तन-मन से काम कर रहे हैं। ऐसे लोगों में श्री उदयसिंह एक हैं।' कलक्टर ने एक माला उदय के गले में उसके 'न, न' करते हुए भी डाल दी। तालियाँ बजीं। किरण ने

उसे देखा, अच्छी तरह देखा।

परमोले की पत्नी ने पूछा, 'बेटी किन्नी, यह कौन हैं?'

'हमारे दूर के नातेदार हैं, बड़े होनहार।'

'हूँ।'

कलक्टर ने दूसरी माला डूँगरसिंह के गले में डालते हुए कहा, 'यह आज की सभा के अध्यक्ष हैं। आपके और आसपास के गाँवों के हित में इनके पुरखों ने त्याग और बलिदान किए। इस युग के जरूरी और जनहितकारी कामों में यह आप सबका साथ देंगे।' तालियाँ तो पिटीं, परंतु अनेक नर-नारियों के मन में 'इनके पुरखों' के कुछ कारनामों की याद कुछ दर्द के साथ कौंध गई। 'हमें हमारे पुराने अधिकार और ठाठबाट दे दिए जाएँ तो हम भी कुछ कर दिखलावें, भले ही किसीको अच्छा लगे और किसीको बुरा'—डूँगरसिंह के मन में उभरकर वहीं कहीं समा गया।

कार्रवाई का आरंभ हुआ। वार्षिक रिपोर्ट पढ़ी गई। आँकड़ों में ऐसे समारोह को रुचि ही कितनी हो सकती है—पढ़े जाने के बाद रिपोर्ट स्वीकृत हो गई। समिति को लाभ हुआ था—बैंक से जो ऋण लिया गया था और सदस्यों को बाँटा गया था वह सब ब्याज समेत उगाह लिया गया था, उसी से लाभ हुआ था।

इसके उपरांत समिति के तीन संचालकों का चुनाव हुआ।

लोग व्यक्तिगत रूप से समारोह का कम-बढ़ आनंद उठा रहे थे, अब उत्साह ने सामूहिक रूप प्राप्त किया।

दो कुँवरपुरा के चुन लिये गए। तीसरा नाम उदय ने मगन का रक्खा। 'हाँ-हाँ, डाबर का भी कोई होना चाहिए।'

उदय के कई साथियों ने समर्थन किया। कुँवरपुरा के कुछ लोगों ने विरोध किया। उदय ने संकेत से रामदयाल का निहोरा किया। डूँगरसिंह ने भी इशारा किया। रामदयाल ने उदय का समर्थन किया। बहुमत से वह चुन लिया गया।

उदय ने कहा, 'श्री मगन महते के संचालक चुने जाने से हमारे दोनों गाँवों का मेल-मिलाप बढ़ेगा, बहुत अच्छा होगा।'

किरण उदय की ओर बार-बार देख रही थी। मगन के मन में भी उदय के लिए कुछ स्थान हुआ। सोच रहा था—'कुछ अच्छा भी है यह। उतना बक्की और पीछे पड़नेवाला न होता तो क्या बात थी।'

डाबरवाले हर्षमग्न थे—अब हमारा भी काम बनेगा।

कलक्टर को बोलना था और सहकारी विभाग के अधिकारी को भी। इन्होंने

कहा कि पहले जनता की कुछ बातें सुन लें।

फरियादों की झड़ी लग गई। जनता में आत्मनिर्भरता का अंश कम रहा है, इसलिए। अर्जी-पुर्जी देने की परंपरा चली आई है और कायदे-कानूनों की भरमार हो गई है इस कारण भी।

'हमारे यहाँ कुओं की बहुत कमी है।'

'नहर आनी चाहिए हमारे खेतों के लिए।'

'बैलों और बँधियों के लिए काफी तकाबी मिलनी चाहिए।'

'हम बहुत-सों की गाँठ में जिमीन बिलकुल ही नहीं है।'

'जंगल के अफसर हमें तंग करते हैं।'

मगन ने कुछ अधिकार के स्वर में चिल्लाकर कहा, 'जंगली जानवर हमारी फसलों को बहुत नुकसान पहुँचाते हैं। रखवाली करते-करते नाकों दम आ जाता है। डाकुओं का भी डर है। जंगल-पहाड़ में आ रमते हैं और हम लोगों की जान-माल संकट में पड़ जाती है।'

किरण सुनकर उत्तेजित हो गई।

कलक्टर और सहकारी-अधिकारी आपस में कुछ बात करने लगे। भीड़ में एक लहर-सी दौड़ गई। शोर होने लगा। भीड़ में आड़ लिये हुए दो व्यक्ति खुसफुस करने लगे।

'इसे समझना है, यही गड़बड़ कर रहा है और करवा रहा है,' एक ने कहा।

'अबकी बार जैसे ही वे सब वहाँ आए कि पहले इसी का सिर फोड़ेंगे,' दूसरे ने उसके कान में डाला।

कलक्टर ने शोरगुल शांत करते हुए कहा, 'अपनी सरकार ग्राम रक्षक दल की योजना चला रही है। पास-पास के छोटे-बड़े गाँवों के चुने हुए लोगों को बंदूकों के लाइसेंस दिए जाएँगे। इन सबकी मिली-जुली टोली होगी। थोड़ी-सी फौजी कवायद के साथ निशानेबाजी भी सिखलाई जावेगी। स्त्रियों को भी सीखना चाहिए। अपने घरों, गाँवों और देश की रक्षा के लिए उन्हें सामने आना ही चाहिए। तैयार हो?'

अनेक पुरुष चिल्ला पड़े, 'जी हाँ, जी हाँ।'

उदय निकट ही था, उसका स्वर सबसे अधिक ऊँचा रहा।

कलक्टर ने अपने हाथ का संकेत स्त्रियों की ओर किया। घूँघटवालियों ने अपना घूँघट और भी लंबा खींचा। लड़कियाँ मुँह फेर-फेरकर हँसने-मुसकराने लगीं। एक किरण ऐसी थी जो बड़ी-बड़ी आँखें चढ़ाकर मुँह फुलाए कलक्टर

की ओर देख रही थी।

उदय ने कहा, 'आप कुछ कहना चाहती हैं। बोलिए न।' मगन ने लख लिया। प्रसन्न था। उसे कुछ कहने के लिए संकेत किया।

किरण बैठे-बैठे ही बोली, 'मेरा नाम लिख लें।'

'शाबाश बेटी! शाबाश!! तुम्हारा नाम क्या है? किसकी पुत्री हो?' कलक्टर ने पूछा।

'मेरी।'

'मेरा नाम किरण।'

मगन और किरण के मुँह से एक साथ निकला।

किरण ने जोड़ा, 'पिता मेरे श्री मगन महते हैं, मैं यादव हूँ।'

'बहुत अच्छा। तुम्हारे पिता को लाइसेंस मिल जाएगा, और तुमने निशानेबाजी अच्छी तरह सीख ली तो सरकार से तुम्हें एक बंदूक इनाम में दिलवाने का प्रयत्न करूँगा,' कलक्टर ने कहा।

मगन की छाती हर्ष से फूल गई। अभिमान के साथ इधर-उधर आँख दौड़ाने लगा। उन दो व्यक्तियों पर भी गई। एक क्षण के लिए सन्नाटे में आ गया। फिर के देखा तो उन्होंने ओट ले ली थी। शायद ये उनमें के न हों। होते भी तो मैं इनका परिचय कैसे देता? इन्हें कब से जानता हूँ? बात खुल पड़ती तो मान-मर्यादा मिट्टी में मिल जाती। वह सोच रहा था।

किरण से कुछ लड़कियों को प्रेरणा मिली और उन्होंने भी अपने नाम लिखवाए। बहुत से पुरुषों ने रक्षकदल में नाम लिख लेने की बात कही।

पास बैठी हुई दो-तीन स्त्रियों ने उन लड़कियों को कोंचा, 'हमारा भी नाम लिखवा दो।'

'तो लजाती क्यों हो? जोर से बोल दो न।' एक ने कहा।

वे स्त्रियाँ न बोल सकीं। उदय ने देख लिया और उनका नाम पुछवाकर लिखवा दिया। प्रबल उत्साह की लहर जन-जन में दौड़ रही थी। बड़ी कठिनाई से शांति स्थापित हुई। उन दो पुरुषों को फिर मगन ने वहाँ नहीं देखा।

कलक्टर ने आश्वासन दिया, 'काम का आरंभ जल्दी होगा। सहकारी समिति के वर्तमान बाबू को फौजी कवायद और निशानेबाजी सीखने के लिए पास की किसी छावनी में भेजा जाएगा। उसकी जगह यहाँ एक ऐसा बाबू रक्खा जाएगा जो सहकारी लेन-देन समिति का काम चलाएगा और सहकारी खेती समिति के बनाने में भी मदद करेगा, यानी यदि आप लोगों को इस तरह की समिति का

बनाना अच्छा लगे तो।'

'बहुत अच्छा लगेगा,' उदय ने कहा, 'इससे आपस के झगड़े मिटेंगे, अन्न की उपज बढ़ेगी, उद्योग-धंधे भी उसमें अपनाए जाएँगे, बेकारों को काम मिलेगा—खाली कोई न बैठा रहेगा, बड़े-छोटे का भेद-भाव कम हो जाएगा—'

डूँगरसिंह ने टोका, 'कलक्टर साहब और ये अफसर भी बोलेंगे; तुम तो बोलते ही रहते हो, जरा धीरज धरो।'

कलक्टर ने कहा, 'हम लोग तो आप सबकी सहायता करने आए हैं। यदि किसी विषय की जानकारी न हो और हमसे पूछा जाए तो बतलाने की कोशिश करेंगे। सहकारी कामों के चलाने के लिए पहली चीज है उनके प्रति आपकी उमंग।'

उदय ने अपनी उमंग प्रकट की, 'मैं वही बतला रहा था। मैंने खेती-किसानी की वैज्ञानिक शिक्षा पाई है। अपने लोगों की उन्नति के लिए सारा जीवन लगा देना चाहता हूँ। मैंने अपनी घरू खेती को अपनी शिक्षा का उपयोग करके बढ़ाया है। अध्यक्ष जी और हम सब छोटे-बड़े किसान इस काम में लग जावें तो गरीबी हट जाएगी। कलक्टर साहब उसपर और अधिक प्रकाश डालेंगे।'

डूँगरसिंह भीतर-भीतर कुढ़ गया—वह सब जमीन हमारी ही तो थी, हमारे पुरखों की, जो टुकड़े-टुकड़े होकर इन लोगों में बँट गई है। अब यह सहकारी खेती और दम दबोचने के लिए आ रही है। बोला, 'हाँ, जिसके मन में आवे, उस तरह की खेती में शामिल हो, मन में न आवे तो न हो।'

कलक्टर ने कहा, 'सहकारी खेती का आरंभ आप लोग जब चाहेंगे तभी होगा। अभी तो हम लोग साधन सहकारी समिति खोलने की बात करेंगे।'

'सहकारी खेती का काम अवश्य जल्दी शुरू कर दिया जाना चाहिए,' उदय को कहाँ चैन था?

कलक्टर कहता गया, 'हम कब कहते हैं कि न हो? साधन सहकारी समिति ऐसी संस्था है कि जिसकी बाबत किसीको भी उज्र नहीं हो सकता।'

'जी हाँ, जी हाँ, यही ठीक है,' अध्यक्ष ने टीका की।

कलक्टर ने बतलाया, 'खेतीबारी के लिए, उद्योग-धंधों के लिए जितने साधनों की जरूरत पड़ती है; जैसे अच्छे बैल और औजार, बढ़िया बीज, उम्दा खाद, सिंचाई के लिए छोटी-बड़ी योजनाएँ, खेत बनाने-सुधारने के लिए मशीनें वगैरह, ये सब साधन सहकारी समिति के द्वारा सबको मिल सकेंगे। जिनके पास खेत नहीं हैं वे भी इस समिति के सदस्य होकर उद्योग-धंधे और अच्छी मजूरी से

अपनी हालत सुधार सकते हैं। गाँव का हर एक घर इसका सदस्य बन सकेगा। छोटे-छोटे-से खेतवालों की सहायता अलग-अलग करना शायद संभव न होगा, पर यदि वे सब राजी-खुशी से अपने अलग-अलग खेतों की सहकारी खेती समिति बनावें तो उन्हें आसानी से यह सब मदद मिल जाएगी।'

सरमन और परमोले एक साथ बोले, 'बहुत अच्छी है, बहुत अच्छी है यह समिति।'

'सहकारी खेती बड़े और छोटे वर्गों के बीच की खाई को पाट देगी।' उदय न चूका।

परमोले ने कहा, 'हमारे गाँव में दोनों को खोल दीजिए। मशीनों से हमारी भूमि का झाड़ी-झंकाड़ साफ करवा दीजिए, क्योंकि हम अपने हल-बैल से नहीं कर पाते।'

मगन ने समर्थन किया, 'हमारे गाँव में दोनों तरह की समितियाँ चल सकेंगी, पर जरा समझ लें पहले, कहीं कुछ सुना है, कहीं कुछ।'

'ठिकाने से प्रचार नहीं हुआ, इस कारण,' उदय बोला।

सहकारी विभाग का अधिकारी बोलने के लिए खड़ा हुआ, उदय अपनी कहने के लिए उकता रहा था।

कलक्टर ने उदय को संबोधन करते हुए कहा, 'यदि आप इस विषय पर पहले बोलना चाहते हैं तो बोलिए।'

डूँगरसिंह ने प्रतिवाद किया। कई लोग चिल्ला पड़े, 'पहले वह! पहले वह!' उदय बैठ गया।

उस उच्च सहकारी अफसर का नाम राजेश्वर था। कुछ छोटा कद, स्वस्थ देह, आँखों में कुशाग्रता, दृढ़ता और उत्साह की चमक। उसकी कर्तव्यनिष्ठा विख्यात हो गई थी।

राजेश्वर ने कहा, 'सहकारी समितियाँ अधिकतर रिन के लेन-देन का काम करती हैं। साहूकारों से गाँव की जनता का पिंड थोड़ा-सा ही छूटा है। खेतीबारी में जितनी बढ़ती होनी चाहिए थी, अभी नहीं हुई है। रहन-सहन, कमखर्ची, शिक्षा, अपने भरोसे जीवन चलाने का स्वभाव, गाँवटी उद्योग-धंधे, आपसी मेलजोल इत्यादि की उन्नति संतोषजनक नहीं हुई है। जिनके पास जमीन के बड़े-बड़े रकबे हैं वे बहुत थोड़े ही हैं। उन्होंने ट्रैक्टर इत्यादि मशीनों को लेकर खेती के बढ़ाने की कोशिश की है, परंतु कुछ लोगों के समृद्ध हो जाने से तो देश की अधिकांश जनता की गरीबी दूर नहीं होगी। ऐसे बहुत लोग हैं जिनके पास बीता-भर भी जमीन नहीं

है। सहकारी खेती में ये सब शामिल हो सकते हैं। अनाज की उपज बढ़ेगी, सहकारी हाट-मंडी में उपज के अच्छे दाम मिलेंगे और सहकारी धंधे बढ़ेंगे।'

एक आवाज आई, 'सहकारी खेती समझाइए क्या है? कैसे बनती है?'

राजेश्वर ने समझाया, 'सहकारी खेती समिति मिल-जुलकर खेती करनेवालों की संस्था का नाम है। जो लोग इस तरह की समिति बनाना चाहते हैं वे बैठक में प्रस्ताव पास करके कागज रजिस्ट्रार के दफ्तर में भेज देते हैं। वहाँ से जल्दी रजिस्ट्री हो जाती है। इसके सदस्य अपने-अपने खेत समिति में लगा देते हैं। रहते मालिक उन खेतों के वे ही हैं। सब काम राजी-खुशी से होता है। समिति जबरदस्ती नहीं बनाई जाती। किसी पर भी लादी नहीं जाएगी। समिति में भूमि लगा देने के बाद वह तभी तक समिति की रहेगी जब तक भूमिवाले समिति के सदस्य बने रहेंगे और समिति नहीं टूटेगी। सदस्य अपनी भूमि को बेच सकता है, किसीको दे सकता है; बस समिति की अनुमति ले ले। पैदावार सहकारी हाट-मंडी द्वारा बेची जाएगी, जिससे डंडीमार तौलनेवाले और बिचवैये दलालों से छूट मिल जाएगी। हाट-मंडीवाले संघ से सदस्य को अटक पड़ने पर अपनी उपज के सहारे रुपया भी मिल जाया करेगा। बढ़िया बीज और उम्दा खाद सहकारी बीज गोदाम से मिलेगा; जो आप सबकी राय से चलाया जावेगा। पैदावार की मुनाफा अपने-अपने खेत के रकबे और किस्म के अनुरूप बाँटी जाया करेगी। काम सब सदस्यों को कुछ-न-कुछ करना पड़ेगा।'

बहुत से लोगों की आँखें अपने पुराने जागीरदार—डूँगरसिंह पर जा टिकीं। वह सिर नीचा किए था।

राजेश्वर कहता गया, 'काम करने का दाम काम के घंटों और किस्म के हिसाब से अलग मिलेगा। जिनके पास जमीन नहीं है और मजदूरी के लिए समिति के सदस्य बनेंगे उन्हें अच्छी मजूरी मिलेगी। भत्ता भी। इसमें से कुछ थोड़ी-सी रकम काटकर समिति के रजिस्टर में उनके रोकड़खाते जमा कर दी जाया करेगी; जिससे समिति के हिस्से उनके लिए खरीद लिये जाएँगे।'

परमोले ने टोका, 'यह समझ में नहीं आया, सा'ब।'

राजेश्वर ने बतलाया, 'यह मुझे पहले ही समझा देना चाहिए था। खैर। जैसे लेन-देनवाली समिति का सदस्य होने के लिए समिति के हिस्से खरीदने होते हैं वैसे ही इस समिति के भी हिस्से खरीदने होंगे। एक हिस्सा कहीं बीस रुपए का है, कहीं दस रुपए का। यह सालाना किस्तों में दे सकते हैं। समिति में, जैसा कि आप लोगों को मालूम है, कम-से-कम दस सदस्य होने चाहिए और सबकी मिलाकर

तीस एकड़ जमीन कम-से-कम। करते हैं शुरू इससे कहीं बड़ी संख्या से। हिस्सों की रकम और सदस्यों की हैसियत के आधार पर जिला बैंक से रिन मिलेगा। समिति के जितने ज्यादा हिस्से होंगे, जितने अधिक सदस्य होंगे, बैक से रुपया भी उतना ही अधिक मिल जाएगा। इस सहकारी खेती को सम्मिलित सहकारी कृषि समिति कहते हैं।'

उदय बोल पड़ा, 'कहीं-कहीं इसे संयुक्त सहकारी कृषि-समिति भी कहते हैं।'

राजेश्वर ने जारी रखा, 'जी हाँ, उसका एक नाम यह भी है। अपने देश के लिए यही सबसे ज्यादा उपयुक्त समझी गई है। मैं मजदूरों की मजूरी में से जमा किए गए रुपयों की बाबत कह रहा था, जिससे समिति के हिस्से खरीदवा दिए जाएँगे। इन हिस्सों पर उन्हें पैदावार के मुनाफे में खेतोंवाले सदस्यों का जैसा ही मुनाफा मिलेगा।'

डूँगरसिंह से न रहा गया, 'इससे तो जमीनवाले लोग घाटे में रहेंगे।'

'नहीं रहेंगे, राजा साहब,' उदय ने तुरंत समाधान किया, 'सबके प्रयत्न, अच्छे बीज और बढ़िया खाद से पैदावार इतनी बढ़ जाएगी कि खेतवालों को आज जितना मिलता है उससे अधिक तब मिलने लगेगा—'

डूँगरसिंह ने उसे अधिक बोलने से रोकना चाहा।

राजेश्वर ने कहा, 'कहिए, कहिए। मुझे जो कुछ कहना था, कह लिया। कोई सवाल करेगा तो उसका जवाब शंका दूर करने के लिए भले ही हम लोग देंगे।'

कुछ दूर की सोचकर उदय बोला, 'और अधिक कुछ नहीं कहना है। समिति बन जावे, फिर काम की मैंने जानी। बोलूँगा कम, काम बहुत करूँगा, बहुत।'

लोगों से प्रश्न करने के लिए कहा गया।

परमोले बेचैन था। उसने अपनी कठिनाई पेश की, 'मेरे पास जमीन तो बहुत है, पर बैल एक ही है। दूसरा बैल मुश्किल से मिल पाता है; यानी जब हमारा गाँववाला अपना काम कर चुकता है तब अपना बैल मुझे दे पाता है। फिर जब उसे जरूरत पड़ती है तब मेरा काम चाहे अटक जाए, मुझे अपना बैल उसे देना पड़ता है। खेतों के साथ मैं अपना बैल भी यदि समिति में लगा दूँ तो दूसरे बैल की कमी कैसे पूरी होगी?'

राजेश्वर ने कहा, 'अच्छी नसल के ढोर भी पाओगे। लोग अपने खेतों के

साथ बैल-ढोर भी समिति में लगाएँगे। उनकी सहायता से सब खेतों में किसानी होगी। उन बैलों की मजूरी अलग जोड़ी जाएगी। यह तो रही बात उन गाँवों की जिनके खेत बन चुके हैं। तुम्हारे गाँव की अधिकांश भूमि पर जंगल खड़ा हुआ है, जिसका जिकर अभी-अभी हुआ था। इनको मशीनों से साफ करवाया जाएगा।'

मगन ने प्रश्न किया, 'मशीनें बहुत महँगी आती हैं, कैसे और कहाँ से मिलेंगी?'

राजेश्वर ने उत्तर दिया, 'सरकार देगी मशीनें। ये थोड़े-से किराए पर ही मिल जाएँगी। किराए की रकम छोटी किस्तों में धीरे-धीरे वसूल की जाएगी। खेतों पर मशीन के जरिए बँधिया भी डाली जाएँगी। जैसे ही पैदावार बढ़ी, तुम स्वयं किस्तों के बोझ को जल्दी हलका कर डालने की बात सोचोगे।'

सरमन ने पूछा, 'कितने समय में हो जाएगा खेतों का जंगल साफ? बँधिया कब तक पड़ जाएँगी?'

राजेश्वर ने कहा, 'साल-छः महीने से ज्यादा नहीं लग सकता। उसी साल खेती भी की जा सकती है।'

रामदयाल अभी तक चुप बैठा था, बोला, 'एक विनती मेरी है।'

'कहिए।'

'हमारे इन दो गाँवों में सिंचाई के लिए कुछ कुएँ हैं। थोड़े से और खुदवा दिए जाएँ।'

'सहायता की जाएगी।'

मगन ने सुझाव दिया, 'हमारे इन तीन गाँवों के बीच दो ढालू नाले हैं। इन्हें बाँध दिया जाए तो तालाब में इतना पानी बना रहेगा कि दूसरे गाँवों को भी नहर-कुलियों से सिंचाई के लिए मिलता रहेगा। पानी के अकाल का डर दूर हट जाएगा, पैदावार बहुत बढ़ेगी और कुएँ खुदवाने से शायद कुछ ही ज्यादा खर्च पड़े।'

कलक्टर ने सहायता का हाथ बढ़ाया, 'सरकार तुम लोगों की मदद करेगी। या तो आपस में चंदा करके कुछ रुपया इकट्ठा करो और कुछ सरकार से लो, या श्रमदान करो; यानी अपना हाथ-पैर उतने मोल का चलाओ, बाकी की सहायता सरकार रुपए के रूप में कर देगी। काम बहुत अच्छा है, जरूर किया जाए।'

राजेश्वर ने कहा, 'इस बाँध के पानी से आप सबकी सहकारी खेती की पैदावार बहुत बढ़ जाएगी, उससे न जाने कितने काम फूले-फलेंगे।'

कुँवरपुरा के एक बड़े किसान ने पूछा, 'जो लोग सहकारी खेतीवाली समिति में भरती न होना चाहें क्या उन्हें कोई मदद न मिलेगी?'

राजेश्वर ने समझाया, 'मैं पहले ही कह चुका हूँ कि सहकारी खेती में शामिल करने के लिए किसी पर भी कोई जबरदस्ती नहीं की जाएगी। सभी के लाभ के लिए एक योजना और तैयार की गई है। आप लोगों ने उसकी बाबत सुना होगा। वह है सहकारी सेवा समिति। उसे कहीं-कहीं साधन सहकारी समिति भी कहते हैं। कई गाँवों में यह समिति खड़ी कर दी गई है और काम भी कर रही है। इसके सदस्यों के लिए जरूरी नहीं कि वे किसी सहकारी खेती समिति के अंग हों। अच्छा खाद, बढ़िया बीज, पानीदार मजबूत बैल, मशीनें इत्यादि साधन इस सहकारी समिति द्वारा खेती करनेवालों को दिए जाएँगे और कारीगरी करनेवाले लोगों को उद्योग-धंधों के लिए औजार और रुपए मिलेंगे।'

'अच्छा है, अच्छा है! कैसे मिलेंगे?' कई लोगों ने पूछा।

'एक हजार की जनसंख्यावाले एक गाँव पीछे या इतनी ही आबादी के कई गाँवों पीछे एक साधन सहकारी समिति बनेगी। हर घर का प्रत्येक नर-नारी, जिसकी आयु अठारह वर्ष से कम न हो, इसका सदस्य हो सकेगा। वोट, मत, हर कुटुंब पीछे एक रहेगा। सरकार तीन साल के लिए एक कर्मचारी—बाबू—अपने खर्चे पर देगी। तीन हजार रुपए तक का अंशदान भी करेगी। यह रुपया समिति की पूँजी में मिला दिया जाएगा। और भी सहायता की जाएगी। इसके अलावा सरकार जो रुपया देगी वह कई बरसों की छोटी-छोटी किस्तों में ही वसूल किया जाएगा। इस सहकारी समिति से लाभ उठाकर फिर तो हर एक किसान सहकारी खेती समिति का सदस्य बनने के लिए तैयार हो जाएगा।'

रामदयाल और डूँगरसिंह एक साथ बोले, 'इसे तो तुरंत खोलिए।'

मगन ने कहा, 'हमारे गाँव की आबादी बहुत थोड़ी है,' और आह भरी।

राजेश्वर ने सुझाया, 'कुँवरपुरावालों के साथ हो जाओ न।'

रामदयाल ने जरा बड़प्पन के भाव के साथ कहा, 'हाँ-हाँ, हमें इनकार नहीं है।'

मगन बोला, 'ठीक है। हम शामिल होंगे। ग्राम रक्षक दल वैसे भी इन गाँवों का एक ही रहेगा।'

राजेश्वर उमंग से भर गया, 'आपस के झगड़े मिटाने और छोड़ने के लिए ग्राम रक्षक दल, साधन सहकारी समिति, सहकारी खेती इत्यादि बहुत जरूरी हैं। संसार में हम बहुत पिछड़े हुए हैं। अमेरिका देश के हर व्यक्ति की आमदनी का औसत दस हजार रुपए साल है; जबकि हमारे देशवाले का ढाई सौ-तीन सौ साल के ही लगभग पड़ता है। थोड़े से लोगों के पास लाखों रुपए की संपत्ति है और बहुत ऐसे हैं जिनकी

औसत आमदनी दस-बारह रुपए महीने की ही है! इस अंतर को मिटाने के लिए इलाज उन थोड़े से लखपतियों को भिखारी बनाना नहीं है; बल्कि अधिकांश गरीबों को पृथ्वी माता का लाल बनाना है, उन्हें समृद्ध करना है। वे इन्हीं उपायों से बढ़ेंगे। चले चलो, आगे चले चलो! इस मंत्र को सदा याद रखने की जरूरत है।'

कलक्टर ने भी उत्साह के साथ कहा, 'चले चलो, बढ़े चलो! बराबर मन में रहना चाहिए। बोलो सब एक साथ।'

बहुतों ने दुहराया। स्त्रियों के स्वर भी उसमें मिल गए। जैसे किसी प्रेरक राग की तान हो।

राजेश्वर का उत्साह सीमा पार करना चाहता था, बोला, 'तो सब लोग साधन सेवा समिति के लिए अपने-अपने नाम लिखवाओ।'

'लिखिए,' जोर की आवाजें आईं।

राजेश्वर कहता गया, 'हमारे साथ जो कर्मचारी आए हैं वे सब कागजी कार्रवाई करेंगे। बात पक्की हो गई है। अब सहकारी खेती समिति में नाम लिखवाइए।'

इसपर लोगों की आँखों से मतभेद झरने लगा। कुछ ने हामी के सिर हिलाए, कुछ ने नीचे कर लिये।

'मेरा सबसे पहले,' उदय चिल्लाया।

डूँगरसिंह ने कहा, 'कभी-न-कभी हम भी हो जाएँगे। पहले साधन सहकारी समिति का काम तो शुरू हो।'

सिर नीचे किए वालों ने हामी का संकेत किया।

मगन ने कहा, 'हमारे गाँव की सहकारी खेती समिति अभी बना लीजिए। यह तो गाँव-गाँव की होगी।'

डाबर की जनसंख्या का अनुमान पाकर राजेश्वर ने सहमति दी।

रामदयाल बोला, 'हमारे गाँववाले भी धीरे-धीरे राजी हो जाएँगे। जैसे मैं अपने कुछ खेत सहकारी में लगा दूँगा, बाकी निजी खेती में रक्खूँगा। आप भी ऐसा ही करोगे न जागीरदार साहब?'

उसने कहा, 'हाँ-हाँ, कुछ भूमि सहकारी में लगा दूँगा। बाकी पर निजी खेती का काम चलेगा।'

राजेश्वर ने अपने उत्साह की अति समझ ली, 'हाँ, श्रीगणेश तो करिए, कोई बात नहीं। इन सब कार्यों के साथ एक काम जरूर करते रहें सब लोग। हर सप्ताह में एक दिन सब लोग मिलकर अपनी धर्म-पुस्तक का पाठ करें, जो जिस धर्म का हो उसकी पुस्तक का पाठ, भजन। करें नियम के साथ।'

इसपर सभी ने उत्साहपूर्वक हाँ की। सबसे ऊपर उदय ने। सहकारी कार्यों के कुछ और ब्योरों की बातें होने के उपरांत उस दिन की सभा समाप्ति पर आई। दूसरे दिन समितियों का निर्माण होना था और तत्संबंधी कार्रवाई।

रामदयाल और डूँगरसिंह ने भोजन करने के लिए उन सब अफसरों और कर्मचारियों से निवेदन किया।

कलक्टर ने तुरंत उत्तर दिया, 'हम लोग अपने डेरे पर ही चाय-पानी, भोजन इत्यादि करेंगे। अभी तो आपका एक दाना भी ग्रहण नहीं कर सकते। जब देखेंगे कि आप सब समृद्ध हो गए तब एक बार नहीं, दो बार भोजन करेंगे,' और वे सब हँसे।

'स्त्रियों का एक गीत तो सुने जाइए, वे सब इसीलिए अब तक यहाँ जमी हुई हैं,' उदय ने आग्रह किया।

'जरूर सुनेंगे,' वे लोग मान गए।

स्त्रियों ने मधुर स्वरों में गीत गाया—

कस देती ढुमेना सासजी।
कित डरवाए तुमने चंदन पलँगवा,
मेरी भोली सासजी?
हँस-हँस ननद सँग कुवँला पै जाऊँ,
लाऊँ भर गंगाजल भोजन पकाऊँ,
हँस-हँस देवर सँग हार खेत जाऊँ।
कटाऊँ करबी मिलि, गट्ठा धर लाऊँ।
सब ही तो काम करूँ, हँस-हँस के काम करूँ,
बड़ी मेहनत से सासजी।

गीत बड़े चाव से स्त्रियों ने गाया। ध्यान के साथ उन सब कर्मचारियों ने सुना। जाते समय कलक्टर ने स्त्रियों को धन्यवाद के साथ नमस्कार किया और रामदयाल इत्यादि से कहा, 'इस गीत से हम सबको कुछ सीख लेनी चाहिए।' और चले गए।

उदय, डूँगरसिंह और रामदयाल उन्हें बिदा करने के लिए साथ लगे।

लोग, बिखरते-बिखरते, व्याख्यानों पर टीका-टिप्पणी करते रहे—

'बातें तो अच्छी थीं, जब कुछ होने लगे तब है…'

'कुछ तो होके रहेगा। बंदूकों के लाइसेंस मिलेंगे। डाकुओं का डर, जानवरों का खटका तो मिटेका। सबसे अच्छी बात आज यही रही।'

‘सहकारी खेती की सारी बात समझ में नहीं आई।’

‘अरे वे ही सब बातें हैं। जो होता आया है वही आगे भी होगा। हाँ, रामायण-गीता पढ़ने की बात और भी अच्छी रही। घर-घर कोई-न-कोई पढ़ता ही है, अब मिलकर गाया-बजाया करेंगे। मंगलवार कैसा रहेगा?’

‘मंगल या शनिवार कोई-सा दिन रख लेंगे। करेंगे मिलकर पाठ जरूर।’

□

दूसरे दिन साधन सहकारी समिति बन गई। इसमें उन दोनों गाँवों के वयस्क लोग शामिल हुए। कुछ स्त्रियाँ भी सदस्य बनीं।

सहकारी कृषि समिति संयुक्त—सम्मिलित—नमूने की खड़ी की गई। डाबर के सब नर-नारी, जिनकी आयु अठारह वर्ष से कम न थी—और ये थे ही कुल तीस-पैंतीस, उसके सदस्य बने। समिति का सरपंच मगन को चुना गया। संचालकों में परमोले और छोटे महते भी रखे गए। उन लोगों ने अपनी पूरी भूमि समिति में लगा दी। हिस्से भी काफी खरीदे।

कुँवरपुरा की जो सहकारी कृषि समिति बनी उसमें इने-गिने लोग ही आए—रामदयाल और डूँगरसिंह इनमें थे। खेत उन्होंने अपने घटिया लगाए। बढ़िया और बड़े निजी खेती के लिए रखे।

कुछ समय उपरांत इन समितियों का कार्य संचालक एक ऐसा बाबू आया जो फौजी कवायद सीख चुका था और निशानेबाजी सिखला सकता था। ग्राम रक्षक दल में बहुत लोग शामिल हुए। मनोरंजन, पुरुषार्थ के संचय की भावना और आत्मरक्षा की प्रेरणा ने काम किया। बड़ा उत्साह था। कुछ स्त्रियाँ भी सदस्य बनीं। इनमें किरण मुख्य थी। जल्दी ही इन सबने निशानेबाजी सीख ली। पहले यह काम डूँगरसिंह और रामदयाल की बंदूकों से चलाया गया—इनके पास लाइसेंस थे। गोली-बारूद इत्यादि के दाम लोगों ने खुशी के साथ दिए।

उदय बंदूक चलाना पहले से जानता था। अभ्यास से और भी अच्छा निशानेबाज हो गया। उसने कई बार किरण की सहायता बंदूक भरने और निशाना साधने में की। परंतु वह सकुचाती थी, और कुछ दूर-दूर-सी रहने लगी।

एक दिन अवसर पाकर उदय ने उससे कहा, ‘तुम तो बहुत अच्छी तरह चलाने लगीं बंदूक।’

‘हूँ-ऊँ—जब हमारे घर में बंदूक आ जाएगी तब अपने गाँव की पहाड़ी के नीचे चलाऊँगी बेधड़क।’

‘कभी मैं भी देखूँगा।’

किरण वहाँ से हट गई।

मगन, छोटे महते, परमोले और सरमन को भी लाइसेंस मिल गए। अपनी-अपनी माली हैसियत के अनुसार किसीने टोपीदार बंदूक ली, किसीने कारतूसी। मगन के पास कारतूसी आई।

फसल कट जाने के बाद डाबर के खेतों और बंजर पर ट्रैक्टर चलाया गया। बुलडोजर से कई जगह बंधी डाली गईं। खेतों के रंग-रूप बहुत सुहावने लग उठे।

नालों पर बाँध डालने का काम भी शुरू कर दिया गया। पर इसके पूरे होने में साल-दो साल की देर थी। गरमी की ऋतु आ गई थी। नर-नारी जितना काम कर सकते थे, उन्होंने किया। बाकी काम भविष्य के लिए छोड़ना पड़ा।

डाबर की सहकारी खेती समिति का काम लगन के साथ चलाया जाने लगा। दोनों गाँवों की साधन सहकारी समिति एक थी और जोर के साथ चल रही थी।

कुँवरपुरा में दो सहकारी खेती समितियाँ बनीं। एक वह थी जो उदय के बलबूते शीघ्र ऊपर दिखलाई पड़ उठी।

उन सोलह घरों में से बारह ही समिति में शामिल हुए। इन्होंने बड़ी संख्या में हिस्से खरीदे। चार ने इनकार कर दिया। उदय को संदेह था कि जागीरदार ने बहका दिया है। उन बारह घरों के सिवाय कई भूमिहीन व्यक्ति भी उदय की समिति में आ गए। इन सबने निश्चय किया कि हम लोग स्वयं सब काम अपने-अपने हाथों करेंगे, बाहर के मजदूर लेने की अटक ही नहीं पड़ेगी। यह भी तय किया कि जागीरदार से जो भूमि पाई थी वह तो समिति में लगा ही देंगे, खेती की अपनी सारी पुरानी पुरखौती जमीन भी लगा देंगे। उन्होंने ऐसा ही किया। सबमें उमंग थी।

इस समिति में जागीरदार और रामदयाल शामिल नहीं हुए। इन्होंने अपनी खिचड़ी अलग पकाई।

: ८ :

डाबर की सहकारी खेती समिति के वार्षिक अधिवेशन का समय आ गया। सदस्यों में उत्साह था। मगन की पौर में बैठक हुई। चबूतरा छोटा था, परंतु वैसे पौर काफी लंबी थी। बैठने के लिए कुछ नई-पुरानी दरियाँ मगन के घर की थीं, कुछ दूसरों के यहाँ से आ गई थीं। समिति का सभापति मगन था, खजांची छोटे महते—यह थोड़ा-सा पढ़-लिख गया था—और मंत्री सरमन। सरमन ने दस्तखत करना सीख लिया था। काम करती थी किरण। वह सदस्य नहीं हो सकती थी, क्योंकि

अभी अठारह वर्ष की नहीं हुई थी। देखभाल करने-करानेवाला सुपरवाइजर बाबू था। वह भी बैठक में आ गया था। कुँवरपुरा के लोगों को भी निमंत्रित किया गया था, परंतु वे तब तक नहीं आए थे। किरण ने ताक में रखने लायक एक सस्ती छोटी-सी घड़ी ले ली थी। वह मगन के निकट बैठी हुई थी। स्त्रियाँ आँगन के द्वार की अगल-बगल बैठी थीं। समय हो चुका था। काम का आरंभ कर दिया गया।

कागज-पत्रों के साथ वहीं समिति की नियमावली भी रखी हुई थी, परंतु नियमों की जानकारी बाबू को थी या कुछ मगन तथा किरण को। बाकी लोग बहुत कम जानते थे! चाहते वे थे कि कायदे अच्छी तरह मालूम हो जाएँ, जिससे बाबू के ऊपर बात-बात पर निर्भर न रहना पड़े।

वार्षिक विवरण बाबू ने तैयार किया था। पढ़कर सुनाया गया। खेतों के बनाने-सुधारने, बढ़िया बीज, अच्छे खाद और समय पर पानी बरस जाने के कारण एवं मिल-जुलकर रखवाली करने से उपज दुगुनी से ज्यादा हो गई थी। माल पास के बाजार की सहकारी हाट-मंडी में अच्छे भाव बिका था। सब हर्षमग्न थे। कायदे के अनुसार भूमि की किस्म और रकबे के हिसाब से मुनाफा बँटना था, काम करनेवालों को गाँव की चालू दर के पड़ते पर मजूरी—कुछ पहले मिल चुकी थी, जो कागजों में दर्ज थी; बाकी अभी दी जानी थी—काम करनेवालों को भत्ता भी। रक्षित फंड में मुनाफे का दस रुपया सैकड़ा और पंद्रह रुपया सैकड़ा समिति का आगे काम बढ़ाने और विकास के लिए जमा होना था। यह करने के बाद मुनाफे का बाँट।

सरमन ने कहा, 'यदि गल्ला कुछ दिन यहीं कहीं रक्खे रहते तो अच्छा भाव पाने पर और भी अच्छे दाम गाँठ में आ जाते।'

किरण बोली, 'इसके लिए, भैया, एक गोदाम बनाना पड़ेगा, क्योंकि अपने यहाँ कहीं कोई जगह अन्न को अच्छी हालत में रखे रहने के लिए नहीं है। खोंड़ियाँ गाँव-भर में दो हैं, पर उनमें इतना अन्न नहीं रक्खा जा सकता और उनमें कहीं-कहीं दरारें आ गई हैं, सड़ने का डर है।'

बाबू ने समर्थन किया, 'गोदाम, पक्का गोदाम बना लेना चाहिए। जंगल के कुछ हिस्से की लकड़ी मिल जाएगी। उससे कड़ी-बर्गे का काम निकल जाएगा और—'

छोटे महते बीच में बोल पड़ा, 'जंगल से जो लकड़ी मिले उससे कोयला बनाया जावे। महँगा हो गया है, अच्छे भाव बिकेगा। अपने यहाँ मद से काफी रुपया आ जाएगा।'

उसी समय कुँवरपुरा के कई लोग आ गए। इनमें रामदयाल और डूँगरसिंह नहीं थे, उदय था। किरण को संकोच हुआ, परंतु वह वहाँ से हटी नहीं। कुँवरपुरावालों को आवभगत के साथ बिठला लिया गया। इन लोगों को थोड़े में अब तक की हुई कार्रवाई बतला दी गई।

उदय ने अपनी समिति का जिकर करते हुए कहा, 'आप सबके पास खेत हैं। परती भूमि बहुत थी। वह सँवार-सुधार ली गई है। बीज, खाद इत्यादि की सहूलियत होते हुए भी दुगुना मुनाफा ही हुआ! हमने नई-पुरानी सब जमीन समिति में लगा दी। काम खूब हुआ। भूमिहीन सदस्यों ने भी बहुत मिहनत की। तिगुना मुनाफा हुआ है।'

'हमें सब मालूम है,' मगन ने टीका की, 'तुम्हारे यहाँ अन्न रखने के लिए पक्के मकान हैं। अनाज का भाव चढ़ जाने पर सहकारी हाट-मंडी में बेचा, इसीलिए हमारे यहाँ से ज्यादा लाभ हुआ। हम भी गोदाम बनाने का निश्चय कर रहे हैं। चर्चा यही चल रही थी।'

'मैं कह रहा था कि सरकारी जंगल के कुछ टुकड़े की लकड़ी मिल जाए तो उससे कोयला बनावें और अच्छे भाव बाजार में बेचकर खूब दाम कमावें। फिर उन रुपयों में से कुछ से गोदाम खड़ा कर लें।' छोटे महते ने बतलाया।

उदय हँस पड़ा, 'मुझे एक बात याद आ गई। अपने देश के एक भाग में बड़ा जंगल था। सरकार ने कुछ लोगों को उस जंगल का एक बड़ा भाग सहकारी खेती समिति बनाने के लिए दे दिया। इन्होंने कोयला बनाकर बेचा-खाया। खेती नहीं की।'

मगन, 'ईंट और चूना पकाने के लिए तो कोयला चाहना ही पड़ेगा।'

उदय, 'दादाजी, यह और बात है। इमारत के लिए कड़ी, बर्गे, बँडेरे, किवाड़, चौखटें जंगल की लकड़ी से बनाइए और थोड़ी-सी बेकाम लकड़ी का कोयला ईंट-चूना के काम में ले आइए।'

किरण धीरे से बोली, 'हमें अपने गाँव में पाठशाला, पंचायतघर और छोटा-सा चिकित्सालय भी बनाना है।'

मगन ने भी दुहराया, 'ठीक कहती है किन्नी।'

'किन्नी ठीक कहती है,' उदय ने कहा।

किरण ने तुरंत टोका, स्वर धीमा ही था, 'मेरा नाम किरण है,' और उसने जरा पीछे मुँह कर लिया।

'मैं क्षमा चाहता हूँ,' उदय लजा गया।

'सब लोग यही तय कीजिए। जंगल के एक भाग की लकड़ी पाने के लिए सदर में प्रयत्न मैं कर लूँगा,' बाबू ने निश्चय करने के लिए सुझाव दिया।

इसे सबने स्वीकार किया। निर्णय हो गया। अब कायदों की चर्चा चली। गाँव में बाबू को जितनी बार आना चाहिए था, नहीं आ पाया था। अपने ढर्रे पर परंतु सशक्त और लगातार उत्साह के साथ सब लोग काम करते रहे थे। वे कायदों की जानकारी प्राप्त कर लेना चाहते थे। कुछ बाबू ने, और कुछ उदय ने बीच-बीच में, समझाया—

'पाँच साल के पहले कोई सदस्य समिति से नहीं हट सकता।'

'हमें तो सदा समिति में रहना है।'

'हर एक सदस्य अपने बाद कौन उसका वारिस होगा, समिति को लिखकर दे सकता है।'

'मेरे बाद मेरी कुल संपत्ति की मालिक बेटी किरण होगी,' मगन ने मुसकराकर कहा।

किरण बोली, 'वाह! वाह! वैसे ही लगे हो।'

नियमों का स्पष्टीकरण जारी रहा—

'समिति की प्रबंधकारिणी समिति की बैठक हर तीसरे महीने होनी चाहिए।'

मगन ने बतलाया, 'बाबू नहीं आ पाए तो बैठक नहीं हो पाई।'

उदय ने कहा, 'कोई आवे या न आवे, हम तो तीसरे महीने बैठक अवश्य करते हैं।'

बाबू ने अपनी सफाई दी, 'क्या करूँ, काम इतना बढ़ गया है, सदर में इतनी बैठकों में हाजिर होना पड़ा कि यहाँ जितनी बार आना चाहिए था, न आ सका। बतला मैं गया था कि प्रबंधकारिणी की बैठक; जिसमें सभापति, खजांची, मंत्री परमोले इत्यादि हैं, तीसरे महीने तो हो जानी चाहिए। हर महीने हो जाए तो और भी अच्छा।'

'अब हुआ करेगी,' किरण ने धीरे से कहा।

'आगे के लिए कार्यक्रम का निश्चय सालाना जलसे में हो जाना चाहिए। समिति के सारे खेतों को एक इकाई मानकर काम किया जावे या जोतों का बाँट हर एक सदस्य को अलग-अलग करके काम चलाया जावे, यह करना है।'

'अपनी जोत सदस्य के हवाले अलग कर दी गई हैं,' मगन ने कहा, 'सम्मिलित सहकारी समिति में कर ही सकते हैं ऐसा।'

'हमारे यहाँ भी ऐसा ही है,' उदय ने अपनी समिति के सदस्यों की लगन

की बात करते हुए बतलाया।

'उद्योग-धंधों में, कताई-बुनाई, मुरगीपालन, भेड़-बकरियों की नस्ल का सुधार, शहद का उत्पादन, लुहार-बढ़ई का काम, बाँध-बंधी डालना—'

मगन ने टोका, 'बँधियाँ तो हमने मिल-जुलकर डाली हैं, पर नाले पर बाँध का काम अभी अधूरा है; जिसे डाबर और कुँवरपुरा के लोग अगली फसल से फारिग होने के बाद हाथ में ले लें और इससे भी ऊपर की बात यह है कि सरकार इंजीनियर और सीमेंट वगैरह की मदद करे।'

'अवश्य करेगी,' बाबू ने आश्वासन दिया।

'उद्योग-धंधों के लिए भी कुछ होना चाहिए। हम लोगों ने मुरगीपालन, भेड़-बकरियों की नस्लों का सुधार, बुनाई, कताई; लुहार-बढ़ई के सुधरे हुए औजारों के बनाने का काम इत्यादि शुरू कर दिए हैं,' उदय ने कुछ अभिमान के साथ कहा।

मगन को कुछ अखरा, बोला, 'बुनाई-कताई और लुहार-बढ़ई के औजारों का काम हमारे यहाँ नहीं हो सकता, मुरगीपालन इत्यादि जरूर चलाएँगे, हम किसीसे पीछे नहीं रहेंगे।'

छोटे महते भी चहका, 'कुँवरपुरावालों से हम किसी भी बात में पीछे नहीं रहेंगे।'

किरण कुछ कहना चाहती थी, परंतु रह गई। उदय की ओर एक क्षण देखकर आँखें नीची कर लीं।

उदय हँसा, 'सच मानिए चाचाजी, वह दिन मेरे लिए, हम सबके लिए बड़ा ही हर्ष का होगा जब इन भली बातों में डाबर कुँवरपुरावालों को पछाड़ देगा। वाह! क्या घड़ी होगी वह!'

'सदस्यों में कमखर्ची के स्वभाव को पैदा किया जाए।'

'सो तो हम लोग पहले से इस स्वभाव के हैं। बेटी किन्नी—किरण—के लिए सोने की चूड़ियाँ बनवाना चाहते थे, इसने नाहीं कर दी। अगले साल बनवाऊँगा,' मगन ने कहा।

'अगले साल भी नहीं,' किरण मुसकराकर बोली।

मगन हँसने लगा—बहुत प्रसन्न था। आँगन में बैठी कई स्त्रियों के मन में उठा—हमारे पास तो अभी चाँदी तक के गहने नहीं हैं, किसी दिन भगवान् देंगे।

'नर-नारियों के मनोरंजन, खेल-कूद इत्यादि की भी योजना बननी चाहिए।'

स्त्रियाँ हँस पड़ीं, कुछ सिकुड़ गईं।

'बंदूक चलाना बहुतेरों ने सीख लिया है। काम करते न करते स्त्रियाँ गाती-बजाती रहती हैं; पुरुष आल्हा गाते हैं और भजन-कीर्तन भी करते हैं,' मगन ने कहा।

'कुछ और भी हो,' उदय ने सुझाया, 'लोकगीत और लोकनृत्य के अलावा नाटक भी खेले जावें। एकाध परदे से काम चल सकता है। परदा न भी हो तो एक लंबे-चौड़े तख्त या चबूतरे पर खेल हो सकता है। पीछे की तरफ हरी पत्तियों और जंगली फूलों से सँजोकर परदा खड़ा किया जा सकता है। मैंने खेला है और खेलकर दिखला दूँगा।'

'कब?' किरण के ओठों तक प्रश्न आया, परंतु वह प्रश्न-सूचक दृष्टि से उदय की ओर देखकर रह गई।

उदय समझ गया, बोला, 'जब हम लोग मिल-जुलकर कोई बड़ा काम कर दिखलाएँगे, और ऐसे बहुत से अवसर आएँगे, तब दिखलाऊँगा। किसी त्योहार पर भी। इससे न केवल हम खेलनेवालों को आनंद और बल प्राप्त होता है, बल्कि देखनेवालों को भी मजा आता है, स्फूर्ति और शक्ति मिलती है।'

'बड़े बातूनी हो,' मगन हँस पड़ा। फिर उसने जरा गंभीर होकर कहा, 'काम पहले, फिर कुछ और। अपनी समितियों को बहुत ऊँचे उठाना है। काम बढ़े और नाम हो।'

'हाँ, दादाजी,' उदय बोला, 'व्यक्ति समाज के लिए है और समाज व्यक्ति के लिए। गरीबी एक-दूसरे की सहायता करने से ही दूर होगी।' फिर हँसते हुए उसने कहा, 'बातूनी तो मैं, दादाजी, हूँ ही; उसके बिना काम नहीं चलता। कुछ थोड़ा-सा कहे बिना नहीं रहूँगा। अपने देश के बाहर के दूर देशों से करोड़ों का अन्न मँगवाना पड़ता है। यदि हम उत्पादन बढ़ा लें, बढ़ाते चले जावें और उद्योग-धंधों को साथ-साथ पनपा लें तो हम सबका जीवन हरिया उठेगा और सदा हरियाता रहेगा। समृद्धि का यह काम कई जगह हो रहा है। मध्य प्रदेश में बालाघाट जिले में एक छोटा-सा गाँव ताँतियाटोला नाम का था। बालाघाट-मैहर सड़क के निकट, बालाघाट से इक्कीस मील दूर—'

'अरे भाई उद्दे, सार की बात करो, वहाँ जाने की यहाँ किसे फुरसत है?' छोटे महते ने हँसकर टोका।

'अभी लीजिए,' उदय कहता गया, 'मैं वहाँ हो आया हूँ, इसलिए मुँह से निकल गया। उन्नीस सौ बावन में उस गाँव की कुल आबादी पचास थी। खेती बहुत पिछड़ी हुई थी। खेती थोड़ी-सी ही। बाकी रकबा बंजर और डाँग-बीहड़।

एक कार्यकर्ता वहाँ पहुँचे। उनमें सेवा का भाव बहुत रहा है। उन्होंने कुल तेरह लोगों की समिति बनाई। जंगल खत्म किया। सरकार ने भी मदद की। फिर तो वे सब काम के पीछे इतनी लगन के साथ पिल पड़े कि कुएँ खोदे, पंचायतघर, बीज भंडार, छोटी-सी पाठशाला और बहुत-से घर बना डाले। उन्होंने जंगल की लकड़ी का कोयला बनाकर बेचा नहीं, बल्कि ईंट-चूना पकाया और बहुत-से मकान बना डाले! गाँव की सफाई पर पूरा ध्यान रखते हैं वे सब और बराबर उन्नति करते जाने पर तुले हुए हैं। जल्दी एक दिन आवे जब हम सब अपने गाँवों का भी नाम देश में कर दें।'

कइयों के सिर ऊँचे हुए और मुँह से हामी निकली।

फिर चुनाव हुआ। वे ही सब जहाँ के तहाँ चुन लिये गए। सरमन ने प्रण किया, 'अगले साल तक मैं ज्यादा पढ़ा-लिखा हो जाऊँगा।'

'अपने गाँव में बिना पढ़ा-लिखा कोई भी न रहेगा,' किरण ने सिर उठाकर कहा।

फिर कुछ बातचीत के बाद चाय-पानी का प्रस्ताव बाबू ने किया। तय हुआ कि मगन की जेब से नहीं, समिति के खर्चे से चाय-पानी हो। काम की समाप्ति पर चाय-पानी के समय चर्चा चली।

सरमन ने पूछा, 'हम सभी को सहकारी खेती समिति अच्छी लगी, और लोग क्यों नहीं अपने गाँवों में चलाते?'

'अपने-अपने छोटे-बड़े खेतों के अंधे मोहवश, और कुछ लोग राजनीति की दलबंदीवालों की बातें सुनकर। हमारी समिति में हम सब छोटी-छोटी जोतोंवाले हैं। खूब काम हुआ। बहुत दाम आए और सबको मिले—जिसकी जैसी जमीन और चाकरी, वैसा उसको मिला। अब बड़ी जोतोंवालों की भी आँखें खुल रही हैं।'

'राजनीतिवाले ऐसा क्यों कहते फिरते हैं? वे तो पढ़े-लिखे हैं?' एक ने पूछा।

'कोई लोभवश, कोई मोहवश। पर हमें क्या करना है, यह तो बहुत लोग समझने लगे हैं।' उदय ने उत्तर दिया।

सभा विसर्जित हुई। किरण आँगन में स्त्रियों के बीच थी। उदय ने पौर में से उसे देखा और बाहर चला गया। किरण ने उसकी कमीज का केवल छोर देख पाया।

स्त्रियों में हँस-हँसकर बातें चल रही थीं। प्रसंग मनोरंजन, खेलकूद, नाटक इत्यादि का था।

— —

एक कह रही थी, 'उछल-कूद कौन-कौन करोगी री? कछोटा बाँधकर या कैसे?'

'चाहे जिस तरह। बंदूक चलाना सीख लिया तो उछल-कूद करना कौन-सा कठिन काम है?'

'और नाच? इन मुछाड़ों और बूढ़ों के सामने? ह! ह! ह!'

किरण ने कहा, 'अरी इन लोगों के सामने क्यों? हम लोग अपने गीत और नाच अपने ही बीच में करेंगी। किवाड़ बंद करके आँगन में।'

'और नाटक?'

'देखकर वह भी कर सकेंगी।'

'वह बातूनी उद्दे कह गए हैं कि खेलेंगे।'

किरण ने समाधान किया, 'बातूनी नहीं हैं, जानकार हैं, पढ़े-लिखे।'

'हम सब भी कुछ पढ़-लिख सकेंगी?'

'मैं करूँगी यह काम, यानी जितना मैं पढ़ी हूँ उतना,' किरण ने उत्तर दिया।

: ९ :

कुआर महीने का उतरता पाख था। दोपहरी कड़ी और साँझ मृदुल। सूर्यास्त के पहले डाबर के किसान अपने खेतों के आसपास से चारा-बंदा काटकर इकट्ठा करने लगे। गट्ठे बनाकर सिर पर रखे और गाँव की ओर चल दिए। अधिकांश खेतों में धान था, क्योंकि बँधियाँ पड़ चुकी थीं। धान के पौधे पानी पर मस्ती के साथ झूम रहे थे। सूर्य की किरणें उनकी केसरिया हरियाली पर अपनी छाप लगा रही थीं। धान मुसकानों पर मुसकानें बिखेर रहे थे, मानो यह कहने के लिए मचल रहे हों कि महीने-दो महीने में ही ऐसे चावलों से किसानों के खलिहान भर दिए जाएँगे जैसे कि उन्होंने कल्पना भी न की होगी—सेवा सहकारी समिति के द्वारा—उन्हें खाद अच्छा मिला और बीज बहुत बढ़िया। किसान उन मुसकानों को अपने भीतर सँजो-सँजोकर चले जा रहे थे। दिन-भर का काम करने पर भी उनके चेहरों की थकान उन मुसकानों में नहाकर छिपी जा रही थी।

नवरात्र—नवदुर्गा—का पर्व था। उस दिन परमोले के घर पर माता के भजन होने थे। पहले ये भजन रात-रात-भर गाए जाते थे, अब लोग उतना समय नहीं दे सकते थे। श्रद्धा और उल्लास के साथ साँझ से दो घंटे गाना-बजाना करके खेतों की रखवाली के लिए जाना पड़ता था। उसकी घरवाली चक्की चला रही थी—उसे पति और पुत्र के लिए गरम रोटी खिलाकर भजन में भाग लेना था। वह चक्की पर गा

रही थी—

> सूरज चढ़ आयो सीस पै अगिन दोपहरी होय,
> काहे बैठे सेज पै जू? काम करे कछु होय।
> खेत पै जाओ गोड़ो निराओ, सींच घरै आओ,
> खलियान कों जाओ, दाँय चलाओ, अनाज घर ल्याओ।

संध्या हो चली थी। लोग जमा होने लगे। उधर गीत चल रहा था, इधर बातें हो रही थीं। मगन, छोटे महते, सरमन आ गए थे। परमोले वहाँ था ही।

सरमन ने कहा, 'दुर्गा मैया की कृपा से धान तो बहुत अच्छे आए हैं। इसे काटकर सरकारी बीजवाला वह गेहूँ बोना है, वह—उसका नंबर याद नहीं रहता—होगा कोई-सा भी नंबर, बड़ा बाँका है। फिर भगवान् के हाथ में है, दो महावटें पड़ जाएँ तो खलिहानों में फ़सल रखने को जगह नहीं मिलेगी।'

परमोले उन किसानों में से था जो बादल देखकर पोतला न फोड़ने की बात पग-पग पर याद करते हैं। बोला, 'अभी क्या कह सकते हैं? जाड़ों में न बरसा तो धान पर ही संतोष कर लेना पड़ेगा। अपने हाथ की बात तो है नहीं।'

मगन, 'दुर्गाजी की कृपा से बाँध बँध जाए और उससे नहर निकल जाए तो फिर लक्ष्मीजी हँस-हँस पड़ेंगी।'

परमोले, 'हाँ, केवल जंगली जानवरों का खुटका रहेगा; सो बंदूकें अपने पास हैं ही और रात में खेत पर रहने का आनंद कहीं गया नहीं।'

सरमन, 'ससुरे डाकुओं का कोई डर नहीं रहा। कई मारे गए, कुछ पकड़े गए, बाकी इधर-उधर समा गए हैं। हमारे बकरे-बकरियाँ वे ही खा जाते थे। मेरा संदेह कुँवरपुरावालों पर गलत था।'

परमोले, 'कभी-कभी उन लोगों में से भी किसीने बकरे उठाए खाए हैं, पर अब शांत हैं।'

मगन, 'उनमें आपस में ही झगड़े हो जाते हैं। सहकारी समिति में रामदयाल और डूँगरसिंह ने रद्‌दी-सद्‌दी से खेत लगा दिए और निजी खेती में अच्छे-अच्छे रख लिये। मजदूर लड़ जाते हैं। उन दोनों के निजी खेतों से उन्हें उतनी पैदावार नहीं मिली जितनी उन रद्‌दी खेतों के बन जाने से हुई है! सोच-विचार में भटकते रहते हैं।'

सरमन, 'होगा, हमें क्या करना है। सहकारी खेती और साधन समिति ने अपने गाँव को तो बहुत लाभ पहुँचाया है।'

किरण कुछ स्त्रियों के साथ आ गई। इन सबको माता के गीत में भाग लेना था। जैसे ही भीतर पहुँची, चक्की बंद हो गई। शायद पिसाई का काम हो चुका था।

किरण ने कहा, 'चाची, ढोलक निकालो।'

परमोले की स्त्री चक्की पर से उठकर आ गई। प्रसन्न होकर बोली, 'हमारे भाग्य बेटी! अभी देती हूँ। जब तक तुम गाओ-बजाओ, मैं रोटी बनाए डालती हूँ।'

ढोलकी आ गई। किरण उसे ठीक करने लगी। पहली थाप पड़ी थी कि परमोले और उसका लड़का—नंदे इसका नाम था—दौड़ते हुए आँगन में आए।

'डाकू आ रहे हैं!' परमोले ने दबे स्वर में कहा।

'डाकू! कहाँ हैं? हे राम!' कई स्त्रियों के कंठों से निकला। ढोलकी अलग रख दी गई। सब खड़ी हो गईं। घबराहट छा गई। केवल किरण अपना नियंत्रण किए थी।

'कहाँ हैं? कितनी दूर?' उसने पूछा।

नंदे ने तुरंत बतलाया, 'दीदी, मैं गाय चराने गाँव की चरोखर में गया था। वह सरकारी जंगल के पास ही है। जहाँ पहाड़ में नाले का कटाव हुआ है वहाँ से मैंने पाँच-सात आदमियों को खाकी साफे-कुरते पहने कंधों पर बंदूकें लटकाए देखा। वे जंगल में उतर रहे थे।'

किरण ने शांत करने का प्रयत्न किया, 'हो सकता है शिकारी हों या पुलिसवाले हों। डाकू तो महीनों से दूर-दूर भी नहीं सुनाई पड़े।'

नंदे ने अपनी बात की पुष्टि घबराहट के साथ की, 'नहीं, दीदी! वे शिकारी नहीं हो सकते, शिकारियों का वह रास्ता है ही नहीं और पुलिसवालों की वरदी को क्या मैं पहचानता नहीं?'

उसी समय मगन, सरमन और छोटे महते आ दौड़े।

मगन ने कहा, 'अपने-अपने घर जाओ। मोरचा बाँधो और बंदूक चलाने के लिए तैयार हो जाओ।'

शीघ्र ही यह बात तय हो गई।

परमोले ने कहा, 'मैं और नंदे बंदूक चलाना जानते हैं। मेरी चिंता मत करो। मेरे घर में ऐसा है ही क्या, जिसके लिए डाकू यहाँ आएँगे? मगन महते, तुम बेटी को लेकर तुरंत घर जाओ।'

छोटे महते, 'चलो, चलो!'

सरमन घबराया हुआ था। बोला, 'हमारा क्या होगा? हमारे यहाँ एक बंदूक है। खुले बेड़े में भेड़-बकरियाँ हैं। डाकू उन्हें मार डालेंगे।'

मगन, 'घबराओ मत। मोर्चाबंदी सीख ली है। अभी देखते हैं।'

माता के भजन की योजना बंद हो गई। वे सब चले गए और उन्होंने मोर्चाबंदी कर ली। गड़रियों की रक्षा में छोटे महते शरीक हुआ। अपने घर के लिए उसे कोई डर नहीं था, क्योंकि मगन के घर से उसका घर लगा हुआ था।

मगन और किरण अपने किवाड़ बंद करके थोड़ा-सा खा-पीकर ऊपर की खुली छत पर आड़ लेकर डाकुओं का मुकाबला करने के लिए तैयार हो गए।

रात ढलती गई। चंद्रमा डूबने को आया। लगभग दस बजे होंगे। तब तक गाँव-भर में सन्नाटा छाया रहा।

किरण को कुछ आहट मिली। उसने मगन से धीरे से कहा, 'कोई आ रहा है।'

कुछ ही देर बाद दस-बारह आदमी आकर मगन के द्वार पर खड़े हो गए। धीरे से एक ने पुकारा, 'मगन महते!'

मगन ने आड़ से ही उत्तर दिया, 'तैयार हैं। भागो, नहीं तो गोली चलाता हूँ।'

'अरे भाई, हम लोग पुलिस के हैं। डाकुओं के आने का समाचार पाकर आए हैं। हमे पहचान लो। टॉर्च की रोशनी हम अपने चेहरों पर डालते हैं,' उसी कंठ से बात आई। मगन ने एक छेद से देखा और खूब देखा—वे सब पुलिस के ही थे, उनका अगुआ पुलिस इंसपैक्टर था। मगन इसे जानता था।

'पहचान लिया। कहिए?' मगन ने आड़ छोड़कर कहा। इंसपैक्टर ने तुरंत बतलाया, 'किवाड़ खोल दो। हममें से कुछ भीतर रहेंगे और कुछ को मैं इधर-उधर लगाता हूँ। गाँववालों को सावधान कर आया हूँ कि घर से बाहर किसी हालत में भी न निकलें।'

किरण के हाथ में बंदूक देकर मगन नीचे उतरा और किवाड़ खोल दिए। इंसपैक्टर एक सिपाही के साथ भीतर आ गया, बाकी सिपाहियों को उसने इधर-उधर लगा दिया था।

इंसपैक्टर ने किवाड़ तो बंद करवा दिए, पर साँकल नहीं चढ़ाने दी। छत पर मगन के साथ वे दोनों पहुँच गए। लड़की को बंदूक लिये देखकर इंसपैक्टर ने कहा, 'अच्छा बेटी! तुमने ग्राम रक्षक दल में नाम लिखाया है। बंदूक चलाना सीख लिया है न?'

'जी हाँ।'

'फिर भी, तुम्हारी जरूरत नहीं पड़ेगी, बेटी। व्यर्थ संकट में मत पड़ो। भीतर जा लेटो।'

'मेरा कर्तव्य जो है,' किरण वहीं डटी रही। इंसपैक्टर उसके उत्साह को दबाना नहीं चाहता था। मगन चाहता ही था कि उसके निकट बनी रहे। मगन ने उसे बंदूक लिये रहने दिया।

आधी रात के लगभग डाकू पाँव दबाए आए। उनके भीतर नृशंस निर्भीकता थी। मगन के घर के सामने एक मोटा पेड़ था। उसकी आड़ में एक डाकू बंदूक ताने खड़ा हो गया। बाकी खुसफुस करने लगे।

एक बोला, 'सब सो रहे हैं। फिर भी गाँव को कई जगह से घेर लिया है। अब किवाड़ों को घुओं से हटाकर भीतर चलो। किवाड़ कमजोर हैं। मेरे देखे हैं।'

दूसरे ने कहा, 'जरा भी शोर न हो। सब उठाकर, और उस पाजी मगन को पीटकर हथियार हाथ में कर लो। फिर धावा कुँवरपुरा पर इसी तरह।'

पाँच डाकू द्वार पर आ गए। जरा-से धक्के से किवाड़ खुल गए। उनके अगुआ ने कहा, 'अच्छा! ऐसी बेफिक्री के साथ सो रहे हैं!'

ये पाँच भीतर घुस गए। दो बाहर खड़े रहे। दो सामने के घरों की अँधेरी छाया में।

तुरंत बंदूकों की बाढ़ छूटी। अँधेरी छायावालों में से एक धराशायी हो गया। दूसरा भागा। वह किरण की बंदूक का शिकार हुआ। अन्य दो को पुलिस की बंदूकों ने गिरा दिया। घायल जोर से कराहे।

भीतरवाले बाहर के लिए भागे। किरण और पुलिस की बंदूकों से दो मारे गए, तीन घायल होकर वहीं गिर पड़े। पेड़ की आड़ में जो एक अब भी छिपा खड़ा था, उसने बंदूक दागी। कारतूसी थी। छर्रा चला। इंसपैक्टर घायल हो गया, क्योंकि उसने छत की आड़ पर से झाँकना चाहा था। सोचता था कि अब कोई बाकी नहीं रहा। एक छर्रा उसके कान पर लगा, एक चाँद को छीलता निकल गया, दो गरदन पर पड़े। इंसपैक्टर गिर पड़ा। खून बहने लगा। पुलिस के सिपाहियों ने अपने-अपने मोरचे से बंदूकें चलाईं; भागते में वह आड़वाला भी समाप्त हो गया। अब पुलिसवाले इकट्ठे हुए। गाँव के भी कुछ लोग आ गए। गाँव के बाहर जो थोड़े से डाकू थे, वे भाग गए। एक पर नंदे की गोली पड़ी थी। उसका खून बहता गया था। इंसपैक्टर को थोड़ा-सा चेत था। साँस चल रही थी, क्योंकि साँस की नली को छर्रों ने नहीं छू पाया था।

इंसपैक्टर को अस्पताल पहुँचाने के लिए मगन ने बैलगाड़ी दी। परमोले हाँक ले गया। अस्पताल में सवेरे पहुँचते-पहुँचते इंसपैक्टर का उपचार हो सका। छर्रे निकाल लिये गए। इंसपैक्टर बच गया।

इधर डाबर में सूर्योदय के उपरांत पुलिस के सिपाहियों ने, जो घायल इंसपैक्टर के साथ नहीं गए थे, बैलगाड़ियों का प्रबंध किया और घायल डाकुओं तथा मरों की लाशों को ले गए। देखने के लिए कुँवरपुरा से ठठ के ठठ आए। डूँगरसिंह और उसके दल के नहीं आए। डाबर गाँव का नाम हो गया—बहादुरी में बड़ा और किसानी में भी आगे! कुँवरपुरा के वे लोग आपस में कह रहे थे, 'अरे, डाकुओं को मारा-भगाया पुलिस ने। नाम हो गया उस छोकरी का और डाबर के उन सबका! हमारा भी कभी नाम होगा।'

जो लोग डाबर आए थे उनमें उदय भी था। कुँवरपुरा के वे सब डाबरवालों की वाहवाह कर रहे थे। किरण की सराहना करने के लिए उदय मन-ही-मन तड़प रहा था। किरण अपने आँगन में थी। मगन की पौर में भीड़ समा नहीं पा रही थी।

उदय ने कहा, 'दादा, किरणजी को तो बुलाइए। उन्होंने हम सबका माथा ऊँचा कर दिया है। ये सब उन्हें देख तो लें।'

मगन को बुलाने की जरूरत नहीं पड़ी। किरण आँगन के द्वार की बगल में खड़ी हुई थी। उसकी माँ उसके पीछे। 'सबने देखा है, कुछ अनोखा है जो अब और देखेंगे?' किरण बोली।

'हाँ है अनोखा,' उदय ने कहा, 'अँधेरी घड़ी में कौन है हमारे यहाँ ऐसा जो डाकुओं की गोलियों के जवाब में उन्हें बीन-बीनकर मारे?' और वह द्वार की ओर थोड़ा-सा बढ़ा; जैसे बुलाने का प्रयास कर रहा हो।

उसकी माँ ने प्रोत्साहित किया, 'जाओ बेटी किन्नी, पौर में चली जाओ। ये सब अपने ही तो हैं।'

'मैंने ऐसा कौन-सा बड़ा मगर मारा है!' किरण बोली।

मगन हँस पड़ा, 'जब बाँध बँध जाएगा तब कभी उसमें मगर भी आ जाएँगे।'

'डाकुओं के मुकाबले में मगर बिचारा चीज ही क्या!' उदय ने कहा।

किरण की माँ ने उसे पीछे से हलका धक्का दिया। किरण आगे बढ़ आई। सिर नीचा किए मुसकरा रही थी। पौर में खड़े सब लोगों ने देखा, उदय ने भी देखा—अच्छी तरह देखा। किरण के ऊपर वाहवाही बरस पड़ी। किरण कुछ क्षण ही वहाँ खड़ी रही।

पीछे हटकर ऊँचे स्वर में बोली, 'दादा, इन सबके लिए चाय बनाती हूँ। शकर तो उतनी नहीं है, गुड़ है।'

'हाँ-हाँ, बनाओ,' मगन ने समर्थन किया।

'गुड़ की चाय और भी अच्छी।' उदय ने कहा।

माँ-बेटी ने चाय तैयार की। चाय भी घर में काफी न थी, पर उत्साह था और बहुत-सा गुड़। मगन ने सबको पिलाई। दोपहर होते-होते वे सब वहाँ से चले गए।

: १० :

डाबर में धान की फसल अच्छी आई—बहुत अच्छी आई। डाबरवालों को अपने श्रम और पसीने का गर्व था। साथ ही वे अपने राम के प्रति बहुत कृतज्ञ थे। वे धान की थोक अपने यहाँ न रख सके। जो भाव उस समय हाथ पड़ा, अपनी सहकारी हाट-मंडी द्वारा बेच दिया।

कुँवरपुरा में थोड़े से ही खेतों में धान बोया गया था। वही बीज, वही खाद, फिर भी पैदावार अच्छी नहीं हुई। धान के ये खेत अधिकतर डूँगरसिंह और रामदयाल के थे। कोई महींदारों से काम ले रहा था, कोई अधिया-बटिया पर चला रहा था। महींदारों को काम में बहुत रुचि नहीं थी; जैसा बन पड़ा, कर दिया। बटियारों को पेट पालने के लिए इधर-उधर के काम भी अपनाने पड़ते थे। उसके साथ—न जाने कब हटा दिए जाएँ की अनास्था।

दूसरी फसल गेहूँ, चना, सरसों, अलसी की बोई गई। महावट समय पर नहीं हुई। कहीं-कहीं ओले पड़ गए। पैदावार संतोषप्रद न थी। परंतु सहकारी समितियों का अनाज सहकारी हाट-मंडी द्वारा बिकने के कारण उन्हें अपेक्षाकृत अधिक लाभ हुआ। इसका प्रभाव अन्य लोगों पर भी पड़ा। सब सोच रहे थे कि सिंचाई का व्यापक साधन कब हाथ लगेगा। सब अपने-अपने काम में लगे थे। उदय अपनी समिति के काम के साथ एक नाटक खेलने की तैयारी में भी लगा हुआ था। साधन सहकारी समिति का काम खेतों के सुधारने-बनाने, खेती के अच्छे औजार जुटाने-बाँटने, अटकवालों को रुपया देने और गाँव के ही युवकों को सहकारी शिक्षा देने में चल रहा था। उदय इसमें भी सहयोग दे रहा था।

इन कारणों से कुँवरपुरा की सहकारी समितियों का वार्षिक अधिवेशन देर में हो सका। उदय अपनी मंडली का नाटक पूरे आकर्षक ढंग से खेलना चाहता था।

दूर-दूर के गाँवों में खबर फैली। काफी संख्या में जनता के आने का अनुमान लगाया गया। गाँव में कोई इतना बड़ा मैदान नहीं था, इसलिए अधिवेशन के लिए गाँव के बाहर का स्थान चुना गया। डूँगरसिंह और रामदयाल में भी उत्साह था—नाम हो जाएगा, काम तो खैर चलता ही रहता है।

जाड़े की ऋतु आ गई थी। खुले में अधिवेशन का आयोजन किया गया। मंच और पंडाल बड़े नहीं बनाए जा सके। जनता के बैठने के लिए इधर-उधर से दरियाँ और टाट-वाट जो मिल सके, बिछा दिए गए। अधिवेशन काफी दिन रहे शुरू कर दिया गया। सरकारी पदाधिकारी वे ही थे। डूँगरसिंह, उदय इत्यादि के आग्रह पर आए।

जनता बड़ी संख्या में इकट्ठी हुई। जब बैठने के लिए स्थान न रहा, बहुत से लोग खड़े रहे। डाबर वाले भी आए। बहुत उत्साहमग्न थे। इनमें किरण भी थी।

साधारण जनता में उत्साह नाटक और तमाशा देखने का अधिक था, सहकारिता के प्रति कम; क्योंकि उसकी जानकारी ही कितनी थी?

समारोह का अध्यक्ष डूँगरसिंह को बनाया गया—उसने दरियाँ और कालीन दिए थे, कुछ खर्च भी किया था।

कार्रवाई के आरंभ के पहले कलक्टर ने आते ही, शिष्टाचार की प्रेरणा से रामदयाल से पूछा, 'आप अच्छी तरह हैं सरपंचजी?'

रामदयाल ने रिवाज के अनुसार उत्तर दिया, 'दिन काट रहे हैं, साहब,' और नम्रता-भरी मुसकान उँड़ेली। डूँगरसिंह भी पास ही था। कलक्टर ने उससे भी वही प्रश्न किया।

डूँगरसिंह ने और भी विनम्र रिवाजी उत्तर दिया, 'जिंदगी गुजार रहे हैं, साहब।'

कलक्टर की भौंहें आधे क्षण के लिए सिकुड़ीं और मुसकान के साथ जहाँ की तहाँ हो गईं। 'विदेशी शासकों से ये लोग इसी तरह की बात करते थे।'

कलक्टर डाबर के कुछ लोगों से और उदय से भी मिलना चाहता था।

उदय मंच के परदे के भीतर से आ गया। वह नाटक के पात्रों को शृंगार करने-सजाने में लगा हुआ था। कुछ चेहरे पर रंगत थी और हाथ में रंग लगा हुआ था।

'कहिए क्या हाल है, उदयसिंहजी?' कलक्टर ने पूछा।

'आपकी कृपा से बहुत अच्छी तरह हूँ। काम चल रहा है। बढ़ रहा है। आज का नाटक कुछ इसी तरह के प्रसंग पर है। अधिवेशन की कार्रवाई समाप्त होते ही खेल शुरू हो जाएगा।'

'ठीक है, ठीक है,' कलक्टर प्रसन्न था, उसके मन में उठा—यह है नए भारत का एक नमूना, छोटा-सा ही सही, पर है अवश्य।

फिर उसने किरण से मिलने की इच्छा प्रकट की। पास खड़े लोगों की

आँखें तुरंत उसकी ओर गईं। वह अपने पास बैठी एक स्त्री से कह रही थी, 'उदय बहुत काम करते हैं, कैसे अच्छे लग रहे हैं।' उसी क्षण उसने देखा कि कलक्टर और उसके पास खड़े लोग निगाह गड़ाकर देख रहे हैं। उत्सुकतावश भी इसी दिशा में ध्यान देने लगी।

कलक्टर किरण की ओर बढ़ा और उसने उसे अपने पास बुलाया।

मगन ने कहा, 'चली आओ, बेटी।'

किरण अपना सिर और भी ढककर आ गई। सकुचा रही थी।

कलक्टर ने उसके सिर पर हाथ फेरा और कहा, 'बेटी, तुम सदा सुखी रहो, खूब आगे बढ़ो। हमें अपने देश के लिए ऐसी ही लड़कियाँ चाहिए।'

किरण ने नमस्कार किया। ओठ उसके काँप रहे थे। उनपर हलकी मुसकान आ गई। मगन के पीछे खड़े उदय ने देखा। उसके खिले चेहरे को किरण ने भी नीचे-नीचे से ही लख लिया। वह मुड़कर धीरे-धीरे अपनी जगह पर जा बैठी। पास बैठी स्त्रियाँ प्रसन्न थीं, उसकी सराहना करने लगीं। जनता की भीड़ में उसकी शूरता और निशानेबाजी की चर्चा होने लगी।

कलक्टर की बातचीत परमोले, सरमन, मगन और छोटे महते से भी हुई।

परमोले ने कहा, 'बहुत मजे में हैं। बैल एक जोड़ी हमारे पास हो ही गए हैं। अपनी समिति में लगा दिए हैं।'

सरमन भी खुला, 'भेड़-बकरियों की अच्छी नस्ल बढ़ रही है, खेतीबारी खूब बढ़ी है, जंगली जानवर उत्पात नहीं मचा पाते।'

छोटे महते बोला, 'डाकुओं का डर नहीं रहा। कभी आवें तो हमारा जवाब पावेंगे।'

मगन ने माँग प्रस्तुत की, 'सब काम ठीक चल रहा है। बस, नहर का बंदोबस्त और हो जाए तो हमारे गाँवों पर सुख बरस उठेगा।'

'थोड़ी देर में इस विषय पर भी चर्चा होगी। जरा जनता के कुछ लोगों से, जो इधर-उधर से आए हैं, एकाध बात कर लूँ।' कलक्टर ने कहा।

कई गाँवों के लोग इकट्ठे हुए थे। लोग अपने-अपने गाँव की तरफ से शिकायतें कर उठे—कहीं झगड़े थे, कहीं तकाबी की जरूरत थी, कहीं की कोई फरियाद, कहीं का कुछ।

कलक्टर के समाधान का सार था, 'आपस में मिल-जुलकर काम करो, सरकार मदद करेगी और हम लोग अपना कर्तव्य-पालन करेंगे, सहकारी लेन-देन समितियों, सहकारी साधन समितियों, पंचायतों और सहकारी खेती समितियों को

मन लगाकर चलाओ। शिक्षा का विस्तार हो रहा है और भी होता जाएगा। अपने को ऊँचे उठाओ। देश को ऊँचे उठाओ। हम लोगों की कोशिश है संपन्न समाज की स्थापना करना। सबके पास हर चीज हो। वह सहकारी समितियों द्वारा सहज ही हो सकता है। उसी में योग दीजिए। देखो, उदय और डाबरवाले कैसे लगन के साथ काम कर रहे हैं!'

फिर कलक्टर स्त्रियों के निकट गया और बोला, आप सब किरण बेटी की तरह निडर और कर्मशील बनें।'

कई स्त्रियों ने घूँघट कुछ अधिक उघाड़ा। उनके चेहरों पर निश्चय की छाप थी। घूँघट फिर डाल लिया।

एक ने कुछ ऊँचे स्वर में कहा, 'काम पड़ने पर बतला देंगी।'

एकदम बातें चल पड़ीं। एक बुढ़िया ने कहा, 'इन सबको लठैत बना दो, जिससे ये अपने घरवालों की खोपड़ी चटकावें। कैसा जुग आ गया है राम!'

कलक्टर ने अनसुनी कर दी। कुछ स्त्रियों ने सुना तो हँसने लगीं। किरण बहुत हँसी। इधर उदय भी खिलखिला रहा था। समारोह का कार्यक्रम चल उठा और जल्दी समाप्त भी हो गया; क्योंकि जनता को उस नाटक के देखने की पड़ी थी। इस वर्ष किसी संचालक का चुनाव नहीं होना था। थोड़े से प्रसंगों पर ही समय कुछ अधिक लग गया।

मजदूरों ने अपनी मजूरी की दर पर फरियाद की, 'हमें काम तो बराबर करना पड़ता है। जिस दिन समिति में काम न हो तो पंचों के खेतों पर काम करने के लिए पकड़ बुलाए जाते हैं, मजूरी कम दी जाती है। बरताव बुरा किया जाता है। काम पूरा हम करें और जिनकी भूमि समिति में लगी हैं, पैदावार का हिस्सा उन्हें मिले!'

उन्होंने माँग की, 'हमें गाँव की परती भूमि में से खेती के लिए रकबा मिलना चाहिए। हम बैल लेंगे, खेती करेंगे और समिति में मजदूरी भी।'

'आपसी झगड़े बढ़ गए हैं। कभी मुकदमे में, कभी गवाही में जाना पड़ता है।'

'बड़े लोग अपनी निजी खेती पर ही ध्यान देते हैं, सहकारी खेती का बोझ छोटे-छोटे लोगों पर पड़ गया है, पर मिलता है पैदावार के मुनाफे में उन्हें बहुत कम।'

'सरकारी जंगल का बनरखा बहुत तंग करता है।'

'पटवारी के कागजों में इंदिराज सही नहीं होते हैं।'

'स्त्रियों को मजूरी बहुत कम दी जाती है।'

समिति के सदस्यों में छोटे-छोटे किसानों और भूमिहीन मजदूरों की संख्या अधिक थी।'बड़े लोगों' का विश्वास था कि वे अपने दबाव और रोब से अपने पक्ष में बहुमत पा जाएँगे, पर ऐसा न हुआ। रामदयाल, डूँगरसिंह और उन सरीखे थोड़े-से बड़े लोगों ने अपनी नाक रखने के लिए हो या उच्च सरकारी पदाधिकारियों का रुख साधने के लिए हो, मजदूरों की शिकायतें दूर करनेवाले प्रस्तावों का विरोध नहीं किया। प्रस्ताव स्वीकृत हो गए। गाँवटी झगड़ों के संबंध में कलक्टर ने कहा कि गाँव पंचायतों के अधिकार बढ़ रहे हैं, मामूली दीवानी-फौजदारी के मुकदमे यहीं निबट जाया करेंगे, बनरखा पर भी पंचायत का नियंत्रण रहेगा और पटवारी के कागजों के इंदिराजों की बाबत पंचायत की भलीभाँति सुनी जाया करेगी।'

रामदयाल और डूँगरसिंह ने आश्वासन दिया, 'पूरा न्याय किया जाएगा, पूरा न्याय।'

दोनों नालों पर बाँध जल्दी बाँधे जाने के लिए सभी ने आग्रह किया। सरकार की ओर से भरोसा दुहराया गया—सरकार सहायता के लिए तैयार है, अपने हिस्से का काम आप करें, श्रमदान करें या पैसा दें।

डाबरवाले सबसे पहले तैयार हो गए। नालों पर बाँध का काम पूरा करने और कुलियों की खुदाई पर जोर सभी दे रहे थे, शीघ्र काम कर डालने का निश्चय किया गया।

एक ने चिल्लाकर कहा, 'कुछ हमारी भी सुनी जाए।'

हाँ की गई तो उसने कहा, 'सरकारी बीजगोदाम से हमें जो बीज के बोरे दिए गए थे, उनमें दो में आधी तो रेत मिली थी।'

'तुमने शिकायत क्यों नहीं की?' एक पदाधिकारी ने पूछा।

'की थी, हम पर उलटी फटकार पड़ी। थोड़ा-सा नमूना अब भी रक्खे हूँ।'

सरकारी पदाधिकारी तब कार्रवाई करने में असमर्थ था, 'तुमने बहुत देर लगा दी। आगे से पंचायत को ऐसे मामलों में भी हाथ डालने का अधिकार रहेगा। तुम्हारा वह नमूना देख तो लूँगा, परंतु अब तो कुछ नहीं हो सकता है। हाँ, आगे तुम्हारे गाँव में ही बीजगोदाम बना दिया जाएगा, योजना में है। उसके प्रबंध में तुम्हारे गाँववालों का भी हाथ रहेगा।'

डूँगरसिंह ने उसे चुप रहने के लिए कहा। नाटक दिखलाने की घड़ी आ गई। कुछ मिनटों की देर थी। रामदयाल और डूँगरसिंह ने अपनी एक जरूरत की ओर ध्यान आकृष्ट किया, किया बड़े ढंग से, धीरे से।

'सरकार, ग्राम रक्षक दल की कवायद-परेड और निशानेबाजी के कारण डाकुओं का डर समाप्त हो गया है, कई बंदूकें गाँव में बढ़ गई हैं।'

'हाँ, मुझे इस बात पर हर्ष है।'

'कुछ लाइसेंस और मिल जावें तो बड़ी कृपा होगी।'

'देखूँगा। जरूरत पूरी की जाएगी।'

'सरकार, हमें एक-एक पिस्तौल या रिवाल्वर का लाइसेंस भी मिल जाए।'

कलक्टर को आश्चर्य हुआ—ये क़हाँ से कहाँ जा पहुँचे! कलक्टर ने कारण पूछा।

कारण बतलाया गया, 'सरकार, हम लोग हैसियतवाले हैं। हमारे पुरखे बड़े जमींदार थे। ब्याह-बरातों और बड़े अवसरों पर हमारे कुछ बड़े-बड़े नातेदार जब तमंचे और कारतूस कंधे से कमर तक डाले आते हैं तब हमें लगता है कि हमारे पास भी होने चाहिए। हम, सरकार, उनसे कम नहीं हैं और देश की सेवा भी कर रहे हैं।'

कलक्टर को तुरंत समारोह में किए गए उनके विनम्र सलूक की बातें याद आ गईं। हँस पड़ा। निकटवर्ती लोगों का ध्यान आकृष्ट हुआ।

कलक्टर ने कहा, 'देश की और भी सेवा करिए। बहुत काम करने को पड़े हैं,' और वह तुरंत गंभीर हो गया। एक क्षण उपरांत बोला, 'सब लोग सुनो। खेल के शुरू होने के पहले मैं आप सबसे कुछ कहना चाहता हूँ, क्योंकि उसकी समाप्ति पर आप लोगों को घर जाने की जल्दी पड़ेगी, और मुझे भी कुछ दूसरे काम लगे हैं।'

'हम बैठे हैं, सुनेंगे, कहिए।' आवाजें आईं।

कलक्टर ने कहा, 'जापान देश का नाम आप लोगों ने सुना होगा। यह वही देश है जहाँ धान की पैदावार बहुत बढ़ाई गई है। औसत हर किसान की भूमि का वहाँ कुल सत्तरह एकड़ है। इसपर भी वह अन्य चीजों के अलावा एक मोटर भी रख लेता है—'

कुँवरपुरा का एक मसखरा बोला, 'हमारे गाँवों में भी साइकिलें बढ़ गई हैं।'

कलक्टर ने हँसते हुए जारी रखा, 'अमेरिका में हर तीन-चार आदमियों पीछे एक मोटर का औसत बैठता है। हमारे यहाँ थोड़ी-सी साइकिलों पर ही संतोष किया जा रहा है! बात गहराई से विचार करने की है। मोटर और साइकिल में जो अंतर है, वही हमारे यहाँ के और वहाँ के औसत जन में है। जापान और अमेरिका के लोग बहुत परिश्रम करते हैं। हमारे यहाँ का साधारण जन भी काफी परिश्रमी है, परंतु उद्योग-

धंधों और खेतीपाती के लिए उसके पास यथेष्ठ साधन नहीं हैं। इसलिए उसके हाथ उतना पैसा नहीं लगता। वे जुटाए जावें। इन साधनों के जुटाने में आप सबका सहयोग जरूरी है। जबरदस्ती किसीके साथ नहीं की जा सकती; परंतु गरीबी को हर हालत में हटाना है। बहुत संपत्तिवाले अपने देश में थोड़े से हैं, बहुत गरीब बहुत अधिक। दोनों के बीच में जो चौड़ी खाई है, उसे पाटना है। स्वराज तो मिल गया है, अब सुराज कायम करना है, जिसमें बड़े और छोटे सब पनपें और फूलें-फलें। और सबको समान अवसर मिलें। श्रम और अच्छे साधन, इनका संयोग होना चाहिए। जिस जापान देश का मैंने अभी जिकर किया था, उसमें सन् १९२३ में बड़ा भारी भूकंप आया था। कई शहरों और गाँवों के भवन, कारखाने इत्यादि नष्ट हो गए थे। जापान की राजधानी टोकियो का बहुत बड़ा भाग तो खंडहल ही की हालत में हो गया था। वहाँ की जनता और सरकार ने बड़े परिश्रम से टोकियो नगर और अन्य स्थानों को फिर सुधार लिया, ज्यों-का-त्यों कर लिया। हमारे देश की बुरी हालत सैकड़ों वर्षों से चली आ रही है। मनचाहे सुधार होने में कुछ देर लगेगी, पर अपने आप तो कुछ होगा नहीं। अकेली सरकार, जो आप सबकी ही है, कितना कर सकती है? आप सबको पूरा श्रम करना है और समझदारी बरतनी है। पिछली लड़ाई में जर्मनी और जापान चौपट हो गए थे। दस-बारह बरसों के घोर परिश्रम, लगन और समझदारी से वे फिर समृद्ध हो गए हैं। हम भी हो सकते हैं और होकर रहेंगे। बस जुट जाइए और जुटे रहिए काम पर, आपस के झगड़े मिटाइए, मिल-जुलकर काम करिए, जो शक्ति आपकी गाँठ में आने वाली है उसका अच्छा उपयोग करके स्वयं सुखी रहकर देश को आगे बढ़ाइए।'

उदय चिल्लाकर बोला, 'बढ़ाएँगे, जरूर बढ़ाएँगे।'

कलक्टर ने जारी रखा, 'खेतीबारी गाँवटी उद्योग-धंधों का बढ़ाना अपने समाज की रीढ़ को सीधा रक्खेगा, पक्का बनाएगा। डाकुओं की समस्या खत्म हो गई है। फिर खड़ी हो सकती है। उसका सामना सफलता के साथ करने के लिए आपका ग्राम रक्षक दल तैयार हो गया है और सदा तैयार रहेगा। देश के बाहर के शत्रुओं को मार भगाने के लिए अपनी सेना है। उस सेना की सहायता, उसकी पीठ पर रहकर, यहीं भीतर से, हम पूरे बल के साथ करने योग्य बने रहेंगे। बातें काफी हो चुकी हैं, अब आप नाटक देखिए।'

संध्या हो रही थी। गैस के हंडों की रोशनी का प्रबंध हो गया था। रामदयाल ने हंडे जलवाए। उदय मंच के भीतर खेल की तैयारी में लग गया।

कलक्टर की बातों को कुछ लोगों ने बहुत चाव के साथ सुना था, बहुत-से जमुहाने लगे थे। उनका मन नाटक देखने के लिए ललक रहा था। अभी तक

ग्रामोफोन का संगीत बंद था। अब चल उठा—केवल लोकगीतों की चूड़ियाँ रखी-चलाई गईं।

मंच के ऊपर सिरे पर नाटक का नाम बड़े-बड़े अक्षरों में एक कपड़े पर सुनहली 'पन्नी' में लिखा हुआ था। हंडों की रोशनी में चमक उठा—'चले चलो, बढ़े चलो'।

: ११ :

नाटक में उदय का अभिनय थोड़ा-सा ही था। उसका प्रमुख कार्य वार्त्ताकार का था। वह जवनिका (यवनिका) के आगे आया और सबको नमस्कार करके बोला, 'हमारे नाटक की कहानी का संबंध किसी खास गाँव से नहीं है। जो कुछ इसमें है, कई जगह हुआ है और हो रहा है। आपमें से कोई भी अपने पर या अपने गाँव पर उसे घटित न करें। नाटक कुछ लंबा हो गया है, हम इसके लिए आपसे पहले ही क्षमा माँगते हैं—'

कई आवाजें आईं, 'हम तो रात-भर देखने के लिए तैयार हैं।'

उदय ने दर्शकों पर इधर-उधर आँखें घुमाईं; जैसे किसीको ढूँढ़ रही हों। उदय कहता गया, 'आरंभ में मंगलाचरण एक लोकगीत द्वारा बच्चे करेंगे। फिर खेल चल पड़ेगा। हमारे पास परदों की बहुत कमी है। बहुत-सी बातें वार्त्ता द्वारा बतलानी पड़ेंगी। हम लोग नाटक जैसा कुछ तैयार कर सके, आपके सामने आ रहा है। सामान इत्यादि के बारे में जागीरदार साहब और सरपंचजी ने बहुत सहायता की है।' यहाँ उदय ने उन दोनों को नमस्कार किया। 'हमें आशा है कि आप सबके स्नेह, सहकारी प्रयत्न और आशीर्वाद से हम लगातार सफल होते चले जाएँगे।'

परदा उठा। छोटे-छोटे बच्चों ने अभिनय के साथ लोकगीत गाया—

जागो जागो धरम के मीत, रजनी बीत गई;
भई तिष्ना की मलिन तरैयाँ,
चंचलता कौ चंद्र डुबैयाँ,
दुःख के दीपक भये बुझैयाँ,
नई किरन के भये भुन्सार। रजनी बीत गई…
बढ़वे को ब्रत टूट न पावै,
श्रम में रोम-रोम भर जावै,
घर-घर में आनंद सुहावै,

मिल-जुल होय पसार हो। रजनी बीत गई…'*

जब गीत चल रहा था कुछ स्त्री दर्शकों ने भी गाया।

बच्चों के प्रस्थान के बाद उदय मंच पर आया और उसने नाटक की कहानी की भूमिका बतलाई। दर्शक पहले से जानते थे, परंतु उसने रिवाज निभाया—

'टीकमगढ़ नाम का एक बड़ा गाँव है। कल्याणसिंह उसके जमींदार रहे हैं। जमींदारी में एक हजार एकड़ जमीन थी। सौ एकड़ में उनकी खुदकाश्त, चार सौ एकड़ में शिकमी जोत, पचास एकड़ में छोटे-छोटे दखीलकार—रय्यतवारीवाले—किसान। दो सौ एकड़ जंगल था, बाकी ढाई सौ एकड़ परती। इसके काफी रकबे का घास कल्याणसिंह कटवाते थे, इसी में उनके और गाँववालों के जानवर चरते थे। जंगल में तेंदुए, सुअर, चीतल इत्यादि जानवर थे; जिनका शिकार कल्याणसिंह किया करते थे और जब-तब बड़े सरकारी अफसरों को शिकार खिलाया करते थे। गाँव में बढ़ई, कोरी, लुहार भी थे। ये साधारण चीजें बना पाते थे। कल्याणसिंह लेन-देन भी करते थे। आसपास के गाँवों में भी उनका पसारा था, बहुत रोबदाब। अब खेल देखिए। कल्याणसिंहजी तेंदुए का शिकार करके शान के साथ लौट रहे हैं।' उदय परदे के पीछे चला गया। खेल शुरू हो गया—

गाँव के जिस मुहल्ले में होकर कल्याणसिंह गुजरता है उसके एक अपेक्षाकृत समृद्ध कुटुंब का नातेदार चारपाई पर बैठा है। मुहल्ले के अनेक जन दूर से ही कल्याणसिंह को झुक-झुककर प्रणाम करते हैं। स्त्रियाँ—इनका अभिनय पुरुषों ने किया—घूँघट डालकर पीठ फेर लेती हैं। जब वह चारपाई पर बैठे मेहमान के पास से निकलता है, तब वह नहीं उठता, चारपाई पर बैठे-बैठे ही 'राम-राम' कर लेता है। कल्याणसिंह को क्रोध आता है और उसे गाली देता है। जिसका वह अतिथि है वह कहता है कि यह मेरे बहनोई हैं, मेरे मान्य, क्षमा कर दीजिए। परंतु कल्याण दो-तीन थप्पड़ मारकर चला जाता है। गाँव के लोग जमा हो जाते हैं। कोई-कोई दबी जबान से कहते हैं—'अच्छा नहीं हुआ।' 'कर ही क्या सकते हैं?' कई कह रहे थे। बहुत से दिखावटी 'स्वामिभक्त' कह रहे थे—'अरे तो क्या हुआ? वह अपने राजा हैं, गाँव के मालिक हैं।' कहनेवालों में एक उदय भी था।

इस दृश्य की समाप्ति पर उदय ने मंच पर आकर कहा—

'उन्हीं दिनों इस गाँव में एक दरिद्र किसान के घर उसकी लड़की का ब्याह

---

* यह गीत मैंने मध्य प्रदेश के एक गाँव की उच्चवर्गीय स्त्रियों को गाते सुना है। गीत और लंबा है। यहाँ इतना ही दिया जाता है।

था। कल्याणसिंह ने उसकी सहायता अन्न, घी और कुछ रुपए से की। सहायता बड़ी न थी, लेकिन थी कल्याण के घराने की प्रथा के अनुसार। गाँव में वाहवाही हुई। दबे हुए किसान-मजदूर उतने से ही प्रसन्न हो गए। कल्याण को नाच-गान का शौक था। उसने कराया।' उदय हट गया। मंच पर नौटंकी का एक छोटा-सा दृश्य हुआ। गाँववाले प्रसन्न हुए।

दृश्य की समाप्ति पर उदय ने आकर कहा, 'इस तरह कल्याणसिंह उस गाँव और अड़ोस-पड़ोस के कई गाँवों पर अपना प्रभाव डाले था। मौज के साथ जीवन बिता रहा था। गाँव के लोग उसकी मौज के साथ अपनी मौज जोड़ लिया करते थे। एक दिन आया जब जमींदारी खत्म हुई। जंगल सरकारी हो गया और परती गाँव पंचायत की; क्योंकि पंचायत कायम हो गई थी। सहकारी लेन-देन समिति भी बनी। परंतु काम उसका इतना ही रहा कि सहकारी बैंक से रुपया लेकर साहूकार को दे दिया और साहूकार से लेकर बैंक को दे दिया। सहकारी समिति से उसके दीन-हीन सदस्यों को थोड़ी-सी ही राहत मिली। पंचायत के चुनाव का समय आया। सरपंच का भी। कल्याणसिंह और उनके मित्र चुनाव के लिए खड़े हुए। अब देखिए वह वोट माँगने निकले हैं। वह व्यक्ति जो उस दिन पीटा गया था इनके विरुद्ध खड़ा हो गया है। जनता के भीतरी मन में पुरानी आवभगती प्रकृति अभी थोड़ा-सा घर किए हुए है, फिर भी साधारण जनता अपने अधिकारों के प्रति कुछ सचेत तो हो ही गई है।'

खेल शुरू हो गया। कल्याणसिंह वोट माँगता फिरता है। कुछ लोग पीठ फेर लेते हैं। कुछ हाँ-हूँ करते हैं, कुछ अपने अधिकारों की माँग के साथ वोट देने का वायदा करते हैं। उसके चले जाने पर विरोधी उम्मीदवार आता है और लोगों को सावधान करता है—'इनका भरोसा न करो, ये अपने स्वार्थ को पालेंगे, हमारे-तुम्हारे लिए कुछ नहीं करेंगे। इनकी मिठबोली का भरोसा मत करो,' और छोटी-सी कविता सुनाता है जिसे वह कहीं से सीख आया है—

'वे करते हैं बातें बड़ी चिकनी-चिकनी,
यह मतलब कि चौपट हों हम सब फिसलकर।'

उसके चले जाने पर लोग आपस में बातें करते हैं—

'अरे भाई, इन पुराने जमींदार से काम पड़ता रहता है, ब्याह-शादी, उत्सव-काज में कभी दरी, कभी कालीन, कभी पालकी, कभी घोड़ा चाहना पड़ता है।'

'सोचो तो—इन्हें अगर फिर सिंहासन मिल जाए बैठने के लिए तो कितने उत्पात न कर उठेंगे।'

'अरे एक बार, अबकी और, वोट देकर देख लो, पुराने अहसान चुक जावेंगे। अगले चुनाव में इन्हें फिर जहाँ का तहाँ कर देना।'

दृश्य बदला और उदय ने आकर आगे की बात सुनाई—

'चुनाव में कल्याणसिंह जीत गए। उसके साथियों का बहुमत पंचायत में हो गया। कानून के बदल जाने और जनता के जागरण के कारण कल्याणसिंह ज्यादा लाभ न उठा सके। उसके शिकमी जोता स्वतंत्र हो ही गए थे, लगान का मिलना बंद हो गया; क्योंकि वह सीधा सरकारी खजाने में पहुँचने लगा था। कल्याणसिंह की निजी खेती के लिए मजदूरों का मिलना कठिन हो गया। गाँव में झगड़े-फसाद होने लगे, उसके विरुद्ध बहुत से लोग हो गए, परती भूमि का बहुत-सा भाग भूमिहीन लोगों को दिया गया। ट्रैक्टर और बुलडोजर चलाकर भूमि सुधारी गई। सहकारी खेती समिति बनी। उपज बढ़ी और उसके सदस्य खुशहाल रहने लगे। पुरानी जोतवाली जमीन के छोटे-छोटे किसानों ने भी अपनी सहकारी खेती समिति बनवाई। अच्छा बीज, बढ़िया खाद मिला। फिर सिंचाई का साधन भी हाथ लगा। इतनी उपज बढ़ी, इतनी कि लोग भगवान् के प्रति कृतकृत्य हो गए। कल्याणसिंह का हाल अच्छा नहीं था। उसने एक ट्रैक्टर लिया। काम चलवाया, स्वयं कुछ अधिक कर नहीं पाते थे। उधर सहकारी खेती समितियोंवाले खुद ट्रैक्टर चलाने लगे थे, इसलिए उनकी दशा बिगड़ने लगी। इसपर उन्होंने अपनी काश्तवाली पूरी जमीन सहकारी खेती समिति में लगा दी। समिति में सबके लिए कुछ-न-कुछ काम करना जरूरी था। इन्होंने हिसाब-किताब रखने का काम सीखा और समिति का बहीखाता रखने-लिखने लगे। जमीन की किस्म और पैदावार के हिसाब से उन्हें मुनाफा मिलने लगा, अपने हिस्से के रुपयों पर भी मुनाफा और हिसाब-किताब रखने की मजूरी अलग। चैन के साथ रहने लगे। सहकारी साधन समिति बन गई थी। उससे जन-जन को सहायता मिलने लगी। उद्योग-धंधे बढ़े। लुहार, बढ़ई, कोरी सब सुधरे हुए ढंग पर चीजें बनाने लगे। सहकारी समिति के सदस्य थे ही, उनकी भी आमदनी बढ़ी। अब आगे का खेल देखिए—

दृश्य के पलटने पर फिजूलखर्ची का अभिनय दिखलाया गया—ब्याह-बारात और त्योहारों पर रुपए का फूँकना इत्यादि। रुपए-पैसे की कमी के कारण लोग तंग आ गए, परेशानी बढ़ गई।

समिति से रुपया माँगा गया। उसने सहायता इस शर्त पर की कि फिजूलखर्ची बंद करो। लोगों ने अपने आचरण सुधरने का पक्का वचन दिया।

इसके उपरांत उदय ने एक जरा दूर के गाँव का वृत्तांत सुनाया—

'उस गाँव के जमींदार के देहांत पर जमीन के बँटवारे के लिए मुकदमाबाजी हुई। जमीन छोटे-छोटे टुकड़ों में बँट गई। ये बहकानेवालों की बातों में आ गए। इन्होंने मिल-जुलकर काम नहीं किया और जिन दिनों टीकमगढ़ गाँव के लोग समृद्ध हो रहे थे, उस गाँव के लोग मिटने लगे। टीकमगढ़ में बीज-गोदाम बना। स्कूल खुला, महिला-कल्याण केंद्र भी। स्त्रियाँ स्वतंत्रता के साथ चलने-फिरने लगीं। सबका ध्यान स्वास्थ्य-सुधार की ओर गया। जीवन में नियम-संयम बरता जाने लगा। सबके पास पैसा बढ़ा। टीकमगढ़ का नाम हो गया। पर अब एक आफत आ गई—डाकुओं के उपद्रव का डर। ग्राम रक्षक दल बनाया गया। नर-नारी इसके सदस्य बने। नियम-संयम जीवन में और भी बढ़ा। निशानेबाजी सीख ली। एक रात जब डाकुओं ने एक समृद्ध घर पर आक्रमण किया, जो कुछ अलग-सा पड़ता था, तब हिम्मत के साथ उनका सामना किया गया—उसमें सबसे अधिक बहादुरी एक लड़की ने दिखलाई।'

इतना कहकर उदय ने किरण की खोज में आँख दौड़ाई, उसने ढूँढ़ लिया। वह इसी की तरफ टकटकी लगाए थी, प्रसन्न थी। उदय ने जारी रखा—

'कुछ डाकू मारे गए, कुछ घायल हुए, बाकी भाग गए। लड़की को बहुत वाहवाही मिली, वह है ही इस योग्य—मैंने कहा वह थी ही इस योग्य। उसे सरकार ने इनाम दिया।

'सरकार ने इस गाँव के जरा बाहर—खुले स्थान में 'एक बुनियादी शिक्षा' के लिए इमारत बनाई और संस्था की स्थापना की। इसके प्रधानाचार्य ने बड़ी लगन और दक्षता के साथ काम किया। थोड़े ही समय में दूर-दूर तक के विद्यार्थी शिक्षा के लिए भरती हो गए। इस विद्यालय में मिट्टी और काठ के खिलौने, काठ के चरखे और करघे बनाना सिखलाया गया। वस्त्रकला में कपड़ा, टाट, दरी, निवाड़, गलीचा, धोतियाँ बनाने की शिक्षा दी गई और यह सब सामान वहाँ सजाकर रखा गया। अब एक घड़ी के लिए खेल बंद होता है, जिसे मध्यांतर कहते हैं।' परदा डाल दिया गया।

जो लोग खड़े-खड़े खेल देख रहे थे वे इधर-उधर फिरने लगे। जो बैठे थे उनमें से थोड़े से अपनी उपयुक्त जगह के लोभ से वहीं बैठे-बैठे बीड़ी पीते रहे। सरकारी पदाधिकारी जरा-सा चल-फिरकर आ बैठे। आपस में बातचीत होने लगी—

'अभी इन लोगों को नाटक के बारे में बहुत सीखना है।'

'गाँव के हैं ये सब, फिर भी निभा रहे हैं।'

'उदय पढ़ा-लिखा है। शहर और कॉलेज में उसने सीखा है और उसने जैसा यहाँ वालों को सिखलाया, कर रहे हैं।'

'गाँववालों पर असर तो कुछ होगा ही।'

'हाँ-आँ—जितना हो जाए।'

पुरुषों में खेल के रोचक अंशों की तारीफ हो रही थी और व्याख्यानात्मक भागों की उपेक्षा, कहीं-कहीं निंदा भी। स्त्रियों के एक खासे दल में खेल के अधिकांश भाग की सराहना हो रही थी। किरण के निकट बैठी कुछ स्त्रियाँ फिर भी कह उठीं, 'इतना सब जादू तो कहीं दिखलाई नहीं पड़ता, उद्दे गाँव की नाक बनने की फिकर में लगा हुआ है। असर यों ही रहेगा।'

किरण ने कहा, 'यों ही नहीं रहेगा। होगा और होकर रहेगा।'

'बड़ी जोतवाले और छोटी जोतवाले भी इस तरह अपनी-अपनी भूमि सहकारी समिति में लगा देंगे? बाप-दादों की यों ही डुबो देंगे?'

'यह डुबोना नहीं है, उसका उबारना है। नाटक में पैदावार का बढ़ना और मेलजोल का पनपना जिस तरह बतलाया गया है वैसा हमारे डाबर गाँव में हो रहा है, और भी कई जगह हो रहा होगा। उदयसिंह बहुत पढ़े-लिखे और अच्छे हैं। गलत नहीं दिखला रहे हैं। देखती जाओ, यह सब हुए बिना न रहेगा एक दिन,' किरण ने पैने स्वर में कहा। 'होगा', स्त्रियाँ नाटक के बच्चों के गायन की बात करने लगीं।

एक घड़ी के बाद घंटी बजी। बहुत से लोग भड़भड़ाकर आ बैठे। कुछ पहले की तरह खड़े रहे। परदा खुला। उदय टीकमगढ़ के उस 'बुनियादी शिक्षालय' का प्रधान बनकर अभिनय कर रहा था। अपनी संस्था में आए एक सम्माननीय अतिथि को—यह अभिनेता गाँव का ही था—जो कुछ वहाँ हुआ था, बतला रहा था—यह सब थोड़े समय में किए गए परिश्रम का फल है। कृषि का वैज्ञानिक ढंग से काम सिखलाया गया। सिलाई, कताई, बुनाई, बढ़ईगिरी, लुहारी, मूर्तिकला, चमड़े के बैग, बढ़िया जूते बनाना, साबुन इत्यादि के बनाने के अलावा बागवानी भी सिखलाई गई। जो सामान इस संस्था के विद्यार्थियों ने बनाया उसकी बिक्री हुई। मुनाफा कार्यकर्ताओं में बाँटा गया। महिलाएँ पीछे नहीं रहीं। उन्होंने भी काम सीखे। वहाँ सबके मन में धुन यह बिठला दी गई है कि अच्छे-से-अच्छे ढंग से काम करें। ऊँचे सरकारी कर्मचारी गाँव-गाँव घूमकर उद्योग-धंधों और कृषि की उन्नति की बातें बतलाते हैं। लोगों में समय की निष्ठा आई और उनके मन में यह बात बैठ गई है कि कर्तव्यपालन पहले है, अधिकारों की माँग बाद में। जीवन में

संयम आया है और वे कहने लगे हैं—'बेकार बैठना पाप है। एक-दूसरे की सहायता करो, मिल-जुलकर काम करो।' गाँव को उन्होंने स्वच्छ रखना शुरू कर दिया; खर्चे कम कर दिए हैं। लोग अवकाश के समय गायन और नृत्य द्वारा विनोद प्राप्त करने लगे हैं। साथ ही हर शनिवार और मंगलवार के दिन वे मिलकर रामायण का पाठ उत्साह के साथ करते हैं। नर-नारी स्वतंत्रता और संयम के साथ आनंद का उपभोग करने लगे हैं। एक पाठशाला खुल गई और रोगियों के लिए अस्पताल भी।

पंचायत के अधिकार बढ़ा दिए गए हैं। लोगों में पुरुषार्थ, निर्भीकता, कर्तव्यपालन और कठिनाइयों से लड़ने की शक्ति का प्रादुर्भाव हुआ है। एक दिन उन लोगों ने एक नाटक भी खेल डाला। उदय और अतिथि एक कोने में चले गए और नाटक के भीतर नाटक होने लगा। एक पात्र 'हनुमानजी' बनकर आया, दूसरा 'सनीचर देवता'। दर्शक उत्सुक हो गए।

हनुमानजी और सनीचर के बीच में वाद-विवाद हुआ। सनीचर ने कहा, 'मैं जिसपर सवार हो जाता हूँ उसे छकाता हूँ और मिटा तक देता हूँ। तुम मेरे सामने कुछ नहीं। मुझे कुछ चढ़ाओ।'

हनुमानजी बोले, 'भाई सनीचरजी, मैं तो रामजी का भक्त और सेवक हूँ। जिसके साथ भगवान् हों उसका कोई कुछ नहीं बिगाड़ सकता। तुम्हारे देने के लिए मेरे पास कुछ नहीं है।'

हनुमानजी जरा-सा इधर-उधर चलकर रामभजन करते हुए वहीं सो गए। सनीचर ने मौका पाकर उनके सिर पर अपनी सवारी गाँठी। हनुमानजी जाग पड़े। सिर में पीड़ा थी। अंग-अंग दुख रहा था। कहने लगे, 'क्या कारण है?' समझ में आ गया कि सनीचर ने दुष्टता की है। उसी समय उन्होंने काठ के खिलौने की एक बड़ी शिला उठाकर अपने सिर पर रख ली। सनीचर पीछे खड़ा था। चिल्लाया, 'क्षमा करो, क्षमा करो, हनुमानजी। आगे कभी तुम्हें नहीं सताऊँगा, तुम्हारे पास तक से नहीं फटकूँगा।'

हनुमानजी ने उसे चेताया, 'खबरदार, जो कभी भगवान् के भक्त और मिहनत करनेवालों के पास फटके।' हनुमानजी ने छोड़ दिया। वे दोनों चले गए। उदय ने आगे आकर कहा, 'लोगों में आगे बढ़ने की कामना भर गई है। साधन सहकारी समिति और सहकारी खेती समिति काम कर रही हैं। शिकायत-शिकवे आपस में तय कर लिये जाते हैं।'

'अच्छा,' अतिथि ने कहा, 'यह सब देखकर मेरा मन प्रसन्न हो रहा है। आपने खूब काम किया है।'

उदय ने धन्यवाद दिया। अतिथि नमस्कार करके चला गया। उदय ने आगे के कार्यक्रम के बारे में कहा, 'अब विजयादशमी का दृश्य दिखलाया जाएगा।'

वह भीतर चला गया। परदा डाल दिया गया। कुछ देर पड़ा रहा।

दर्शकों में बातें होने लगीं।

किरण के पास बैठी एक स्त्री बोली, 'मैंने कहा था न कि उद्दे सारी नेकी बटोर रहे हैं।'

किरण ने तुरंत टक्कर ली, 'उसके वह भागीदार जो हैं।'

उस स्त्री ने बहस नहीं बढ़ाई—इस लड़की ने डाकू मार भगाए हैं, उसे याद था।

थोड़ी देर बाद परदा खुला। विजयादशमी का उत्सव मनाया गया। बाँस के पतले चीरों और कागज का बना रावण मंच पर खड़ा था। एक छोटे से बालक को भगवान् राम बनाया गया था। उस बालक के आसपास बालकों की कपि सेना। राम के कंधे पर धनुष था। पीठ पर तरकस में तीर, हाथ में तलवार (काठ की)। उदय ने कहा, 'भगवान् राम भक्तों की निष्ठा के प्रतीक हैं और संस्कृति, श्रम, सत्य, पराक्रम, लगन, पुरुषार्थ के प्रतिबिंब। रावण बेकारी, आलस्य, ऐयाशी, आपस की फूट, अहंकार, क्रोध, बेईमानी इत्यादि दुर्गुणों की मूर्ति है। रावण अभी पिटता और मिटता है।'

राम का अभिनय करनेवाले बालक ने 'रावण' पर तलवार के वार बरसाए। वह छिन्न-भिन्न हो गया। दर्शकों ने 'राम' का जयकार किया।

उदय ने कहा, 'अब यह बाहर ले जाकर जला दिया जाएगा।'

कपि सेना ने 'रावण' के टुकड़े बीनकर उठा लिये और बाहर ले गए। जवनिका डाल दी गई। मंच के पीछे 'रावण' जलाया जाने लगा। उदय जवनिका के आगे आकर बोला, 'खेल समाप्त हो गया। मैं आपको अपनी और अपने साथियों की ओर से धन्यवाद देता हूँ। हम लोगों ने प्रण किया है कि मिल-जुलकर काम करेंगे और आगे बढ़ते रहेंगे। कठिनाइयों के सामने कभी नहीं झुकेंगे, भगवान् हम सबकी सहायता करें।'

नमस्कार करके उदय परदे के पीछे चला गया। भीड़ में बड़ा शोरगुल हुआ। अधिकांश जनता पर 'हनुमानजी और सनीचर' वाली घटना का अधिक प्रभाव पड़ा था। गाँव का एक ज्योतिषी भी तमाशा देखने आया था। कह रहा था, 'हनुमानजी वाली बात ठीक हो सकती है, लेकिन उद्दे और वे छोकरे तो हनुमानजी हो नहीं सकते।'

सब मिलाकर थोड़ा-सा प्रभाव जनता पर पड़ा। बहुत से कह रहे थे, 'सोचेंगे, यह सब तो खेल है।'

एक बोला, 'उद्दे ने अपने गाँव में कुछ तो भाई, कर दिखलाया है।'

मगन को बनरखा मिल गया—वह भी खेल देखने आया था। बोला, 'महते, हमारी शिकायत यों ही कर दी गई है। बतलाओ, भला मैं किसे तंग करता हूँ?'

'होगा,' मगन ने समाधान किया, 'जमाने के साथ सभी को बदलना पड़ेगा, बदल रहे हैं।'

जनता अपने-अपने घर जाने लगी। सरकारी कर्मचारी भी जाने को हुए। रामदयाल और डूँगरसिंह ने उनसे 'जलपान' के लिए कहा।

कलक्टर ने अस्वीकार किया, 'आज नहीं। आपने खेल में जो कुछ देखा है जब उसे आप सब करके दिखलाएँगे तब यदि आप सूखी रोटी भी देंगे तो हम लोग खड़े-खड़े खा लेंगे।'

हाथ-मुँह धोकर उदय आ गया।

रामदयाल ने कहा, 'यह बहुत काम करते हैं। जल्दी आप हमारे यहाँ सब कुछ देखेंगे।'

'इन्होंने खेल अच्छी तरह दिखलाया है, कुछ असर तो पड़ेगा ही।'

डूँगरसिंह उदय को प्रोत्साहन देने लगा, 'यह काम खूब चलावेंगे। यह अपना नाटक सब बड़े-बड़े गाँवों में दिखलावें तो बहुत असर पड़े बिना न रहेगा।'

उदय ने कहा, 'गाँव-गाँव तो नहीं हो सकता यह काम, क्योंकि फिर खेल ही खेल रह जाएगा, हमारा काम रुक जाएगा। हाँ, यदि सरकार फिल्म बनवा दे तो वह गाँव-गाँव दिखलाया जा सकता है और उसका असर भी शीघ्र होगा—टिकाऊ भी।'

डूँगरसिंह और रामदयाल ने उमंग के साथ समर्थन किया।

सरकारी अफसरों ने जो कुछ कहा उसका सार यह था—'बात बिलकुल ठीक है, नाटक का उतना और ऐसी जल्दी प्रभाव नहीं पड़ सकता जितना और जैसी जल्दी फिल्म का पड़ता। कोशिश करेंगे। आप लोग भी सरकार तक अपनी बात पहुँचाइए।' वे सब चले गए।

: १२ :

आधी रात से अधिक बीत गई थी जब मगन इत्यादि अपने गाँव लौटे। ठंड पड़ उठी थी। मगन के यहाँ पौर में अँगीठी पर तापने और चिलम पीने के लिए छोटे

महते, परमोले, सरमन और अन्य लोग आ बैठे। बैठे थोड़ी देर के लिए ही; पर देरी नहीं आँस रही थी।

किरण भीतर चली गई। उसकी माँ जाग पड़ी थी—पौर के किवाड़ उसी ने खोले थे। आँगन के उसारे के एक कोने में अँगीठी सुलगाकर माँ-बेटी तापने लगीं।

किरण कह रही थी, 'ऐसा खेल पहले कभी नहीं देखा था। शहर में फिल्म देखे हैं, पर मुझे तो वे बेतुके लगते रहे। हम भी अपने गाँव में नाटक खेलें-खिलवाएँगे।'

'बेटी, बड़े खर्च का काम है, और फिर यहाँ सिखलाएगा कौन? उकास भी यहाँ किसे है?'

'खर्च बहुत कम पड़ेगा। मैंने सब समझ लिया है। समिति के जलसे के लिए जैसा मंच बनाया था वैसा ही इसके लिए बना लेंगे।'

'सिखलाएगा कौन? यहाँ तो कोई दिखता नहीं।'

'उदयसिंह,' किरण के मुँह से निकला और यकायक अँगीठी की आग चेताने में लग गई। उसकी माँ खाँसने लगी। थोड़ी देर बाद बोली, 'लड़का उदय है तो अच्छा, पढ़ा-लिखा और काम में चतुर।'

'हूँ,' किरण और कुछ न कह सकी, आग टालती रही। उसकी माँ गदेली की ओट में बारीकी के साथ किरण का चेहरा देखने लगी—गदेली मानो धुएँ से बचने के लिए लगाई हो।

'उद्दे को उसके छुटपन में देखा था या फिर जब वह अपने यहाँ आया। उसके घराने से थोड़ी-सी बात पर तकरार हो गई थी, जो बनी रही। उसने खेल ही करवाया या कोई स्वाँग भी रचा था?'

'स्वाँग नहीं था—'

'फिर क्या था?'

'खुद बहुत अच्छा—हाँ अच्छा ही खेले। बच्चे बहुत अच्छा निभा गए। हनुमानजी और सनीचर की लड़ाई में हनुमानजी जीते। फिर रावण-वध भी दिखलाया गया। हम लोग भी यह सब कर सकते हैं, किसीसे सीखने की अटक नहीं पड़ेगी। वैसे कोई आ जाए तो कोई बात नहीं।'

'हूँ। तुम्हारे दादा से बात करूँगी। रामलीला, हनुमानलीला तो बहुत अच्छी चीज है।'

'हूँ—मैं कल ही गाँव में चर्चा करूँगी।'

उधर पौर में भी उस नाटक के कुछ अंगों पर चर्चा हो रही थी। 'हनुमानजी

और सनीचर देवता' वाला प्रसंग उन लोगों को ज्यादा अच्छा लगा था।

सरमन ने कहा, 'बुरे-भले ग्रह अपना असर तो डालते ही हैं, वहाँ जोसी कह रहा था।'

'पर हनुमानजी और भगवान् के सामने कोई बुरा ग्रह कुछ नहीं कर सकता,' छोटे महते ने असहमति प्रकट की।

मगन ने उसका समर्थन किया, 'राम के सामने कोई बुरा ग्रह नहीं ठहर सकता—रामभरोसे जो रहें पर्वत पै हरियायँ। फिर हनुमानजी ठहरे उनके परम भक्त।'

परमोले बोला, 'अपने यहाँ भी हो जाए खेल। उद्दे सिखला देंगे, सब सँभलवा देंगे।'

'अपने पैरों खड़े रहना चाहिए। उद्दे कहाँ-कहाँ क्या-क्या करेगा? फसल कट जाए और काम से फुरसत मिल जाए तभी खेल-बेल हो सकते हैं।'

'देखा जाएगा' पर बात समाप्त हुई और वे सब चले गए। मगन जा लेटा और किरण तथा उसकी माँ भी बिस्तरों में पहुँच गईं।

□

जो खेल देखने गए थे—और वे बहुत थे—सवेरे देर में सोकर उठे। काम में मन नहीं लग रहा था, नाटक की चर्चा के साथ कुछ इधर-उधर की बातें होती रहीं। रात में या दिन में मनोरंजन पर अधिक समय खर्च कर दिया जाए तो दूसरा दिन आलस्य में नष्ट होता ही है।

किरण थोड़ा-सा कलेवा करके गाँव में निकल गई। वहाँ कई बालक-बालिकाएँ और स्त्रियाँ इकट्ठी हो गईं। हम भी किसी दिन नाटक खेलेंगे, बातचीत का प्रसंग था। स्त्रियों की इच्छा थी कि किसी बंद जगह में, जहाँ पुरुष न आवें, नाच-गान करेंगी। खेल वही जो उदय ने खिलवाया था और रामलीला, कृष्णलीला भी। दिन में या रात में कभी भी। एक समय में सब न बटोरा जा सके तो महीने के दो-तीन दिनों में अंतर-अंतर से।

किरण की माँ को मगन से अकेले में बात करने का अवसर मिल गया।

'किन्नी सयानी हो गई है,' मौका निकालकर उसने मगन से कहा, 'जल्दी कहीं सगाई कर देनी चाहिए और साल के भीतर ब्याह।'

'हमारे ध्यान में है। हम भी सोचते हैं कि ब्याह जल्दी कर दें; पर चाहते हैं कि यहाँ से दूर न हो नाता,' मगन ने कहा और कई घरों और वरों के नाम लिये; जिनमें से एक ही ऐसा था जो बहुत दूर के गाँव में न था। उसकी समृद्धि

और खेतीपाती का ब्योरा देते हुए बोला, 'लड़के के चार भाई हैं, घर भरा रहता है, खेती तो बहुत रकबे में है ही, गायें-भैंसें भी बहुत हैं। नौकर-चाकर लगे हैं, लड़कों को हकूमत-भर करनी होती है। ट्रैक्टर से खेती होती है, कुओं से सिंचाई इंजन से होती है। लड़के ट्रैक्टर और इंजन की देखभाल करते हैं। उनका बाप तो गुजर गया है, पर दो काका हैं। इनके भी बाल-बच्चे हैं। सब शामिल रहते हैं।'

'लड़का पढ़ा-लिखा कितना है?'

'पढ़ा-लिखा तो ज्यादा नहीं है, पर है अच्छा।'

'अभी ये लोग साथ-साथ रहते हैं, पर सदा तो रह नहीं सकते। लड़ाई-झगड़े होंगे, मुकदमे चलेंगे तब इस लड़के के पास कितना रह जाएगा? पढ़ा-लिखा भी थोड़ा-सा है, इधर हमारी किन्नी बड़ी पैनी बुद्धि की है, वहाँ निभाव न होगा, बहुत किताबें पढ़ी हैं।'

'कोई और घर देखूँगा।'

उसकी पत्नी सिर नीचा करके सोचने लगी।

मगन ने पूछा, 'तुम्हारे विचार में है कोई?'

'ऐसे ही सोचती हूँ।'

'क्या?'

'उद्दे कैसा रहेगा? कुँवरपुरावाला—'

'उद्दे!'

'हाँ, कुँवरपुरा बहुत पास है। उद्दे खूब पढ़ा-लिखा है, डटकर काम करता है। घर में कोई ऐसा नहीं है जो हिस्सा-बाँट कराता फिरे, क्योंकि खेतीपाती समिति में होकर होती है—'

'किन्नी ऐसे बकवादी, खेल-खिलाड़ी के साथ नहीं निभ पाएगी। प्यार-दुलार की पली अपनी इकलौती संतान है। जिस घराने का हाल हमने अभी बतलाया, वह अच्छा जँचता है—'

'हमें तो नहीं जँचता। उन चार भाइयों और काकाओं का आपसी बँटवारा नहीं भी हुआ तो उतनी जमीन उनके पास न रहने पावेगी, सुना है कि सरकार छीनने वाली है।'

'बिलकुल गलत सुना है तुमने। बहुत रकबोंवालों की भूमि एक हद के भीतर रहने दी जाएगी उनके पास, बाकी बिना भूमिवालों को मिलेगी। इन्हें जबरदस्ती सहकारी खेती में नहीं लाया जा रहा है। छोटी-छोटी जोतवालों की ऐसी समितियाँ

बनाई जा रही हैं जिससे गरीबी दूर हो। बड़ी जोतवाले तो वैसे ही मौज कर रहे हैं। वह घर इसी तरह की बड़ी जोतवालों का है। उद्दे तो यों ही है—'

'हमने तो उसकी बड़ी सराहना सुनी है।'

'हूँ—किसने कहा? क्या किन्नी ने किसीसे कहलवाया है?'

'हो कैसे? ऐसा कहीं होता है?'

'फिर तुमने किससे सुना? इसके सिवाय उसके मन की भी तो जान लेनी चाहिए—जबरदस्ती नहीं करूँगा।'

'किन्नी की बातचीत से मैंने सब समझ लिया है।'

'बतलाओ भी तो—कब? कैसे?'

'यह लो। हम स्त्रियाँ इन बातों को ज्यादा अच्छी तरह ताड़ लेती हैं। रात जब खेल से लौटी, उसकी बात के ढंग से सब पता लग गया।'

'बहुत सोच-विचार करना पड़ेगा—जल्दी सोचूँगा।' मगन को किरण के आने की आहट मिली। जैसे ही सामने आई, पूछा, 'कहाँ गई थी, बेटी किन्नी?'

'सरमन काका के घर इकट्ठे हुए थे हम बहुत से,' किरण ने उत्तर दिया, 'तुम कह दो दादा तो एक नाटक सब बच्चे खेल डालें।'

'खेल लो, खेल लो। कौन-सा खेलोगी? वह कल रातवाला?'

'बिलकुल वैसा तो नहीं। उसमें हनुमानजी और सनीचर की बात बहुत अच्छी लगी और वह बुनियादी स्कूल—'

'तो वही सब खेलना है क्या?'

'वह सब नहीं। कुछ वैसा और कुछ अपना निजी होगा,' किरण ने उमंग के साथ बतलाया, 'खेतीपाती और गाँवों की समस्या पर होगा। हम लोग दो घंटे से अधिक नहीं लेंगे। कलवाले में तो बहुत देर हो गई थी। वैसे अच्छा रहा, रहा न?'

'हाँ-आँ। तुम्हारे खेल को तैयार करने के लिए किसीको बुलाना पड़ेगा, क्योंकि हमें तो काम के मारे उतना समय नहीं मिलेगा।'

किरण ने अपनी माँ की तरफ देखते हुए कहा, 'किसीको भी नहीं, मैं सब कर लूँगी।'

'अच्छा!' मगन ने कहा। उसके ओठों पर हँसी थी और स्वर में दुलार भरा था।

किरण बोली, 'अपने यहाँ की एक कहानी को नाटक में लाने की सोची है मैंने।'

'क्या? कौन-सी?'

किरण ने बतलाया, 'इंद्र देवता के पास दो किसान गए। एक था मार, काबर, पडुवा भूमिवाला। दूसरा था कंकड़ीली मिट्टी वाला। इंद्र ने पूछा—'तुम्हारे यहाँ का क्या हाल है?' अच्छी भूमिवाले ने उत्तर दिया, 'एक अच्छा पानी असाढ़-सावन में बरस जावे, एक कुआर में और पूस मास में महावट पड़ जावे तो इतना अन्न उपजता है कि घर में रखने के लिए ठौर नहीं रहता। यह विनती करने आया हूँ कि इतना पानी अवश्य बरसा दिया करें, महाराज।' इंद्र ने दूसरे किसान से वही सवाल किया। वह बोला, 'खाद-पानी, खाद-पानी, खाद-पानी, खाद पानी—' इंद्र ने टोका, 'रुको भी, आगे की बात करो।' उस किसान ने निवेदन किया, 'महाराज, हम रुके और गए। लगातार खाद-पानी हमारे खेतों को न मिले तो कुछ हाथ नहीं लगेगा, भूखों मर जाएँगे। विनती करने आए हैं कि हमें पानी बराबर मिलता रहे, खाद हम सँजो लेंगे, हरी खाद भी पैदा कर लेंगे।' इंद्र देवता ने उन दोनों किसानों को समझाया, 'अच्छी भूमि भी एक दिन कमजोर हो जाएगी। बँधियाँ डालो, खाद डालते रहो खेतों में। पानी बरसाने के बारे में हम अपनी सनक पर चलते हैं, सनक पर। नदी-नालों पर बाँध बाँधो। बाँध से खेतों में जब जैसी अटक पड़े, पानी लाने के लिए कुलियाँ खोदकर तैयार करो। कँकड़ीली मिट्टीवाले किसानों से भी मुझे यही कहना है।' वे दोनों किसान इंद्र देवता की सलाह गाँठ में बाँधकर चले आए और उन्होंने काम किया। खूब फूले-फले। कैसा रहेगा, दादा, यह?'

'बहुत अच्छा। शाबाश! पर सरकार भी जो हमारी इंद्र देवता है, मदद करे। इसे भी नाटक में ले आना। खेलना अपने इस बड़े आँगन में।'

किरण ने मान लिया। उसने नाटक तैयार किया और जैसा बना, कुछ दिनों बाद अपने आँगन में खेल लिया। अभिनय स्त्रियों और बालक-बालिकाओं ने किया था। बाहरवालों में से किसीको नहीं बुलाया।

उदय को नाटक के कथानक का पता लग गया। मेरे खेल ने किरण को प्रोत्साहित किया है, वह इसपर प्रसन्न था।

: १३ :

डाबरवाले मिल-जुलकर खेती का काम चला रहे थे। उन्होंने कोई भी खेत अलग से निजी खेती करने के लिए नहीं रखा था। कुँवरपुरा की उदयवाली समिति के सदस्यों ने भी यही किया। डूँगरसिंह, रामदयाल इत्यादि की समिति ने यह नहीं किया—केवल थोड़े से ही उपजाऊ खेत समिति में और लगा दिए। उदय के नाटक

का प्रभाव इनपर इतना ही पड़ा। अन्य गाँवों में भी सहकारी खेती के प्रति थोड़ी-सी ही रुचि बढ़ी। वह भी साधन सहकारी समिति की सहायता पाने के लिए। बड़ी जोतोंवाले अलग बने रहे। छोटी-छोटी जोतोंवालों ने उदय की और डाबरवालों की समितियों का वैसा विकास देखकर सहकारी खेती समितियाँ बनवाईं और कम-बढ़ उत्साह के साथ काम करने लगे। सिंचाई के साधनों की कमी सभी को खटक रही थी। उदय अपने काम पर चिपटा हुआ था—उसने दौड़-धूप जारी रखी। डाबर-कुँवरपुरा के नालों के बाँध का काम अधूरा पड़ा था। कैसे पूरा हो, यह समस्या परेशान कर रही थी।

उदय जिले के सदर स्थान पर गया और बड़े कर्मचारियों से मिला। उनके उत्तर का सार यह था—

'हमारा काम ढेरों बढ़ गया है। तरह-तरह की नई योजनाओं के चलाने की हिदायतें आती रहती हैं। सभाएँ और बैठकें करनी पड़ती हैं। बाँध के लिए सीमेंट वगैरह और इंजीनियर इत्यादि के लिए लिखा-पढ़ी चल रही है।'

उदय ने कहा, 'यह काम अवश्य होना चाहिए, नहीं तो लोगों का जोश ठंडा हो जाएगा। बहकानेवाले नहीं चूक रहे हैं।'

'तय हुआ है कि जोश बनाए रखने के लिए छपे विज्ञापन बाँटे जावें, पुस्तिकाओं का वितरण किया जावे, व्याख्यान हों, गाँव के कार्यकर्ताओं को शिक्षित किया जावे—'

'गाँवों में पढ़े-लिखे हैं ही कितने? इससे क्या होना जाना है?'

'आप अपना नाटक गाँव-गाँव खेलें, जरूर जोश फैलेगा।'

'डाबर गाँव में लड़कियों और स्त्रियों ने खेला, परंतु गाँव-गाँव तो न वे खेल सकती हैं और न मैं। यदि मैं यह कर उठूँ तो सहकारी खेती इत्यादि का काम कौन चलावेगा? बाँध का काम जैसे बने जल्दी-से-जल्दी शुरू करवाने की कृपा कीजिए।'

'गाँववालों ने नालों के इधर और उधर आधी कुंडली के आकार में मिट्टी का बाँध डालने का काम पूरा कर लिया है?'

अफसर को मालूम था कि नहीं किया है। उदय ने भी यही कहा।

अफसर ने समझाया, 'हमें चाहे अन्य काम मुल्तवी कर देने पड़ें, आप लोगों की सहायता के लिए अवश्य कोशिश करूँगा; परंतु सरकारी मदद तो तभी मिलेगी जब आप लोग अपने जिम्मे का काम पूरा कर डालें।'

'सरकार का हाथ बढ़ता देखकर गाँववाले भी अपनी जिम्मेदारी पूरी करने

पर पिल पड़ेंगे।'

'आप शुरू करवा दें, इधर की हमने जानी। लोगों का जोश ठंडा न होने दीजिए।'

उदय चला आया। उसके जोश में कुछ ठंडक आ गई। वह अपने ऊपर भीतर-ही-भीतर उबल पड़ा, 'ऐं! उठकर अब गिरने जा रहे हो! कायर! पुरुषार्थहीन! कर्तव्यद्रोही!' मन बहलाने के लिए वह एक सिनेमाघर में फिल्म देखने गया। न कोई प्रेरणा मिली और न संतोष। पर उस उफान ने उसे दृढ़ता दी और वह काम करने-करवाने पर तुल गया।

वह सोचता था कि अब खेल खेलने-खिलवाने या बातें करते फिरने से काम नहीं चलेगा। वह अपनी योजना की सफलता जितनी जल्दी देखना चाहता था, नहीं प्राप्त होती दिखलाई पड़ रही थी। उसका और उसके काम का नाम तो हो ही गया था, एक दिन सूचना मिली कि सरकारी फिल्म विभाग का दल डाबर और कुँवरपुरा के कार्यों का वस्तुचित्र (डौक्यूमैंट्री) बनाने आ रहा है। उदय के शरीर में बिजली-सी दौड़ गई।

फिल्म विभाग के कर्मचारी आए और उन्होंने थोड़े से समय में खेतों, खेत में खड़ी फसल, ट्रैक्टर, बुल्डोजर इत्यादि मशीनों के काम और काम करनेवालों के वस्तुचित्र की सामग्री तैयार कर ली। उसमें एक लोकनृत्य और कुछ मनोरंजन का सामान भी रखा गया। वहाँ के निवासियों को इस बात का अभिमान था कि उनके गाँवों का नाम दूर-दूर तक फैल जाएगा; परंतु उदय संतुष्ट नहीं था, फिल्म में कोई कहानी हो, गाँव की कठिनाइयाँ और समस्याएँ एवं उनके हल प्रभावकारी और प्रेरणादायक रोचक ढंग पर रखे जावें तो सफलता में कभी कसर नहीं लगेगी। उसने फिल्म के दलवालों से बातचीत की। वे कर क्या सकते थे? उत्तर मिला—'सरकार पर पहुँचिए, हम भी सुझाव देंगे। आप लोगों की सेवा पूरी तरह की जाएगी।' वे लोग चले गए।

उदय ने 'बड़े लोगों' को पत्र पर पत्र डालने शुरू कर दिए। गाँवों की जनता के दस्तखत और अँगूठे के निशान लगवाकर प्रार्थना-पत्र भी भिजवा दिया। सहकारी समितियों और गाँव की पंचायत से प्रस्ताव स्वीकृत करवाया।

प्रस्ताव में यह भी रखा गया—'सब नर-नारी अपने-अपने सुभीते के अनुसार बाँध के काम और कुलियों की खुदाई में पूरा समय दें। स्त्रियाँ पुरुषों का आधा काम भी कर दें तो उचित समझा जाएगा। जो कोई भी काम न कर सके वह बदले में पैसा दे। फसल कटने तक जितना काम हो सके उतना कर

लिया जावे, फिर अधिक समय दिया जावे। सरकार चूना, सीमेंट, लोहा—जो बाँध के पक्के हिस्से की तैयारी के लिए जरूरी है—जल्दी प्रबंध कर दे। अनुपात भी तय हो गया है कि सरकार कितना देवेगी। बालक, बूढ़े, कमजोर और बीमार व्यक्तियों को छोड़ दिया गया। फिल्म में कहानी क्या रखी जावे, इसपर भी चर्चा चल पड़ी।'

उदय ने कहा, 'इसे सरकार पर छोड़ना पड़ेगा। वैसे इंद्र देवता से दो किसानों की जो बातचीत लोककथा में बतलाई जाती है, वह आ जाए। डाबर में खेला गया था।'

बैठक में मगन और परमोले भी थे। मगन को हर्ष हुआ। बोला, 'हाँ-हाँ, हमारे यहाँ की स्त्रियों और बच्चों ने अच्छा निभाया था।'

'मैंने नहीं देखा, सुना था। मुझे बहुत अच्छा लगा,' उदय ने नम्रता के साथ कहा।

मगन ने बतलाया, 'बंद जगह में होकर हुआ था। आदमियों में वहाँ कोई नहीं था। तारीफ मैंने बहुत सुनी।'

परमोले ने समर्थन करते हुए सुझाया, 'फिल्म में हनुमानजी और सनीचर देवतावाली बात आ जाए तो बहुत अच्छा रहेगा।'

'हाँ-हाँ, जरूर,' मगन ने कहा, 'उस चित्र में अपने यहाँ के उदय वगैरह भी दिखलाई पड़े तो सोने में सुगंधि आ जाएगी।'

उदय की आँखों के सामने किरण की कई झलकें फिर गईं। हाथ जोड़कर बोला, 'काम खूब हो और सबकी कृपा बनी रहे, मेरे लिए तो यही बहुत है।'

बातूनी है, पर उसमें लगन भी खूब है, मगन सोच रहा था, पर...खैर...और... । बोला, 'ईश्वर की कृपा चाहिए।'

तीन-चार दिन के उपरांत काम शुरू हो गया। टोलियाँ और पालियाँ बना ली गई थीं। थोड़ा-थोड़ा ही हुआ काम, क्योंकि कातिक की फसल कटने पर आ गई थी। काम करनेवालों में से कई चाहते थे कि ऐसे में आ जावें 'फोटू' खींचनेवाले। कोई नहीं आया, बल्कि उदय को सूचना मिली कि वह वस्तुचित्र भी, जिसके लिए फिल्म विभाग के दल ने फ़ोटो लिये थे, नहीं बनेगा; क्योंकि कहानीवाली पूरी फिल्म बनाई जाएगी। अधिकांश जनता के मन में उतना ही बैठा—नहीं बनेगी। साधारण जन युगों से सरकार की कड़ी और कड़वी आलोचना करने के स्वभाववाला हो गया है। जबान चलानेवालों की कमी भी कभी नहीं रही है। कोई कुछ कहता था, कोई कुछ—

'बातें बहुत मारते हैं, करते-धरते कुछ नहीं।'

'हमें भुलावे में डाला करते हैं।'

'झूठे हरे बाग दिखलाया करते हैं, खुद मौज करते हैं।'

'हमसे कहते हैं काम करो, यह करो, वह करो। स्वयं अंटसंट गलियों में भटकते फिरते हैं और हमें रास्ता दिखलाने की बातें बनाते हैं।'

'झूठे वायदे बहुत करते हैं। देखो न, अभी तक सरकार ने सीमेंट, चूना, लोहा वगैरह कुछ इकट्ठा नहीं किया है।'

उदय और उसके साथी समझाते थे, 'बड़ी फिल्म बनेगी, बनकर रहेगी। हमारी-तुम्हारी प्रार्थना पर ही योजना बदल दी गई है। फिल्म बने चाहे न बने, बाँध बने बिना न रहेगा। हम तो अपना कर्तव्य पूरा कर दिखलाएँ।' परंतु वे किस-किसको समझाते? फसल भी जल्दी कटनी थी, बाँध का काम मंद पड़ गया।

खेती में जगह-जगह पका धान लहरा रहा था और ज्वार के भुट्टे किसान की भुजा और हँसिये का आवाहन कर उठे थे। भविष्य की आशाओं ने ग्राम-निवासियों को लहलहा दिया। जब फसल कट रही थी, सरकारी गाड़ियों पर बाँध के लिए लोहा और सीमेंट आने लगा। कोई ऐसी बड़ी इमारत नहीं थी जहाँ सारा सामान रखा जाता, इस कारण मोटे मोमकप्पड़ के बड़े-बड़े तंबू यथेष्ट स्थान पर खड़े कर दिए गए और उनमें सामान सुरक्षित रखा जाने लगा। किसान की छाती फूल उठी—अरे भाई, बात एक दिन अवश्य पूरी होगी, हम लोग ही ठीक समय पर कितने काम कर पाते हैं? आलोचना ने यह रूप पकड़ा।

फसल कटकर खलिहानों में आई और गाही जाकर सहकारी हाट-मंडी से किसानों के लिए काफी दाम ले आई; क्योंकि चावल और ज्वार दोनों का भाव चढ़ गया था। किसान प्रसन्न थे और पुरों-नगरोंवाले अन्न की महँगाई के मारे परेशान। दोनों की कामना में खींचातानी, पर कपड़े और अन्न सामग्री की महँगाई के बारे में दोनों खीज रहे थे। किसान कुछ कम।

डाबर और उदय की समितियों ने कायदे से मुनाफे का बाँट किया—सब संतुष्ट थे। डूँगरसिंह की समिति के मजदूर सदस्य अतृप्त। स्वाभाविक था। मजदूर ज्यादा मुनाफा चाहते थे, जमीनवाले उन्हें कम देना चाहते थे। पैसा और भूमि को सैकड़ों वर्षों केवल श्रम की अपेक्षा अधिक महत्त्व दिया जाता रहा है। अंत में डूँगरसिंह और रामदयाल ने मजदूरों की माँग को मान्यता दे दी। मजदूर संतुष्ट हो गए—उनके हिस्सों की संख्या मुनाफे की रकम से बढ़ा दी गई। जमीनवालों ने देखा कि इससे उनके मुनाफे में कोई बड़ी कमी नहीं आई है।

अब सबके सामने बाँध का काम पूरा करने की समस्या थी।

: १४ :

चैत की फसल बो ली गई थी। गेहूँ, चना, अलसी, सरसों इत्यादि के नन्हे-नन्हे पौधे मुसकरा उठे थे। किसान कह रहे थे—एक अच्छी महावट पड़ गई कि पौ बारह है, कपड़ा महँगा बना रहे तो भी भुगत लेंगे। और यदि इंद्रदेव सनक गए? तब देखा जाएगा, अभी से हिम्मत क्यों हारें? हारिए न हिम्मत, बिसारिए न रामनाम। और, यदि इस साल पानी ने कुछ गड़बड़ कर दी तो अगले साल तक बाँध बनकर तैयार हो जाएगा, फिर सब बाधा दूर हो जाएगी।

पिछले दिनों बाँध का काम जितना आवश्यक था, नहीं हुआ था। किसी-किसीने कुछ अधिक किया, बहुतेरों ने काफी कम। उनके पास कारण थे। समितियों में प्रस्ताव तो पास हो गए थे, परंतु पूरे ब्योरे के साथ काम करने-कराने के कायदे नहीं बनाए गए थे; जिससे परिणाम की मात्रा बढ़ती और उजागर होती। सुचारु रूप से काम चलाने के लिए तीनों समितियों की मिली-जुली बैठक कुँवरपुरा में करने का आयोजन किया गया। डूँगरसिंह की 'हवेली' में बैठक हुई। स्त्रियों ने भी भाग लिया। उनका आसन एक ओर था। इनमें किरण भी थी।

कार्रवाई शुरू होने के पहले उदय और मगन अपनी समितियों की समृद्धि की चर्चा कर रहे थे। डूँगरसिंहवाली समिति की भी बात उठ पड़ी।

'समिति का काम करने के लिए तो मजदूर मिले हैं और मिलते रहते हैं, परंतु हमारे निजी खेतों पर आने से नाहीं करने लगे हैं। बहुत बहक गए हैं,' डूँगरसिंह को शिकायत थी।

मगन ने टीका की, उसे अब कोई डर नहीं रहा था, 'उन्हें समिति के काम से ज्यादा लाभ है।'

'जमाना बदल गया है।'

'और भी बदलेगा। अगर मजदूर निजी खेतीवालों की जमीन के शिकमी हो जाएँगे वे खूब मन लगाकर काम करेंगे, क्योंकि बेदखली का भय नहीं रहेगा। लेकिन ऐसी हालत में जमींदार की जमीन एक दिन हाथ से छुटक जाएगी।'

'चलाएँगे काम, जैसे चले, चलाना तो पड़ेगा ही। केवल मजदूरी करने और वह भी मामूली दर पर लोग नहीं रीझते अब।'

'माफ करें आप मुझे, इस तरह अंत में कुछ हाथ नहीं लगेगा।'

वहाँ कुछ मजदूर सदस्य भी बैठे थे।

मगन की बात उन्हें पसंद आई और एक बोला, 'बहुत दिन तो रहे मजदूर अधमरे, अब भगवान् उनके भी दिन फेरने वाले हैं।'

'चुप, चुप,' रामदयाल ने पुचकार के स्वर में कहा, 'न कोई मरे और न अधमरा रहे, सब जिएँ और सुखी रहें।'

उदय बोला, 'राजा साहब, आप गाँव के मालिक रहे हैं। आपके पुरखों ने हमारे पुरखों की रक्षा की और बलिदान किए। गाँववालों ने उन्हें माना और उनकी सेवा भी की। युग बदल गया है। और हमको वर्गहीन समाज नहीं; बल्कि समृद्ध और समन्वित समाज बनाना है। यही हमारा आदर्श होना चाहिए। सभी को उसके साथ बदलकर देश का नाम ऊँचा करना है। इस युग के आदर्शों का पालन करने के लिए आप और आप सरीखे बड़े लोग हमारे अगुआ बनें; फिर न जनता को कोई शिकायत हो सकती है और न आपको। साधारण जनता जैसी आगे बढ़ रही है, आप भी संपन्न हों। आपको खूब सुखी देखकर हम लोग भी फूले न समाएँगे।'

डूँगरसिंह कुछ सहसा प्रवर्ती स्वभाव का था, उमंग में आकर नीचा सिर किए बोला, 'कहो न क्या करूँ—गाँव से अलग तो हूँ नहीं।'

'मैं क्या कहूँ, राजा साहब, आपके सामने का छोकरा हूँ। केवल यह विनती कर सकता हूँ कि निजी खेती की सारी भूमि समिति में लगा दीजिए, लाभ-ही-लाभ होगा। मजदूरों की समस्या नहीं रहेगी। जमीन के आप मालिक बने रहेंगे, मुनाफा बहुत बढ़ जाएगा।'

डूँगरसिंह ने सिर उठाया। कहा, 'तुम्हारी समिति में शामिल हो जावें हम तो?'

उदय ने तुरंत उत्तर दिया, 'सिर-माथे, परंतु हमारी समिति के कायदे के खिलाफ होगा। आप अपनी समिति में ही लगा दें। सरपंच दादा भी आगे बढ़ आवेंगे।'

'कहो भाई रामदयालजी, क्या राय है?' डूँगरसिंह ने पूछा।

उपस्थित जनता टकटकी लगाकर उत्तर की प्रतीक्षा कर रही थी।

बहुमत उदय के साथ देखकर रामदयाल ने उत्तर दिया, 'जागीरदार साहब की जैसी मर्जी हो और आप सबकी। अब तो मिल-जुलकर काम करने में ही सबका निभाव होगा।'

डूँगरसिंह ने उत्तेजित होकर कहा, 'मैं अपनी कमी-कमाई नई-पुरानी सबकी सब निजी खेती की भूमि समिति में लगाता हूँ और काम करने का प्रण करता हूँ। मेरे हाथ-पैर किसीसे कम बलिष्ठ नहीं हैं।'

रामदयाल ने भी अपनी सब भूमि सहकारी समिति में लगाने का वचन दिया।

तालियाँ बज पड़ीं। स्त्रियाँ भी प्रसन्न थीं। ताली उनमें से पहले केवल किरण ने बजाई। औरों ने साथ दिया।

उदय ने डूँगरसिंह के पैर छुए और रामदयाल के भी। वह उत्साह-विभोर था। सोच रहा था, आज मेरा नाटक करना सफल हुआ।

उद्दे बातूनी तो जरूर है, परंतु बातें पते की करता है—आज तो इसने कमाल कर दिया; पर इसे इन लोगों के पैर नहीं छूने चाहिए थे। मगन के मन में उठा और वहीं समा गया।

उत्साह के उस वातावरण में बाँध का काम करने की व्यवस्था के प्रस्ताव स्वीकृत हुए—काम नियमपूर्वक हो, जो जितनी जिम्मेदारी ले उसे पूरी करे, स्त्रियाँ पुरुषों की अपेक्षा आधा काम करें—यह पहले तय हो चुका था—हिसाब के कागजों में उनके श्रम का दाम पुरुषों के काम के बराबर आँका जाएगा। काम चैत की फसल के आने के पहले पूरा करना था, 'परंतु यदि न हो सका तो फसल गाहने के बाद बरसात तक अवश्य पूरा कर लेंगे,' यह निश्चय किया गया।

'जिस घर की स्त्री काम न कर सके उस घर के पुरुष को या तो उसके श्रम के बदले का पैसा समिति में जमा करना चाहिए, या वह खुद उसके बदले का काम करे,' परमोले ने कहा, जो अब तक चुप बैठा था।

'जरूर,' मगन ने उसका साथ दिया, 'मेरी पत्नी को दमे का रोग है। वह काम नहीं कर सकेंगी। उनके काम के बदले का पैसा दे सकता हूँ, परंतु मेरी बाँहों में इतना बल है कि मैं उनका भी काम करता रहूँगा।'

'वाह!'—किरण बोल पड़ी, 'दादा क्यों करेंगे, मैं सब कर दूँगी, अपना और उनका भी।'

मगन ने संतोष के साथ उसकी ओर देखा और उदय ने हर्षमग्न होकर। दोनों की आँखें मिलीं और हट गईं।

डूँगरसिंह को अपनी याद आ गई। खाँसकर उसने कहा, 'हमारे घर की स्त्रियाँ तो काम करने नहीं जा सकतीं। परदे का रिवाज चला आ रहा है!'

किरण के मन में तुरंत उमगा—'अब भी परदा! बंदूक चलाने में परदा नहीं, बाँध के काम में परदा!'

लोग हाँ-हूँ करने लगे। डूँगरसिंह का एक खुशामदी बोला, 'रानियाँ काम

करने नहीं निकलतीं। हम लोग तो हैं जो उनकी और आपकी जगह भी काम कर देंगे।'

डूँगरसिंह ने कृतज्ञता के स्वर में प्रतिवाद किया, 'अरे नहीं भाई, मैं तो हूँ तुम सबके साथ। मैं खुद कुछ-न-कुछ काम करूँगा—हिसाब रखना, काम करना-कराना और उसकी देखभाल करना वगैरह। स्त्रियों के काम के बदले का पैसा समिति में जमा कर दिया करूँगा।'

रामदयाल ने भी यही कहा और सुझाया, 'जो कमजोर और बूढ़े हैं या तो वे पैसा जमा करें या उनकी जगह कोई अपने हाथ-पैर हिला दे।'

रामदयाल का भाई, जिसका पंजा बेकार हो गया था, बोला, 'एक हाथ से कुछ काम मैं भी कर दूँगा।'

परमोले फफका, 'अपने लोगों के उस पाप को हमें धोना है, तुम क्यों करो, हम करेंगे।'

परमोले का लड़का नंदे भी उसके साथ आया था। अपने पिता की सहायता के लिए फड़क पड़ा, 'वाह वा! मैं कर दूँगा दो का काम।'

'हाँ-हाँ, जरूर,' किरण बोली।

रामदयाल ने शाबाशी देते हुए कहा, 'सब हो जाएगा बेटी, सब हो जाएगा। तुम बच्चों और स्त्रियों के पढ़ाने का जो काम अपने गाँव में चला रही हो, वही बहुत है।'

उदय ने किरण की सराहना में सिर हिलाया, किरण ने आँखें नीची कर ली थीं। बोली, 'तो भी समय निकाल लिया करूँगी।'

रामदयाल ने कहा, 'एक बात रही जाती है—सरकार अपनी समितियों को सहकारी साधन समिति का सदस्य बनाना चाहती है। ठीक है न?'

'बिलकुल,' कई कंठों से निकला। बात तय हो गई।

'और सरकार हर समिति में दो हजार रुपए तक की हिस्सेदार भी बनेगी और कुछ रुपए से वैसे भी मदद करेगी, हमें सलाह-सूझ देती रहेगी। बेजा दखल नहीं देगी। ठीक है न?'

इसे भी मान लिया गया। उदय ने केवल यह टिप्पणी की, 'सुझावों और विचारों का सदा स्वागत करना है, परंतु हम अपने पैरों पर खड़े हुए हैं और खड़े रहेंगे। अपनी स्थिति में अमर रहने का दम हम सबमें बना रहना चाहिए। इसी कारण हम लोग शुरू से ही स्वावलंबी रहे हैं।'

किरण ने उसकी ओर ओट से देखा। बहुत प्रसन्न थी। 'ठीक कहते हो भई

उद्दे, ठीक,' डूँगरसिंह ने कहा, 'अब हम सोचते हैं कि अच्छा हुआ तुमने नौकरी-चाकरी नहीं की। करते तो कहीं बाहर इधर-उधर होते और गाँव में यहाँ यह सब कैसे होता?'

'मैं तो आप सबका सेवक हूँ—भगवान् की कृपा और सबके सहयोग से हो रहा है,' उदय ने नम्रता प्रकट की।

डूँगरसिंह ने कहा, 'तुम्हारे नाम के साथ हमारे गाँव का भी नाम फैला है। अब बनावे सरकार फिल्म हम लोगों के काम पर।'

'बनावे या न बनावे, क्योंकि सरकार के सामने ढेरों काम हैं, उनमें से कुछ इधर के उधर हो ही जाते हैं, हमें तो अपनी जिम्मेदारी निभानी है; जिससे सब हरे-भरे हो उठेंगे। शायद फिल्मवाले कभी आवें,' उदय ने उपेक्षा व्यक्त की, परंतु उसके स्वर में न थी।

रामदयाल ने कुछ दूर के दो गाँवों का नाम लेकर कहा, 'वहाँ के कुछ लोग अपनी समिति में शामिल होना चाहते हैं।'

उदय ने बाधा पेश की, 'ये गाँव लगभग पाँच मील की दूरी पर हैं। वहाँ के लोग अपनी समिति में शामिल नहीं हो सकते। अपनी बनावें।'

डूँगरसिंह ने कहा, 'हाँ, कायदों को मानना चाहिए। अपनी समिति बना लेवें। शायद फिल्म में आने की लालच से कह रहे हों।'

'हो सकता है उदय के नाटक का असर पड़ा हो,' रामदयाल बोला।

'डाबर में लड़कियों ने जो खेल खेला था, उसकी खबर दूर-दूर तक पहुँची है। उसका असर हुआ होगा,' उदय ने हँसकर कहा, उसकी आँख किरण पर गई और मिली। दोनों प्रफुल्ल थे।

बैठक की कार्रवाई समाप्त होने पर डूँगरसिंह ने चाय-पानी का आयोजन किया। समिति से इसका खर्चा नहीं लिया, अपनी गाँठ से दिया था। जागीरदारी—या जमींदारी—का अवशेष कभी-कभी उदारता के इस रूप में भी व्यक्त होता रहा है। बातें चलती रहीं—

'सरकार ने सीमेंट-लोहा वगैरह इकट्ठा तो कर लिया है, और भी हो जाएगा, पर काम समय पर हो जाए तब है।'

'इसमें घुटाला हो गया तो मुश्किल पड़ेगी।'

'परवाह नहीं, अपना काम तो किए ही जाना है।' वे ही सब बातें दुहराते-तिहराते लोग चाय-पानी खत्म करके घर जाने लगे।

अंत में उदय ने कहा, 'सरकार ने फिल्म बनाई तो डाबर में खेले गए खेल

की कुछ बातें उसमें रखने पर हम सब पूरा जोर देंगे।'

किरण के मुँह से सहसा निकला, 'हाँ···' और जल्दी चली गई।

: १५ :

जब चैत की फसल खड़ी थी काम तो बाँध का तब भी चलता रहा। लगन के साथ काम किया अधिकांश लोगों ने। कुछ लोग ऐसे हैं जो देख लेते हैं, देखते रहते हैं परंतु काम करने में सुनते नहीं, तो ऐसे भी कुछ हैं जो सुनते तो रहते हैं लेकिन देखते नहीं। फिर कुछ समय के लिए काम रुक गया; क्योंकि फसल काटी-गाही जाने वाली थी। बाँध पर सीमेंट-लोहे इत्यादि का पक्का काम, सरकार की ओर से, लगातार जारी रहा। उधर बरसात आई, इधर सीमेंट की कमी पड़ गई—जितने का अनुमान किया था उससे अधिक चाहिए था। जनता के एक भाग में सरकार और सरकारी अफसरों की आलोचना जैसी होती चली आई है, हुई—यह वह भाग था जो सुनता है, परंतु देखता नहीं। बरसात कुछ जल्दी शुरू हो गई—इंद्र देवता की सनक। गाँववालों का काम बंद हो गया, सरकार का कुछ-न-कुछ जारी रहा। गाँववालों को बाँध का मिट्टीवाला हिस्सा हाथ-डेढ़ हाथ ही और ऊँचा करना था।

बाँध का पक्का खंड इतना तो भी तैयार हो चुका था कि दोनों नालों पर तालाब भरने लगा। पानी ज्यादा बरसने पर तालाब छोटी-सी झील-सा लगने लगा। मुहरियाँ बन गई थीं, उनमें होकर धारें अर्राटे के साथ निकल रही थीं। उन दोनों गाँवों के और आसपास के भी लोग दृश्य देखने जब-तब आते रहते थे।

जैसे ही कातिक लगा, काम तेजी के साथ चल पड़ा। बाँध के मिट्टीवाले भाग पर मिट्टी चढ़ाई जाने लगी और किसान समय निकालकर सिंचाई के लिए कुलियाँ भी खोदने-बनाने लगे। नहर की खुदाई सरकार की तरफ से हो रही थी।

धान और ज्वार इत्यादि की फसल कटने के बाद जनता बाँध और कुलियों के काम पर फिर लग गई। सरकार के जिम्मे का काम पूरा हो चुका था, पर बाँध की ऊँचाई यथेष्ठ नहीं हो पाई थी, जनता को उसपर मिट्टी अब भी चढ़ानी थी। खबर आई कि सरकारी फिल्म विभाग का दल आ रहा है, जो बाँध के विविध कार्यों के फोटो लेने के साथ-साथ काम करनेवालों के लोकगीतों और बातचीत का भी अंकन करेगा। लोगों में लहर दौड़ गई। फिल्म विभाग से उदय का संपर्क था। वह उसकी सहायता करने के लिए बिलकुल तत्पर था।

बाँध के एक भाग पर डाबर के मगन, परमोले का पुत्र नंदे, किरण इत्यादि

और निकट ही कुँवरपुरा के भी कुछ लोग मिट्टी चढ़ाने का काम कर रहे थे, जिनमें रामदयाल का लुंजा भाई भी था।

उस दिन इसे काम करने में अधिक कठिनाई पड़ रही थी। परमोले ने देख लिया। डलिया और औजार लेकर नंदे के साथ उसके पास आया।

'बहुत कर चुके, कितने थक गए हो!' परमोले ने रामदयाल के भाई से कहा।

'क्यों?' उसे कुछ आश्चर्य हुआ और वह खड़ा रह गया।

'इसलिए कि मुझे अपने पाप को धोना है—'

'पाप तुमने नहीं किया था, जिसका दंड मुझे मिला।'

'तिनके की मार के बदले छुरी चल गई थी, पाप हमारा अधिक था। उस दिन की बैठक में मैंने कहा था। माफ करना। मैं और नंदे अभी आज का काम पूरा किए डालते हैं। आगे भी तुम्हारी कुछ-न-कुछ सेवा करेंगे।'

'कुछ अच्छा नहीं लगता है यह।'

'तुम्हें मानना पड़ेगा।'

रामदयाल के भाई की आँखों में आँसू आ गए। उसने धूलभरे हाथ से पोंछा। किरण ने देख लिया। उस दिन उसकी माँ भी आई थी, कुछ पकवान बनाए थे, खिलाने आई थी। उस स्थान पर दोनों आ गईं। बात मालूम हो गई।

'अब तो पुरानी बातों को भूल जाना चाहिए। सब मिलकर चलेंगे। भाग्य का हो रहा है उदय—,' किरण ने वाक्य पूरा नहीं किया, रह गई। उसी समय एक दिशा से उदय के साथ सरकारी फिल्म विभागवाले आते दिखलाई पड़े। किरण समझ गई। उसने बतलाया, 'ये लोग फोटो खींचने आ रहे हैं। चलो काम पर।'

'अरी ठहर भी जा, जरा देख तो लें क्या कहते हैं, क्या करते हैं,' किरण की माँ ने कहा।

जब वे लोग पास आ गए तो देखा कि एक दूर के गाँव के कुछ और लोग भी उस दल के साथ हैं। इनमें मगन का एक सजातीय भी था। देह का पुष्ट और आकृति का भी रूपवान। मगन भी आ पहुँचा। राम-राम के बाद उदय ने कहा, 'फिल्मवालों ने काम करनेवालों के पहले ही बहुत से फोटो ले रक्खे हैं। थोड़े अभी लेते आ रहे हैं, कुछ और भी लेंगे।'

मगन का सजातीय युवक बोला, 'काम खूब हुआ। सरकार ने बड़ी मदद की। जागीरदार साहब ने भी बहुत आसरा दिया।'

उदय ने परमोले की तरफ संकेत करते हुए कहा, 'हाँ-हाँ, सो तो है ही,

लेकिन ये सब अपना पसीना न बहाते तो क्या होना था? मैं तो ऐसे लोगों को आदर के साथ माथा नवाता हूँ।'

'ऊँच-नीच की बात सदा से चली आई है और चलेगी। कहाँ ये और कहाँ वे सब!'—उस युवक ने कह डाला।

परमोले ने सह लिया, परंतु नंदे से न रहा गया। उसे एक दोहा याद था। वह उसे सुनाकर ही रहा—

तिनका कबहुँ न निंदिये जो पायँन तर होय,
कबहुँक उड़ आँखिन परै, पीर घनेरी देय।

परमोले ने कहा, 'रहने भी दे।'

किरण के मुँह से निकल पड़ा, 'ठीक कहते हैं।'

उस युवक ने किरण को घूरकर देखा। किरण की त्योरी चढ़ गई और उसने मुँह फेर लिया। उदय ने देखा और हँसकर रह गया।

फिल्म-दल का नायक बोला, 'भाई बहुत मौके से दोहा सुनाया है तुमने। तुम्हें और तुम्हारे इस दोहे को अपने चित्र में रक्खेंगे।'

'जरूर,' मगन और उदय ने एक साथ कहा।

फिर उदय ने तुरंत अनुरोध किया, 'वह खड़ी हैं उधर महते की पुत्री, जिन्होंने डाकुओं को मार भगाया था, और जो बाँध के काम में किसीसे भी पीछे नहीं रहीं।'

किरण अपनी माँ की ओट में से देखने लगी।

दलनायक ने कहा, 'वही हैं न जिनके शिक्षा-प्रचार की बाबत भी आपने हमें बहुत-सी बातें बतलाई हैं?'

'जी हाँ, वही हैं।'

'और जिन्होंने अपने गाँव में नाटक भी खेला-खिलवाया था?'

'बिलकुल वही।'

'भला इन्हें हम लोग अपनी फिल्म में लाए बिना कैसे रह सकते हैं? और आपको भी नहीं छोड़ेंगे।' वह हँसने लगा।

'ये सब लोकगीत भी गाती होंगी?' नायक ने पूछा।

'गाती हैं,' मगन ने उत्तर दिया।

'गाँव में चलकर बैठक करेंगे और कुछ ऐसे लोकगीतों का अंकन करेंगे जिनसे साहस और पुरुषार्थ झलकता हो,' नायक ने कहा।

जरा-सा सोचकर उदय बोला, 'हाँ हैं, अखती, अक्षय-तृतीया का ही एक गीत ऐसा है, बड़ा सुंदर और प्रेरणादायक।'

हामी भरकर वह दल दूसरी जगह चला गया।

काम की समाप्ति उस दिन जरा जल्दी कर दी गई। घर आने पर मगन ने अपनी पत्नी से अकेले में कहा, 'यह है वह लड़का, जिसकी किन्नी के साथ सगाई करने के बारे में तुम्हें मैंने बहुत दिन हुए कहा था। कुछ दहेज जरूर देना पड़ेगा।'

'मुझे तो अच्छा नहीं लगा। किन्नी भी उसकी निंदा कर रही थी। कहती थी—कैसा कुपढ़ और नासमझ है। उदय के साथ क्यों नहीं बात पक्की कर लेते?'

'जैसा ठीक समझो। किन्नी उसे कैसा समझती है?'

'योग्य समझती है और उसे दहेज भी नहीं देना पड़ेगा।'

'तुम्हें कैसे मालूम?'

'यह लो! हम स्त्रियाँ बहुत दूर-दूर के पते घर बैठे ही लगा लेती हैं।'

मगन राजी हो गया।

रात के समय फिल्म दल ने कुछ लोकगीतों का अंकन किया।

एक यह था, जिसे किरण और कुछ स्त्रियों ने गाया था—

आई अखतीज महारानी,
खेतन पै चलो जी।
खेतन में पसीना बोय देव,
फिर रुपया मोहरें काट लेव,
ब्याह करा दें नंद रानी।

फिल्म दल कुछ समय उस क्षेत्र में रहा। कहानी कुछ तो उदय के नाटक से ली गई और कुछ किरण के खेल से। दल ने तरह-तरह की स्थितियों के फोटो लिये। कुछ संवादों का भी अंकन किया। फिर दल चला गया।

गाँववाले कह रहे थे, 'कब बनकर आवेगी यह फिलम?'

जल्दी आएगी, बाँध का उद्घाटन होने के समय तक आ जाएगी, उन्हें उत्तर मिला।

कुछ दिन उपरांत मगन ने उदय के साथ किरण की सगाई पक्की कर ली और ब्याह का मुहूर्त बाद में रखना तय हुआ।

□

बैसाख-जेठ के महीने में धरती की हरियाली सूख गई। गाय-भैंसें तो बाँध के किनारे और पानी के निकट की हरी दूबा चरने लगीं। बाँध के बीचोबीच पानी भरा हुआ था। उसमें ढोरों को पानी पीने के लिए सुविधा हो गई थी। गड़रियों की

भेड़-बकरियों को चरने के लिए जंगल की ओर जाना पड़ा। एक दिन सरमन को बनरखा मिल गया। उसने कुछ नहीं कहा, सरमन ने ही बातचीत शुरू की—

'कहो बनरखा, कैसा हाल है?'

'सब ठीक है भैया, मिटा दो सारा जंगल।

'यह लो! सरकारी जंगल में हम झरबेरी और करोंदी ही झाड़ियों से चराते हैं। पेड़ों को तो हम छूते तक नहीं। सरकार ने पंचायत को, हमारी बड़ी पंचायत को, अनुमति देने का अधिकार दे दिया है।'

'हाँ-हाँ, नाहीं कौन करता है? पढ़ भी तो खूब गए हो।'

'अरे भाई थोड़ा-सा ही सीख पाया है। मगन महते ने हम लोगों को कुछ सिखलाया है। स्त्रियों को बहिन किरण पढ़ाया करती हैं। और लेते कुछ नहीं हैं वे!'

बनरखा को जाने की पड़ी थी, क्योंकि सूर्यास्त हो चुका था। गाँव की ओर कदम बढ़ाए चला गया।

वह थोड़ी देर में परमोले के घर के सामने जा पहुँचा। रास्ता था ही वहीं होकर। दीया-बत्ती का समय आ रहा था। चबूतरे पर मैला-सा फर्श बिछा था। घर की दीवार से एक लट्ठा टिका हुआ था, जिसके ऊपरी सिरे पर काठ की पट्टी आड़ी जड़ी हुई थी। उसपर बड़े अक्षरों में लिखा हुआ था—

'कर्म प्रधान विश्व करि राखा'

आज यहाँ रामायण का पाठ और भजन होना था। मगन ने परमोले, नंदे और कइयों को पढ़ा दिया था। किरण स्त्रियों में काम करती रहती थी। भजन सप्ताह में दो बार होता था। बारी-बारी से लगभग सभी घरों पर यह कार्य किया जाता था। जिसके घर पाठ और भजन होता था, उसके यहाँ यही पट्टी टिका दी जाती थी। चबूतरे पर एक ओर ढोल और मँजीरे भी रखे हुए थे। वहाँ मगन भी बैठा था। परमोले खड़ा था। आवभगत के बाद बनरखा से खाना बना-खाने के लिए कहा गया।

वह बोला, 'अपनी खुशी से खिला दो तो तैयार हूँ, वैसे मैं माँगता किसीसे नहीं हूँ।'

परमोले को उस दिन की आधा सेर आटेवाली बात याद आ गई—ज्वार के आटे की! हँसकर उसने कहा, 'आज गेहूँ का आटा दूँगा। भगवान् की कृपा हो गई है हमारे गाँव पर।'

□

एक दिन किरण और उदय के ब्याह का मुहूर्त आ गया। यह सूचना पहले

ही आ गई थी कि वह फिल्म तैयार हो गई है। बहुत समय लगा, पर हो तो गई तैयार, लोग कह रहे थे।

डाबर-कुँवरपुरा के उस बाँध की 'झील' में काफी पानी भरा था, परंतु पाट के ऊपर से बह नहीं रहा था, क्योंकि नाले पहाड़ से निकले थे और उनके लिए पानी का कोई स्रोत नहीं था। मुहरियाँ बंद थीं। उद्घाटन की रीति का निर्वाह बाकी था। डाबर और कुँवरपुरा की जनता चाहती थी कि उदय-किरण के ब्याह के दिनों में ही कोई बड़ा पदाधिकारी या नेता उद्घाटन करे। न बड़ी झील थी और न कोई बड़ा बाँध। उसपर जो कुछ भी सहकारिता के संबंध में उस क्षेत्र में उजागर होकर ऊँचा दिखलाई पड़ रहा था उसका श्रेय—या 'पुन्न' जैसाकि वहाँवाले कह रहे थे—उदय को और डाबरवालों को ही था, सरकार का हाथ प्रेरणा और विचार प्रदान करने का तथा बाँध के पक्के बनाने का अवश्य था। पदाधिकारियों और उनके ऊपरवालों ने तय किया कि हम उद्घाटन समारोह के समय आएँगे तो जरूर, परंतु उद्घाटन वहीं का कोई करे—ऐसा जिसने सबसे अधिक काम किया हो।

उदय के हाथ उद्घाटन कराने की चर्चा चली। उसने स्वीकार नहीं किया। उसने इधर-उधर कहा और अपनी समितियों से प्रस्ताव भी पास करा लिया कि उस रीति का निर्वाह किरण करेगी! यही निश्चित रहा। डाबरवाले आनंद-विभोर थे। किरण बहुत सकुचा रही थी, परंतु माता-पिता और अन्य स्वजनों के कहने पर मान गई।

समितियों के समारोह के लिए वही दिन रखा गया। यह सब दिन में होना था। रात के समय भाँवर और फिल्म का प्रदर्शन।

वे दोनों पदाधिकारी—कलक्टर और राजेश्वर—अब भी उसी जिले में थे। आए, नेता अनवकाश के कारण नहीं आ सके।

उन्होंने आते ही रामदयाल से पूछा, 'आप सब अच्छी तरह हैं न?'

उत्तर मिला, 'ईश्वर की दया और आप सबकी कृपा से बहुत अच्छे हैं, खूब सुखी हैं।'

उन्हें उस दिन का उत्तर याद आ गया—'दिन काट रहे हैं, जिंदगी गुजार रहे हैं।' डूँगरसिंह के पूरे सहयोग की बात मालूम हुई। हर्षमग्न हो गए।

उद्घाटन करने के लिए किरण अपने माता-पिता के साथ गई थी, बहुत सकुचा रही थी। कभी-कभी कलेजा धड़क जाता था। काँपते हाथों उसने उद्घाटन किया और माता के पीछे जा खड़ी हुई। लोग उदय को खींचकर आगे लाना चाहते थे, परंतु वह नहीं आया। उधर मुहरी से पानी की धार फूटी, इधर लोगों ने बड़े जोर

के साथ नारे लगाए—

'हमारा उदय चिरजीवी हो!'

'हमारी किरण सदा जगमगाती रहे!'

'भारतमाता की जय!'

फिल्म का प्रदर्शन झील के पासवाले मैदान में होना था, पर अभी संध्या होने में देर थी। अधिकांश लोग फिल्म देखने के लिए वहीं जम गए। पदाधिकारियों के लिए एक तंबू वहाँ खड़ा कर दिया गया था। वे जनता के मुखियों से बातें करने के लिए वहीं ठहर गए। किरण और उसके माता-पिता डाबर लौट आए। मगन को ब्याह की तैयारी पूरी करने में व्यस्त रहना था।

जिन लोगों को विवाह-भोज के लिए निमंत्रित किया गया था, उनमें पटवारी भी था। जैसाकि गाँवों में चलन है, लोग भोजन के लिए आते रहते हैं और टोलियों में खाना खिला दिया जाता है।

पटवारी ने आते ही मगन से कहा, 'महते, अकेले में आपसे कुछ कहना है।'

'अकेले में! ऐसा क्या है भाई? मैं बड़ी उलझन में हूँ, जल्दी कहो।'

मगन से पटवारी ने अकेले में मुसकराते हुए कहा, 'माफ करना महते—'

'अरे यार, कह भी डालो।'

'तो बस, यह कहना है कि आज डालडा की पूड़ी नहीं खाऊँगा, असली घी की खिलाओगे न?'

मगन को कुछ वर्ष पहले की बात याद आ गई। हँस पड़ा। बोला, 'युग बदल गया है, घी की, असली घी की ही सदा खिलाऊँगा।'

भीतर जाकर जब मगन ने यह बात अपनी पत्नी को सुनाई तब वह भी बहुत हँसी, खाँसते-खाँसते भी!

समय पर कलक्टर और राजेश्वर भी भोजन करने के लिए आ गए।

'महते, आज यदि सूखे चने भी खिलाओगे तो हम खड़े-खड़े खा लेंगे,' कलक्टर ने कहा।

मगन हिल गया। आनंद का वातावरण छाया हुआ था।

संध्या के समय फिल्म का प्रदर्शन हुआ। देखने के लिए न उदय आ सकता था और न किरण, क्योंकि उसके बाद ही भाँवर पड़नी थी। रिवाज के अनुसार दोनों अपने-अपने घर रहे। तय था कि लोगों को चार दिन तक फिल्म दिखलाई जाएगी—जनता की माँग थी।

दर्शकों की बड़ी भीड़ इकट्ठी हुई। फिल्म का नाम था 'चले चलो!' डाबर और कुँवरपुरा के बहुत से लोग चित्र में आ गए थे। कहानी का कुछ अंश उदय के नाटक से लिया गया था और कुछ किरण के खेल से। डाबर और कुँवरपुरा के खेतों पर परती और जुती भूमि पर भी—मशीनें बंधी डालने के लिए चली थीं। उसका उपयोग चित्र में किया गया। परंतु ऐसे क्षेत्र में जहाँ ट्यूबवैल तैयार किए गए थे, उन्हें भी चित्र में दिखलाया गया। दर्शकों की समझ में आ गया कि जहाँ जिस साधन की आवश्यकता होगी, उसे जुटाया जाएगा।

लोकगीत फिल्म में थे ही। सबसे अच्छा उन्हें लगा वह जिसमें 'खेतन में पसीना बोय देव, फिर रुपया, मुहरें काट लेव' था। उदय और किरण ने जो कुछ अपने-अपने गाँव में किया था, वह अच्छे रूप में रखा गया था। दर्शकों के मन पर यह बात जमी कि सहकारी खेती, जिसमें सदस्य अपनी सारी-की-सारी भूमि लगा दें; नई-पुरानी और परती सब, भविष्य में समृद्धि में अवश्य सहायक होगी। छोटी-छोटी जोतोंवाले किसानों को साधन सहकारी समिति अलग-अलग वह और उतनी सहायता नहीं दे सकती, जितनी उनको सहकारी खेती समिति बना लेने से सहज ही मिल सकती है, समझ में आ गया। कई गाँवों के ऐसे-ऐसे किसानों ने सम्मिलित—संयुक्त—प्रकार की सहकारी खेती समिति बनाने का निश्चय किया।

चित्र में यह भी दिखलाया गया कि साधन सहकारी समिति किस खेत में कौन-सी फसल का उत्पादन करे, हर मौसम पर तय कर लिया करती थी और यह भी कि किस खेत में कितना और कौन-सा खाद दिया जाए। लोगों को पसंद आया।

विवाह के बाद किरण की बिदा कुँवरपुरा के लिए हो गई। घर से चली गई, माता-पिता को इसका विषाद हुआ, परंतु उन्हें संतोष था कि निकट ही तो है और जब चाहे तब डाबर—अपने मायके—आ-जा सकेगी। शिक्षा इत्यादि का काम भी ऐसा था कि उदय-किरण—दोनों—को बहुत रुचता था और उन्हें मिलकर करना था।

विवाह के बाद ही उदय और किरण को 'चले चलो' चित्र देखने का अवसर कुँवरपुरा में मिल गया।

चित्र देखने के उपरांत अकेले में उदय ने किरण से कहा, 'इस चित्र का नाम उदय-किरण होता तो कैसा रहता?'

वह हँसी और उसने सकुचाकर कहा, 'और केवल तुम्हारा नाम ही रहता तो?'

□□□